AQUELES QUE
ME DESEJAM
A MORTE

✶ ✶ ✶

MICHAEL KORYTA

★ ★ ★

AQUELES QUE ME DESEJAM A MORTE

Tradução
ALVES CALADO

TRAMA

Título original: *Those Who Wish Me Dead*
Copyright © 2014 by Michael Koryta

Esta edição é publicada mediante acordo com Little, Brown and Company, Nova York, Nova York, EUA. Todos os direitos reservados.

Direitos de edição da obra em língua portuguesa no Brasil adquiridos pela Trama, selo da EDITORA NOVA FRONTEIRA PARTICIPAÇÕES S.A. Todos os direitos reservados. Nenhuma parte desta obra pode ser apropriada e estocada em sistema de banco de dados ou processo similar, em qualquer forma ou meio, seja eletrônico, de fotocópia, gravação etc., sem a permissão do detentor do copirraite.

Editora Nova Fronteira Participações S.A.
Rua Candelária, 60 — 7.º andar — Centro — 20091-020
Rio de Janeiro — RJ — Brasil
Tel.: (21) 3882-8200

Foto da p. 1: Eberhard Grossgasteiger
Foto da p. 3: Maria P

Dados Internacionais de Catalogação na Publicação (CIP)
(Câmara Brasileira do Livro, SP, Brasil)

Koryta, Michael
    Aqueles que me desejam a morte / Michael Koryta; tradução Alves Calado – 1. ed. – Rio de Janeiro: Trama, 2021.

    336p.

    Título original: *Those Who Wish Me Dead*
    ISBN 978-65-89132-17-2

    1. Ficção norte-americana I. Título.

21-58723   CDD-813

Índices para catálogo sistemático:
1. Ficção: Literatura norte-americana 813
Maria Alice Ferreira - Bibliotecária - CRB-8/7964

www.editoratrama.com.br

 / editoratrama

Este é para Ryan Easton — de Stout Creek até o pico Republic, com duas décadas e um monte de quilômetros no meio.

PRIMEIRA PARTE

A TESTEMUNHA ESCONDIDA

1

Em seu último dia de vida, Jace Wilson, de catorze anos, parou numa saliência de rocha em uma pedreira e, olhando a água fria, imóvel, finalmente entendeu algo que sua mãe tinha dito anos antes: demonstrar medo podia dar encrenca, mas a encrenca dobrava quando a pessoa mentia com relação ao medo. Na época Jace não tinha entendido exatamente o que ela queria dizer. Hoje entendia.

Era uma queda de vinte metros do Telhado até a água, e Jace estava apostando cem dólares — cem dólares que ele não tinha, claro — só porque havia demonstrado um fiapo de medo. Era uma aposta idiota, sim, e ele não a teria feito se as garotas não estivessem por perto, ouvindo tudo e rindo. Mas estavam, o que agora não eram apenas cem pratas, era muitíssimo mais que isso, e ele tinha dois dias para pensar num jeito.

Nem todo mundo que tentava pular do Telhado se dava bem. Já haviam tirado corpos da pedreira, e eram de caras mais velhos, caras da faculdade, talvez até mergulhadores, ele não sabia. Mas tinha certeza de que nenhum sentia pavor de altura.

— Em que você foi se meter — sussurrou, olhando para trás, para o corte na cerca de arame que ligava a velha pedreira Easton Brothers até o seu quintal.

Sua casa ficava de costas para a propriedade da pedreira abandonada, e Jace passava horas ali, explorando e nadando — e mantendo-se longe das lajes de pedra. A única coisa que *não* fazia na pedreira era mergulhar. Nem gostava de se aproximar muito dos pontos de mergulho; se chegasse na beira só para dar uma olhada rápida para baixo, sua cabeça girava, as pernas enfraqueciam e ele precisava recuar o mais depressa possível. Porém, mais cedo naquele dia, todas as horas passadas sozinho na pedreira tinham proporcionado a mentira de que precisava. Quando Wayne Potter começou a falar merda, dizendo que Jace morria de medo de altura só porque se recusara a subir a escada que um funcionário da manutenção tinha deixado encostada na lateral da escola, dando acesso ao telhado, Jace se livrou dizendo que não precisava subir numa escada para provar que não tinha medo de altura, porque mergulhava na pedreira o tempo todo, e que tinha certeza de que Wayne nunca havia feito isso.

Claro que Wayne pagou para ver. Claro que Wayne mencionou o Telhado. Claro que Wayne tinha um irmão mais velho que iria levá-los lá no fim de semana.

— Você é um idiota — disse a si mesmo em voz alta, andando por uma trilha de cascalho cheia de guimbas de cigarro velhas e latas de cerveja, na direção de uma das saliências na grande pedreira, acima de um lago que ele tinha *certeza* de que era fundo o suficiente para um mergulho.

Começar aos poucos, esse era o seu plano. Daria esse mergulho, de uns cinco metros, depois iria para o outro lago, onde o ponto de mergulho era bem mais alto, pelo menos dez metros. Olhou para a água e já ficou tonto. O Telhado tinha mais do que o *dobro* daquela altura, certo?

— Apenas tente — disse. Falar consigo mesmo era bom, ali sozinho. Dava um pouco mais de confiança. — Apenas tente. Você não vai morrer pulando na água. Pelo menos daqui, não.

Mesmo assim ficou andando de um lado para outro nas lajes de pedra, dando um bom metro de distância da beira, como se suas pernas pudessem se dobrar e fazê-lo escorregar de cara, deixando-o flutuando na água com o pescoço quebrado.

— Mariquinha — disse, porque foi assim que o tinham chamado mais cedo, na frente das garotas, e na hora isso o deixou *quase* com raiva suficiente para subir a escada.

Um trovão ribombou e ecoou nas altas paredes de pedra e na água, parecendo mais profundo e perigoso na pedreira do que seria na estrada. O vento vinha aumentando desde que ele tinha saído da escola e agora estava forte de verdade, criando redemoinhos no pó de pedra. E um par de nuvens totalmente escuras avançava do oeste, com relâmpagos chamejando entre elas.

Tempo ruim para estar na água, pensou Jace, e então se agarrou a essa ideia, porque lhe dava uma desculpa para não mergulhar.

— Wayne Potter não vale o risco de ser eletrocutado.

Por isso foi recuando. Já estava quase no buraco da cerca quando parou.

Wayne Potter não queria ir embora. No sábado ele chegaria com o irmão e os dois levariam Jace até o Telhado, veriam quando ele se mijasse pelas pernas e morreriam de rir. Então Wayne voltaria à escola na segunda-feira e contaria a história, presumindo que ele não tivesse ligado para todo mundo antes. Ou, pior ainda, que não tivesse trazido todo mundo para olhar. E se trouxesse as garotas?

Foi essa ideia que finalmente lhe tirou a hesitação. Pular dava medo, mas *não* pular na frente das garotas? Era ainda mais assustador, e o preço era mais alto.

— É melhor você pular — disse. — Anda, seu covarde. É só pular.

Ele voltou rapidamente, porque a embromação só fazia o medo crescer. Por isso queria ir depressa, acabar com aquilo para saber que era *capaz*. Assim que esse ponto inicial fosse alcançado, o resto seria fácil. Era só uma questão de aumentar a altura. Chutou os calçados, depois tirou a camiseta e a calça jeans e os deixou empilhados nas pedras.

Enquanto o trovão ribombava de novo, Jace apertou o nariz com o polegar e o indicador — coisa de criancinha, é verdade, mas ele estava sozinho e não se importava — e falou de novo:

— Não sou mariquinha.

Como estava apertando o nariz, sua voz saiu aguda, parecendo de menina. Olhou uma última vez para a água lá embaixo, fechou os olhos, dobrou os joelhos e saltou da pedra.

Não era uma altura muito grande. Apesar de toda a preocupação, o mergulho terminou depressa e sem dor. A não ser, claro, pelo choque da água fria. Ele se deixou descer até o fundo — a água não o incomodava nem um pouco: adorava nadar, só não gostava de mergulhar — e esperou a sensação da pedra lisa e fria.

Não veio. Em vez disso seu pé tocou numa coisa estranha, um objeto mole e duro ao mesmo tempo, e ele se sacudiu, recuando com medo, porque, fosse o que fosse, não fazia parte do lugar. Abriu os olhos, piscando por causa da ardência da água, e viu o morto.

Ele estava sentado com as costas quase eretas, apoiado na pedra, as pernas esticadas à frente do corpo. A cabeça tombada para o lado, como se estivesse cansado. Cabelo louro flutuando na turbulência que Jace havia criado, os fios subindo do cocuruto e dançando na água escura. O lábio superior estava repuxado como se ele risse de alguém, um riso cruel, de zombaria, e Jace viu os dentes. Havia uma corda em volta dos tornozelos, presa a um haltere velho.

Durante alguns segundos Jace flutuou acima dele, suspenso a menos de um metro e meio de distância. Talvez fosse porque estava vendo aquilo através da água, mas se sentiu separado da cena, como se o cadáver ali embaixo fosse alguma coisa imaginada. Só quando percebeu por que a cabeça do homem estava inclinada para o lado o terror que deveria ter sentido inicialmente o dominou. A garganta do homem estava cortada: um talho tão grande que a água passava através dele, como um canal aberto. Ao ver aquilo, Jace tentou voltar para cima, de forma frenética, agitada. Não estava a mais de cinco metros de profundidade, mas mesmo assim teve certeza de que não chegaria à superfície, iria se afogar ali embaixo, seu corpo ficaria para sempre ao lado do outro cadáver.

Quando rompeu a superfície, já estava tentando gritar por socorro, e o resultado foi medonho; engoliu água e engasgou, sentiu que ia se afogar, não conseguia puxar o ar para os pulmões. Finalmente respirou, ofegando, e cuspiu a água que estava na boca.

Água que havia tocado no defunto.

Sentiu vontade de vomitar e nadou com força, mas percebeu que ia na direção errada, rumo às paredes íngremes que não o permitiam sair da água. Em pânico, virou e finalmente viu algumas pedras baixas. O mundo ecoou com mais trovões enquanto ele baixava a cabeça e nadava. Na primeira tentativa de sair da água, os braços falharam e ele caiu de volta, com força suficiente para afundar a cabeça.

Qual é, Jace! Sai daí, sai daí, você precisa sair...

Na segunda tentativa conseguiu, e ao sair ficou deitado de barriga para baixo. A água da pedreira escorria da sua boca novamente, pingando dos lábios. Pela segunda vez pensou em como ela passava por aquele talho enorme na garganta do homem. Sentiu ânsia e vomitou na pedra, a garganta e o nariz queimando, e então se arrastou, fraco, para longe do lago, como se a água pudesse vir atrás, agarrar sua perna e puxá-lo de volta.

— Merda — sussurrou.

Sua voz fraquejou e o corpo inteiro se sacudiu. Quando achou que conseguiria confiar nas próprias pernas, levantou-se, inseguro. O vento de tempestade resfriou a água em sua pele e na cueca encharcada, e ele se abraçou, pensando idiotamente: *Esqueci de trazer uma toalha.* Só então percebeu que, além disso, tinha saído da água pelo lado errado da pedreira. Suas roupas estavam empilhadas na laje do lado oposto.

Que sacanagem, pensou, olhando as paredes íngremes que cercavam a parte do lago onde estava. Não era uma subida fácil. Na verdade, ele não tinha certeza de que fosse *possível* escalar. Acima só havia pedra na vertical e lisa. Mais longe um pouco, abaixo do lago, havia uma descida que levava a uma área coberta de arbustos e espinheiros. Ir naquela direção seria lento e doloroso, sem calçados nem calça. A opção mais rápida era simples: voltar para a água e atravessar nadando.

Olhou a pilha de roupas, suficientemente perto para acertá-las com uma pedrada. O celular estava no bolso da calça.

Preciso de ajuda, pensou, *preciso que venham me buscar, depressa.*

Mas não se mexeu. A ideia de entrar de novo naquela água... Ele olhou para o lago, de um verde-escuro mais escuro do que nunca, que subitamente foi iluminado por um relâmpago. A tempestade vinha chegando depressa.

— Ele não vai te machucar — disse, indo devagar na direção da água. — Não vai voltar à vida e te agarrar.

Dizer isso o fez perceber uma coisa que ele ainda não tinha processado na tentativa desesperada de se afastar: o homem não voltaria à vida, mas também não estava muito afastado da vida. O cabelo, os olhos, o lábio repuxado contra os dentes... nem mesmo a pele em volta do ferimento tinha começado a se decompor. Jace não sabia quanto tempo isso demorava para acontecer, mas pelo jeito seria bem rápido.

Não faz muito tempo que ele está aqui...

Dessa vez o trovão fez com que ele desse um pulo. Estava olhando a pedreira ao redor, o topo das paredes de pedra, procurando alguém que pudesse estar espiando.

Vazio.

Dá o fora daqui, ordenou, mas não conseguia se obrigar a nadar. Não conseguia se imaginar imerso naquela água de novo, passando por cima do homem com o haltere amarrado nos tornozelos, a cabeça pendida e a garganta cortada. Em vez disso foi andando na direção da descida. Ali uma laje de pedra conectava um lado ao outro: o lago em que ele tinha acabado de estar, do lado direito, e outro do lado esquerdo. A queda do lado esquerdo era o monstro de dez metros que ele pretendera usar como treino para o Telhado. Por algum motivo a laje estreita era o lar de algumas plantas, mas só de plantas perigosas. Qualquer coisa que crescesse em pedra parecia ter espinhos. Quase pisou numa garrafa quebrada quando entrou no meio do mato. Com os primeiros passos os espinhos começaram a arranhar sua carne. Jace fez uma careta mas continuou devagar, o sangue quente se misturando com a água fria nas pernas. As primeiras gotas de chuva começaram a cair e os trovões ribombavam lá em cima, ecoando na pedreira como se a terra quisesse responder.

— *Ai! Merda!*

Ele tinha pisado direto num espinho. A ponta ficou presa na sola do pé, de modo que o passo seguinte a fez penetrar ainda mais. Estava equilibrado numa das pernas e tinha acabado de arrancar o espinho, com o sangue correndo para encher o furo quando ouviu o motor do carro.

Seu primeiro pensamento foi que poderia ser um segurança ou algo assim. Seria bom. Seria *maravilhoso*, porque qualquer castigo que recebesse por ter estado na pedreira valeria o preço de sair dali. Por um longo momento ficou como estava, equilibrado numa perna só, segurando o pé sangrento com uma das mãos e prestando atenção. O motor continuou e continuou, era alguém subindo pela estradinha de cascalho bloqueada por um portão trancado.

É o assassino voltando, pensou, e naquele momento a indecisão congelada se transformou num terror alucinado. Estava parado no meio da laje, no ponto mais visível de toda a pedreira.

Virou-se e se pôs a voltar para o lugar de onde tinha vindo, e parou. Ali não havia como se esconder. A face da rocha era vertical; não existia nenhum lugar onde se enfiar. Girou o corpo e foi de novo na outra direção, tentando passar pelo mato, indiferente aos espinhos que o rasgavam, deixando fitas de sangue no peito, nos braços e nas pernas.

Agora o motor estava muito perto.

Não conseguiria chegar ao outro lado. Pelo menos não a tempo.

Jace Wilson olhou a água embaixo, numa tentativa rápida de escolher uma zona segura, apesar de a água estar escura demais para mostrar o que o esperava sob a superfície, e saltou. Isso é que era dominar o medo: ele morria de medo de altura, mas e da pessoa que estava chegando? Não era medo. Era terror.

Dessa vez a queda pareceu real, longa, como se ele tivesse pulado de um lugar verdadeiramente alto. Estava pensando em pedras e pedaços de metal retorcido, em todo o lixo deixado para trás naqueles lagos da pedreira, em todas as coisas sobre as quais seu pai havia alertado, quando bateu na água e afundou como se entrasse num túnel vertical. Tentou interromper o mergulho o quanto antes, mas a velocidade era grande, e ele afundou ao mesmo tempo que tentava subir, descendo até o final. O lago não era tão fundo quanto ele imaginava. O pouso provocou um choque, os pés batendo na pedra e lançando uma fagulha de dor pela coluna. Ele deu impulso de volta e subiu devagar. Dessa vez não queria romper a superfície fazendo muito barulho.

Sua cabeça alcançou a superfície no instante em que o motor silenciou. O carro havia parado. Jace nadou em direção a uma saliência de calcário que se projetava para cima em diagonal, oferecendo uma fenda estreita em que ele tinha certeza de que conseguiria se enfiar. Tinha acabado de chegar lá quando se arriscou a olhar para cima e viu um homem andando na direção da água. Era alto e de ombros largos, com cabelo comprido, louro-claro. Estava de cabeça baixa, seguindo a trilha, e ainda não tinha visto Jace. A pedreira tinha ficado muito escura enquanto as nuvens carregadas passavam por cima, mas no relâmpago seguinte Jace viu o brilho de um distintivo e percebeu que o homem usava uniforme.

Polícia. Alguém já havia chamado os policiais, ou de algum modo eles já sabiam. Para Jace não importava o que tinha acontecido para levá-las até aquele lugar. Eles *estavam* ali. A ajuda havia chegado. Soltou o ar longamente e quando enchia os pulmões para gritar por ajuda viu os outros.

Havia um segundo policial, também louro, o cabelo cortado mais curto, estilo militar. Trazia uma arma no cinto e empurrava um homem algemado com um capuz preto na cabeça.

Jace conteve o grito e ficou imóvel, agarrado à pedra com os pés e uma das mãos. Tentando não se mexer. Não respirar.

O primeiro policial esperou até que os outros homens o alcançassem. Estava de pé com os braços cruzados, impaciente, enquanto olhava o homem encapuzado avançar aos tropeços. O encapuzado tentava falar, mas não conseguia. Só emitia uma série de sons estranhos e agudos.

Ele está com alguma coisa tapando a boca, percebeu Jace. Talvez não conseguisse entender as palavras, mas o significado era claro: o homem estava implorando. Estava com medo e implorando. Eram gemidos e ganidos, como os de um cachorrinho. Quando o primeiro policial deu um chute e derrubou o homem encapuzado, jogando-o com força no chão, sem enxergar e despreparado para a queda, Jace quase gritou, obrigando-se a morder o lábio para permanecer em silêncio. O segundo policial se abaixou e prendeu o homem com um dos joelhos, puxando a cabeça dele para cima, pelo capuz. Inclinou-se e sussurrou alguma coisa. Jace não conseguiu ouvir as palavras. O agente ainda estava falando com o homem do capuz quando estendeu a mão e dobrou os dedos, impaciente, esperando alguma coisa, e o primeiro policial lhe entregou uma faca. Não era um canivete nem uma faca de cozinha, e sim do tipo que os soldados usavam. Uma faca de combate. Uma faca *de verdade*.

Jace viu o homem se debater, reagindo a um movimento rápido da lâmina, em seguida viu seus pés se sacudirem em espasmos, raspando a terra, buscando tração, enquanto tentava levar as mãos algemadas ao pescoço, querendo empurrar de volta o sangue que escorria por baixo do capuz. Então os dois policiais o agarraram, rápidos e eficientes, segurando suas roupas por trás, com cuidado para permanecer longe do sangue. Em seguida o empurraram da pedra, e ele caiu, como Jace momentos antes, ultrapassando o próprio sangue: uma nuvem vermelha estava no ar, acima da cabeça, quando ele bateu na água.

Com o som do corpo batendo na água, Jace finalmente se mexeu. Agora que só estavam os dois policiais lá em cima, sem distrações, eles provavelmente olhariam em volta. Provavelmente o veriam. Então o garoto se enfiou embaixo da pedra e se espremeu no escuro, tentando se esconder ao máximo, agarrando as pedras com firmeza. Não conseguiu ir longe. Estaria visível para qualquer um que estivesse no mesmo nível que ele, do outro lado, mas isso exigia que a pessoa entrasse na água. Mesmo assim, se eles descessem, seu esconderijo se transformaria numa armadilha. Não haveria para onde fugir. Sua respiração tinha se acelerado, ele ofegava, estava tonto e achou que ia vomitar outra vez.

Não vomite, não faça nenhum barulho, você não pode fazer nenhum barulho.

Durante alguns segundos tudo ficou em silêncio. Eles iriam embora. Jace achou que os homens provavelmente iriam embora e ele poderia sair dali, estaria em casa logo mais, apesar de tudo.

Foi então que escutou as vozes altas e claras pela primeira vez:

— Olha só. Parece que alguém nadou por aqui. E deixou as roupas para trás.

A voz estava tão afável que, por um momento, Jace não conseguiu acreditar que vinha de um dos homens que tinha cometido o assassinato lá em cima, com a faca. Parecia impossível.

Houve uma pausa, e em seguida o segundo homem respondeu:

— Uma coisa são as roupas. Mas ele também deixou os sapatos?

— Parece um terreno difícil para andar sem sapatos — concordou a primeira voz.

Então as vozes estranhamente serenas ficaram em silêncio, mas houve outro som, um estalo metálico nítido. Jace tinha ido com o pai ao stand de tiros vezes suficientes para reconhecer: era uma bala entrando na câmara de uma arma.

Os homens começaram a dar a volta na borda da pedreira. Abaixo deles, agarrado às rochas escuras, Jace Wilson começou a chorar.

2

O alerta do clima pelo rádio começou assim que Ethan e Allison se acomodaram na cama, falando com eles em sua voz incorpórea, robótica.

Um poderoso sistema de tempestades de fim de primavera continuará a trazer neve pesada para as áreas de montanha... As nevascas mais fortes acontecerão acima de 2.300 metros de altitude... Porém vários centímetros de neve pesada e úmida são possíveis até mesmo a 1.300 metros antes do amanhecer. Neve pesada e úmida nas árvores e nas linhas de transmissão podem resultar em quedas de energia elétrica. A neve deve diminuir na manhã de domingo. São esperados de trinta a sessenta centímetros de neve com acúmulos maiores em alguns locais nas encostas voltadas para o norte e o leste. Nesta noite as estradas de montanhas se cobrirão de neve e gelo e podem ficar intransitáveis em alguns lugares, inclusive no passo Beartooth.

— Sabe o que eu adoro em você? — perguntou Allison. — Você vai deixar essa coisa ligada, ainda que a gente esteja vendo nevar nas últimas quatro horas. Já sabemos o que está acontecendo.

— A previsão do tempo pode mudar.

— Humm. É. E as pessoas podem dormir. Vamos fazer isso.

— Talvez a coisa fique divertida lá fora — disse Ethan. — Com certeza alguém decidiu fazer uma caminhada rápida hoje de manhã, antes do tempo mudar. E, claro, a pessoa não precisaria de um mapa, porque seria só uma caminhada rápida, não é?

Esse era o tipo de situação que geralmente atraía Ethan para as montanhas no meio da noite, em especial as tempestades de fim de estação, depois de o clima ficar agradável por tempo suficiente para atrair as pessoas num falso sentimento de segurança.

— Que todos os idiotas fiquem dentro de casa.

Allison beijou o braço dele, procurando uma posição mais confortável, com a voz já sonolenta.

— É um desejo otimista.

Ethan a puxou mais para perto, adorando o calor do seu corpo. A casa rústica havia esfriado rapidamente assim que eles deixaram o fogo no fogão a lenha se esgotar. Ao lado, a janela chacoalhava com as pancadas constantes da chuva e da neve. Na prateleira acima da cama, perto do rádio que dava o alerta do tempo, o PX estava silencioso. Fora um inverno bom: só um chamado. Mas em geral os invernos eram melhores do que as outras estações; nesses meses a maioria dos turistas ficava longe de Montana. Ethan não gostava da sensação provocada por essa tempestade. No último dia de maio, com o verão se aproximando, uma semana de sol e dez graus de temperatura? É, alguns dos idiotas que Allison tinha mencionado podiam ter ido para as montanhas. E assim que ficassem presos, aquele rádio acima da cabeça de Ethan começaria a falar e estalar, e sua equipe de busca e resgate se reuniria.

— Tive uma intuição boa — disse Allison, já quase fechando os olhos, como sempre; provavelmente seria capaz de dormir no asfalto de um aeroporto movimentado, sem problemas.

— É?

— É. Mas para o caso de eu estar errada, desligue o rádio. Pelo menos na frequência dos idiotas.

Ele sorriu para ela no escuro, apertou-a mais uma vez e fechou os olhos. Em minutos ela estava dormindo, a respiração mudando para inalações longas e lentas que ele sentia contra o peito. Ouviu quando a chuva mudou de novo para neve; as batidas no vidro se apagaram no silêncio, e depois de um tempo ele começou a apagar também.

Quando o rádio soou, Allison acordou com um gemido.

— Não. Esta noite, não.

Ethan pulou da cama, tirou a unidade manual da base e saiu do quarto, atravessando as tábuas frias até a janela da frente. Dentro de casa estava totalmente escuro. Tinham ficado sem energia logo depois do crepúsculo, e ele não se deu ao trabalho de ligar o gerador; não era necessário queimar combustível só para dormir.

— Serbin? Câmbio? — A voz era de Claude Kitna, xerife do condado de Park.

— Câmbio — disse Ethan, olhando para o mundo branco do outro lado da casa escura. — Quem sumiu, e onde, Claude?

— Ninguém sumiu.

— Então me deixe dormir.

— Derrapagem para fora da estrada. Alguém tentando atravessar o passo justo quando a gente ia fechá-lo.

O passo era o Beartooth, na autoestrada 212, entre Red Lodge e Cooke City. A autoestrada Beartooth, como a 212 também era conhecida, era uma das rodovias mais lindas — e perigosas — do país, uma série de curvas fechadas e íngremes serpenteando entre Montana e Wyoming, chegando a mais de três mil metros de altitude. A rodovia inteira ficava fechada durante os meses de inverno e só era reaberta, na melhor das hipóteses, no início de maio. O percurso exigia atenção mesmo no melhor clima, mas numa tempestade no escuro? Boa sorte.

— Certo — disse Ethan. — Por que você precisa de mim?

Ele sairia com sua equipe quando alguém estivesse desaparecido. Um carro derrapando para fora da autoestrada ou, como Claude gostava de chamar as quedas realmente feias, um ricochete, poderia exigir paramédicos. Ou um legista. Mas não uma equipe de busca e resgate.

— A motorista que achou boa ideia atravessar disse que ia ver você. O serviço de parques repassou a mulher para mim. Estou com ela sentada num caminhão limpa-neve aqui do lado. Quer falar com ela?

— Vinha me ver? — Ethan franziu a testa. — Quem é?

— Uma tal de Jamie Bennett. E para uma mulher que acabou de derrapar por uma montanha com um carro alugado, devo dizer que ela não parece muito arrependida.

— *Jamie Bennett?*

— Isso. Você conhece?

— Conheço — respondeu Ethan, confuso. — É, conheço.

Jamie Bennett era uma guarda-costas profissional.

Desde que saíra da Força Aérea, Ethan ministrara cursos de sobrevivência, trabalhando com grupos civis e governamentais. Jamie tinha participado de uma sessão com ele no ano anterior. Ethan gostou dela. Jamie era boa, competente apesar de meio pretensiosa, mas ele não conseguia imaginar o que a levaria a atravessar o passo Beartooth numa tempestade para procurá-lo.

— Qual é a dessa mulher? — perguntou Claude Kitna.

Ethan mal conseguia pensar numa resposta.

— Estou indo aí — disse. — E acho que vou descobrir.

— Entendido. E tenha cuidado. O negócio está feio aqui esta noite.

— Vou ter cuidado. Vejo você daqui a pouco, Claude.

No quarto, Allison se apoiou num dos braços e ficou olhando das sombras enquanto ele se vestia.

— Para onde você vai?

— Subir o passo.

— Alguém tentou sair andando depois de um acidente de carro?

Isso já havia acontecido. Com medo do isolamento, pessoas entravam em pânico e tentavam descer a estrada a pé. No meio da neve acabavam saindo da rodovia e se perdendo. Parecia algo impossível, até que você passasse por uma nevasca nas Montanhas Rochosas à noite.

— Não. Jamie Bennett estava tentando atravessar.

— A federal? A da primavera passada?

— É.

— O que ela está fazendo em Montana?

— Disseram que veio me procurar.

— No meio da noite?

— Foi o que disseram.

— Não pode ser boa coisa.

— Tenho certeza de que está tudo bem.

Mas enquanto saía de casa e andava até a moto de neve em meio ao vento branco e uivante, Ethan soube que não estava.

A paisagem noturna recusava a escuridão total daquele jeito mágico que só a neve podia proporcionar, encharcando-se de luz das estrelas e do luar e emitindo uma iridescência azul aprisionada. Claude Kitna não tinha mentido: o vento não estava para brincadeiras, mudando de norte para nordeste em rajadas violentas, atirando neve densa e úmida. Ethan dirigia devagar, mesmo conhecendo a 212 melhor do que qualquer um ali em cima — e tinha passado mais horas nela com tempo ruim do que a maioria deles. Exatamente por isso mantinha a velocidade baixa, mesmo quando parecia que o grande trenó conseguiria render mais. Dos muitos resgates transformados em descobertas de cadáveres dos quais tinha participado, um número grande demais envolvia motos de neve e quadriciclos, pessoas presunçosas por dirigir veículos construídos para enfrentar as intempéries. Uma coisa que aprendera treinando pelo mundo — e a lição tinha ainda mais valor ali em Montana — era que acreditar que uma ferramenta seria capaz de enfrentar as intempéries era uma receita para o desastre. Você se adaptava a elas com respeito; não as controlava.

Ele demorou uma hora para percorrer uma distância que geralmente levava vinte minutos e foi recebido no passo Beartooth por sinalizadores laranja que transformavam os picos ao redor em silhuetas contra o céu noturno, um caminhão limpa-neve e um veículo policial parados na estrada. Um Chevy Tahoe preto estava esmagado contra a mureta. Ethan olhou para a posição do carro, tombado de lado, e balançou a cabeça. Ela tivera muita sorte. Se a mesma manobra tivesse sido feita numa curva fechada, aquele Tahoe sofreria uma longa queda até bater nas pedras.

Parou o quadriciclo, observando a neve descer em redemoinhos para os desfiladeiros escuros iluminados pelos sinalizadores, e imaginou se haveria alguém lá embaixo que eles ignoravam, alguém que não tivesse tido tanta sorte quanto Jamie Bennett. Ao longo da estrada sinuosa havia postes altos e finos espaçados, marcos para ajudar os limpadores a manobrar quando a neve transformava a estrada num jogo de cegos, e, no lado da estrada que ficava contra o vento, a neve acumulada na base dos postes já alcançava sessenta centímetros, um metro nas áreas onde os montes se formavam.

A porta do carona do caminhão se abriu com uma pancada, e Jamie Bennett saiu da cabine antes mesmo que Ethan desligasse o motor. Ela escorregou na neve e quase caiu de bunda antes de se agarrar na maçaneta da porta.

— Em que merda de país você mora, que tem uma nevasca no último dia de *maio*, Serbin?

Ela era quase tão alta quanto ele; seu cabelo louro despontava debaixo de um gorro de esquiador, e os olhos azuis lacrimejavam ao vento cortante.

— Eles têm um negócio chamado previsão do tempo, sabe? É um negócio novo, acho, experimental, mas mesmo assim vale a pena verificar de vez em quando. Tipo... ah, antes de atravessar uma cadeia de montanhas à noite.

Ela sorriu e estendeu a mão coberta pela luva. Os dois se cumprimentaram.

— Ouvi a previsão do tempo, mas achei que conseguiria ser mais rápida do que a tempestade. Não se preocupe. Estou mantendo a atitude mental positiva.

Essa era uma das sete prioridades para a sobrevivência que Ethan havia ensinado no curso feito por Jamie. Na verdade, era a prioridade número um.

— Que bom que você absorveu as lições. Mas o que está fazendo aqui, afinal?

Claude Kitna observava os dois com interesse, mantendo-se a uma distância cortês mas não tão longe a ponto de não ouvir a conversa. Mais adiante na estrada surgiram as luzes de outro caminhão limpa-neve, este voltando do portão do passo, que agora devia estar interditado, fechando a autoestrada de Beartooth ao tráfego. Tinham aberto o passo pela primeira vez nessa estação apenas quatro dias antes. No ano anterior ele ficara fechado até 20 de junho. A região inóspita era mais acessível do que antigamente, mas isso não significava que tivesse deixado de ser inóspita.

— Tenho uma proposta para você — disse Jamie. — Um pedido. Você não precisa aceitar, mas quero que pelo menos ouça.

— É um começo promissor. Qualquer trabalho que chegue junto com uma nevasca deve trazer coisas boas.

No momento era uma piada. Ali, no vento, na neve e sob os sinalizadores laranja, era só uma piada. Mas semanas depois, sob o sol e a fumaça, ele se lembraria dessa frase e sentiria calafrios.

3

Quando chegaram em casa, Allison estava com o fogão a lenha aceso.
— Querem que eu ligue o gerador? — perguntou ela. — Para trazer a luz de volta?

— Está tudo bem — respondeu Jamie.

— Um pouco de café, ao menos? Para esquentar um pouco.

— Eu aceitaria um bourbon ou algo assim. Se você tiver.

— Como eu falei… café — disse Allison com um sorriso, em seguida derramou uma dose de bourbon Maker's Mark numa caneca de café quente e ofereceu a Jamie, que ainda tentava tirar o casaco e as luvas, derrubando neve, que se derretia formando uma poça nas tábuas do piso diante do fogão.

— Agora sim. Obrigada. Está *gelado* lá fora. Vocês realmente ficam o ano todo aqui?

Ethan sorriu.

— Isso mesmo.

Allison também ofereceu uma caneca de café a Ethan. Ele aceitou, agradecido, e a girou nas mãos. Mesmo através das luvas de qualidade, o vento podia encontrar as juntas dos dedos. Os olhos de Allison estavam examinando os dele, procurando um motivo para aquela mulher ter aparecido junto com a tempestade. Ethan balançou a cabeça de modo quase imperceptível. Ela entendeu que ele ainda não fazia ideia.

— Que lugar lindo — disse Jamie, tomando o café batizado com uísque. — Vocês mesmos que construíram?

— É. Com alguma ajuda.

— Vocês deram um nome? Não é o que se deve fazer com um rancho? Ele sorriu.

— Não é um rancho. Mas nós chamamos de Ritz.

— Parece meio rústico para isso.

— Essa é a ideia — disse Allison. — É a piada.

Jamie olhou para ela e assentiu.

— Me desculpe por isso, por sinal. Aparecer à noite, no meio da tempestade. Invadir o Ritz.

— Deve ser importante. — Allison usava uma calça de moletom larga e uma blusa mais justa, de mangas compridas. Estava descalça, e Jamie Bennett era pelo menos quinze centímetros mais alta do que ela. A tempestade não incomodava Allison: ela era natural de Montana, terceira geração, filha de um fazendeiro, mas Ethan teve a sensação de que Jamie, sim, a incomodava, de algum modo. E não porque tinha chegado no meio da noite. Allison estava acostumada com esse tipo de coisa.

— E é. — Jamie se virou de novo para Ethan. — Você ainda faz os mesmos programas de verão?

— Nos verões eu trabalho com a garotada. Não faço treinamento para mais ninguém até setembro. O verão é para os garotos.

— É disso que estou falando.

Ele levantou uma sobrancelha. Ethan trabalhava com agentes de condicional de todo o país, recebia jovens que deveriam ficar presos em algum lugar e os trazia para as montanhas. Era um curso de sobrevivência, sim, mas era muito mais do que isso. A ideia não era dele; havia muitos programas semelhantes no país.

— Tenho um garoto para você — disse ela. — Acho. Espero que você esteja disposto a aceitar.

Dentro do fogão um pedaço de lenha se rachou com o calor, estalando, e a chama cresceu atrás da porta de vidro.

— Você tem um garoto — repetiu Ethan. — Isso significa que... você tem uma testemunha.

Ela assentiu.

— Na mosca.

Ethan se sentou diante do fogão e ela o acompanhou. Allison ficou onde estava, encostada na bancada da cozinha, observando.

— Por que você quer que ele fique comigo?

— Porque os pais estão recusando o tipo tradicional de proteção de testemunhas.

— Achei que o que você fazia agora era um tipo de proteção de testemunhas não tradicional.

Ethan se lembrou de Jamie contando que tinha sido delegada federal, mas que depois passou para o trabalho de proteção executiva. Serviço de guarda-costas, que pagava uma grana preta.

Ela respirou fundo.

— Preciso me limitar ao essencial no que direi a você, tudo bem? Vou tentar passar a melhor ideia possível, mas não vai ser tão detalhado quanto você gostaria.

— Está bem.

— Esse garoto é... é muito mais do que uma testemunha fundamental. Nem posso dizer o quanto ele é valioso. Mas estou lidando com uma situação em que ele e os pais têm uma desconfiança muito saudável com relação à polícia. E com bons motivos, baseado no que viram. O garoto está correndo risco. Um risco *tremendo*. E os pais querem ficar com o filho, evitar o programa de proteção a testemunhas e, em termos gerais, controlar tudo. E aí eu entrei, como você disse. Mas...

Ela parou de falar. Ethan lhe deu um minuto, mas, como ela não retomou o assunto, disse:

— Jamie?

— Mas não estou me saindo muito bem — continuou ela, baixinho. — Eu poderia mentir, e ia fazer isso. Ia dizer que a família não pode pagar o meu preço. E é verdade. Mas, Ethan, eu protegeria esse garoto de graça, se pudesse. Estou falando sério. Eu faria com que fosse meu único trabalho, eu...

Mais uma pausa, uma respiração profunda, e depois:

— Eles são bons demais.

— Eles quem?

— Os homens que estão procurando por ele.

Allison se virou para o outro lado no instante em que Ethan procurou seus olhos.

— Então por que eu? — perguntou ele. — Você é melhor nisso do que eu.

— Você pode tirá-lo do radar. Completamente. E é aí que estará a fraqueza deles. Se ele estiver perto de um celular, de uma câmera de segurança, de um computador, de uma porcaria de videogame, acho que vai acabar sendo encontrado. Mas aqui... aqui ele é só uma coisinha de nada no meio da vastidão.

— Todos somos — disse Ethan.

— Certo. Você é quem decide, claro. Mas eu estava desesperada e pensei nisso. A princípio foi uma ideia maluca, uma coisa implausível. Mas depois pensei mais um pouco...

— Pensou mais um pouco no Ethan? — perguntou Allison.

Os dois se viraram para ela.

— Em parte, sim — respondeu Jamie Bennett com calma. — Mas pensei mais na viabilidade da coisa toda. Nós o faríamos desaparecer durante um verão. Mas ele não estaria na situação que preocupa tanto os pais, não estaria num esconderijo em uma cidade nova, morrendo de medo. Eu sei muita coisa sobre o garoto. Sei do que ele gosta, a que ele reagiria, o que faria com que ele relaxasse. No momento ele não está relaxado, garanto. Ele gosta muito de coisas de aventura. Histórias de sobrevivência. E isso, claro, fez com que eu pensasse em você. Por isso vendi a ideia, falei sobre o seu passado, e acho que eles compraram. Por isso vim aqui, vender para você também.

— Será que não deveria ter sido o contrário? — perguntou Allison. — Esclarecer o plano conosco antes de oferecer ao garoto e aos pais dele?

Jamie a observou por um momento e assentiu levemente.

— Sei por que você se sente assim. Mas a realidade é que estou tentando minimizar o número de pessoas que sabem que esse garoto existe.

Se eu contasse a vocês e os pais não concordassem, haveria em Montana pessoas informadas sobre a situação, sem nenhuma vantagem. É uma abordagem arriscada.

— É justo — disse Ethan. — Mas o argumento de Allison é bom. Não é só uma questão de vender a ideia para *mim*, ou para nós dois. Outros garotos vão estar aqui. Outros garotos que podem correr risco se fizermos isso. Essa é a minha responsabilidade principal.

— Vou dizer a vocês, vou garantir, que eu nem pensaria em fazer isso se achasse que estaria colocando outras crianças em risco. Para começo de conversa, vai parecer que o garoto desapareceu do mundo exterior antes de chegar aqui. Eu bolei isso com cuidado. Sei como fazer com que ele desapareça. Vou colocá-lo no programa com uma identidade falsa. Nem você poderia saber quem ele é. E você não tentaria descobrir.

Ethan assentiu.

— A segunda coisa é que nós sabemos quem estamos vigiando. Sabemos quem é ameaçado por ele. Se eles saírem de... do lugar onde moram, vou tomar conhecimento. Eles não virão para Montana sem que eu saiba. E, no minuto em que eles se mexerem, vocês terão proteção total para todo o seu grupo. Para *todo mundo*.

Ethan ficou quieto. Jamie se inclinou na direção dele.

— E, se é que posso dar uma opinião, esse garoto precisa do que você ensina. Não se trata somente de escondê-lo aqui, Ethan. O garoto está com dificuldades e tentando segurar as pontas. Está com medo. Você pode deixá-lo mais forte. Eu *sei*, porque passei por isso com você.

Ethan se virou para Allison, mas a expressão da esposa não revelava qualquer opinião. A decisão era dele. Olhou de novo para Jamie.

— Olha — disse ela —, eu não vim aqui por impulso. Mas também não vou te pressionar. Estou contando a verdade sobre a situação e pedindo sua ajuda.

Ethan deu as costas para a mulher e olhou pela janela. A neve ainda caía rápido e a luz do alvorecer estava longe de chegar. No reflexo do vidro podia ver as duas esperando uma resposta. Jamie parecia mais frustrada do que Allison, porque a esposa sabia que Ethan não era um homem de decisões rápidas. Ele achava que com frequência as decisões apressadas eram exatamente o que gerava sérios problemas para as pessoas. Ethan se sentou e tomou o café, observando as duas no reflexo, presas à luz do lampião em meio à neve criando redemoinhos lá fora, fazendo parte daquele lindo mistério do vidro: visto do ângulo certo, ele podia mostrar ao mesmo tempo o que estava de um lado e do outro.

— Você acredita que ele será morto se a situação continuar como está — disse.

— Acredito.

— Qual é o seu plano B? Caso eu diga não.

— Espero que você diga…

— Sei o que você espera. Estou perguntando o que você vai fazer se eu disser não.

— Vou tentar encontrar um programa parecido com o seu. Com alguém que tire o garoto do radar, alguém qualificado para protegê-lo. Mas não vou encontrar alguém em quem eu confie tanto, não vou encontrar alguém por quem eu possa pôr a mão no fogo. Isso para mim é importante.

Ethan deu as costas para a janela e voltou a encarar Jamie Bennett.

— Você realmente não vai deixar que o garoto seja seguido até aqui? Acha que pode garantir isso?

— Cem por cento.

— Nada é cem por cento. — Ethan se levantou e indicou a sala escura atrás deles. — Tem um quarto de hóspedes ali. Pegue a lanterna na mesa e sinta-se em casa. De manhã a gente conversa.

Jamie Bennett o encarou.

— Você não vai me dar uma resposta?

— Vou dormir um pouco. Depois respondo.

Sozinhos no quarto escuro, os dois conversaram sussurrando sob os uivos do vento e pensaram nas melhores e nas piores hipóteses. Parecia haver muito mais opções na segunda categoria.

— Diga o que você acha, Allison. O que *você* acha.

Ela ficou quieta por um tempo. Estavam virados um para o outro, na cama, um braço dele envolvendo as costas dela, os músculos esguios subindo e descendo sob a mão dele enquanto ela respirava. O cabelo escuro de Allison se derramava no travesseiro e tocava o rosto dele.

— Você não pode recusar — disse ela, finalmente.

— Então você acha que precisamos aceitar?

— Não foi isso que eu disse.

— Então o que foi?

Ela respirou fundo.

— Você não vai ser capaz de recusar. Vai ver todas as matérias no noticiário, procurando algum garoto que tenha sido morto ou desaparecido. Vai ligar para Jamie pedindo informações que ela não poderá dar. Vai passar o verão todo pensando se você colocou o garoto em perigo quando poderia tê-lo afastado do mal. Estou errada?

Ele não respondeu.

— Você também acredita nisso. E é uma coisa boa.

— Se acredito na história dela? Claro que acredito.

— Não. Você acredita que isso pode ajudar o garoto. Que quando ele voltar para o mundo, para encarar tudo, vai estar mais preparado do que antes de chegar aqui. Antes de encontrar você.

— Acho que o programa funciona. Às vezes acho que funciona.

— Eu sei que funciona — disse ela, baixinho.

Allison tinha entendido isso desde o início. Ou pelo menos tinha entendido como o programa era importante para o marido e como *ele* acreditava que funcionava. Esse era um ponto de partida fundamental. Muitas pessoas com quem Ethan falava sobre o programa entendiam a teoria sem a alma. Talvez por culpa dele. Talvez ele não pudesse explicá-lo direito, ou talvez não fosse uma coisa que pudesse ser explicada, e sim algo a ser sentido. Talvez fosse preciso ter dezesseis anos, um pai rígido, impossível de agradar, e a possibilidade de passar um bom tempo num reformatório sabendo que períodos mais longos em lugares piores estavam à espera. E então chegasse numa cordilheira linda mas aterrorizante, sem a mínima noção e desajeitado, e encontrasse alguma coisa para manter dentro de si quando fosse mandado de volta — quando as montanhas tivessem sumido e o ar soprasse fumaça de escapamento em vez do frio da geleira, e quando as pressões não pudessem ser resolvidas com um pedaço de corda de paraquedas e a capacidade de dar o nó certo com os olhos fechados. Se você conseguisse encontrar isso e manter dentro de si, como uma chama de autoconfiança em meio à escuridão, poderia realizar grandes coisas. Ele sabia. Tinha passado por isso.

Então você aprendeu a acender uma fogueira, tinha dito seu pai quando Ethan relatou a experiência, incapaz de explicar o sentimento. É, tinha aprendido a acender uma fogueira. Mas o que isso havia feito por ele, a confiança dada pelas coisas aprendidas e o espanto proporcionado pelas montanhas... eram impactos que ele não conseguia descrever. Tudo que conseguia era mostrar a todo mundo: nenhum problema com a lei desde os dezesseis anos, uma notável carreira na Força Aérea, uma coleção de condecorações, medalhas e elogios. Todas essas coisas tinham habitado a chama daquela primeira fogueira, mas como seria possível explicar?

— Então você vai fazer — disse Allison. — Vai acordar e dizer que topa.

Ele fez uma pergunta, em vez de confirmar:

— Do que você não gosta nela?

— Não falei que não gosto dela.

— Vou repetir a pergunta. Dessa vez esperando uma resposta.

Allison suspirou e apoiou a cabeça no peito dele.

— Ela jogou o carro para fora da estrada no meio de uma tempestade de neve.

— Está incomodada porque ela dirige mal?

— Não. Estou incomodada porque ela se apressa e comete erros.

Ele ficou quieto. Intrigado com a observação. Na superfície parecia uma coisa injusta, crítica e dura, mas Allison só estava fazendo uma análise com base nos próprios ensinamentos que ele transmitia havia tantos anos. As boas decisões formavam um padrão. As más também.

— Só tenha isso em mente quando disser a ela que vai fazer o serviço.

— Então agora eu vou fazer?

— Você ia fazer de qualquer jeito, Ethan. Só precisava passar pelo ritual. Desse modo você pode se convencer de que é a escolha certa.

— Está dizendo que não é?

— Não. Estou dizendo que realmente não sei no que vai dar. Mas sei que você vai dizer sim.

Eles enfim dormiram, e de manhã Ethan disse a Jamie Bennett que aceitaria o serviço. Depois os dois foram conseguir um reboque para pegar o carro acidentado. Era um erro simples, disse ele a si mesmo, que não representava nada.

Mas, depois do alerta de Allison, ele não conseguia parar de pensar que a primeira coisa que Jamie tinha lhe admitido, após aquela desastrosa chegada no meio da noite, era que tinha ouvido a previsão do tempo e ignorado, convencida de que poderia ser mais rápida do que a tempestade.

Lá em cima, no passo Beartooth, correntes chacoalharam e roldanas guincharam enquanto esse equívoco era arrancado dos montes de neve.

4

Ian não estava de serviço quando eles vieram pegá-lo, mas continuava de uniforme e ainda estava armado, e em geral isso significava alguma coisa para as pessoas. Distintivo no peito, arma no cinto? Sentia-se tremendamente forte nessas situações. Era assim desde a academia. Ainda se lembrava da primeira vez em que tinha vestido o uniforme, sentindo-se um tremendo gladiador.

Vamos botar pra foder, tinha pensado na época, e os anos não haviam desgastado muito esse entusiasmo. Sabia que era melhor não acreditar que fosse intocável — havia comparecido a muitos enterros de policiais, tinha apertado um número muito grande de mãos erradas e passado dinheiro a muitas pessoas a quem não deveria —, mas dia a dia, hora a hora, ainda se sentia forte de uniforme. As pessoas notavam. Algumas o respeitavam, algumas sentiam medo, algumas até o odiavam descaradamente, mas sem dúvida notavam.

A coisa mais irritante dos irmãos Blackwell era que eles não pareciam notar. O distintivo não significava nada. A arma, menos ainda. Os olhos azul-claros simplesmente escaneavam a pessoa, avaliando, sem demonstrar nada. Indiferentes. Até mesmo entediados.

O policial viu a picape deles quando parou. Aquela F-150 preta com vidros escuros numa intensidade ilegal. Até a grade do radiador era preta. Ian esperava que eles ainda estivessem dentro do carro. Saiu da radiopatrulha, respirou fundo e tirou o cinto de segurança, certo de que eles o observavam e querendo lembrá-los da arma, ainda que eles jamais parecessem se importar. Subiu à varanda e levantou a tampa da caixa térmica. O gelo havia derretido, mas ainda restavam algumas latas flutuando na água relativamente fria. Pegou uma Miller Lite e começou a beber ali mesmo, encostado no corrimão, olhando a picape preta e esperando que eles aparecessem.

Não apareceram.

— Foda-se — disse, quando terminou a cerveja.

Podiam ficar lá sentados, se era isso que queriam. Não iria descer e bater na porcaria da porta como se estivesse pronto para fazer a vontade deles. Não era assim que as coisas funcionavam. Eles viriam até ele, gostando ou não.

Amassou a lata e jogou-a na lixeira na varanda, tão cheia que a lata simplesmente quicou e caiu no chão. Ele ignorou, foi à porta e a destrancou, odiando a inquietação por estar de costas para a picape preta. Então abriu a porta, entrou e se deparou com eles na sala de casa.

— Que diabo vocês acham que estão fazendo? Vocês invadiram minha *casa*?

Eles não responderam, e Ian sentiu o primeiro arrepio de verdade. Desconsiderou isso e bateu a porta, tentando conter a raiva. Eles trabalhavam para ele. Precisava se lembrar disso, para garantir que eles também lembrariam.

— Um dia desses — disse, balançando a cabeça — vocês vão se ferrar bonito, sabiam?

Jack Blackwell estava sentado na poltrona reclinável de Ian. Tinha baixado o encosto para poder esticar as pernas. Era o mais velho dos dois, um pouco mais alto e um pouco mais magro. Nenhum dos dois tinha muitos músculos visíveis, mas Ian tinha visto a força daqueles corpos esguios, tinha visto o aperto de torno daquelas mãos enormes, o modo como aqueles dedos compridos podiam se transformar em tiras de aço. O cabelo de Jack era igual ao da porcaria de um Beach Boy, descendo até a gola, tão claro que parecia oxigenado. Vestia roupas desbotadas, amarrotadas, quase sempre pretas. O irmão mais novo mantinha uma aparência diferente, como se fosse importante se separar de Jack, embora quase sempre estivesse ao lado dele. Patrick poderia se passar por um fuzileiro, com cabelo cortado à navalha, camisas com vincos muito bem-feitos e botas brilhando. Estava de pé entre a sala e a cozinha, de braços cruzados. Parecia jamais se sentar.

— É uma idiotice, sabiam? — continuou Ian. — Se um vizinho visse vocês entrando aqui, seus imbecis, um vizinho que ligasse para um patrulheiro, a gente ia ter um problemão. É uma burrice de merda, com certeza.

Jack Blackwell disse:

— Ele adora dar sermão.

Patrick Blackwell disse:

— Já notei. Na maioria das vezes é sobre inteligência. Ou melhor, sobre a falta dela. Já notou isso?

— Já, sim.

Esse era o estilo deles: falar um com o outro como se estivessem sozinhos. Bizarrice dos infernos. Ian já tinha ouvido isso antes, e nunca havia gostado.

— Olha, foi um dia longo, pessoal — disse. — Não tenho tempo para bancar o escada pro show de vocês. Digam que diabo estão fazendo aqui e depois deem o fora.

— Falta hospitalidade também — observou Jack Blackwell.

— Isso é evidente — concordou Patrick. — O sujeito ficou parado lá na varanda e desfrutou de uma cerveja gelada sem ao menos oferecer.

— E não parecia ser a última bebida dele. De modo que a oportunidade para a oferta continua existindo, certamente. E ainda não foi feita. — Jack balançou a cabeça, olhando para o irmão. — Você acha que isso vem acontecendo há muito tempo? Essa falta de educação?

— Está sugerindo que a culpa é dos pais dele? Que foi um comportamento aprendido? — Patrick franziu os lábios, pensando. — Não podemos afirmar isso com nenhum nível de certeza. É possível.

— Ei, seus babacas — disse Ian, e deixou a mão baixar até a arma. — Não estou de sacanagem. Se têm alguma coisa a dizer, a hora é essa. Se não, deem o fora.

Jack ainda estava olhando para Patrick, mas Patrick, que observava Ian, disse:

— Se eu não soubesse, poderia interpretar a atitude dele como uma ameaça. Até encostou a mão na arma. Está vendo?

Jack virou os olhos azul-claros para Ian.

— Não tinha reparado. Mas você está certo. É uma postura de ameaça.

Ian concluiu que estava farto dos dois, e a sensação da arma na mão ajudou a aumentar a confiança. Foi até a porta e a abriu.

— Vão embora.

Jack Blackwell soltou um suspiro fundo, depois baixou o descanso dos pés da poltrona reclinável e se sentou curvado para a frente, de cabeça baixa, os braços apoiados nos joelhos.

— O garoto ainda está sumido. Você já deveria ter alguma informação. Um local.

Ian fechou a porta.

— Estou trabalhando nisso.

Jack assentiu lentamente, o gesto de um homem ao mesmo tempo compreensivo e decepcionado. Um pai ouvindo as desculpas do filho com problemas; um padre ouvindo a confissão de um pecado recorrente.

— As suas fontes com os delegados federais, Ian, não renderam o prometido.

— Muito estardalhaço — concordou Patrick —, mas pouquíssimo resultado.

— O garoto não está no programa de proteção às testemunhas — disse Ian. — Acreditem em mim.

— Bom, ele também não está em casa. Acredite em *nós*.

— Sei disso. Mas estou dizendo, ele não entrou para o programa. Minhas fontes não são superestimadas. São boas, como eu prometi.

— Até agora parece meio difícil de acreditar, com base nas provas.

— Ah, calma aí.

— Calma. Claro. Você entende como essa situação nos incomoda? — perguntou Jack.

Ian sentiu um latejar surdo atrás das têmporas, uma pulsação frustrada que geralmente resultava em alguém sangrando. Ele não era um sujeito que lidava bem com a frustração. Já fazia um bom tempo que entendia que talvez tivesse cometido um erro com essa aliança, mas, apesar de todas as manias estranhas e todos os comportamentos bizarros, os irmãos Blackwell eram bons. Faziam um serviço profissional, não cometiam erros e eram discretos. Eram frios e cruéis, mas ele entendia os homens cruéis, e no fim das contas só se importava se eles eram bons no serviço. Os irmãos Blackwell eram bons, no mínimo. Mas a paciência de Ian com as atitudes deles estava se esgotando rapidamente.

— Aquele garoto é um problema para mim também — disse. — No fim das contas tudo isso volta para mim, é melhor vocês não se esquecerem disso. É melhor não esquecerem quem paga pelo seu trabalho.

— Os sermões de novo. — Patrick balançou a cabeça. — Você está ouvindo isso?

— Estou — respondeu Jack. — Parece estar questionando nosso nível de compreensão. De novo.

— Calem a boca, porra — reagiu Ian. — Essa merda, essa merda de falar como se eu não estivesse aqui. Chega. Vou dizer de uma vez por todas, está bem? O garoto não está no programa de proteção às testemunhas. Se entrar, eu vou ficar sabendo. No momento não está. Então o trabalho de vocês é descobrir *onde* ele está. E rápido.

— Correram uns boatos — disse Jack. — Você lembra, Patrick?

— Negociações com promotores. É nesses boatos que você está pensando?

— Bom, não era nas chances dos Cubs antes do prazo final para contratar novos jogadores. Portanto devia ser nisso, sim.

Ian estava escutando os dois e imaginando por que diabos não tinha ido embora assim que viu a picape. Ele sempre estivera no controle com esses dois, pelo menos na teoria, mas nunca tinha *sentido* esse controle. Agora via o erro dessa associação. Um homem sensato não aluga cães de ataque; ele próprio os cria. Por quê? Porque caso contrário nunca poderá confiar totalmente neles.

— Escutem — disse. — Não sei que diabos vocês estão pensando, com os boatos e coisa e tal. Ninguém quer resolver isso mais do que eu. Os pais sabem onde o garoto está, disso vocês podem ter certeza.

— A mãe fala conosco, Patrick? O que você acha? — perguntou Jack.

— Qualquer um fala conosco se tiver o incentivo certo. Pelo menos foi o que descobrimos com o passar dos anos.

— Verdade. Mas os pais dirão o que precisamos que eles digam durante nossa conversa?

— Essa pergunta é muito mais difícil. Afinal, eles não têm nada além do garoto. Nessas circunstâncias até mesmo a abordagem mais persuasiva pode não ser eficaz. Dependeria da profundidade do afeto deles.

— Minha opinião é exatamente essa. Além disso, os pais também estão sob vigilância, agora. Apoio policial, um promotor decidido a usar o garoto como testemunha fundamental e que provavelmente fez com que eles acreditassem que o garoto pode ser mantido em segurança e que só precisa comparecer ao tribunal. Talvez você lembre que o Ian aqui disse para sairmos daquele lugar sem o garoto, que não poderíamos perder tempo com um garoto que, aspas, "podia nem ter visto nada". E isso deu tempo aos pais para procurar ajuda. Eu diria, e você pode me corrigir se achar necessário, que os pais são uma primeira opção bastante ruim.

— Tendo a concordar.

Patrick não havia afastado o olhar de Ian. Por Deus, os olhos deles eram claros. Ian odiava aqueles olhos, os jogos verbais idiotas, a postura em geral. Mesmo quando tentava irritá-los, não conseguia. Ainda não tinha conseguido abalar aqueles diálogos malucos e monótonos.

— Então arranjem outra opção — disse Ian. — Esse era o serviço de vocês. Façam. Deem o fora da minha casa e se virem.

— Por quanto? — perguntou Jack.

Ian o encarou.

— Por *quanto*?

— É. Qual é o valor do pagamento, Ian?

— Vocês esperam que eu pague para matarem uma testemunha que *vocês* deixaram viva? Que eu pague para limparem a porcaria da sujeira que vocês fizeram?

— A sujeira ocorreu enquanto já estávamos a seu serviço — disse Jack, ainda olhando para o chão. — Essa sujeira faz parte de uma sujeira preexistente. Uma sujeira que você pagou para nós limparmos. Para você.

— Eu esperava que fosse um serviço mais bem-feito.

Jack olhou para a direita, para Patrick, que estava a uns três metros de distância. Ele tinha se afastado alguns passos do irmão.

— Nós o decepcionamos, Patrick.

— É o que parece.

Jack se virou para Ian. Agora os dois irmãos o encaravam, dois pares daqueles olhares glaciais. De repente Ian desejou não ter fechado a porta.

— A sujeira nova faz parte da antiga, detetive O'Neil — disse Jack. — Se você é dono de uma, é dono da outra. Dá para entender? Pense em nós... — Jack balançou a mão entre ele e o irmão. — Houve um pagamento. Eram dois Blackwells. Se você pegou um, pegou o outro. Está me acompanhando? Está vendo a correlação?

— Não tenho dinheiro para vocês.

A boca de Ian estava seca. E agora sua mão repousava visivelmente no cabo da pistola. Nenhum dos dois tinha ao menos piscado diante disso. Ian sabia que eles tinham visto e queria que tivessem se intimidado. Por que não se intimidaram?

— Se não há dinheiro nisso — disse Jack —, por que diabos nós mataríamos esse garoto?

— Está falando sério?

Jack assentiu, paciente.

— Porque ele pode colocar vocês na porra da prisão. Os dois. Se pegar um, pega o outro. Não foi o que você disse? Bom, meu chapa, ele vai pegar vocês dois. Vai pegar todos nós. Eu? Pelo menos eu tenho uma chance. Mas vocês dois? Ele *viu* vocês dois.

— Então sua tese seria a seguinte: nós matamos por dinheiro ou matamos para nos proteger. Existe quem paga e existe quem ameaça. Correto?

— Correto — respondeu Ian.

Jack o encarou por um longo tempo e não disse nada. Foi Patrick que finalmente rompeu o silêncio:

— E você, Ian, não é mais quem paga.

O problema era que eles eram dois. Você tentava ficar de olho em ambos, mas eles nunca ficavam juntos. Sempre davam certa distância. Assim, um falava e você olhava para ele, e você só conseguia ver o outro com o canto do olho. Então esse falava e você olhava para ele, e agora o outro só podia ser visto com o canto do olho. Ian estava falando com Jack, estivera concentrado em Jack, olhando Jack com a mão na arma, pronto para sacá-la e disparar. Então Patrick falou, e Ian fez o que o instinto mandava: olhou naquela direção.

Estava olhando na direção errada quando o movimento foi feito por Jack. E quando girou de volta e sacou a Glock, já havia uma pistola com silenciador na mão de Jack Blackwell. Ela escoiceou duas vezes, e Ian estava caído de joelhos na sala, com o sangue escorrendo em profusão no chão de madeira. Ele não morreria assim, sem ao menos dar um tiro, mas agora estava olhando para Jack, e Patrick estava do outro lado. Ian o viu com o canto do olho, e quando os tiros vieram dessa direção, estava outra vez virado para o lado errado.

Se pegar um, pega o outro.

O sargento detetive Ian O'Neil estava morto no chão da sala quando os irmãos Blackwell saíram da casa, certificando-se de trancar a porta, e voltaram à picape.

— Ele tinha alguma razão — disse Patrick, sentando-se ao volante. — Sabe aquela parte sobre os motivos para matar? Dinheiro ou ameaça? Ele era um sujeito convincente.

— Ele tinha uns bons momentos — concordou Jack, guardando a pistola no console central e deixando a tampa levantada até que Patrick acrescentasse a dele.

— Mesmo assim, eu gostaria de ser pago para encontrar o garoto.

— O jovem Jace não nos oferece recompensa, isso é verdade. Mas o risco...

— É. — Patrick ligou o grande motor V-8. — O risco é substancial. Por isso acho que precisamos encontrá-lo.

— Acho que sim.

5

Não tente adivinhar. Essa havia sido a regra de Allison para o dia. Tinha visto todas as fichas. Em alguns sentidos conhecia os garotos de cor, e ainda nem havia se encontrado com eles.

— Não importa — disse em voz alta enquanto alimentava o cavalo, Tango, seu bebê, um animal em reabilitação. Ele tinha levado um coice e sofrido uma fratura em quase toda a extensão da pata. O osso se quebrou, mas não se despedaçou. Se isso tivesse acontecido, ele teria que ser sacrificado. Mas havia esperança, ainda que ele jamais fosse ter o mesmo desempenho de antes. Agora estava no terceiro mês de reabilitação — e por isso não se deitava havia três meses. Tango estava de pé durante 94 dias consecutivos. Usava um freio ligado a duas faixas tensionadas que o impediam de se deitar. Se ele se deitasse, as chances de destruir a pata eram grandes, porque teria de pôr uma força enorme na pata dianteira para se levantar outra vez.

E assim ele permanecia de pé. Não aparentava nenhum traço de dor, frustração ou fadiga. Allison tinha passado a vida inteira perto de cavalos e sabia que eles não precisavam se deitar para dormir nem descansar, como os humanos e muitos outros animais, mas mesmo assim ficava pasma ao vê-lo ali, dia após dia, tão paciente, tão firme. Tão confiante.

Falou com ele enquanto o escovava, e o animal soltou uma série de bufos graves e, no melhor estilo Tango, atirou um jato de ranho no braço dela. Era um elogio. Era afeto verdadeiro.

— Mais duas semanas, amigão.

Era o tempo restante do tratamento. A pata dianteira já devia estar totalmente curada, Tango tinha feito caminhadas sem demonstrar qualquer sinal de dor, mas não tinha levado um cavaleiro. Allison mal podia esperar para montar de novo em Tango. Era algo que viria a calhar num verão de inquietude.

Antigamente ela montava em apresentações. Feiras, competições, bizarros concursos de beleza em Montana. Sua mãe amava esse mundo. Allison, nem tanto. Para a mãe, o cavalo era sempre um pensamento de última hora. O que mais importava era a roupa, o cabelo, a postura de Allison. Depois de um tempo a pessoa começava a se perguntar que criatura estava realmente sendo cavalgada na apresentação.

Ela ainda estava falando com o cavalo quando o furgão chegou, e ali estavam eles: seis garotos do tipo que ela conhecia em todos os verões e um que estava fugindo de um assassino. Desceram na frente do dormitório, uma casa de madeira, simples, sem eletricidade nem água corrente. Allison já os examinava enquanto eram apresentados. Não conseguia evitar. Nesse momento, *não tente adivinhar* era uma ordem risível.

Ali estava Drew, dezesseis anos, de Vermont. Alto, carrancudo e querendo estar em outro lugar. Raymond, quinze anos, de Houston. Olhos escuros que se moviam com rapidez, como se ele estivesse fazendo uma lista de todas as ameaças possíveis. Connor, catorze, de Ohio, que ao ser apresentado olhou para os seios de Allison e não para os olhos, e ficou vermelho ao perceber que tinha sido apanhado. Ty, catorze, de Indiana, um garoto menor, mas cheio de músculos, que ele estufava o máximo possível. Jeff, quinze, de Kansas, que ficou atrás dos outros e não fez contato visual com ninguém enquanto se apresentava. Marco, quinze, de Las Cruces, já assumindo o papel de palhaço da turma, fazendo uma série de piadinhas sobre o "centro de treinamento" que provocaram sorrisos em Bryce, quinze anos, de Chicago, embora fossem sorrisos nervosos.

Ela já estava identificando os pontos fracos. Bryce parecia inquieto e louco para fazer um amigo logo. Possível. Jeff e Drew pareciam querer entrar no primeiro voo para longe, mas a expressão do segundo mostrava mais problemas de atitude. Jeff só parecia amedrontado.

Provavelmente Jeff, pensou, e então percebeu que Ethan a observava. Sorriu para ele e se virou, censurando-se.

Não importa.

Mas parecia importar. Sentia-se frustrada porque não podiam saber, ainda que a lógica da decisão fosse clara.

— Vocês se lembram daquelas vacas que nós vimos na estrada? — perguntou Ethan. — As temíveis vacas das montanhas? Pertencem à minha esposa.

— Por que vocês deixam elas ficarem andando na pista? — perguntou o que se chamava Raymond. — A gente precisou buzinar para elas saírem da frente.

— O aluguel das terras públicas é barato — respondeu Allison, com um sorriso. — O que posso dizer? Gosto de economizar meus dólares.

— Que diabos vocês fazem...

— Olhe essa língua — disse Ethan.

— Desculpe. Como vocês fazem elas *voltarem*?

— Os caubóis trazem — respondeu Allison.

— *Ah, não ferra!* Caubóis de ver...

— *Olhe essa língua* — repetiu Ethan. — Raymond, vamos ter problemas com isso?

Raymond deu de ombros. Um leve sorriso brotou no seu rosto. Allison olhou para ele e pensou: *Não, é confiante demais, não está com medo, e o garoto certo vai estar com medo.* Eram todos brancos, a não ser Marco, hispânico. *Um grande problema com drogas, talvez, ou algum tipo de assassinato na fronteira, uma daquelas quadrilhas de tráfico de drogas sobre as quais a gente lê,* pensou, e então, logo depois desse pensamento: *Sua racista de merda, você pensou mesmo isso? Em que você está se transformando?*

— Caubóis. — Raymond balançou a cabeça e riu. — Vocês estão zoando com a minha cara.

— Vão se acomodar no dormitório — ordenou Ethan. — Existem dezesseis camas e vocês são apenas sete, de modo que não deve ser difícil encontrar uma acomodação. Vamos nos reunir às quatro perto da fogueira, ali. Descansem um pouco, relaxem. Curtam os colchões. Logo vocês vão dormir lá em cima.

Ele apontou para onde o pico Pilot e o pico Index se erguiam contra o céu cinzento, e os garotos levantaram os olhos. A julgar pelos rostos, seria de pensar que estavam olhando para monumentos ameaçadores de pedra em memória aos que haviam perecido nas montanhas.

— Nós vamos escalar? — perguntou Connor.

— Não, cara, vamos subir pela escada rolante — retrucou Marco, provocando gargalhadas.

— Vamos fazer algumas escaladas — disse Ethan. — Mas não naqueles carinhas ruins. Pelo menos por enquanto. Certo, vão se acomodar e estejam perto da fogueira às quatro em ponto. Vamos revisar todo o equipamento de que vocês vão precisar para a trilha. Qualquer coisa que vocês não puserem na mochila não vão poder usar, portanto sugiro que prestem muita atenção.

Os garotos levaram as bagagens para o dormitório. A maioria tinha malas ou bolsas de lona; uns poucos carregavam mochilas. Era um grupo pequeno, mas era assim que funcionava. As autorizações e o seguro de Ethan só permitiam que ele fosse o único instrutor quando trabalhava com grupos de oito jovens ou menos. Se fossem mais de oito, como acontecia algumas vezes, ele precisava ter um instrutor extra.

Quando os garotos estavam no dormitório e os dois ficaram sozinhos, Ethan se virou para Allison.

— Acho que é o Drew. Ele não fala como se fosse da Nova Inglaterra, que é supostamente de onde veio, e com certeza absoluta não quer estar aqui, mas tem certa curiosidade com relação ao que a gente faz.

Ela o encarou, atônita. Ele sorriu e disse:

— Amor… É humano pensar. Nós não vamos *tentar* descobrir, mas seja sincera. É humano pensar.

Ela balançou a cabeça e suspirou.

— Eu gostaria de saber.
— Não existe nenhuma vantagem em saber.
— Talvez exista.
— Não vejo qual.
Ela assentiu.
— Eles têm uma hora — disse Ethan. — E eu gostaria que tivessem algum espaço. Precisam começar a sentir uns aos outros.
— Você acha que temos uma hora até a primeira briga?
— Esperemos que sim.
Então ele pegou a mão de Allison e a levou para dentro de casa.

Estavam na cama, uma hora roubada enquanto os garotos se acomodavam no dormitório. Allison acompanhou o desenho dos músculos do peito do marido com o dedo e disse:
— Você já pensou mais sobre isso?
— Sobre o quê? — perguntou Ethan, e ela afastou a mão, rolou, deitando-se de costas, e suspirou, olhando para o teto sombreado.
Imediatamente Ethan sentiu falta de seu calor. Um minuto se passou, e depois talvez mais cinco. Por fim ela rompeu o silêncio:
— Se alguém vier atrás dele.
— Isso não vai acontecer.
— Mas já pensou nisso?
Ele fez uma pausa. Não sabia o que ela queria escutar, mas decidiu dizer a verdade, quer ela quisesse ouvir ou não.
— Já. E acho que estou pronto, para o caso de virem. Mas não virão.
— Você pode perder muito, se apostar nisso. Pode perder tudo.
— Não vou perder tudo.
— Não? E se alguma coisa acontecer aqui nas montanhas, Ethan? E se alguém der um tiro num desses garotos? Seria seu fim. Tudo que você construiu iria por água abaixo.
— Isso não vai acontecer.
Allison suspirou de novo, e quando ele estendeu a mão ela não se moveu. Sua silhueta era visível na penumbra do quarto. Ele podia sentir o

cheiro do seu cabelo e da pele, e quis parar de falar nessas coisas; as horas que passavam juntos no verão eram poucas e não podiam ser desperdiçadas com uma discussão.

— Eu posso ajudá-lo — disse Ethan, passando o dedo na lateral do seio dela e apertando seu quadril. — Independentemente de quem ele seja, eu posso ajudá-lo.

Muito tempo antes, quando saiu da Força Aérea depois de anos trabalhando como instrutor de sobrevivência em todos os climas possíveis e se estabeleceu nas montanhas de Montana, Ethan teve uma ideia do que desejava fazer com seus conhecimentos. A Força Aérea treinava instrutores de sobrevivência em todos os ramos de elite do serviço militar. Se um Ranger do Exército dissesse que era instrutor de sobrevivência, significava que tinha passado pelo programa da Força Aérea; o mesmo com relação aos SEALs, o mesmo para todo mundo, não importando qual fosse a unidade nem até que ponto ela fosse de elite. Ethan tinha se saído bem com aqueles sujeitos porque entendia algo que precisava ser entendido. Eles eram uns filhos da puta cruéis, se necessário podiam matar com qualquer arma conhecida da humanidade ou sem nenhuma arma, e o trabalho de Ethan não era impressioná-los nem tentar se igualar a eles; era torná-los competentes em mais algumas áreas de combate, conhecidas como SERE: sobrevivência, evasão, resistência e escape. E nessas áreas Ethan estava entre os melhores.

Uma das coisas que tinha aprendido ensinando aqueles guerreiros era que o sobrevivente possuía habilidades específicas, e quase todas estavam no espaço entre as orelhas, uma convergência de capacidade cognitiva e controle emocional. Alguns sujeitos musculosos tinham dificuldade com isso. Outros, não. Mas, na tentativa de instilar essas ideias, ele se tornou fascinado por saber se alguém poderia *desenvolver* uma mentalidade de sobrevivente. Você precisa nascer com ela, trazê-la em algum fio retorcido do DNA, ou poderia aprender?

Eram coisas em que se tinha tempo para pensar quando se passava semanas no deserto, sozinho sob um céu noturno tão carregado de estrelas que era difícil de compreender; ou na selva, dormindo numa rede feita por você mesmo, que o mantinha elevado acima dos insetos que poderiam devorar sua carne; ou no Ártico, construindo uma fortaleza com blocos de gelo. O que Ethan havia decidido, o que tinha determinado depois de anos investidos no estudo e no ofício da sobrevivência, era que o ganho poderia se estender muito além do que ele ensinava no serviço militar. Nesse ponto já havia ajudado adolescentes de todo o país, em todas as circunstâncias imagináveis, e sabia que tinha feito um bom trabalho, que tinha feito diferença. Era preciso se empenhar ao máximo e não se considerar responsável por aqueles que não conseguia alcançar, porque era impossível alcançar todos. Era preciso admitir isso cedo, permitir-se aceitar que alguns vacilariam apesar de todos os seus esforços. Mas, no caso especial desse verão, ele não conseguia admitir isso. Qualquer que fosse o garoto, Ethan queria causar um impacto. Acreditava que poderia.

Ao lado, na cama, sua esposa ainda estava em silêncio.

— Allison? Por favor.

Então ela se virou de novo para ele. Passou a mão pelo braço do marido e segurou seu rosto, apoiando-se num cotovelo. Olhando em seus olhos.

— Eu me sentiria melhor se houvesse mais ajuda — disse. — Se você trouxesse algumas pessoas, só por essas semanas. Reggie, talvez. Ele seria bom.

— Reggie está na Virgínia. Ele tem o negócio dele.

— *Alguém*, então. Para não ser só você, lá, sozinho.

— Você sabe o acordo que eu fiz nesse caso. Eu *preciso* estar sozinho.

— Você vai levar os garotos para a montanha amanhã. É a primeira manhã, e já vai levá-los para cima?

— Neste verão terá que ser assim. Não é ruim, só diferente. Quero alterar meus padrões de sempre. Só para garantir.

— Você deveria ter exigido que mais alguém viesse junto.

— Eu te amo.

— Isso é mais fofo do que dizer *chega de papo*. Apesar de significar a mesma coisa.

— Eu te amo — repetiu ele.

Allison se inclinou e lhe deu um beijo, depois apoiou a testa na dele, e seus lábios roçaram a pele de Ethan enquanto ela falava:

— Vou deixar pra lá. Não vou mais tocar nesse assunto. Você não precisa disso. E Deus sabe que eu não sou obrigada a ficar batendo com a cabeça no pedaço de granito que você gosta de chamar de sua *opinião*.

— Pegou pesado, Miss Montana!

— Não me chame assim.

— Desculpe. Sei que você só ficou em segundo lugar.

Em geral ele conseguia obter uma reação falando isso, conseguia transformar a raiva em riso. Mas nessa tarde ela ficou quieta. Ele a abraçou, puxou-a para si, mas alguma coisa continuava estranha. Músculos tensos onde deveriam estar relaxados. Ethan a segurou pela cintura e a empurrou de volta, e agora foi sua vez de procurar um contato visual no escuro.

— O que há de errado?

Ela balançou a cabeça.

— Não sei. É só um sentimento ruim. Não consigo identificar. Talvez por isso seja tão fácil ficar preocupada com ele. Quem quer que ele seja. Mas é mais do que isso. É só... tem alguma coisa esquisita. Eu ando agitada. Inquieta. Como se alguma coisa estivesse por vir.

Então ele riu dela, uma coisa da qual lembraria várias vezes nos dias seguintes. O peso sério do alerta, e de como aquilo tinha parecido melodramático no quarto escuro, com o corpo dela encostado no seu e a casa cheia de calor e fumaça de lenha.

— Você andou lendo aqueles livros místicos? — perguntou Ethan.

Eram os prediletos dela, e Allison tinha falado inúmeras vezes de como invejava as pessoas com o dom da premonição, algo que sempre era fonte de diversão para ele: o fato de ela acreditar e desejar aquele tipo de coisa.

— O que você vê, amor? A sombra lançada pela lua, a sombra de uma aranha, o modo como o gato levanta o rabo?

— Não — respondeu ela, com a voz suave. — Nada disso. Mas mesmo assim eu sinto.

— Ainda não morri nessas montanhas. E isso não vai acontecer este ano.

Ela ficou em silêncio.

— Amor? — insistiu ele. — Isso... não... vai... acontecer.

— Está bem. Está bem. — Mas a voz dela ainda estava pesada e sombria. Ethan tocou o rosto de Allison com delicadeza. Ela beijou sua mão e disse pela terceira vez: — Está bem, Ethan.

Ele queria perguntar mais, porque Allison estava muito séria. Não que ela fosse ter respostas para um sentimento que vinha de algum lugar inexplicável, primitivo ou, que inferno, talvez místico, pelo que ele sabia. Ela deslizou as mãos, que desceram pelo peito dele, pela barriga, e depois mais para baixo. E então qualquer pergunta que estivesse nos lábios de Ethan desapareceu, primeiro com a palma da mão fria, depois com o calor dela, e mais tarde ela estava dormindo aninhada em seu peito, e ele não queria incomodá-la, mas precisava ir até a fogueira para encontrar os garotos, por isso saiu em silêncio.

Não conversaram de novo sobre a inquietação de Allison antes que ele subisse as montanhas.

6

Jace Wilson estava morto.

Tinha falecido numa pedreira, e Connor Reynolds precisava ter isso em mente. A parte mais difícil do novo nome não era lembrar-se de se apresentar com ele; era atender quando os outros o chamavam assim.

— Connor? Ei? Connor? Você está, tipo... ligado, cara?

Estavam no primeiro dia de trilha quando o garoto espalhafatoso, Marco, começou a falar com ele, mas Jace estava concentrado no campo ao redor, pasmo com o tamanho de tudo. As distâncias eram espantosas. Tinha feito várias caminhadas em Indiana e se achava bastante familiarizado com a ideia. Mas lá você chegava numa crista de morro, olhava para o próximo ponto da trilha e seriam cinco, dez minutos para alcançar a meta. Ali em cima era uma hora, uma hora exaustiva, suando e ofegando, e você parava para tomar água, girava e percebia que ainda dava para ver o lugar de onde tinha partido. Parecia que não estava ganhando terreno nenhum.

Caminhavam por um vale raso, com montanhas dos dois lados, e ali de baixo ele não se incomodava em olhar os picos. No início tinha ficado nervoso, com medo de irem para algum tipo de trilha de cabritos monteses onde uma queda significaria a morte — até mesmo a autoestrada tinha dado essa sensação; ele precisou fingir que estava dormindo para não ficar olhando as curvas fechadas e íngremes, com todos os outros garotos acordados, falando e rindo daquilo —, mas até agora a trilha não era ruim. Sinceramente, tinha sido bem maneira. E ali ele se sentia mais seguro, o que era estranho. Nas montanhas tinha a sensação de que ninguém ia chegar de fininho e surpreendê-los. Certamente não surpreenderiam Ethan Serbin, que parecia perceber cada agulha de pinheiro fora do lugar. Por isso ele estava se sentindo muito bem, bastante seguro. Então o garoto espalhafatoso começou a chamá-lo pelo seu novo nome e ele não respondeu.

Na quarta vez em que Marco o gritou, todos estavam olhando. Até Ethan pareceu interessado. Jace entrou em pânico, achando que tinha estragado tudo, que sabiam quem ele era. E tinha sido lembrado repetidamente que esse era o único modo de o plano dar errado nas montanhas. Se deixasse alguém saber a verdade, se deixasse alguém saber que ele não era quem estava fingindo ser, era aí que os homens da pedreira apareceriam. Jace pensou neles e escutou suas vozes no lugar da de Marco. E enquanto o pânico crescia, ele concluiu que precisava explicar isso de algum modo, bolar um motivo para estar ignorando o garoto. Não podia dizer simplesmente que estava distraído ou que não tinha escutado. Não bastava. Precisava representar seu papel.

— Se eu quisesse falar com você — disse Jace, encarando Marco —, falaria.

Marco inclinou a cabeça para trás com os olhos arregalados.

— Que *porra* é essa? Ei, cara, eu...

— Parem com isso! — trovejou Ethan Serbin. — Vocês dois, parem de falar. Agora. E você vai ficar me devendo por causa do palavreado, Marco. Vai pagar assim que voltarmos ao acampamento. Espero que goste de catar lenha para a fogueira. Você pode chamar as toras do nome que quiser.

— Cara, esse moleque...

Ethan levantou a mão, silenciando-o. Todo mundo ainda estava olhando para Jace. Ele se sentiu exposto, mas tentou manter a cara de durão, tentou parecer o que devia ser: um garoto rebelde e malcomportado, pior do que os outros. Se ele fosse o pior, iriam deixá-lo em paz.

— Connor? Qual é o seu problema hoje? Há algum motivo para desrespeitar seus amigos?

Preciso manter a firmeza, disse Jace a si mesmo, mesmo odiando representar esse papel na frente de Ethan Serbin, que tinha um jeito poderoso de mostrar a decepção através do silêncio, algo que fazia Jace se lembrar do pai. E Jace precisava agradar o pai, porque o velho trabalhava muitas horas, sentindo dor, e tomava comprimidos para ajudar, mas os remédios nunca adiantavam. Jace tinha aprendido cedo que, quanto mais coisas fizesse por conta própria, quanto mais problemas resolvesse sozinho, melhor. Não que o pai fosse ruim ou demonstrasse raiva o tempo todo. Só que a vida não tinha sido gentil com ele, por isso Jace tentava ser.

Assim, enquanto sua metade Jace dizia: *Por favor, Ethan*, a metade Connor dizia: *Dê o que ele acha que você é*, e Jace era inteligente a ponto de ouvir essa segunda parte.

— Ele não é meu amigo. Não estamos aqui porque somos amigos. Ou porque queremos ser. Todo mundo sabe.

Para ele isso pareceu bom, pareceu a coisa certa. *Entre no personagem, entre no personagem.* Esse tinha sido o conselho do seu pai. Claro, um elemento fundamental de entrar no personagem era lembrar o próprio nome.

— Certo — disse Ethan Serbin. — A escolha não é de vocês. Eu me lembro de ter sido posto em muitos lugares que eu também não escolhi. E sabe o que acontece numa situação de sobrevivência, Connor? Você acha que, se um avião cair, a *escolha* vai ser sua? Que a *escolha* vai ser de alguém?

Jace balançou a cabeça.

— Portanto nós trabalhamos com o que temos — continuou Ethan. — Isso vale em relação às intempéries, ao clima, aos suprimentos, a tudo isso. Sem dúvida vale em relação aos seus companheiros. Você trabalha com *quem* você tem. Ainda não são amigos? Ótimo. Talvez acabem sendo. Talvez não. Mas uma coisa que não podemos tolerar, porque numa situação diferente isso poderia fazer com que morrêssemos, é o desrespeito. Se continuar desrespeitando o Marco, como ele vai olhar para você quando você *precisar* dele? Quando você estiver com uma perna quebrada e precisar que ele carregue seu rabo para fora daqui? Não acha que desejaria ter mostrado um pouco mais de respeito, um pouco mais de gentileza?

Jace deu de ombros, tentando parecer mal-humorado e indiferente.

— Acho que você desejaria — disse Ethan. — E quando vocês dois trabalharem juntos para catar toda a nossa lenha hoje à noite, ele por causa do palavreado e você por desrespeito, talvez você pense nisso.

— Talvez.

Jace ainda estava tentando demonstrar rebeldia apenas o suficiente para seguir em frente. Ethan o encarou por um longo tempo, depois se virou.

Todos os outros estavam observando Jace, e ele sabia o que aquela expressão significava. Tinha visto a mesma coisa muitas vezes no rosto de Wayne Potter. Agora ele era um alvo, não somente para os homens da pedreira, mas para os garotos com quem deveria passar o verão. Tudo porque não conseguia lembrar o próprio nome falso.

— Certo — disse Ethan Serbin. — Hora de alguém me dizer onde nós estamos.

Ethan fazia isso com frequência. Parava de repente e questionava como eles percebiam o terreno em volta, mas dessa vez Jace teve a sensação de que o instrutor estava tentando desviar a atenção dos outros para longe dele, como se também soubesse que a encrenca estava brotando.

— Sem mapas, sem bússolas — continuou Ethan. — Digam para que direção estamos virados.

Estavam de frente para uma montanha. Atrás deles havia uma montanha. À esquerda e à direita mais montanhas. Que direção? Deveria ser bem fácil. Jace procurou o sol. Estava subindo ou descendo? Isso diria se era o leste ou o oeste.

— O que você está fazendo, Connor? — perguntou Ethan.

— Nada.

— O que você estava procurando?

— O sol.

— Por quê?

Jace deu de ombros outra vez, ainda não querendo abrir mão da atitude, e Ethan pareceu frustrado, mas não o pressionou.

— O instinto do Connor é o certo — disse ele.

— Escoteiro bonzinho — sussurrou Marco.

É, a partir dali o negócio ia desandar. Ethan estava dizendo:

— O céu vai nos reorientar quando estivermos perdidos. À noite vocês vão usar as estrelas e de dia, o sol. Mas neste momento suspeito que Connor esteja um pouco confuso. Porque onde está o sol, pessoal?

— Bem em cima da gente — respondeu Drew.

— Exato. Sabemos que ele nasce no leste e morre no oeste, de modo que nessas horas do dia fica fácil. Mas e agora? Ao meio-dia? Como sabemos para onde estamos virados?

Ninguém soube responder.

— As sombras vão dizer. — Ethan levantou seu bastão de caminhada, uma haste fina com seções telescópicas para mudar de tamanho, e enfiou a ponta na terra. — Drew, pegue uma pedra e marque a sombra. O final dela, bem na ponta.

Drew colocou uma pedra chata no ponto em que a sombra sumia na poeira.

— Duas coisas que sabemos que estão sempre certas — disse Ethan. — O sol nasce no leste e se põe no oeste. Vocês podem estar tendo o pior dia da sua vida, tudo no mundo pode parecer ter desabado sobre vocês, mas, pessoal, o sol vai nascer no leste e se pôr no oeste. E um objeto à luz do sol vai projetar uma sombra. Cada um de vocês tem uma sombra agora.

Jace sentiu um arrepio inquieto. Não, cada um deles não tinha apenas uma sombra. Jace tinha a sua e outras duas. Elas estavam em algum lugar no mundo e pretendiam pegá-lo.

— No hemisfério Norte isso significa que as sombras se movem no sentido horário — explicou Ethan. — Então deem um tempinho ao sol. Vamos esperar essa sombra se mexer.

Todos ficaram em volta, tomaram um pouco de água e esperaram a sombra se mexer. Até que ela se esgueirou para longe da pedra e encontrou a terra poeirenta ao lado. Ethan comeu um pouco de ração reservada para a expedição e olhou com paciência para o chão enquanto todos os outros ficavam se remexendo ou desistiam e se sentavam. Jace permaneceu de pé, olhando a sombra.

— Certo — disse Ethan finalmente. — Drew, marque de novo, com outra pedra.

Drew colocou outra pedra ao lado da primeira. Elas estavam quase se tocando. Ethan tirou o bastão de caminhada do chão e o depositou atravessado sobre as pedras, em seguida se ajoelhou e pegou uma faca de lâmina comprida na bainha presa ao cinto. Pôs a faca atravessada sobre o bastão, em ângulo reto com relação a ele.

— Olhem agora — disse. — Com que vocês acham que isso parece?

— Uma bússola — respondeu Ty. — Quatro pontos, quatro direções diferentes.

Ethan assentiu, aprovando.

— E o que nós sabemos sobre o sol? Ele nunca vai mentir com relação a quê?

— Ao movimento dele — respondeu Ty. — Do leste para o oeste.

— Exato. Nós o vimos se mover só um pouquinho, não o suficiente para dizer grande coisa se só olhássemos para ele. Mas, usando as sombras, temos uma pedra marcando a direção geral do leste e outra marcando a direção geral do oeste. Essas direções nos indicam as outras, claro. Então alguém diga em que direção nós estamos indo.

— Norte — respondeu Jace. A ponta da faca apontava para o norte.

— Exato. Bom, isso não é tão exato quanto uma bússola, mas vai dar os pontos cardeais. E se você largar a vara no chão e não vir nenhuma sombra, significa que o sol está no sul. Você pode não ver a sombra, mas mesmo assim ela diz quais são as direções.

Eles começaram a andar de novo, e o incidente com Marco evaporou da mente de Jace; ele estava caminhando e pensando nos homens da pedreira, comparando o que lembrava deles com o que sabia sobre Ethan Serbin. Pensou que, se alguém tinha chance contra aqueles dois, esse alguém provavelmente era Ethan. O problema, para o garoto, era simplesmente uma questão de números: dois contra um. As chances estariam a favor dos seus caçadores, se eles viessem. Mas talvez ali, onde se sentia em casa, Ethan Serbin fosse bom a ponto de equilibrar essa desvantagem. Talvez ele os visse chegando, percebesse os dois antes que eles o percebessem, e isso viraria a situação a favor de Ethan. Se a situação chegasse a esse ponto — e tinham lhe prometido que não chegaria —, Jace achava que o certo a se fazer seria contar a Ethan quem ele era. Sua única instrução era ser Connor. Mas se os homens da pedreira viessem, as instruções não fariam diferença. Ele precisaria fazer parte da equipe, precisaria ajudar Ethan a trabalhar com...

Quando seus pés falharam, Jace estava com a cabeça levantada e as mãos segurando as alças da mochila. Não estava preparado e caiu de frente nas pedras, soltando um gritinho, não de dor, e sim de surpresa. Quando Ethan e os outros olharam para trás, ele já estava no chão, e ninguém na frente viu o que havia acontecido: Marco tinha feito com que ele tropeçasse.

— Você está bem? — perguntou Ethan.

— Estou. — Jace ficou de pé, espanando a poeira e tentando não demonstrar dor.

Tinha sido uma queda feia, e normalmente ele conseguiria se firmar sem cair de verdade, mas o peso da mochila era uma novidade e o desequilibrou, por isso ele caiu com tudo. Havia uma pulsação quente e molhada embaixo do joelho: devia ser sangue. Mas a calça de náilon não tinha rasgado, então o sangramento estava escondido dos olhos de Ethan.

— O que aconteceu?

Ethan já estava olhando para além dele, para os garotos no fim da fila, Marco, Raymond e Drew.

— Só tropecei — respondeu Jace, e agora os olhos de Ethan voltaram e focalizaram nele.

— Só tropeçou?

Jace fez que sim. Marco estava bem atrás; tinha feito questão de ajudá-lo a ficar de pé e depois não recuou. Estava tão perto que Jace sentia o cheiro do seu suor.

— Certo — disse Ethan, virando-se e começando a andar de novo. — Temos nossa primeira queda. Vamos falar um pouco sobre como caminhamos e como pousamos quando caímos. Essa segunda parte é a mais importante. Lembrem que a mochila não afeta só o equilíbrio, afeta a força com que você cai, por isso, se puderem, tentem...

— Fica de pé, veado — sussurrou Marco no ouvido de Jace enquanto caminhavam, e Raymond e Drew riram.

Jace não disse nada. Seu tornozelo direito estava quente com o sangue, e agora surgiam gotas na bota.

A culpa é sua, disse a si mesmo. *Você nem consegue lembrar seu nome.*

Manteve a cabeça baixa, contando as gotas de sangue que apareciam na bota, e a cada gota se lembrava do nome novo.

Connor. Connor. Connor. Meu nome é Connor e estou sangrando, meu nome é Connor e estou sozinho, meu nome é Connor e dois homens querem me matar, meu nome é Connor e Jace já era, Jace partiu de vez.

Meu nome é Connor.

7

Os dois observavam através de uma mira de fuzil modificada enquanto os garotos caminhavam. Observavam em silêncio e marcavam o caminho no mapa, depois confirmaram a posição deles e a direção em que iam.

— Isso é o básico — disse um sujeito de vinte e poucos anos chamado Kyle. — Claro, se for fumaça você tem muito mais para informar. Não somente a posição.

Hannah Faber se empertigou, se afastou do localizador de incêndios Osborne e assentiu, umedecendo os lábios e olhando para a porta da cabine da torre de incêndio, desejando que Kyle passasse por ela e a deixasse sozinha, que ele entendesse que, se havia alguma coisa sobre a qual ela não precisava de orientações, era o básico de incêndio florestal. As palavras dele entravam por um ouvido e saíam pelo outro: Kyle havia atuado no serviço florestal durante dois anos e estava cansado do trabalho pesado que lhe ofereciam, pensando que isso seria relaxante, uma chance de talvez escrever um pouco. Sabia que tinha um romance para pôr para fora, ou talvez um roteiro de cinema, mas às vezes os poemas pareciam uma coisa melhor...

Tudo isso jorrava dele sob a forma de apartes enquanto a levava para conhecer o lugar, que certamente não precisava de muitos comentários. Cama aqui, mesa ali, fogão a lenha. Quanto mais perto ele chegava e quanto mais falava, parecia que ela sentia os nervos se esgarçando por dentro e arrebentando um por um. A temporada de incêndios. Ia voltar e estava chegando. Hannah queria ficar sozinha.

Ele vai embora logo, pensou. É só aguentar mais uns minutos.

Kyle tinha parado de falar e estava olhando a mochila de Hannah, e isso a incomodou. Claro, era só uma mochila, mas tinha o conteúdo da sua vida, e nos últimos meses ela havia sido extremamente reservada com relação à própria vida.

— Você trouxe um senhor par de botas para ficar sentada aqui em cima — disse Kyle.

Amarrado à parte de trás da mochila havia um par de botas White's contra incêndio. Para quem abria aceiros e usava machados Pulaskis, elas eram indispensáveis. No primeiro ano Hannah tentara economizar comprando botas baratas, mas elas ficaram arruinadas em dois meses. Então imitou os companheiros mais experientes e comprou as White's. O par em sua mochila era novo em folha, esperando uma ação que jamais veria. Ela sabia que era idiotice trazê-las, mas não conseguiu deixá-las para trás.

— Gosto de botas boas — disse.

— Já ouvi mulheres falando isso. Mas em geral era sobre um look um pouquinho diferente.

Ela conseguiu abrir um ligeiro sorriso.

— Sou uma mulher um pouquinho diferente.

— Você passa muito tempo nesta região?

— Já vim algumas vezes. Vamos ao ponto, está bem? Você ia me falar do protocolo de rádio.

Então o assunto passou para o rádio, e o olhar dele se afastou da mochila e das botas contra incêndio. Por fim passaram para os mapas topográficos numa mesa.

— Quando vir fumaça, você faz contato. Portanto, seu primeiro serviço é ver, obviamente, e depois informar a posição correta. É onde essa coisinha entra.

Ele indicou o Osborne outra vez, que era basicamente uma mesa de vidro redonda com um mapa topográfico embaixo. No lado externo havia dois anéis, um fixo e um giratório. O anel giratório tinha um dispositivo de mira, de latão, parecido com uma mira de fuzil.

— É mais difícil demonstrar sem ter um incêndio ativo — disse Kyle. — Foi por isso que usamos aquele grupo de campistas ou escoteiros, sei lá o quê. Você acha que consegue encontrar sozinha a montanha onde eles estavam caminhando?

Ela encontrou de novo. Imediatamente.

— Bom trabalho — disse Kyle. — Agora vem a parte mais difícil. Tente adivinhar, sem usar o mapa, a que distância eles estão.

Hannah olhou pela janela, para o sul, localizando o pico acima do grupo, e apesar de não olhar para o mapa, ele estava na sua mente. Examinou a montanha, deixou os olhos acompanharem um riacho que descia e disse:

— Treze quilômetros.

— Treze? — Kyle sorriu. — Você gosta de precisão, não é? Bom, então você vai gostar do Ozzy.

— Ozzy?

Ele deu de ombros.

— Quando a gente fica entediado aqui em cima começa a dar apelidos a tudo que é merda, enfim. O negócio é que ele vai permitir que você seja muito mais precisa. Aqui.

Ele girou a moldura da mesa e alinhou de novo a mira de latão com o grupo de garotos caminhando. Hannah se ajoelhou e espiou através do instrumento, captando os garotos como um todo, sem querer focalizar nenhum específico — não podia admitir as lembranças que poderiam brotar, não podia *de jeito nenhum* revisitar essas lembranças ali, na frente dele.

— Certo. Peguei.

— Ótimo. Foi rápida. Agora finja que não é um grupo de garotos, mas um incêndio. Alguma coisa lá poderia te queimar. Você está nervosa, com medo, lá tem alguma coisa *perigosa*. Você está apontando para 161 graus, viu? Então agora você sabe que essa coisa está a 161 graus a partir da sua torre. Agora olhe para o mapa e me mostre onde você acha que está pegando fogo.

Ela examinou o mapa topográfico, cujos gradientes mostravam mudanças de elevação, e encontrou o pico mais visível perto do incêndio, depois desceu e apontou com o indicador.

— Por aqui?

— Bem perto. Na verdade... uau, foi perto mesmo. Um centímetro equivale a um quilômetro e meio no mapa. Use aquela régua ali e diga a quantos centímetros ele está de nós.

Estava só um pouquinho a menos de nove centímetros, treze quilômetros.

— Incrível — disse Kyle, baixinho. — Adivinhou mesmo.

Ela se permitiu um sorriso.

— Já vi um pouco de fumaça, no passado.

— Em torres?

— Não.

— Onde?

— Elite de combate a incêndios.

Ele inclinou a cabeça.

— E agora você quer uma torre?

Ela havia falado demais. Seu orgulho tinha dado as caras, mas foi um erro mencionar a equipe, porque agora Kyle entendia. Tinha ouvido conversas suficientes pelo rádio para entender a cadeia alimentar. Quando os membros das equipes regulares entravam num incêndio que não conseguiam controlar, o pessoal de elite aparecia, e os únicos que estavam acima deles eram os paraquedistas. Uns caras que saltavam por paredes de chamas. *Trapaceiros*, Hannah tinha dito a Nick uma vez, observando-os descer. *Nós precisamos* andar *até aqui*.

Nick riu bastante do comentário. Ele tinha um sorriso lindo. À noite Hannah ia dormir esperando que o riso dele viesse nos seus sonhos, em vez dos gritos.

Isso jamais acontecia.

Ela afastou o olhar de Kyle enquanto dizia:

— É, hoje em dia não consigo mais encarar a linha de fogo. Portanto, escute, quando eu vir o incêndio, faço contato. O que mais?

— Espera aí. Espera aí. Você é Hannah Faber, não é? Você esteve na montanha Shepherd ano passado?

— Houve um monte de incêndios no último verão. Participei de alguns.

Kyle provavelmente notou o desconforto dela, porque baixou a cabeça e falou rapidamente:

— Você informa a distância e a direção. Assim, quando eles mandarem um avião para conferir, podem encontrar o lugar com facilidade. Depois você usa essa listagem para esclarecer.

Ele lhe mostrou uma prancheta contendo listas de verificação para cada avistamento: distância, direção, marcos próximos e em seguida três categorias de informações sobre a fumaça:

Volume: pequeno, médio, grande.
Tipo ou caráter: fina, pesada, aumentando, pairando, cobertor.
Cor: branca, cinza, preta, azul, amarela, cobre.

— Você informa tudo isso — disse — e depois fica sentada ouvindo enquanto eles dão um jeito.

— Ainda não aconteceu nenhum incêndio mais grave?

— Nenhum. A neve no fim da estação ajudou. Mas ela derreteu depressa e desde então já secou. As temperaturas começaram a subir e o vento a soprar. Sem chuva. Se continuar assim, eles acham que vai ser uma estação movimentada. Ultimamente os ventos estão fortes. Pode acreditar: você vai sentir. Essa coisa parece sólida até que o vento começa a soprar. Aí ela balança de verdade. Então, se o tempo continuar assim? É, vai ser movimentado. No início da semana que vem devem começar umas tempestades. Se isso acontecer, pode dar problema.

Ele estava certo. Seria de imaginar que a chuva ajudaria, mas as tempestades com relâmpagos eram um problema. Eles estavam no topo do mundo. Os relâmpagos não precisavam viajar muito para fazer contato. E quando faziam contato com madeira seca...

— Pode ser um verão movimentado — disse Hannah. Seu coração estava começando a bater forte. Kyle estava parado perto demais, fazendo com que o pequeno cômodo parecesse menor ainda. Ela umedeceu os lábios e deu um passo atrás. — Olha, não quero ser grosseira, mas fiz uma caminhada longa para chegar aqui e...

— Quer que eu vá embora?

— Não, só quero dizer... que estou bem. Eu entendo, sabe? E estou cansada.

— Está bem. Acho que vou pôr o pé na trilha. Tem certeza de que não apressei você demais? Eu deveria mostrar todo...

— Eu descubro. E já adoro isso aqui.

Ele deu um sorriso torto.

— Melhor passar a noite antes de falar isso, está bem?

Ela o ignorou, voltando ao Osborne. Olhou pela mira e, como não havia fumaça nos picos, localizou de novo o grupo de caminhada. Ficou observando-os andar e fingiu que eram um incêndio.

8

Connor Reynolds era um garoto diferente de Jace Wilson, e à medida que os dias passavam isso começou a ter certo apelo.

O garoto que ele precisava fingir ser era do tipo que ele sempre tinha desejado ser. Durão, para começo de conversa. Sem medo também. Jace tinha passado a vida tentando ser bom e sentindo medo dos problemas que surgiriam, caso as coisas desandassem. Seus pais tinham se separado quando ele era tão novo que ele mal lembrava. Dois anos depois aconteceu o acidente, uma corrente de uma empilhadeira se soltou, um pálete caiu e em poucos segundos o pai ganhou uma vida de dor eterna por causa do erro de outra pessoa. Ele ainda trabalhava no mesmo armazém, agora era chefe de turma, mas a dor o acompanhava, assim como o erro. Sua obsessão pelos procedimentos tinha penetrado em Jace, que tinha noção de que, aos olhos dos outros, parecia um garoto nervoso — verificando fechaduras duas vezes, insistindo em usar cintos de segurança na terceira fila de bancos do SUV do pai de um amigo, lendo cinco vezes as instruções num kit de miniatura de avião antes mesmo de abrir a embalagem com as peças. Sabia o que as outras pessoas achavam dele. A palavra gentil era "cauteloso". A má (verdadeira?) era "medroso".

Mas Connor Reynolds não era medroso. Connor *deveria* ser um garoto babaca. Havia nisso uma espécie de liberdade. Podia falar o que quisesse, agir como quisesse. Jace tentou adotar essa postura, mas sem forçar a barra.

Não queria chamar atenção e, para dizer a verdade, não queria apanhar. Depois do conflito inicial com Marco, manteve distância e demonstrou respeito suficiente para acalmar os ânimos, ao que parecia. Mas tentou fazer isso sem demonstrar medo. Manteve os olhares carrancudos e o silêncio. Quanto mais se portava dessa maneira, melhor se sentia.

E achava bom estar no acampamento e na trilha. Sempre se sentia melhor ali; era como se estivesse sumindo, cada traço de Jace Wilson desaparecendo, restando apenas Connor Reynolds. Hoje Ethan estava falando com eles sobre ursos e todo mundo ouvia com atenção, até falastrões como Marco, porque tinham medo dos animais. Isso quase fazia Jace rir. Se os outros garotos tivessem alguma ideia de quem podia estar atrás deles, estariam cagando e andando para os ursos.

— Quando chegarmos a um ponto cego de uma curva ou a uma área escura, num desses trechos de árvores mais densas, ou quando sairmos do meio delas para uma campina, é bom anunciar a chegada — dizia Ethan. — Falem um pouco mais alto, batam palmas, anunciem a presença com som. Eles são mais dispostos a evitar contato do que nós, acreditem ou não. Eles não vão se incomodar se a gente caminhar pelo território deles, presumindo que a gente os entenda. Essa é a nossa função. Numa situação assim, entender os ursos se limita praticamente a uma única palavra: surpresa. Não queremos surpreender o urso, porque aí ele não terá a chance de reagir com a personalidade verdadeira. Vai ficar agressivo mesmo se preferir ser passivo, porque vai sentir que é isso que nós o obrigamos a ser. Por isso fazemos um pouco de barulho para anunciar a presença em determinados lugares e prestamos atenção no ambiente para não entrarmos em áreas que deveríamos evitar.

— A floresta toda parece igual para mim — disse Ty.

— Com o tempo não vai parecer. E isso exige todos os seus sentidos. Todos. Vocês olham, claro, ficam examinando a paisagem. O Drew, ali, é fundamental, porque está guardando a retaguarda. De vez em quando ele precisa se virar e verificar para nós.

Diante disso Drew pareceu estufar o peito e Jace se perguntou se ele percebia que ser o cara da retaguarda também significava que era o primeiro a ser comido pelo urso.

— Precisamos escutar — disse Ethan —, porque a última coisa com a qual queremos dar de cara é uma confusão entre ursos, e se isso estiver acontecendo deve dar para ouvir. Precisamos também usar o sentido do olfato...

— A gente pode sentir o cheiro dos ursos a... o quê, dois, três quilômetros? — Quem disse isso foi Ty, outro piadista, disputando com Marco, e falou sério, mas piscando para Connor, que reagiu com um olhar morto. Jace Wilson teria rido, mas Connor Reynolds não era de rir.

— Não consigo sentir cheiro de ursos — disse Ethan. — Mas sinto cheiro de bosta. Isso ajuda. Às vezes, veja bem, um urso faz cocô na floresta. Vou deixar você verificar assim que encontrarmos um, Ty. Vou lhe dar bastante tempo para inspecionar.

Agora Jace queria mesmo rir, e os outros gargalharam, mas ele ficou quieto. Tinha decidido que Connor Reynolds era assim: forte e silencioso. E sem medo.

— Também me interesso pelo cheiro de alguma coisa podre — continuou Ethan. — Uma carcaça apodrecendo. Se eu consigo sentir o cheiro, é melhor acreditarem que um urso também consegue. Na verdade, eles conseguem detectar odores a mais de dois quilômetros. E precisamos ficar longe disso, porque o que cheira mal para nós parece uma refeição grátis para eles. Sem precisar caçar. Os ursos são preguiçosos; gostam de comida grátis. Vamos falar *muito* sobre isso assim que armarmos acampamento e guardarmos a comida.

— Até agora foram três sentidos — disse Jeff. Ele era um dos poucos que tinham ousado expressar algum interesse verdadeiro até então; o resto, na maior parte do tempo, mantinha uma atitude meio "acampar no mato é babaquice". — E se eu precisar sentir o gosto ou tocar num urso para saber que ele é um urso, é porque sou um imbecil de merda.

Os outros explodiram em gargalhadas, e até Ethan Serbin sorriu junto.

— Não vou questionar isso, descontando o linguajar — disse ele. — Mas você pode provar algumas frutas no caminho. Dá para ver um bocado de arbustos de frutinhas, experimentar uma e pensar: *cara, que gosto bom!* Lembre: se o gosto é bom para você, também é para o urso. Fique mais alerta, porque você está numa área de alimentação.

— E o tato, então? — perguntou Jeff.

— Sinta o vento. Sempre, sempre, sempre tenha consciência do vento. Porque os ursos contam principalmente com o sentido do olfato, e se você estiver contra o vento em relação a eles, poderá chegar bem perto antes que eles consigam sentir seu cheiro. O que mais o vento está tirando deles?

— Nosso som — respondeu Jace, arrependendo-se imediatamente. Queria evitar qualquer atenção, mas às vezes, ali, se flagrava envolvido mesmo contra a vontade. Esse era o tipo de coisa que ele adorava, e era daí que toda a ideia havia saído. Todos os livros de sobrevivência, as histórias de aventuras, o modo como tinha aprendido sozinho a fazer mais de trinta nós com os olhos fechados: seus pais achavam que poderiam escondê-lo ali em cima e deixá-lo feliz. E ele precisava admitir: havia momentos em que estavam quase certos.

Então as vozes dos homens na pedreira retornavam.

— Exatamente — disse Ethan. — Precisamos sempre ter consciência de para onde o vento está soprando. Isso ajuda com relação aos ursos, mas é fundamental para tudo que fazemos. Para armar o acampamento, a gente se baseia em como o vento está soprando, prevemos mudanças no clima levando em conta o que o vento faz, montamos as fogueiras com respeito máximo pelo vento. Se vocês não respeitarem o vento numa região remota, não vão durar muito.

Era interessante ouvir todas as coisas que Ethan Serbin tinha na mente. Jace prestava atenção o tempo todo, porque se os assassinos fossem atrás dele, queria estar preparado. Eles viriam esperando Jace Wilson, o garoto amedrontado, e encontrariam uma pessoa nova: Connor Reynolds, que podia se virar sozinho na floresta, que poderia sobreviver a eles. Connor Reynolds, um sobrevivente. Esse era ele agora.

Montana era melhor do que as casas do serviço de proteção às testemunhas, melhor do que estar cercado por pessoas que *sabiam* que você corria perigo. Isso só alimentava o medo. Elas jogavam para cima dele todas as distrações que podiam. Filmes, música, videogames, e nada funcionava, porque nada era capaz de afastar sua mente daquelas lembranças. O cabelo de um morto se espalhando na água escura da pedreira, uma faca atravessando os músculos de um pescoço e, acima de tudo, um par de vozes estranhamente musicais discutindo onde Jace poderia estar e se eles tinham tempo de encontrá-lo e matá-lo.

Aquilo era melhor. Ele não tinha acreditado que seria, porque ficaria ali sem nenhum conhecido, mas estava errado. Montana era melhor porque forçava a distração. Os videogames e os filmes não tinham conseguido prender sua mente. Ali o terreno *exigia* que a mente abandonasse as lembranças. Ele precisava se concentrar nas tarefas do momento. Havia muitas coisas difíceis para fazer, e não sobrava nenhuma outra opção.

Connor Reynolds caminhava pela trilha e Jace Wilson viajava secretamente dentro dele, e os dois estavam em segurança.

Para Ethan, na primeira semana houve ocasiões em que parecia qualquer outro verão. Ou ainda melhor. Era um bom grupo de garotos, no geral. Ele os observava e tentava não pensar muito em quem estava ali para se esconder. Não tinha recebido nenhuma notícia de Jamie Bennett, o que era bom sinal. As coisas deviam estar correndo no trabalho dela, e ele esperava que continuassem assim.

Ele e os meninos passaram as cinco primeiras noites acampados em cinco campinas diferentes a menos de um quilômetro e meio da base. Não era assim que a coisa costumava acontecer. Num verão comum, na primeira semana os garotos sempre passavam a noite no dormitório, e não na trilha. O que lhes dava tempo para se adaptar e, Ethan esperava, formar laços. Às vezes isso acontecia, frequentemente não. Iam todo dia para as montanhas, mas voltavam toda noite.

Nesse verão, não. Nesse verão eles voltavam rapidamente durante o dia e retornavam às montanhas escuras à noite, porque Ethan se recusava a ser atraído para o descuido por qualquer promessa de segurança que recebesse. Acreditava em Jamie Bennett e acreditava que o verão transcorreria sem incidentes. Mas sua tarefa tinha sido estar preparado, e levava isso muito a sério.

Num verão comum ele teria mais garotos e um segundo instrutor, as rotas e os acampamentos seriam conhecidos pelo xerife do condado e compartilhados com Allison por GPS. Nesse verão Ethan havia instruído o xerife a conversar com Allison se precisasse falar com ele e desligou seu rastreador. O aparelho continuava com a função de enviar mensagens, permitindo que ele fizesse contato com a esposa através de textos curtos, mas nem mesmo ela saberia da sua localização exata.

Naqueles primeiros dias o grupo discutiu primeiros socorros, estudou com mapas topográficos e bússolas, fez todo o trabalho de sala de aula que Ethan sabia que seria esquecido assim que surgisse algum problema na trilha. Não era possível replicar a região selvagem, mas Ethan tentava. Seu exercício predileto era um jogo que chamava de desnorteamento.

Explicou a origem de "desnortear". A palavra, que descrevia o sentimento de confusão e desorientação, significava "sem norte". As pessoas que se perdiam num terreno amedrontador e desconhecido ficavam desnorteadas, principalmente no tempo em que as regiões desconhecidas eram comuns a ponto de exigir palavras próprias para a experiência de se perder nelas. A palavra tinha sido sequestrada pela civilização, claro, como todo o resto. Hoje em dia se diz que alguém ficou *desnorteado* numa troca de mensagens pelo WhatsApp. Mas a palavra poderia ser associada de novo à incapacidade de se orientar.

Ao começar o jogo, Ethan escolhia um dos garotos e dizia:

— Certo, hoje você é que vai ser o desnorteador. Veja o que consegue fazer.

O serviço do garoto era simples: levar o grupo para fora da trilha, em qualquer direção que escolhesse, por qualquer motivo que escolhesse. E continuar até que Ethan mandasse parar. Então Ethan se virava para os outros, que geralmente estavam furiosos pelo caminho escolhido — era muito mais divertido ser o desnorteador do que ir atrás dele —, e pedia que achassem o caminho de volta.

Isso começava através de iniciativas desajeitadas com os mapas e as bússolas. Raramente dava em alguma coisa boa. Eles progrediam dia a dia, aprendendo a ler o terreno enquanto caminhavam, aprendendo a criar um arquivo mental dos marcos fundamentais. Aprendiam pequenos truques, como a regra de que quase todo mundo, ao ficar diante da escolha entre subir e descer um morro, descia. O que não era sensato, porque caminhar através de uma ravina de drenagem era muito mais difícil do que por uma crista de morro, mas era a escolha padrão dos trilheiros inexperientes.

O jogo era uma preparação útil também para Ethan. Era útil para as verdadeiras chamadas de busca e resgate, porque ele tinha a chance de ver como os garotos reagiam a situações pouco familiares, observar os erros acontecendo ao vivo e entender os seus motivos. No decorrer de um jogo, demonstrava todos os erros graves que tinha visto ao longo dos anos, mostrava como escorregões simples poderiam ser fatais e ensinava a se recuperar dos equívocos. Prever e se recuperar, prever e se recuperar. Se você pudesse fazer a primeira coisa direito, estava à frente da maioria das pessoas. Se pudesse fazer as duas... era um sobrevivente.

Alguns garotos adoravam isso. Outros reviravam os olhos. Alguns reclamavam e gemiam durante todo o caminho. Tudo bem. As lições estavam se entranhando neles, aos poucos mas com firmeza. Fizeram isso durante quatro horas seguidas, tropeçando no meio dos arbustos e aprendendo depressa como aquele terreno era difícil de ser percorrido quando a pessoa saía da trilha, e estavam completamente exaustos quando chegaram ao local de acampamento que ele havia escolhido.

— A luz do dia está acabando — disse. — Precisamos montar os abrigos.

As respostas vieram na forma de gemidos; os garotos estavam esparramados no chão, ofegando.

— Todos nós estamos cansados. — E insistiu: — Mas não vamos descansar agora. Porque, dentre as prioridades da sobrevivência, a terceira é o abrigo. A atitude mental positiva é a número um. Sabemos disso. Mas, sem abrigo, senhores? Sem abrigo vocês viram cadáveres. Um abrigo adequado mantém vocês vivos. Alguém se lembra da sequência? Da ordem de prioridades?

O vento estava começando a soprar um pouco mais forte à medida que o sol baixava, trazendo um frio gostoso, e ele percebia que a última coisa que qualquer um desejava era uma aula. Mas tudo bem. Eles precisavam lembrar essas coisas.

— Jeff? — Ethan foi até um dos garotos calados, forçando-o a participar.

— Comida — respondeu Jeff.

— Não. — Ethan balançou a cabeça. — Na verdade comida é a *última*. Peça à maioria das pessoas para priorizar as coisas necessárias numa situação de sobrevivência. Elas vão dizer que a primeira é água e que a comida é a segunda. Mas a realidade é que seu corpo pode ficar um tempo enorme sem comida e pode durar algum tempo sem água. Certamente ele pode continuar por tempo suficiente para morrer devido a outros motivos.

Ele desdobrou uma das pequenas mantas de plástico que todos tinham recebido. Na verdade, era nada mais que um plástico do tipo que os pintores de parede usam para proteger o piso. O melhor abrigo de emergência portátil que existia.

— Atitude mental positiva, material de primeiros socorros, abrigo, fogo, sinalizador, água, comida — disse. — Obviamente vocês precisam cuidar imediatamente dos problemas médicos. Mas em seguida precisamos de abrigo. Com abrigo podemos permanecer quentes e secos, ou frescos e secos, enquanto nos preparamos para cuidar das outras necessidades. Com abrigo, o ambiente não está mais no controle.

Então começaram a aula de construção de abrigo, e ele ficou observando os garotos encararem as mantas de plástico com ceticismo. Mas quando usou a corda de paraquedas para criar uma linha central e depois pendurar o plástico por cima, eles começaram a ver a forma clássica de uma barraca e a entender. Usou a técnica de botão para fazer um dispositivo de ancoragem; isso implicava colocar uma pequena pedra ou mesmo um punhado de terra num canto do plástico, enrolar o plástico em volta com um nó corrediço e prendê-lo a uma estaca, que seguraria aquele canto do plástico no devido lugar.

— Alguém sabe dizer por que fazemos isso em vez de simplesmente abrir um buraco no plástico e amarrar? — perguntou.

Connor sabia. Era um dos poucos que prestavam atenção de verdade. Além disso, era bom com as mãos, tinha habilidades manuais; seu abrigo, a propósito, estava com os ângulos precisos, ao passo que alguns dos outros pareciam paraquedas que tinham caído e se prendido nas árvores.

— Se a gente só tivesse isso — disse Connor —, não ia querer se arriscar cortando o plástico. É mais difícil consertar. Desse jeito a gente não precisa.

— Exato. Aprendi isso com um instrutor da Força Aérea chamado Reggie. Roubei a ideia e passei a dizer que era minha. Todas as coisas boas eu roubei de outras pessoas.

Alguns garotos sorriram. Estavam recuperando um pouco da energia. Subir até ali era um trabalho duro, muito mais do que eles tinham previsto. Andar carregando mochila era um negócio árduo, e além disso eles estavam acampando a 2.800 metros de altitude. Para muitos era a primeira experiência com ar rarefeito. Você respirava fundo, pretendendo encher os pulmões, e percebia, confuso, que parecia só ter enchido mais ou menos um quarto deles.

Ethan os observou montar os abrigos, oferecendo conselhos quando necessário e, quando não, levantando a cabeça e examinando os morros cobertos de vegetação. Juntaram mais lenha, e então ele os levou para pegar água num dos escoamentos do riacho. Assim que encheram todos os recipientes, Ethan lhes entregou tabletes de dióxido de cloro, um purificador de estágio único. Eles mediram a quantidade de água, jogaram o número de tabletes adequado e registraram a hora.

— Estará segura para consumo daqui a quatro horas — disse ele.

Raymond olhou o tablete se dissolvendo no recipiente, desatarraxou a tampa do seu cantil e cheirou.

— Tem cheiro de cloro, cara.

— Isso é um tipo de cloro, cara.

— Preciso beber água de piscina? Não, obrigado.

— Quer beber a água do riacho, em vez disso?

Raymond olhou o riacho com hesitação, a água correndo por cima de algas verdes e levando lama e sedimentos.

— Não gosto muito das opções, cara. Mas não quero beber cloro.

— É justo. Mas sempre há a chance de você encontrar um pouco de criptosporidium nesses riachos. Aqui em cima é improvável, mas nunca se sabe.

— Cripto o quê?

— É um negócio que dá piriri — respondeu Ethan, afável. — Mas se você não se importa com isso, tenho certeza de que o resto do grupo não vai se importar.

— Piriri?

— Você vai fazer cocô na calça — explicou Ethan. — Mas, de novo, isso é com você.

— Vou beber o cloro — disse Raymond.

Ethan sorriu.

— Não é má ideia.

Jantaram ração militar "pronta para comer". O componente de combate da comida intrigou alguns deles, que ficaram impressionados ao ver como era possível colocar só um pouco de água no saquinho plástico, dobrá-lo e, depois que a reação química realizava sua magia, ter uma refeição quente. A maioria deu notas baixas à culinária, mas todos comeram. Tinha sido uma caminhada difícil e eles estavam com fome.

— Foi um bom dia? — perguntou Ethan.

— Um dia longo — respondeu Drew.

O garoto tinha se esparramado no chão e estava deitado, exausto, e a maioria dos garotos fez o mesmo, espiando a fogueira com olhos fatigados. Haviam caminhado mais de quinze quilômetros para chegar ali, saindo de Montana e entrando em Wyoming. Quinze quilômetros por dia não pareciam muita coisa, até que você acrescentasse as mudanças de altitude, o terreno e a mochila.

— Vamos subir de novo amanhã? — perguntou Marco.

— Um pouco. Depois vamos descer. Mas de manhã ainda precisamos enfrentar alguma subida.

Todos gemeram ao mesmo tempo. Os gemidos foram se fundindo em conversas sobre pernas doloridas e bolhas nos pés. Ethan se recostou numa pedra e observou o céu noturno enquanto os garotos conversavam e o fogo estalava. Uma lua quase cheia se soltou do topo dos picos. Os pinheiros ao redor surgiram em silhuetas nítidas e depois se dissolveram em sombras na bacia do córrego abaixo. Atrás deles a lua desenhava a encosta com clareza, e assim a subida a partir de onde se encontravam agora e os lugares por onde haviam passado pareciam menos assustadores, porque estavam iluminados. No entanto, era apenas uma provocação do luar, porque eles ainda não sabiam o que existia mais adiante.

Mas, por um momento, enquanto os garotos começavam a cair no sono, Ethan sentiu como se pudesse ver tudo.

9

Uma motosserra era uma ferramenta linda.

Quando funcionava. E, pela experiência de Claude Kitna, aquelas porcarias não funcionavam com muita frequência.

Como tinha jeito para a mecânica, Claude ficava pessoalmente ofendido com as falhas da sua motosserra. Provavelmente porque conhecia muito bem o motivo, só não queria admitir. Nunca havia adquirido um modelo novo; sempre as comprava usadas, para poupar alguns dólares, e já deveria ter admitido que as pessoas raramente vendem algo que funciona sem problemas. E se vendem, certamente não é por um preço baixo.

Agora Claude estava trabalhando com uma sofrida Husqvarna de cinco anos que ele tinha conseguido no inverno por apenas cem dólares, um negócio tão bom que ele se convenceu a não comprar uma nova. No primeiro corte do verão já estava furioso com ela.

Havia lenha boa na colina acima de casa, onde algumas árvores de madeira de lei tinham morrido no verão anterior devido a alguma praga. Esperou até uma semana seca em que ele tivesse um dia de folga, então colocou a motosserra na traseira do quadriciclo e foi trabalhar, achando que conseguiria pelo menos quatro feixes, resolvendo o inverno antes mesmo do fim do verão.

No terceiro corte, a lâmina travou e quase ficou presa. Ele verificou o óleo e tudo parecia bem, por isso voltou ao serviço. O gemido áspero da motosserra era o único som na montanha. Tudo estava calmo e banhado pelo sol, uma tarde linda para trabalhar ao ar livre.

Quando a lâmina travou de novo, ele desligou o motor, mas não tão rápido quanto deveria — a corrente se soltou da barra. Isso o fez xingar, e quando tirou a tampa do carburador e percebeu que o parafuso tensionador da corrente estava destruído, sentiu-se péssimo. Estava curvado sobre a motosserra, ainda usando o protetor de ouvido, e só percebeu que não estava sozinho quando viu as sombras.

Eram duas, em forma de homens, mas não do tamanho natural, porque a encosta era virada para o oeste e a essa hora o sol espalhava sombras enormes, transformando-os num par de gigantes. Quando girou, viu dois estranhos praticamente do mesmo tamanho, imóveis, separados por mais ou menos uns três metros. E eram parecidos, ambos louros, de olhos azuis e queixo quadrado. Estavam na sua terra e ele não estava fazendo nada de errado, mas o modo como eles o examinavam dava uma sensação de autoridade. Quando tirou o protetor de ouvido, escutou-se perguntando:

— Tudo bem, amigos? — em vez de dizer *Quem são vocês?*

— Parece que está com dificuldade com a motosserra — disse o de cabelo mais comprido, e Claude já ia admitir a verdade óbvia quando o outro falou:

— Parece mesmo. E ainda não fez muito progresso.

Claude piscou para eles. Era um modo estranhíssimo de conversar.

— Posso ajudar em alguma coisa? — perguntou.

— Com sorte — respondeu o de cabelo comprido. — Por acaso você é Claude Kitna?

— Este é o meu nome e esta é minha propriedade. E quem são vocês?

O homem olhou para a montanha como se a resposta estivesse escondida nas pedras.

— Não vejo necessidade de esconder o nome — disse ele. — E você?

De novo Claude ia responder, quando o segundo homem falou:

— Não há nada de errado.

Eles eram esquisitos, sem dúvida. Claude secou a palma da mão oleosa na calça jeans, desejando ter trazido a arma e o distintivo, mas não tinha certeza exata do motivo.

— Meu nome é Jack — disse o primeiro homem. — E este é o meu irmão, Patrick. Agora todos nos conhecemos.

— Fantástico. E eu sou o xerife daqui. Talvez vocês não saibam.

— Certamente sabemos.

— Está bem. O que estão fazendo na minha propriedade?

Daquele ponto da encosta ele não conseguia ver sua casa. Sem dúvida eles tinham vindo de carro, mas Claude não se lembrava de ter escutado nenhum motor. Mas com o protetor de ouvido e a motosserra gemendo, era possível que não tivesse notado. Era o único motivo para eles terem acabado de aparecer na floresta daquele jeito, duas sombras enormes e silenciosas.

— Você é da polícia, como mencionou — disse o que se chamava Patrick. — Recebe muitos chamados de acidente naquela rodovia, a 212? É uma estrada bem maligna.

— Majestosa — concordou o irmão, assentindo.

Claude não gostou de nenhum dos dois, mas sentia que precisava escolher um em quem se concentrar, porque eles estavam separados por uma distância estranha e circulavam um pouco enquanto falavam. Escolheu o mais novo, com jeito de militar.

— O carro de vocês saiu da estrada?

— Não, senhor. Permanecemos plantados firmemente no asfalto, obrigado.

— Vocês têm um jeito engraçado de falar.

— Peço desculpas.

— Não precisa se desculpar. E não preciso desperdiçar o meu tempo. Agora digam que diabos estão fazendo aqui.

Claude se levantou segurando a lâmina da motosserra. Era uma arma ruinzinha, apenas uma longa fileira de dentes oleosos que nem eram particularmente afiados e não causavam muito dano, a não ser que estivessem funcionando na máquina. Em termos de lâminas, aquela não tinha muita utilidade depois de ser retirada do motor. Não dava para cortar com ela, nem golpear. Mesmo assim ele queria ter alguma coisa nas mãos.

— Estamos interessados num carro que teve problema na 212 na última nevasca — disse o cabeludo, Jack. — Um carro alugado. Da Hertz, acho.

Então Claude a visualizou, a mulher alta que dirige mal, e teve uma sensação brusca — uma certeza — de que o dia tinha ficado perigoso.

— Acontecem muitos acidentes na 212 quando neva — disse. — E não converso sobre os detalhes com quem não tem distintivo.

— Será que deveríamos mostrar um distintivo a ele? — perguntou Patrick.

— Poderíamos. Mas não sei que variedade iria impressioná-lo mais.

— Esse é o problema da nossa coleção. Já falei isso antes com você.

— Já conheço o argumento. Mesmo assim eu gostaria de continuar com eles.

Agora os homens estavam separados a ponto de Claude precisar virar a cabeça para ver um ou outro; não conseguia manter os dois à vista. A palma de suas mãos estava suando e o suor se misturava com a graxa da lâmina da motosserra, deixando-a escorregadia. Ele secou uma das mãos na calça e segurou a corrente com mais força.

— Senhores, vou pedir que saiam da minha propriedade. Se têm alguma pergunta sobre um acidente de carro, não ligo a mínima se são fiscais da Hertz ou agentes do FBI. Vocês precisam passar pelos canais oficiais. Fui claro?

— O carro dela ficou a noite toda na estrada — disse o cabeludo. — E ela não passou aquelas horas no meio da neve. Você sabe aonde ela foi, Claude?

De algum modo, Claude soube que repetir sua orientação não adiantaria nada. Assim, em vez disso, respondeu à pergunta.

— Não faço ideia. Seria bom verificar nos hotéis.

— Acho que você faz alguma ideia, sim. O motorista do reboque lembra que você ligou para alguém vir buscar a mulher. Um homem numa moto de neve? O motorista do reboque tinha bastante certeza de que você sabia quem era o sujeito. — O cabeludo respirou fundo e levantou o indicador direito, inclinando a cabeça como se tivesse acabado de se lembrar de um detalhe. — Por sinal, ele está morto.

— Ah, sim — disse o outro. — Está, de fato. Excelente lembrança, Jack. Era nossa incumbência notificar as autoridades sobre o falecimento dele.

— Considere feito, Patrick.

Então Claude sentiu que começava a tremer. Como a porra de um cachorro. Será que alguma coisa tinha dado tão errada no mundo a ponto de ele literalmente começar a tremer? Qual era o seu problema, afinal? Deu um passo de lado para interromper os tremores. Tinha lidado com muitos homens durões na vida e nunca precisara se impedir de tremer na presença deles, nem mesmo quando era novo e inexperiente. Mas aqueles dois…

Eles não estão brincando, pensou. *Roger está morto e foram eles que fizeram isso, e não têm medo de dizer. Eles não estão familiarizados com a ideia de consequência.*

Quando o que se chamava Jack tirou uma pistola semiautomática de um coldre preso às costas, Claude deixou a lâmina da motosserra cair e levantou as mãos. O que mais poderia fazer?

— Qual é?! — disse. — Qual é?!

— Pegue essa lâmina de novo e entregue ao meu irmão.

Claude olhou na direção da sua casa, não muito longe, mas escondida por todos aqueles pinheiros. E estava vazia. Ninguém para ajudá-lo. Mas mesmo assim, estar tão perto de casa e ao mesmo tempo tão desamparado parecia errado.

— Ninguém vai salvar você hoje — disse o da arma, lendo o pensamento de Claude. — Agora pegue a lâmina e entregue ao meu irmão.

Quando Claude se curvou para pegá-la, soube o que precisava fazer. Ir com tudo, sem hesitar. De jeito nenhum ficaria parado, com as mãos levantadas, deixando aqueles dois garotos fazerem o que quisessem com ele. Claude Kitna tinha vivido muitos anos de orgulho para terminar assim. A lâmina da motosserra não era grande coisa, mas era tudo que ele tinha, e se conseguisse agir rápido o suficiente…

Na sua mente o plano foi mais bem-sucedido. Ia saltar e chicotear com a lâmina o rosto do filho da puta, e nesse ponto o gatilho provavelmente seria puxado, mas pelo menos ele derrubaria o sujeito. Se o homem errasse o tiro e Claude pegasse a arma, o jogo poderia virar bem depressa. Seria uma questão de velocidade, e mesmo ele não sendo mais jovem, também não era velho e desprovido de energia. Claude se abaixou devagar, pegou a lâmina por uma extremidade e se moveu, rápido como uma pantera, girando a lâmina para trás e em seguida golpeando para a frente.

Só que a lâmina não golpeou junto com ele. Ficou atrás, com a ponta presa na mão do outro homem. Claude não queria soltá-la, era a única arma que ele tinha, por isso se agarrou a ela, e cambaleou ao ser puxado para trás, pisando no pé do sujeito. Tropeçou e caiu de bunda. E então perdeu a lâmina. Estava no chão, desarmado, olhando para eles, as duas sombras gigantescas transformadas em dois homens de tamanho médio, mas agora duas vezes mais ameaçadores.

— O homem da moto de neve? Qual é o nome dele?

O cabeludo com a arma estava falando, e seu irmão parecia desinteressado, estudando a lâmina da motosserra e soprando nela, para expulsar os grãos de poeira. Havia sangue se acumulando na palma de sua mão, mas ele não parecia se importar.

— Não vou falar — respondeu Claude. Certificou-se de estar olhando na cara do filho da puta, bem nos olhos azuis arrogantes. — Nunca. Ainda mais com gente da sua laia.

— "Ainda mais com gente da sua laia." Muito bem, Claude. Muito macho. Você prefere ser chamado de xerife? Posso respeitar sua autoridade, se você quiser. É por isso que esta conversa não está indo bem? É a percepção de uma falta de respeito?

— Vão embora — disse Claude. — Desçam a estrada e levem de volta o que trouxe vocês. Do contrário vai ter encrenca.

— A encrenca chegou, você está certo. A encrenca vai embora conosco, você também está certo. Mas, xerife? Claude? Não vamos embora enquanto não tivermos o que viemos buscar. Portanto, esqueça qualquer ideia de irmos embora sem isso. Concentre-se na realidade. A realidade está diante de você e a realidade tem uma arma. Então se concentre nisso e vamos tentar de novo. Diga o nome do homem.

— Vão para o inferno.

O cabeludo sorriu e disse:

— Ethan Serbin. É o nome dele.

Claude ficou perplexo. Tudo aquilo, as ameaças e violências contra um agente da lei, a troco de quê? De um nome que eles já sabiam?

— Aí está — disse. — Vocês são rapazes espertos. Não precisam de nenhuma ajuda minha.

— Ethan Serbin geralmente fica com um grupo de garotos na propriedade dele — continuou o cabeludo. — Garotos problemáticos, delinquentes. Do tipo que deve ser informado ao xerife local. Os garotos foram embora, estão nas montanhas, ao que parece, e considerando que esses garotos tiveram problemas com a lei…

Ele parou, e seu irmão prosseguiu:

— Parece que a lei desejaria saber onde eles estão. O que nós achamos, Claude, é que você conhece as rotas que eles fazem.

Normalmente ele conhecia. Em geral, a compreensão deles sobre o mundo estaria exata. Mas nesse verão o mundo estava diferente, por motivos que Claude não entendia. Ethan Serbin tinha se recusado a lhe dar um itinerário detalhado, disse apenas que qualquer pergunta deveria ser direcionada a Allison. Isso era incomum, mas Claude confiava em Ethan mais do que em qualquer outra pessoa, por isso concordou. Se precisasse falar com ele, faria isso através de Allison. Não era tão complicado assim.

Mas agora…

— Onde eles estão? — perguntou o cabeludo.

— Sinceramente, não sei.

— Nos disseram outra coisa, Claude. E, ao contrário da sua percepção a meu respeito, prefiro ser um homem honesto. Suspeito que você também, por isso somos compatriotas, você e eu. Somos homens honestos. Talvez guiados por estrelas diferentes, mas acredito que é seguro dizer que compartilhamos um apreço pela verdade. Portanto, deixe-me compartilhar uma verdade. Eu poderia esperar que o sr. Serbin reaparecesse. Poderia ir para a floresta procurá-lo. Poderia fazer muitas outras coisas, mas, Claude? Xerife? Meu tempo e minha paciência estão escassos. Você conhece as rotas que ele faz. Vou precisar dessa informação. — Ele parou e lançou um olhar demorado e calculado para Claude antes de dizer: — Essa é a nossa verdade. Qual é a sua?

— Não sei onde ele está.

O cabeludo soltou um suspiro e trocou um olhar com o irmão, depois os dois avançaram em Claude como lobos sobre um alce caído, uma presa tão fácil que praticamente não instigava o interesse. Claude achou que tinha se levantado antes que o negrume chegasse. Teve quase certeza de que pelo menos havia saído do chão.

10

O sol ainda era visível acima das montanhas quando Ethan Serbin entregou a Jace uma faca chamada Nighthawk. Era toda preta, a não ser por um fio prateado ao longo da lâmina de vinte centímetros afiada feito navalha. Ethan a usava no cinto o tempo todo, mas agora ela estava na mão de Jace. Parecia gêmea da que ele tinha visto ser passada pela garganta de um homem, não muito tempo atrás. Ficou com medo de estar com a mão tremendo, esforçou-se para firmá-la.

— Você segura a faca pela lâmina quando a entregar para alguém — disse Ethan.

— Pela *lâmina*?

— Isso mesmo. Usando o lado de baixo, assim, mantendo a parte cega na sua palma. Você não vai querer apontar a lâmina para a pessoa a quem está dando a faca. É assim que acontecem os acidentes. Você mantém o controle dela até ter certeza de que a pessoa tem o controle, entendeu? Então segure por baixo, assim, de modo que a palma da sua mão e os dedos não estejam perto do gume afiado. Depois entrega e pergunta: "Pegou?" Espere a outra pessoa dizer: "Peguei." Então baixe a mão para longe e diga: "Ok." Você espera depois de cada uma das três falas: *pegou, peguei, ok*. Porque se alguém puxar rápido demais ou se for lento, as pessoas podem se cortar. Não queremos que ninguém se machuque.

Jace olhou para o restante do grupo e viu todos os garotos observando com interesse.

— Certo — disse Ethan. — Vamos tentar. — Ele entregou a faca. — Pegou?

— Peguei.

— Ok.

Ethan baixou a mão para longe da faca e em seguida a Buck Nighthawk estava sob controle de Jace. A faca lhe deu um estranho sentimento de poder. *Vejamos se o Marco tenta alguma coisa agora.* Ele queria ter uma igual, no cinto, como a de Ethan.

— Você se lembra do que vai fazer com o fogo? — perguntou o instrutor.

— Lembro.

— Então faça.

Jace se ajoelhou no chão e cortou tiras de acendalha do pedaço de uma coisa que Ethan chamou de madeira de piche, escolhida com cuidado porque a substância oleosa dentro das fibras agia quase como um combustível, ajudando a chama a pegar e se firmar. Cortou uma série de finas aparas encaracoladas e, seguindo as instruções de Ethan, virou a faca de lado e raspou, criando um chuveiro de aparas pequenas. O resto do material para a fogueira estava reunido e pronto; agora ele só precisava criar uma fagulha com a pederneira e fazer com que a acendalha começasse a pegar fogo.

Mas sabia que o fogo não ia pegar. Tinha visto Ethan fazer. A tarefa parecia fácil e não muito trabalhosa, mas na prática não seria assim. Ele ficaria provocando fagulhas na porcaria da pederneira durante uma hora e nada aconteceria, então Marco faria algum comentário engraçadinho, todo mundo riria e Ethan pegaria suas ferramentas de volta.

— Aperte mais um pouco as aparas — disse Ethan. — Como se fosse um ninho de passarinho.

Jace juntou a acendalha com as mãos, então Ethan disse:

— Tente agora.

— Quer que outra pessoa faça?

— O quê?

Aquilo parecia muito algo que Jace Wilson diria, com nervosismo aparente, por isso ele tentou encontrar Connor de novo, dizendo:

— Por que eu preciso fazer todo o trabalho? Eu fiz a acendalha, deixe outro fazer o resto.

— Não — disse Ethan. — Eu gostaria que você fizesse, obrigado. Se algum dia você estiver sozinho na floresta, não vai poder dividir o trabalho, Connor.

Jace passou a língua nos lábios e pegou a pederneira sueca, uma ferramenta com um fino tubo de magnésio e um acionador de aço. Firmou o acionador com o polegar, empurrou-o para baixo, e um chuveiro de fagulhas brotou assim que ele começou, mas o fogo não pegou. As fagulhas morreram no ar, como ele imaginou que aconteceria.

— Você precisa segurar mais baixo — disse Ethan. — Encostar na acendalha. Apoie no graveto que serve de plataforma, é por isso que nós temos um. E não tenha pressa. Por mais que você queira ir rápido, obrigue-se a ir na metade dessa velocidade. Pense que está agindo em câmera lenta. A ferramenta vai fazer o serviço para você; não é um movimento de força, é de controle. É, assim. De novo. De novo.

Jace tinha consciência de todos os olhares fixos em seu fracasso e estava começando a odiar Ethan por causa disso. Pensava em alguma coisa que Connor Reynolds poderia bolar para que aquilo parasse, um pouco de rebeldia, talvez até alguma raiva de verdade...

Recuou a mão com surpresa quando a acendalha pegou fogo e um fiapo de fumaça começou a se enrolar.

— Isso — disse Ethan. — Agora, quando for soprar, faça com calma. Bem de leve.

Jace baixou o rosto para a acendalha e soprou fraco. A chama cresceu e se espalhou, e agora os pedaços maiores estavam queimando. Ethan mandou acrescentar os gravetos. Numa das extremidades, um graveto servia de suporte, e havia uma série de pedaços da grossura de um grafite de lápis, para serem acrescentados primeiro, apoiados no suporte num ângulo de 45 graus. Logo que esses pegaram fogo, foram postos os da grossura de um lápis, e depois os da grossura de um dedo. Jace passou para o segundo estágio depressa demais, e a fumaça começou a ficar mais densa e mais escura, sinal de um fogo lutando contra a morte.

— É aqui que você usa o suporte — interveio Ethan.

Jace segurou uma extremidade livre do graveto de suporte e o levantou com cuidado. A fogueirinha de Ethan não era como as clássicas de acampamento, que Jace tinha visto antes. Era mais parecida com uma rampa, tudo em ângulo por cima da chama, indo na direção do suporte. Quando Jace levantou o suporte, o fogo que ele ameaçava abafar recebeu oxigênio imediato por baixo e a chama se fortaleceu, cresceu e estalou.

Esse som prendeu a atenção. Todos no grupo murmuraram, impressionados.

— Todo mundo vai tentar? — perguntou Drew.

— Vai. Bom trabalho, Connor. É um belo fogo. Pode me devolver a faca?

Jace a pegou pelo lado cego da lâmina, ofereceu o cabo a Ethan e perguntou:

— Pegou?

— Peguei.

— Ok.

Então a Nighthawk foi embora e Ethan se afastou, mas Jace não se importou. Estava olhando para as chamas. Levantou o graveto de suporte outra vez, deu mais um pouco de ar ao fogo e não conseguiu evitar um sorriso.

Sei fazer fogo, pensou.

Quando Claude acordou, o sol estava quente no seu rosto e o braço doía mais do que a cabeça, mas essa dor também o importunava. Piscou e não viu nada além de um sol dourado, intenso, e um céu azul-cobalto. Por um momento a dor foi esquecida, porque ele acreditou que os dois tinham ido embora, deixando-o ali.

Tentou sentar-se e descobriu que estava com os braços amarrados para cima. Então ficou preocupado mas ainda não apavorado, porque pelo menos os dois estranhos tinham sumido. Com essa situação ele poderia lidar, de algum modo; com os dois, não teria chance.

— Parece estar de volta entre os vivos — disse uma voz suave atrás dele, e foi então que o medo voltou, arrepios gelados borbulhando na pele.

— O morto-vivo — disse uma segunda voz.

Os dois se levantaram de novo, e Claude viu apenas sombras enquanto eles voltavam para perto. Pela primeira vez percebeu o cheiro de fumaça de madeira e os estalos fracos de uma fogueira pequena.

Os homens ficaram diante dele. O que se chamava Jack estava com a arma de novo no coldre, mas Patrick continuava segurando a lâmina da motosserra. Subia vapor do óleo e da graxa presos nos elos, fiapos de fumaça preta. A lâmina havia estado no fogo.

— Agora vamos tirar a tal localização — disse Jack. — O lugar onde Serbin está com os garotos. Vamos tirar de você.

Claude tentou se mexer, raspando as botas na terra. Eles tinham amarrado suas mãos para trás, prendendo-as numa das árvores que ele havia derrubado, e não havia chance de mover aquele peso.

— Eu dou a localização a vocês. — Sua voz saiu aguda e rouca. — Eu digo.

O homem olhou para ele e balançou a cabeça.

— Não, Claude. Você entendeu mal. Eu disse que íamos *tirar* o nome de você. Sua chance de simplesmente entregá-la a nós já passou.

O que estava com a lâmina da motosserra se aproximou pela direita, e Claude tentou chutá-lo, mas errou. Então o cabeludo agarrou suas botas e segurou os pés, apertando-os para baixo enquanto o outro enrolava a fileira quente de dentes da serra em volta do seu braço. A pele chiou contra o metal, e o cheiro de pelos e pele queimados subiu enquanto Claude gritava. O que segurava seus pés estava com os olhos azuis fixos, sem piscar. A expressão deles nunca mudava. Nem quando o irmão começou a puxar as pontas da lâmina para trás e para a frente, para trás e para a frente.

Tinham atravessado todos os músculos e artérias e metade do osso do antebraço esquerdo quando Claude gritou o nome de Allison Serbin alto o suficiente para satisfazê-los.

A escuridão voltou e dessa vez não quis ir embora. Claude não conseguia se afastar do negrume, simplesmente entrava nele e saía, e quando entrava era melhor, porque a dor ficava mais entorpecida. Não o suficiente, mas um pouco. Sabia que ia morrer ali na montanha, ao lado de casa, num dia de céu azul ensolarado, e ficou menos perturbado por isso do que pelo que tinha acabado de fazer, pelo modo como tinha dado o que eles queriam. Sentia o sangue quente e molhado nas costas, empoçando embaixo do braço e depois escorrendo pela encosta, e desejou que ele bombeasse mais depressa, esvaziando seu corpo mais rapidamente.

Acabando com aquilo.

As vozes iam e vinham em meio ao negrume.

— Sou a favor. Seria necessária uma boa equipe de peritos para determinar que ele não teve uma morte idiota, e suspeito que eles não tenham uma equipe assim nessa área.

— Faz diferença o modo como ele morreu?

— O momento pode fazer. O que esse tal de Serbin ouvir, e quando ele ouvir, talvez faça diferença, sim.

— Verdade. Claro, se você fizer isso, a colina inteira vai pegar fogo. Está seco demais. Tem uma boa brisa soprando e subindo pela montanha, batendo em toda essa madeira.

— Então isso pode proporcionar uma tremenda distração.

— Outro bom argumento. Você me convenceu, irmão. Mas você está presumindo que não vamos mais precisar dele.

— Já vi homens mentirosos e já vi homens honestos. Naquele último momento, quando ele disse que só a mulher sabia... Ele estava com as características de um homem honesto. Segundo minha avaliação.

— Minha conclusão foi parecida.

Claude não fazia ideia do que eles discutiam. Estava distraído imaginando o que havia acontecido com o seu braço. A dor sugeria que o braço ainda fazia parte dele, mas tinha dificuldade de acreditar nisso. Se tivesse força suficiente poderia mexê-lo, e isso lhe diria se o braço continuava ali, mas mover-se parecia uma péssima ideia; queria ficar mais tempo no negrume, onde a dor era menor. Tentou encontrá-lo de novo e não conseguiu, porque o sol estava quente demais. O sol o mantinha consciente, e ele o odiou. Ah, como odiou! O que ele não daria por uma única nuvem, algo para bloquear aquele calor.

Mas o sol ficou mais forte, implacável, e com ele veio o cheiro de fumaça, e então Claude percebeu que de algum modo o sol tinha incendiado a montanha, e achou aquilo infernal, porque em todos os seus anos naquele país nunca tinha visto um dia tão quente a ponto de incendiar a terra. Alguém deveria fazer algo a respeito. Alguém deveria construir uma nuvem.

A montanha estalava ao redor enquanto o sol ficava mais intenso. Claude Kitna fechou os olhos com força, gemeu baixo e por muito tempo, rezando por uma nuvem enquanto o mundo se transformava em fogo.

II

Hannah não confiou nos próprios olhos. Tinha visto a fumaça no fim da tarde e foi logo pegar o binóculo, com a certeza de que era um truque da luz ou talvez uma fogueira de acampamento, nada mais. Tinha avistado uma fogueira antes e encontrado os mesmos garotos que percorriam vários lugares da montanha durante quase uma semana. Escoteiros, ou algo do tipo. Quando viu o segundo fogo esperou encontrar o mesmo grupo, mas ao observar a encosta acima da linha das árvores vislumbrou uma coluna espessa de fumaça, crescendo e ficando mais densa, densa demais para uma fogueira de acampamento.

Mesmo assim não deu o aviso imediatamente. Baixou o binóculo, franziu a testa e balançou a cabeça. Durante dias tinha observado as montanhas em busca de fumaça nova, sem ver nenhuma, e não houvera tempestades nem raios, nada que lhe desse motivo de suspeita.

Mas ali estava.

Levantou o binóculo de novo, como se uma segunda olhada pudesse mostrar que ela estava errada. Sentia-se como alguém num navio nos tempos antigos que, ao avistar terra depois de muitos meses no mar, tivesse medo de que fosse ilusão.

Não era. A fumaça estava lá e se espalhando, e Hannah Faber tinha sua primeira chance de ajudar.

Estava nervosa quando se aproximou do rádio; de repente o protocolo simples pareceu infinitamente complexo.

Fique fria, Hannah. Fique fria. Este é o seu trabalho, eles vão fazer o resto, você só precisa dizer onde é.

Foi então que percebeu que não *sabia* onde era, que estava correndo para o rádio sem antes identificar a localização. Foi até o Osborne, girou a moldura, aproximou o olho da mira e centralizou-a na fumaça. Olhou o mapa e se orientou. O lugar não estava longe. A oito quilômetros da torre.

Perto demais, perto demais, dê o fora daqui.

Balançou a cabeça de novo, censurando-se. Era o início do fogo, e eles iam controlá-lo rapidamente. Nada viria nessa direção.

Fácil falar, difícil acreditar. Ali em cima ela deveria estar afastada. Deveria estar longe das chamas, deveria...

— Deveria fazer a porcaria do seu trabalho — disse em voz alta, depois foi até o rádio e ligou o microfone.

— Aqui é o posto de vigia Lince. Câmbio?

— Câmbio, Lince.

— Estou vendo fumaça.

Para ela fora uma proclamação estonteante, algo de parar o trânsito, mas a reação foi inexpressiva e desinteressada.

— Entendi. Localização?

Hannah recitou a localização e a direção, disse que o volume da fumaça era pequeno e descreveu o caráter: fina mas aumentando, de cor cinza.

— Entendido. Obrigado, Lince. Estamos indo.

— Boa sorte. Vou continuar observando.

Continuar observando. Que coisa impotente para dizer e fazer! Em outros tempos ela estaria vestindo o equipamento Nomex e as botas White's; estaria forte, bronzeada e pronta para a guerra — nem o mundo inteiro em chamas seria capaz de amedrontá-la. Agora...

Vou continuar observando.

— Depressa, pessoal — sussurrou, olhando a fumaça cinza aumentar, vendo as primeiras línguas alaranjadas no meio, e imaginou como o fogo teria começado. Lá, numa encosta tão perto da estrada; como isso teria acontecido?

Nick sugeriria uma fogueira de acampamento. Não houvera relâmpagos; ela tinha observado a noite toda e não viu nenhum, de modo que a fonte provavelmente era humana. Olhou o mapa, acompanhou as linhas de contorno e viu o que o fogo poderia fazer. Poderia queimar totalmente aquela encosta, encontrar áreas de capim aberto, atravessá-las e bater na floresta elevada, pressionado pelo vento. Se fizesse isso, chegaria até a rocha e, na busca por combustível, subiria pela lateral e encontraria a ravina que esperava, ladeada por madeira seca. E então eles estariam lutando contra o incêndio em um lugar mais baixo. Numa bacia cercada por encostas íngremes.

Alguns dos seus melhores amigos tinham morrido tentando correr mais rápido do que um vento ardente numa bacia como aquela.

Não gostava da aparência daquelas linhas de contorno. Havia combustível suficiente na ravina abaixo do lugar onde o fogo tinha começado. E como tudo estava seco naquele tempo sem chuva, as chamas se alastrariam depressa.

A primeira equipe chegou em menos de trinta minutos e encontrou mais do que esperava. O vento estava empurrando o fogo pela encosta, na direção de um trecho com pinheiros secos, e os informes pelo rádio eram sombrios e surpresos.

— Podemos posicionar um caminhão-bomba na base, mas não mais alto. Ele está subindo bastante.

— Então façam aceiros e isolem o fogo — disse Hannah.

Não estava com o microfone ligado, eles não podiam ouvi-la, mas ela esperava que de algum modo sentissem seu conselho e o seguissem. Se subissem alto o suficiente poderiam contê-lo. Com o caminhão encharcando a base da colina e um aceiro bem-feito impedindo-o de subir na direção de mais combustível, aí sim. Mas seria um trabalho quente, difícil. O sol iria se pôr logo, e aí seria apenas a equipe, a luz do incêndio e o vento. O vento era o grande inimigo, o mais ameaçador e mais misterioso. Ela sabia disso tão bem quanto sabia o próprio nome.

Não ouviram seu conselho, mas mesmo assim o seguiram, e ela ficou prestando atenção enquanto eles mandavam uma equipe para cavar o aceiro oitocentos metros acima, na montanha, onde poderiam isolar o incêndio do próximo trecho de floresta e, com esperança, deixá-lo se esgotar nas pedras.

— Ele vai subir pela lateral da montanha, pessoal. Não terá outra opção, e o vento vai ajudá-lo, e aí vocês terão que lutar contra ele na base.

Era o que eles provavelmente queriam. Ali o fogo estaria cercado por riachos, estrada e pedras, e eles confiariam nesse cerco. A não ser que o vento tivesse planos diferentes.

Seu primeiro incêndio com Nick não tinha sido muito diferente. Uma colina coberta de mato e soprada pelo vento. Hannah estava no seu segundo verão e tinha uma presunção de estudante: já estive aí, já fiz isso, já vi de tudo. Mas, claro, não era verdade. Bravata de caloura, presunção de segundanista e sabedoria de veterana. Os três estágios que Hannah passara a conhecer. Suspeitava que alguma espécie de lei exigia que a sabedoria e a perda fossem parceiras. Pelo menos elas sempre pareciam andar juntas.

Tinha amado Nick desde o início. Do modo como não deveria acontecer, em que se deposita sua confiança na pessoa. Amor à primeira vista era um conto de fadas. As garotas duronas reviravam os olhos diante disso. E ela pretendia fazer o mesmo, com certeza, mas a grande verdade é que o amor zombava das tentativas de controlá-lo. Isso era fantástico. Às vezes.

Regra número um para uma mulher na linha de fogo: você precisava trabalhar mais do que todo mundo.

Regra número dois: quando conseguisse, você seria considerada menos mulher por causa disso.

No primeiro verão isso a enfurecia. A luta contra o fogo era um mundo dominado pelos homens — mas não era assim com todos os mundos? —, porém ela não tinha sido a única mulher. Havia três na equipe, mas Hannah era a única novata. As piadas vieram cedo e com frequência, mas ela levou numa boa porque, francamente, o negócio era assim mesmo. Coisa de garotos. Pegando pesado uns com os outros por causa de qualquer fraqueza percebida, lobos circulando para estabelecer a ordem na alcateia. E a fraqueza de Hannah, na opinião deles, ficou logo aparente: o cromossomo X a mais. Assim, ela aguentava as piadas e as devolvia, depois ia trabalhar, e era ali que a coisa importava: assumiria a identidade que as piadas criavam ou forjaria uma nova? Não podia virar motivo de chacota, ou não haveria respeito. Não existia espaço para a fraqueza entre membros da equipe para quem a fadiga costumava ser o ponto de partida, e não de chegada. Mas quando você anulava as piadas, quando trabalhava igual aos caras ou mais ainda, acontecia uma coisa fascinante: aparentemente você perdia a feminilidade. Agora as piadas eram resultado do respeito e o tom era completamente diferente. Antes seu apelido era Princesa; agora, Rambo.

Isso não queria dizer que ela tivesse relacionamentos ruins com os rapazes. Pelo contrário, eram alguns dos melhores amigos que ela já tivera ou viria a ter — se não existiam ateus nas trincheiras nas guerras, também não existiam inimigos nas linhas de fogo. Mas namorar alguém da equipe era outra história. Era como devolver uma coisa que você tinha trabalhado duro para conquistar. Tinha estabelecido uma regra antes do segundo verão, uma regra inflexível, que se quebrava no minuto em que você a aplicava: a linha de fogo era trabalho. Fim da história.

E, claro, houvera Nick. E, claro, ele não era apenas um membro da equipe; era o chefe.

Aquele foi o verão em que ela usou maquiagem para abrir aceiros, o verão das piadas da escola de cosmetologia, o verão dos dias e noites mais felizes de sua vida. Tinha comprovado a invalidez de sua própria regra: nem tudo precisava ser trabalho. Era possível trabalhar com alguém que você amava, até nas tarefas mais perigosas.

Não acreditava mais nisso. No banco de testemunhas, apontando para o mapa topográfico e para as fotos e explicando como tudo havia acontecido, soube que sua regra fazia sentido. Você lutava contra os incêndios em equipe. Vivia e morria em equipe. E se estivesse apaixonada por uma pessoa daquela equipe, só uma? Suas melhores intenções não significavam porcaria nenhuma. O amor sempre zombava das tentativas de controlá-lo.

Agora estava sentada na sua torre com os pés para cima e os olhos na fumaça rala sobre as montanhas, falando com o rádio sem ligar o microfone. Falava como se estivesse lá, com eles. Um fluxo constante de conversa. Estava alertando-os para tomar cuidado com os fazedores de viúvas — galhos pegando fogo que caíam do alto sem aviso —, quando o caminhão-bomba informou sobre uma vítima.

Hannah levou as mãos ao rosto, cobrindo os olhos. Já, não. Não no primeiro incêndio da estação, o primeiro que *ela* havia informado. Sentiu como se a morte tivesse vindo com ela, de algum modo, como se a morte a tivesse acompanhado. Um certo vento perseguia Hannah, um vento assassino.

Quinze minutos depois de anunciarem a vítima, voltaram com mais informações:

— Acho que a fonte é uma fogueira. Parece haver um círculo de fogueira aqui, pedras, e o fogo deve ter pulado por cima e pegado nas árvores derrubadas. E parece que os cortes são recentes. Só vimos um morto. Não sabemos se é homem ou mulher. Está carbonizado. Isolamos o corpo e o que resta de um quadriciclo e, acredito, provavelmente uma motosserra.

Ali estava a fonte. Alguém estava derrubando madeira e decidiu fazer uma fogueira ao mesmo tempo, depois se descuidou do fogo, ao vento. Sem perceber o risco.

— Filho da mãe idiota — sussurrou Hannah, pensando nas pessoas que estavam penetrando nas chamas nesse momento por causa de algum erro imbecil, pensando em tudo que poderia se perder só porque alguém queria assar uma salsicha.

Mas parecia estranho. De algum modo era estranho. Tinha visto a fumaça por volta das quatro horas. Naquele momento o sol estava alto e quente, mais do que durante todo o verão. Ninguém precisaria ou desejaria uma fogueira para se esquentar. E estava tarde para o almoço e cedo para o jantar, e não parecia que a vítima estivera acampando, pelo menos não com um quadriciclo e uma motosserra. Ele provavelmente estava trabalhando.

E por que uma pessoa fazendo um trabalho exaustivo numa tarde quente acenderia uma fogueira?

Havia alguma coisa esquisita com a fonte do incêndio, sem dúvida. Mas a primeira tarefa era apagar o fogo suficientemente rápido para poderem descobrir a história verdadeira. Até que as chamas fossem apagadas, ninguém estava preocupado em determinar qual era a fonte.

A torre oscilou mais conforme o sol baixava, e o vento ia refrescando o crepúsculo.

12

Enquanto os garotos bebiam água e esticavam as pernas doloridas ao lado da fogueira, Ethan mandou uma mensagem curta para Allison em seu aplicativo do GPS.

TUDO BEM. ESTAMOS SOZINHOS NA FLORESTA.

Guardou o GPS e depois deixou o olhar percorrer as pedras, as colinas cobertas de vegetação e as montanhas altas mais além. Tudo vazio. Tinha dito a verdade: estavam sós. Haviam caminhado o dia inteiro sob um sol alto e quente e um céu sem nuvens, e se você dissesse que apenas algumas semanas antes o passo Beartooth estivera fechado com sessenta centímetros de neve, as pessoas ririam da sua cara.

Não havia ninguém por lá.

Pelo menos por enquanto.

E se eles viessem?

Tinha feito essa pergunta na noite em que Jamie Bennett chegara e em todas as horas que passava acordado, desde então. E se eles viessem, esses assassinos tivera?

Eu dou um jeito. Também tive minha cota de treinamentos.

Mas não tivera. Pelo menos desse tipo. Não tinha ido parar na Força Aérea por engano. Filho de um fuzileiro que não saiu do combate no estrangeiro tão bem quanto deveria, Ethan cresceu direcionado para o serviço militar, e alistar-se era o mesmo tipo de decisão por livre-arbítrio que o sol fazia ao escolher se pôr no oeste. Tudo que o pai desejara era outro fuzileiro: um guerreiro, e não um professor. O velho não ficou impressionado quando Ethan tentou explicar que estava ensinando militares a ter o que ele chamava de mentalidade de sobrevivência.

— Na guerra existem dois tipos de homem — disse o pai. — O que mata e o que morre. Se você é do tipo que morre, não vai sobreviver a merda nenhuma. Se for do tipo que mata, vai sobreviver. A questão é essa. Você está ensinando a se virar na floresta, e tudo bem. Mas se eles forem do tipo que morre, nem todos os truques do mundo vão adiantar.

Ethan afastou aquele pensamento e voltou à realidade, à observação, que era o seu trabalho. Matar não era. A fumaça da fogueira não era densa, a madeira tinha sido bem escolhida, mas a apenas alguns quilômetros outra pessoa também tinha acendido uma. A fumaça era visível acima da crista da montanha. Parecia muita fumaça. Ethan ficou olhando por um tempo e se perguntou se alguma fogueira teria fugido ao controle de alguém. Com esse vento, sem dúvida era possível.

— Estão vendo aquilo? — perguntou. — Aquela fumaça?

Eles estavam cansados e desinteressados, mas olharam.

— Vamos ficar de olho. Ela pode se transformar em alguma coisa.

— Se transformar em alguma coisa? Tipo um incêndio florestal? — perguntou Drew.

— Exatamente. Essas montanhas já pegaram fogo. Isso vai acontecer de novo algum dia. Agora todos vocês olhem para a fumaça e depois para seus mapas, e digam onde está pegando fogo e o que isso significa para nós. Monto o abrigo do primeiro que conseguir fazer isso.

Jace se importava, e talvez isso fosse um problema. A preocupação tinha começado junto com o fogo, quando ele bateu duas peças de metal e provocou uma fagulha que criou uma chama que criou uma fogueira. Sua visão de Connor Reynolds como um garoto que não se preocupava começou a se desvanecer. Ao mesmo tempo que Jace tentava mantê-la no lugar, sua atitude errática estava desaparecendo, porque aquele negócio ali era bem maneiro. Era uma coisa *real*, era importante de um modo que a maioria das coisas que ensinavam às pessoas não era: esse negócio podia salvar sua vida.

Não sabia do que Connor Reynolds estava fugindo ali em cima, mas atrás de Jace havia homens que pretendiam tirar sua vida, e ele começou a pensar que talvez Connor devesse prestar um pouco mais de atenção. Pelos dois.

Agora Ethan havia proposto um desafio, e ainda que Jace realmente não se importasse em ganhar o abrigo — gostava de montá-lo e eles estavam melhorando a cada noite de esforço —, queria ser o primeiro a situar com precisão aquela coluna de fumaça. Era o tipo de coisa que a maioria das pessoas não conseguia fazer. O tipo de coisa capaz de salvar sua vida.

Olhou para as montanhas e depois para o mapa, em seguida para cima de novo. À sua direita estava o pico Pilot, um dos marcos mais impressionantes nas Beartooths, fácil de encontrar. Seguindo a partir dele ficava o Index, e o fogo não estava na frente de nenhum dos dois. Continuando em frente, estava o monte Republic, e em seguida o pico Republic, e então ele começou a entender. O grupo deveria caminhar até o pico Republic, depois chegar ao cume — pelo menos era como Ethan o chamava — e voltar pelo mesmo caminho. Mas em cada caminhada Ethan lhes dava uma rota de fuga. Jace gostava delas, ainda que o resto dos garotos achasse a ideia piegas. Os outros ainda não sabiam da necessidade de rotas de fuga.

A fumaça não estava entre o acampamento deles e o pico Republic, mas parecia vir do lado de trás. Connor seguiu as linhas de contorno a oeste do pico — elas se agrupavam apertadas, indicando um declive íngreme e rápido, na direção do Parque Nacional de Yellowstone, e as que ficavam ao norte eram mais graduais, espaçadas. Um riacho serpenteava descendo de perto da geleira que ficava entre o pico Republic e seu companheiro mais próximo, o Amphitheater.

— Está pegando fogo na nossa rota de fuga — disse.

Todo mundo levantou os olhos com interesse, e Jace sentiu orgulho ao ver isso também no rosto de Ethan.

— Você acha? — perguntou Ethan.

Jace sentiu uma pontada de incerteza. Olhou para as montanhas, imaginando se teria errado.

— É o que parece — respondeu. — Se a gente precisasse usar a rota de fuga e descer pelo lado de trás do Republic, indo pela área isolada, como você estava falando, a gente daria de cara com ele. Ou bem perto.

Ethan o observou em silêncio.

— Talvez não — disse Jace, e agora ele estava procurando de novo a atitude de Connor Reynolds, dando de ombros e tentando fingir que não se importava. — Tanto faz. Não me incomodo em montar meu abrigo, não preciso que você faça.

— Não? Bom, é uma pena, porque eu ia começar a montar.

— Acertei?

— Acertou, sim. Se aquele incêndio está se espalhando, e é isso que parece, vai chegar bem perto da nossa rota de fuga.

13

Os cavalos a acordaram.
Um relincho na noite, respondido por outro, e rapidamente Allison estava acordada. Em geral seu sono era profundo, mas não desde que Ethan tinha ido para as montanhas. Não sentia medo de ficar sozinha na propriedade; na maior parte da vida estivera sozinha lá. Em alguns dias sentia vontade de *mandá-lo* para as montanhas, só para ficar sozinha de novo.

Mas nesse verão os ventos ruins sopravam diariamente em seu pensamento. Ela tentava adotar a despreocupação divertida de Ethan com relação a essas coisas, mas não conseguia. Podia-se dar ao coração todas as instruções que quisesse, mas frequentemente ele tinha dificuldade para escutar.

Nesse verão, Allison era uma mulher diferente, uma mulher que ela não gostava de ser. No canto do quarto, encostada na parede perto do seu lado da cama, havia uma espingarda carregada. Na mesinha de cabeceira, onde costumava ficar um copo de água e um livro, estava seu GPS, para o qual Ethan mandaria mensagens se alguma coisa desse errado. Uma única mensagem fora recebida hoje: estavam sozinhos na floresta. Era só isso que ele iria dizer, e ela sabia, mas mesmo assim olhava com frequência demais para o GPS. E mesmo sabendo que os cavalos a haviam acordado, e não o aplicativo, verificou-o. Não havia nada.

Filho da mãe, pensou, e se odiou por isso. Como podia pensar assim? Seu próprio marido, o amor da sua vida, e isso não era brincadeira.

Melhor acreditar que ele era o único amor que ela encontraria na vida, pelo menos o único tão profundo. Mais profundo do que um dia acreditara ser possível.

E mesmo assim o xingou. Porque ele tinha feito uma escolha, e não a havia escolhido. O ressentimento a incomodava desde que Jamie Bennett tinha ido embora de Montana com o acordo fechado. Como era possível se ressentir de um homem que tinha concordado em proteger uma criança?

Jamie era imprudente, e Ethan sabia. Ela apelou ao ego de Ethan, e ele cedeu. Eu avisei, e ele riu...

Pare com isso. Pare com esses pensamentos.

Levantou-se, por um momento pensou em pegar a espingarda, depois descartou a ideia. Não havia necessidade de arma nem de ressentimento. Ethan tinha feito a escolha certa. O único perigo estava com o marido, e Allison deveria estar pensando nele, e não em si mesma. Decidiu ir até a varanda, ver o que havia. Caso suspeitasse de algum problema de verdade no estábulo, voltaria para pegar a espingarda. Às vezes eles ouviam falar de problemas com leões da montanha e animais de criação, o tipo de coisa que acontecia quando você colocava uma presa perfeitamente boa nas terras de um predador perfeitamente bom, mas, desde que morava ali, os cavalos não tinham sido incomodados por nenhum predador.

Além disso, eles raramente a acordavam durante a noite.

Allison atravessou a sala no escuro. Uma claridade laranja e opaca vinha de trás da porta de vidro do fogão a lenha, restos de um fogo recém-apagado. Allison não tinha dormido muito tempo. Passava pouco da meia-noite. Entre a sala e a varanda havia um depósito estreito, com a máquina de lavar e a secadora espremidas lá dentro e fileiras de prateleiras ao redor. Encontrou uma lanterna pelo tato e em seguida tirou um casaco pesado do gancho ao lado da porta. Era verão, certo, mas o ar noturno não admitiria isso, por enquanto. No bolso do casaco pôs uma lata de spray para espantar ursos. Nunca se sabe. Uma vez um urso-pardo apareceu na varanda do dormitório; em outra ocasião um deles inspecionou a carroceria da picape de Ethan depois que ele transportou o lixo. Se um urso-pardo estivesse lá fora, o spray de pimenta seria muito mais útil do que a espingarda.

Ela saiu para a noite e a brisa a encontrou imediatamente, empurrando o frio por dentro da gola do casaco. Foi até a beira da varanda, deixando a porta aberta. A cinquenta metros, no estábulo, os cavalos estavam silenciosos outra vez.

Conhecia as sombras que ficavam entre a casa e o celeiro devido a anos de verificações noturnas. No que deveria ter sido um trecho de terreno aberto, já que todas as árvores tinham sido retiradas anos antes, havia algo de pé, preto no preto.

Allison levantou a lanterna e apertou o interruptor.

Um homem apareceu a meio caminho entre ela e o estábulo, e, apesar de ele ter piscado por causa da luz forte, não pareceu incomodado. Era jovem, magro e tinha cabelo curto, à escovinha, e olhos que mantinham o negrume à luz da lanterna. A claridade devia ser ofuscante, mas ele nem ao menos levantou a mão para bloqueá-la.

— Boa noite, sra. Serbin.

Era por isso que existia a espingarda. Era por isso que ela ficava carregada e encostada perto da cama, e agora Allison tinha se afastado dela porque durante muito tempo vivia num mundo em que uma espingarda era desnecessária.

Você sabia, pensou enquanto olhava para ele em silêncio. *Você sabia, Allison, de algum modo você sabia que ele vinha, ignorou isso e vai pagar.*

O homem estava avançando até ela através do facho estreito de luz, e seu movimento induziu o dela, um arrastar de pés lento, para trás, na varanda. Ele não mudou o ritmo da caminhada.

— Eu gostaria que você parasse aí. — A voz de Allison saiu forte e clara, e ela se sentiu grata por isso. — Pare aí e se identifique. Você sabe qual é o meu nome; eu deveria saber o seu.

Ele continuou se aproximando com aquele passo despreocupado, o rosto numa claridade branca e os olhos franzidos, quase fechados. Havia algo errado nisso. A disposição de aceitar a claridade, de andar direto sem ao menos dar um passo para o lado. Não estava certo. Ela o havia inundado de luz e por algum motivo ele aceitava isso. Por quê?

— Pare aí — disse de novo, mas agora sabia que ele não iria parar. Suas opções atravessaram a mente depressa, porque eram poucas. Poderia esperar, e ele continuaria andando até encontrá-la na varanda, e fosse lá o que o tivesse trazido, na noite seria revelado. Allison poderia se virar e correr para a porta, trancá-la e pegar a espingarda. Sabia que conseguiria fazer isso antes que ele a alcançasse.

Ele também sabe que eu consigo. Ele pode ver isso.

Mas ele continuava andando sem pressa, apertando os olhos por causa da luz.

Então ela soube. Entendeu num instante. Ele não estava sozinho. Por isso não se apressava e por isso não queria que ela afastasse a luz dele.

Allison girou e foi para a porta, mas parou imediatamente. O segundo homem já estava quase na varanda. Muito mais perto da porta do que ela. Tinha dado a volta pelo outro lado da casa. Cabelo louro e comprido que reluzia quase branco sob o facho da lanterna. Botas, jeans e uma camisa preta desabotoada quase até o meio do peito. Pistola na mão.

— Fique parada — disse ele.

Tinha uma voz de médico ao lado do leito do paciente. Tranquilizador profissional.

Ela parou enquanto ele vinha na sua direção pela frente e o outro alcançava a varanda às suas costas. Não tinha como encarar os dois. Imediatamente sentiu alívio por não ter levado a espingarda. Só poderia atirar em um de cada vez, pelo modo como estavam posicionados, mas ainda seriam mais tiros do que eles provavelmente desejavam, e se achassem que ela representava uma ameaça, poderiam já ter disparado. Nesse momento eles não pensavam assim, e devido a essa percepção ela estava recebendo uma última ferramenta valiosa: o tempo. Não sabia quanto. Mas havia algum, e precisava usá-lo agora, e usá-lo direito.

Pensou no spray contra ursos, em seguida levantou as mãos. Tentar pegá-lo era admitir que ele estava ali. O spray dava pouco conforto diante de uma arma, mas era o que ela tinha, e pretendia ficar com ele. Ficar com ele e ganhar mais do que aqueles homens podiam conceder: tempo. Fossem horas ou minutos, fossem segundos, sua esperança estava em ganhar mais.

— O que vocês querem? — perguntou. A voz não estava mais tão forte. — Não precisam de armas. Vocês podem só dizer o que querem.

— É hospitaleira — disse o cabeludo. — Uma mudança agradável com relação a algumas pessoas que nós encontramos.

— Certamente.

— É uma mulher calma, considerando-se a situação. No meio da noite, você sabe. Estranhos.

— Estranhos com armas. É muito calma, eu diria. Isso é incomum.

Falavam enquanto avançavam, como se estivessem viajando numa estrada e fazendo observações sobre a paisagem. Isso a deixou mais arrepiada do que a visão da arma.

— O que vocês querem? — repetiu.

Estavam quase em cima dela, um na frente e outro atrás, e agora era mais difícil manter as mãos para cima; queria baixá-las e dar um soco, queria correr, queria se abaixar no chão da varanda, se enrolar e se proteger do que viria pela frente.

Mas nenhuma dessas opções lhe renderia tempo. Manteve as mãos no ar, apesar de estarem tremendo.

— Podemos entrar, sra. Serbin?

O homem que estava de frente para ela, a apenas alguns centímetros, fez a pergunta, mas não a olhava nos olhos. Seu olhar cobria o corpo dela, e Allison teve a sensação de que ele estava fazendo um inventário, em todos os sentidos. Existia violação naquele olhar, além de avaliação de ameaça. Ela usava uma calça legging preta, as botas frouxas no tornozelo, e os braços levantados fizeram o casaco recuar, revelando a camiseta de mangas compridas com a qual estava dormindo. Não havia lugar no corpo, por baixo do casaco, para esconder uma arma, e isso era evidente. O casaco grande demais escondia bem o spray contra ursos, mas ela teve a sensação de que eles lhe arrancariam a peça de roupa. Também era apenas questão de tempo. No estábulo, um dos cavalos relinchou de novo. Um som agudo e penetrante. Agora a lua estava visível, uma luz limpa e branca. Será que as coisas teriam sido diferentes se a lua estivesse de fora quando ela abrira a porta? Será que teria visto o suficiente para entrar de novo? Será que uma nuvem podia mudar a vida de uma pessoa?

— É, acho que vamos entrar — disse o homem que estava atrás dela.

Ele estendeu a mão e puxou o cabelo de Allison para trás, por cima do ombro, a ponta de um dedo roçando em sua pele, e foi nesse momento que ela baixou as mãos e gritou. Então o braço do homem estava em volta dela, puxando seu corpo com força, prendendo os braços dos lados. A lanterna caiu no piso da varanda e quicou. Ele a havia envolvido de tal modo que as mãos dela estavam pressionadas contra o rosto, inúteis.

O homem à sua frente tinha observado a breve tentativa de resistência sem qualquer reação. Ouviu-a gritar e nem pestanejou. Ficou parado enquanto o outro a segurava, e durante um tempo não houve nenhum som além da agitação dos cavalos, alvoroçados pelo grito de Allison. O facho da lanterna se lançava torto para o céu noturno, iluminando metade do rosto dele.

— Ainda hospitaleira? — perguntou ele finalmente.

O aperto em volta dela parecia uma tira de aço, e havia lágrimas ameaçando brotar, dor e medo misturados. Allison piscou para conter as lágrimas e se obrigou a olhar direto para ele quando assentiu. Não disse nenhuma palavra.

— Maravilhoso.

Ele estendeu a palavra, devagar, e olhou para longe, avaliando o terreno pela última vez. O estábulo, o pasto, o dormitório vazio e a garagem mais além. Allison teve a sensação de que eles haviam inspecionado a propriedade meticulosamente, antes de se aproximarem da casa. Ele enxergava demais, não deixava passar quase nada. Ethan percebia os lugares assim. Não era uma qualidade que ela quisesse ver num homem como aquele.

Depois de se contentar com a avaliação, assentiu ligeiramente, e o outro a empurrou para a frente, passando pela porta e entrando na sala, sem afrouxar o aperto.

— Acho que vou fazer um reconhecimento — disse o cabeludo.

— Um de nós provavelmente deveria — respondeu o outro.

Allison sentiu o hálito dele na orelha. Sentiu o cheiro do suor e um odor pesado de fumaça rançosa, entranhada. Não de cigarro. Fumaça de madeira.

Ele a segurou no meio da sala e permaneceu em silêncio enquanto o outro percorria a casa lentamente, desconectando telefones, baixando persianas. Ele falou enquanto fazia o serviço, e o homem que a segurava ia respondendo.

— Tremendo império eles têm aqui.

— Lugar lindo.

— Eles gostam de paisagens de montanhas, notou?

— É, parecem ser as obras de arte prediletas.

— Estranho, vivendo num lugar assim. Por que a pessoa precisa das pinturas, das fotos? Basta olhar pela janela.

— São presentes, imagino. O que você dá a alguém que mora nas montanhas? Uma foto da mesma montanha que a pessoa vê todo dia. Não faz sentido, mas mesmo assim as pessoas fazem isso. Como aquele homem que criava cachorros, lembra? Os sabujos.

— Tinha fotos de sabujos pela casa toda. Apesar de os de verdade estarem bem ali.

— Exatamente. Estou dizendo: são presentes. Ninguém tem imaginação hoje em dia.

O aperto em volta de Allison não tinha diminuído nem um pouco, mas o homem que a estava segurando falava com facilidade. Outro cheiro se misturou ao de fumaça, mas ela demorou um minuto para confirmar o que era. Ou aceitar.

Ele cheirava a sangue.

O cabeludo sumiu de vista, mas ela podia ouvir suas botas enquanto ele percorria os cômodos. Em seguida, reapareceu e atravessou a sala. Estava segurando um chapéu. Um Stetson preto, de aba larga. Era de Ethan, um chapéu que ele nunca tinha usado. Ele odiava o estilo caubói, mas as pessoas teimavam em associar aquela imagem a ele.

— Gostei disso — disse o cabeludo. — Muito Velho Oeste. — Ele pôs o chapéu na cabeça e se viu no reflexo da porta de vidro. Sorriu. — Nada mau.

— Nem um pouco — concordou o de cabelo curto.

— O chapéu é do seu marido? — perguntou, virando-se para Allison.

— Foi um presente — respondeu ela. — Ele não gosta.

Então os dois riram.

— Excelente. Isso é excelente, sra. Serbin.

Em seguida, o cabeludo saiu andando de novo, ainda usando o chapéu, e entrou no quarto dela. Tinha pegado a lanterna ao entrar e a estava usando, em vez de acender as luzes da casa. Allison viu o facho pintar as paredes e depois parar na espingarda. Ele foi até lá, levantou-a com uma das mãos e abriu a culatra. Quando viu os cartuchos dentro, fechou a culatra e voltou à sala carregando a lanterna numa das mãos, agora desligada, e a espingarda na outra, apontada para baixo, junto à perna. A pistola estava num coldre às costas.

— Nossa. — Ele se acomodou no sofá, esticando as pernas e encostando a espingarda na almofada. — Foi um dia longo, não foi?

— Mas produtivo.

— Verdade. — O cabeludo deu um suspiro pesado, com o peito levantando e baixando, os olhos no fogão a lenha. Olhou-o por muito tempo antes de se virar de novo para os dois. — Você está bem?

— Muito bem.

— Acha que ela precisa ser contida?

— Acho que poderíamos dar uma chance a ela, agora que você terminou a inspeção.

O cabeludo virou os olhos para os de Allison. Azuis, frios e vazios.

— O que diz, linda? Podemos correr esse risco?

— Podem.

— Bom, então. Vamos fazer o primeiro teste da sua honestidade.

O aperto de aço foi embora, como se nunca tivesse existido. Allison estava livre de novo. O homem que a havia segurado deu um passo para trás depois de soltá-la. Ela não tinha visto o rosto dele desde que o sujeito fora em sua direção na luz da lanterna. Os dois nunca ficavam juntos.

— Sabe por que estamos aqui? — perguntou o cabeludo.

Allison balançou a cabeça. Imediatamente ele suspirou de novo, deu as costas para ela e passou a mão pelo rosto, como se estivesse exausto.

— Sra. Serbin. — As palavras saíram pesadas, com um travo de decepção.

— O quê?

— A senhora sabe. A senhora sabe, e acabou de mentir, e isso, a esta altura da noite… — Ele balançou a cabeça e esfregou os olhos. — Não é disso que precisamos. Simplesmente não vai dar certo.

— Meu irmão teve um dia longo — disse o que estava atrás dela. — Vou dar um alerta: ele é menos paciente quando está cansado. Não esperamos que a senhora o conheça tão bem quanto eu, por isso vou lhe passar uma informação privilegiada. Ele está exausto. Foi um dia difícil. Para nós e para outros.

Ela sentiu vontade de se virar para ele, mas parecia arriscado parar de olhar o homem do sofá. Ele tinha a única pistola que ela vira, mas certamente o outro também estava armado. *Meu irmão*, ele havia dito. Ela se perguntou de onde eles seriam. Falavam sem sotaque. Voz monocórdica. Algum lugar do Meio-Oeste. Algum lugar perto do centro do inferno. Eles não tinham tirado seu casaco e ela ainda estava com o spray contra ursos, mas não conseguia imaginar que utilidade ele teria. Poderia provocar alguma dor, mas isso só iria deixá-los com mais raiva. Cegá-los numa nuvem de veneno e correr através dela para pegar a espingarda? Jamais daria certo.

— Digam, então — pediu Allison.

Isso provocou uma inclinação da cabeça e um olhar quase divertido por parte do homem no sofá.

— Dizer?

— É. Por que vocês estão aqui?

Durante um longo tempo ele a encarou e não respondeu. Depois, disse:

— Creio que seu marido esteja nas montanhas. Com um grupo de garotos. Garotos problemáticos. Uma coisa muito honrada para fazer. Porque se a gente não resolver os problemas de um garoto logo… Bom, então… Bom.

— O problema simplesmente não para — disse o irmão dele. — Assim que o problema se estabelece, sra. Serbin, ele não para.

O homem no sofá se inclinou para a frente e apoiou os braços nos joelhos.

— A senhora sabe qual dos garotos é?

Allison balançou a cabeça.

— Não.

— Desta vez acredito. Mas é irrelevante. Porque *nós* sabemos quem ele é. Por isso não exigimos essa informação. O que exigimos é a sua localização.

Ela sabia o que viria agora, como se um mapa tivesse sido desenhado. Eles queriam o garoto e queriam agir com velocidade. O que ela queria tirar deles, o tempo, era o mesmo que eles não podiam se dar ao luxo de conceder. Havia outros modos de encontrar Ethan, mas não mais rápidos, pelo menos para eles. Por isso pretendiam viajar por atalhos. Ela era um atalho.

Ele começou a esfregar o rosto de novo com a mão coberta pela luva. Em algum lugar atrás de Allison o irmão se mexeu, mas mesmo assim ela não se virou. Deixe que ele se mexa. Não podia vigiar os dois, por isso não adiantava tentar. Agora eles perguntariam onde Ethan estava, e se ela não contasse, a coisa ficaria feia imediatamente. Ela viu isso no mapa, mas também viu que o destino era o mesmo, não importando o caminho tomado. Existiam desvios disponíveis, mas nenhuma saída.

Então seria assim. Eles perguntariam, ela responderia e eles terminariam logo com ela. Ou perguntariam, ela não responderia e eles não terminariam imediatamente com ela.

— Precisaremos alcançar o seu marido — disse o do sofá. — Presumo que a senhora já tenha percebido isso.

— Já.

— Vai dizer onde podemos encontrá-lo? Lembre-se que ele, pessoalmente, não nos interessa.

Ele estava disposto a tentar uma tática, pelo menos, antes de partir para meios mais diretos. Disposto a fingir. Agora ela ouviria que nada de mal aconteceria com Ethan se ela contasse onde ele estava e que nenhum mal aconteceria com ela. Mas ele não falava a verdade. Num determinado ponto ele tinha olhado para ela, e uma constatação atingiu os dois. Ele não desperdiçaria os esforços numa causa perdida, e convencê-la de que havia alguma esperança de segurança era uma causa perdida. Ela soube que eles estavam ali para matar um garoto porque o garoto tinha visto os dois, e agora ela os tinha visto. Tudo isso permaneceu sem ser verbalizado entre eles.

— Vai interessar — disse ela.

Isso provocou uma sobrancelha erguida.

— A senhora acha?

Ela assentiu.

— Vocês não vão simplesmente pegar o garoto. Não com o Ethan lá.

— Mas precisaremos pegá-lo.

— Não vai ser fácil para vocês.

Ele pareceu satisfeito com essa previsão.

— Às vezes não é.

Ele se levantou do sofá, abaixou-se e estendeu a mão para o fogão a lenha. Abriu a porta e deixou a fumaça sair para a sala. Algumas brasas se agarravam à vida. Havia um cesto de acendalha ao lado do fogão. Ele pegou um punhado e começou a reviver o fogo.

— Hoje essa técnica foi boa para nós — disse.

— Foi mesmo — concordou o irmão. — E está frio aqui. É uma noite fria.

As chamas pegaram no combustível novo e ganharam força. Então ele acrescentou um pedaço de lenha, sentou-se e olhou o fogo se firmar. Na parede havia um suporte de ferro com ferramentas: vassoura para cinzas e balde para poeira, atiçador, pinça. Passou a ponta dos dedos em todas elas, como se não se decidisse pela melhor opção, depois deixou a mão voltar até a pinça. Tirou-a do suporte e mergulhou a ponta na chama, deixando o ferro absorver o calor intenso.

— Por favor... — disse Allison, e ele levantou os olhos para ela como se estivesse genuinamente surpreso.

— Perdão?

— Por favor, não...

— Bom, a senhora já teve a oportunidade de cooperar. Sem dúvida não pode me culpar pelas consequências das suas próprias decisões, das suas próprias ações, não é?

— Vocês vão passar a vida na prisão por causa disso. Espero que os dias sejam longos lá. Espero que sejam intermináveis.

Ele tirou a pinça do fogo e sorriu para ela.

— Não estou vendo ninguém aqui para me prender, sra. Serbin. Na verdade, o seu xerife está morto. A lei mudou com a nossa chegada, sabe? Agora a senhora está na jurisdição de um juiz novo.

— Essa é a verdade — admitiu o irmão.

Em seguida, o vermelho profundo da pinça de ferro se aproximou de Allison. Ela falou de novo:

— Tem um GPS.

Ele pareceu quase decepcionado. Como se tivesse esperado que Allison continuasse a resistir e não achasse que ela cederia tão facilmente.

— Cooperação — disse ele. — Maravilhoso. — Aquela palavra de novo, dita lentamente, como se ele gostasse do sabor. — Onde está o tal GPS?

— Na mesinha de cabeceira. Perto da cama.

O irmão se moveu sem dizer nenhuma palavra e voltou rapidamente com o GPS na mão. Estava examinando-o.

— Isso rastreia onde eles estão ou só tem a rota planejada?

— Rastreia.

O que estava perto do fogo se levantou e pendurou a pinça de novo na parede. Allison rezou para ele chegar mais perto, se juntar ao irmão olhando para o GPS, finalmente perto o bastante para ela ter a chance de acertar os dois com um jato do spray contra ursos.

Ele não fez isso. Foi até a ponta do sofá, os dois ainda bem separados, e disse:

— Mostre onde eles estão.

Ela estendeu a mão para o aparelho. Estava tremendo. O homem que cheirava a fumaça e sangue lhe entregou o GPS, e ela tentou parecer que o havia pegado desajeitadamente ao recebê-lo, tentou esconder como seu polegar baixava sobre o botão vermelho de emergência, que emitia o pedido de socorro. Mas não podia simplesmente acioná-lo uma vez; o pessoal da emergência não queria ser inundado com pedidos acidentais de socorro. Era preciso apertá-lo três vezes seguidas.

Tinha apertado duas vezes antes da chegada do primeiro soco. Enquanto caía apertou pela terceira vez e depois o largou, enquanto um chute a acertava na barriga, arrancando o ar dos pulmões, deixando-a enrolada num amontoado de agonia, tentando respirar enquanto o sangue jorrava do nariz despedaçado e dos lábios partidos.

— Sinal de emergência — disse o homem que a havia acertado, nem mesmo olhando para ela, com a atenção de volta no GPS. — Ela acabou de pedir um resgate.

— Você pode interromper o sinal?

— Não sei. Vou ver.

Allison se retorceu no chão e tentou puxar o ar, mas tudo que entrava era o gosto de cobre quente. Queria pegar o spray contra ursos, mas primeiro precisava respirar, e sua mão foi para a barriga e não para o bolso, um ato reflexo: tocar onde dói. O cabeludo se abaixou, agarrou-a pelos cabelos e a arrastou para trás, com uma dor nova a inundando enquanto ela afogava na que já estava ali.

— Ela deve esperar que a equipe de resgate seja muito rápida — disse ele.

Arrastou-a para perto do fogo, largou-a no chão e depois se ajoelhou para pegar a pinça no suporte. O irmão ainda estava olhando o GPS, tentando abortar o sinal. Allison rolou por cima do ombro, encontrou o spray contra ursos e o pegou. Havia um protetor de plástico no gatilho. Soltou-o com o polegar, e ao ouvir o som do plástico quebrando o cabeludo se virou de volta. Quando ele percebeu a lata de spray de pimenta, ela viu pela primeira vez um ar diferente nos olhos do sujeito. Viu toda a raiva que ele mantinha embrulhada por trás da capa de calma fria. Essa raiva surgiu por um átimo e desapareceu. A capa voltou, e com ela uma diversão ameaçadora. Um sorriso se espalhando por baixo daquele olhar gelado.

— Muito bom — disse ele. — Spray de pimenta. Muito bom. Mas, sra. Serbin? Por mais que eu esteja orgulhoso do seu esforço, a senhora está apontando na direção errada.

O bico da lata de spray estava virado na direção dela mesma.

Ela falou com a boca cheia de sangue:

— Não estou, não.

Então Allison fechou os olhos e pressionou o botão, apontando não para o rosto dele, mas para a porta aberta do fogão a lenha logo atrás de si, e a sala pareceu explodir. Uma nuvem de fogo rolou para fora do fogão, por cima dela, as chamas acertaram seu casaco, seu cabelo, e em seguida encontraram sua carne.

Ela se obrigou a continuar apertando o gatilho. Continuar borrifando. Continuar alimentando o fogo. Sabendo, mesmo na agonia, o que soubera desde o início: o spray de pimenta não era arma suficiente para lutar contra aqueles homens.

O fogo poderia ser.

As chamas rolaram pela sala e os afastaram dela, empurrando-os para a porta da frente. Então a lata explodiu em sua mão, e novas agulhas se cravaram em seus nervos. A espingarda estava à sua esquerda, ainda encostada no sofá, ainda carregada. Ela rolou para lá, e quando agarrou o cano de metal ele queimou a palma da sua mão, mas Allison mal percebeu a dor. Sua mão direita não reagia como ela desejava, simplesmente não parecia reagir, por isso ela apertou a culatra da arma contra a barriga e baixou a mão esquerda até o gatilho. As chamas subiram numa parede diante dela, mas dava para ver duas sombras do outro lado. A casa estava banhada em luz escarlate. Puxou o gatilho pesado com dois dedos da mão esquerda.

A espingarda escoiceou violentamente e Allison a largou, o que era ruim, porque queria disparar os dois cartuchos. Mas agora ela estava pegando fogo, e aquela coisa que tinha valorizado — o tempo — não existia mais.

Role, pensou. *Role, role, role.*

Bom senso. Até uma criança sabe. Se suas roupas estão pegando fogo, você deve rolar para apagá-lo.

Mas o que era possível fazer quanto tudo em volta estava pegando fogo?

Não tinha resposta, por isso continuou a rolar, saindo do vermelho para o preto.

Eles estavam no quintal olhando a casa pegar fogo.

— Você está sangrando um bocado.

Jack olhou para a lateral do corpo. Com a camisa preta ficava difícil enxergar o sangue; era só um brilho a mais. Tirou a camisa. Chumbinhos espalhados. Espingarda de baixo calibre, carga menor.

— Vai parar.

— Vou voltar para pegá-la. — Patrick levantou a pistola e apontou para a casa. — Não sei se acertei ou não. Eu estava andando para trás, ela estava rolando. Vou acabar com isso.

— Acho que ela mesma acabou. E se não acabou? Bom, podemos vir de novo. Agora, não. É hora de ir.

— Eu gostaria de saber se acabou.

— Eu gostaria de estar longe quando atenderem ao pedido de socorro. Alguém vai atender. E você sabe o que eu acho dessa estrada.

— Sei. — Patrick estava olhando para a casa em chamas.

— Você está insatisfeito, irmão. Entendo. Mas eu levei um tiro. Vamos indo.

Caminharam juntos para a escuridão e para longe da luz laranja. A picape estava a uns oitocentos metros dali e eles percorreram o terreno rapidamente, sem dar um pio. A respiração de Jack vinha pesada e irregular, mas ele não diminuiu o passo. Quando chegaram à picape ele entregou as chaves ao irmão.

— Direita ou esquerda? — perguntou Patrick.

— Vamos para a direita, precisamos passar pelo portão de Yellowstone. É o único caminho.

— É.

— Imagino que haja mais policiais no parque. E mais lugares para fechar a estrada também.

— Para a esquerda é mais longe. Todas aquelas curvas fechadas. Mesmo dirigindo rápido nós ficaríamos na estrada por um bom tempo.

Jack assentiu.

— Como eu disse, não gosto dessa estrada. Fomos parar na única parte do país que só tem uma porcaria de estrada.

— Decida. E rápido.

— Esquerda.

Patrick ligou o motor, acendeu os faróis e saiu do cascalho para o asfalto. Na colina acima deles a luz do incêndio tremeluzia entre os pinheiros.

— Estragos — disse Jack. — Estamos deixando estragos para trás. Pode significar encrenca.

— Nunca deixamos alguém de pé antes. Assim, não.

— Duvido que ela esteja de pé.

— Não sabemos. Precisamos ter certeza.

— Ela pôs fogo no próprio corpo, e o fogo ainda está queimando.

— Mesmo assim, agora eles talvez saibam que nós estamos indo. Serbin e o garoto.

— Podem.

— Poderíamos ir embora. Desistir — disse Patrick.

— Você consideraria essa opção?

O silêncio preencheu a cabine e viajou com eles por um tempo.

— Sim — respondeu Jack depois de um tempo. — Esse foi o meu sentimento, também.

— Nós viemos de longe por causa dele.

— Viemos. E viemos com boa saúde. Agora estou queimado e sangrando. Isso me deixa menos inclinado ainda a desistir. Na verdade, me deixa completamente sem disposição de desistir.

— Entendo.

— Isso vai trazê-lo para cá, você sabe. Para fora da montanha. Ele terá de voltar por causa dela, e precisará trazer o garoto.

— É. E o garoto vai desaparecer de novo rapidamente. Eles vão levá-lo para longe num instante.

— Então parece que deveríamos estar lá.

— Com certeza.

SEGUNDA PARTE

O ÚLTIMO LUGAR ONDE FOI VISTO

14

A mensagem chegou de madrugada. Antes do alvorecer, quando os sons noturnos tinham ficado mais fracos e a luz cinzenta do dia ainda não havia surgido.

Ele sabia que o toque do GPS significava alguma coisa ruim antes mesmo de abrir os olhos. Os telefonemas no meio da noite amedrontavam com as possibilidades. Os pedidos de socorro no meio da noite nem mesmo chegavam a dar margem para dúvida: eles prometiam a verdade.

Sentou-se, esbarrando no plástico e se molhando com uma chuva da condensação que havia se juntado enquanto dormiam, e remexeu na mochila procurando o GPS.

O aparelho não dava nenhum detalhe. Só que Allison tinha feito um pedido de socorro. Quando o SOS era transmitido, ia também para o aparelho de Ethan, além do pessoal da emergência. Havia dois modos de pedir socorro pelo GPS: mandar uma mensagem com alguns detalhes ou mandar uma mensagem sem detalhe nenhum. O objetivo da unidade avançada é que ele permitia acrescentar esses detalhes.

Allison não tinha feito isso.

Ethan ficou parado, olhando para o GPS, e tentou não imaginar as razões para isso ter acontecido. Sua respiração estava lenta e firme, e ele continuava no chão, ainda meio enrolado no saco de dormir. No entanto, sentia-se como se não estivesse mais conectado com a terra, como se estivesse se afastando dela rapidamente, olhando a tela acesa que lhe dizia que a esposa estava pedindo socorro.

De casa.

— Não — disse para o aparelho, tentando racionalizar. — Não.

Mas o aparelho não mudou de ideia. A tela ficou preta em sua mão, e ele estava sozinho no escuro. Através do plástico branco leitoso, a floresta noturna parecia algo de outro mundo. Ethan empurrou o plástico, levantou-se do abrigo e ficou de pé no ar frio, tentando pensar no que poderia fazer. Se fosse correndo e deixasse os garotos para trás poderia chegar à cidade em cerca de quatro horas. Talvez.

Abriu o aplicativo de mensagens pelo GPS. Digitou uma palavra.

ALLISON?

Não houve resposta.

A mensagem dela também fora para o Centro de Coordenação Internacional de Emergências, um bunker subterrâneo ao norte de Houston, no Texas. Com pessoas trabalhando a cada minuto de cada dia, fornecimento elétrico independente e equipamento de redundância. Projetado meticulosamente para jamais deixar de atender a um chamado.

Ethan mandou uma mensagem para eles.

PEDIDO DE SOCORRO RECEBIDO. QUAL É O STATUS DE RESPOSTA?

Acima, num lindo céu noturno, um satélite invisível inalou sua mensagem enviada de Montana e a exalou na direção do Texas. O satélite verificaria a existência de resposta em sessenta segundos.

Pareceu um tempo enorme.

Espalhados em volta, na colina, estavam os outros abrigos. Ethan ouviu um garoto se revirando e outro roncando. Se alguém estava acordado, prestando atenção, permanecia em silêncio. Ele olhou para os abrigos como se não os reconhecesse e nem mesmo entendesse o propósito deles. Naquele momento tudo no mundo era estranho.

O toque de novo. Olhou para o GPS.

AUTORIDADES LOCAIS ALERTADAS E A CAMINHO.

As autoridades locais mais próximas viriam de Yellowstone. Passariam por Silver Gate e Cooke City e chegariam à sua estrada. Quinze minutos, pelo menos. Talvez vinte. Pelos padrões do pessoal no bunker do Texas, isso era rápido. Nenhum navio estava perdido no mar, nenhum alpinista preso num pico gelado. Resposta rápida.

Muito rápida.

Ele podia contar os segundos com o próprio batimento cardíaco.

O vento aumentou, e os abrigos plásticos farfalharam ao redor. Ethan começou a observá-los de novo. Não gostava de observá-los daquela maneira. Não gostava de nada naquela noite nem naquele mundo. O aparelho em sua mão estava silencioso. O coração batendo, batendo. As autoridades locais a caminho. Allison não respondendo. O coração batendo, batendo.

Virou o rosto para o vento, depois esperou, imóvel. Acima, as nuvens tinham se afastado para o nordeste, a lua brilhava e as estrelas reluziam, um satélite circulava no meio delas, olhando para seu mundo e pronto para destruí-lo. Pegar um sinal, lançá-lo de volta. Destruí-lo com uma única mensagem.

O vento continuava soprando e a lua brilhando. O tempo passou suficientemente devagar para que Ethan o conhecesse bem. Fizesse amizade com os minutos. Instigou-os a correr, mas eles piscavam para ele e se demoravam.

Por fim um toque. O GPS disse que apenas dezenove minutos tinham se passado. Ele não conseguia concordar com essa avaliação. Toda aquela impaciência, toda aquela necessidade desesperada, mas quando o aparelho finalmente tocou, ele não queria mais ver a mensagem. De repente a espera não era tão ruim.

Afastou o olhar da lua com esforço e olhou de novo para a tela.

INCÊNDIO NA CASA. OS PRIMEIROS A CHEGAR ESTÃO NO LOCAL PROCURANDO SOBREVIVENTES. VAMOS AVISAR IMEDIATAMENTE QUANDO FORMOS ALERTADOS. QUAL É A SUA SITUAÇÃO?

Ethan largou o GPS nas pedras e então, alguns segundos depois, tombou de joelhos ao lado dele.

Procurando sobreviventes.

Já sabia o que eles não faziam ideia. No fundo do seu coração sabia como a coisa tinha acontecido e por quê, e que tudo aquilo se devia a ele, a uma única escolha.

"Vou mantê-lo em segurança", tinha dito. E tinha mantido. O garoto estava em segurança, mas na casa de Ethan a equipe de resgate estava procurando sobreviventes.

— É qual de vocês? — perguntou.

Sua voz estava tão estranha quanto o resto do mundo havia se tornado. As palavras saíram lentas, mas altas.

Houve uns poucos sons de corpos se remexendo enquanto alguns garotos acordavam. Outros, com sono profundo, continuaram imóveis. Ethan levantou a lanterna, ligou-a e começou a passar o feixe de luz pelos abrigos. Viu olhos refletidos, difusos através do plástico, viu mãos levantadas para bloquear a luz.

— Quem é? — perguntou, e dessa vez foi um grito. — Saia agora! Merda, *saia agora! Preciso saber qual de vocês é!*

Dois deles obedeceram. Marco e Drew, as cabeças saindo dos abrigos, com medo no rosto. Os outros permaneceram lá dentro. Como se o plástico pudesse protegê-los. Ethan se levantou, cambaleando, e agarrou o abrigo mais próximo, pegou o plástico e o arrancou, e ali estava Jeff, encolhido, as mãos levantadas para se proteger, o gesto de medo e impotência.

Essa visão abalou Ethan. Ele deu um passo para trás, como se estivesse bêbado, ainda segurando o plástico embolado numa das mãos e a lanterna na outra.

— Pessoal — disse, com a voz estrangulada. — Pessoal, vou precisar que vocês se levantem. Minha esposa está... aconteceu um problema na minha casa.

Todos o encaravam. Ninguém respondeu. Pela primeira vez ele percebeu que Raymond estava segurando um pedaço de madeira, como um bastão de beisebol.

— Minha casa está pegando fogo — disse, sem forças. — Minha casa está... estava queimando. Queimou.

Ethan largou a barraca que tinha acabado de arrancar de cima da cabeça de Jeff. Respirou fundo, olhou para a lua e disse muito baixinho:

— Para com isso.

Enquanto se afastava dos garotos, falou consigo mesmo para encontrar o GPS, no meio das pedras.

— Seja o que você diz para eles serem — sussurrou. — Você precisa fazer isso agora.

Pareceu um conselho dado por um estranho. Estava apartado da realidade e precisava retornar a ela depressa. Passara a vida toda dizendo às pessoas como enfrentar o desastre, como sobreviver. Qual era a primeira prioridade? Atitude mental positiva? Claro, essa era uma. Certo, ele podia fazer isso. *Ela pode estar viva.* Vamos lá. Que coisa positiva! O auge da positividade.

— Controle-se — sussurrou, e sua mente sussurrou de volta: *Previsão, Ethan. Preparação, Ethan. São as primeiras regras, e você as ignorou. Você está preparado caso as pessoas venham atrás do garoto, mas não previu como elas poderiam fazer isso.*

Então falou mais alto, como se estivesse ensinando, dirigindo-se aos garotos:

— Nós precisamos... precisamos fazer a coisa direito. Está bem? Vamos fazer isso direito. O começo foi ruim. Me desculpem. Mas agora vamos... vamos pensar. As primeiras coisas, pessoal, quais são as primeiras coisas? Reagir. Preciso reagir.

Nenhum deles se pronunciou. Ethan encontrou o GPS, pegou-o e limpou a poeira. *Qual é a sua situação?*, tinham perguntado lá no bunker do Texas. Imaginou como informar isso em 160 caracteres.

Sentiu os garotos se reunindo atrás dele. Formando um nó apertado. Bom para eles. Essa era a ideia. Eles deveriam aprender a se unir ali. Agora Ethan os havia ajudado a fazer isso. Portanto isso era bom para ele também. Olhe só. Continuava ensinando. Sua casa estava pegando fogo, sua esposa estava desaparecida, mas, maldição, olhe só para ele indo em frente.

Sua mão estava tremendo enquanto digitava uma resposta.

NAS MONTANHAS ÚNICO ADULTO COM GRUPO DE ADOLESCENTES. POR FAVOR AVISEM QUE ESTOU VOLTANDO PARA A TRILHA DO CÓRREGO PILOT E REQUISITO APOIO.

Olhou de novo para o céu noturno, depois digitou uma segunda mensagem.

POR FAVOR AVISEM SOBRE SOBREVIVENTE.

— Certo — disse. — Certo, agora vamos. — Virou-se para encará-los. — Me desculpem. Mas precisamos começar a andar. Minha esposa... preciso voltar.

Finalmente Marco rompeu o silêncio:

— Tudo bem, cara. Vamos apertar o passo.

Ethan sentiu vontade de chorar. Em vez disso riu. Talvez fosse um riso. Talvez um soluço.

— Obrigado. Vou precisar apertar o passo.

15

Connor Reynolds estava morto e Jace Wilson tinha saído da sepultura. O garoto intrépido, o garoto com atitude errática, tinha ido embora. E tudo que restava era Jace Wilson, com medo e sozinho, e sabia que não duraria muito.

Tinham vindo atrás dele. Tinham o encontrado.

Sabia que ia morrer quando acordou com o grito desesperado de Ethan Serbin, mais um uivo do que um grito, exigindo saber a identidade do garoto responsável por crimes sem nome. Todo mundo estava confuso, menos Jace.

Eles tinham vindo atrás de Jace e tinham queimado a casa de Ethan até os alicerces. A mente de Jace não estava na floresta enquanto todos se reuniam atrás de Ethan e começavam a descer de maneira atabalhoada a trilha escura, com as lanternas de cabeça oscilando. Estava na sra. Serbin. Allison, era o primeiro nome dela. Linda, gentil e forte. A filha de fazendeiro que ainda contratava caubóis.

Agora estava morta. Ethan podia não saber, mas Jace sabia. Tinha visto os dois homens na pedreira e ouvido mais a respeito deles nos dias seguintes, enquanto seu pai tentava encontrar o modo perfeito de escondê-lo antes de se decidirem pelas montanhas. Sabia que aqueles homens não deixavam sobreviventes. Tinha decidido ser o primeiro.

Agora não existia nenhuma esperança.

O grupo caminhou cerca de oitocentos metros, descendo a trilha em silêncio antes que Jace se permitisse pensar no que os esperava. Visualizou o rosto dos homens e escutou suas vozes, a calma estranha com que falavam sobre coisas tão violentas. Eles estavam ali. Tinham vindo atrás dele.

Queria que eles estivessem mortos, pensou, enquanto a primeira lágrima quente escorria do canto do olho. *Queria que eles estivessem junto com aquele homem que eu vi na água. Queria que estivessem mortos.*

E eles queriam que Jace estivesse morto também.

Ainda era difícil processar essa realidade. Ele a entendia, sempre havia entendido — era testemunha, e portanto uma ameaça —, mas a ideia de alguém querendo matá-lo era tão bizarra que às vezes não parecia de verdade. *Eles me desejam a morte. Desejam mesmo a minha morte.*

Agora estava começando a chorar com mais intensidade, e diminuiu o passo para que os outros não ouvissem. Era difícil andar ali, mesmo durante o dia, e na escuridão o facho estreito da lanterna de cabeça exigia toda a atenção, então ninguém o viu ficar para trás.

Levantou a mão direita e secou as lágrimas, olhou o grupo se afastar e pensou nos homens que estariam esperando em algum lugar no escuro. Então tomou a decisão: precisaria estar sozinho quando eles o encontrassem.

No início tinha odiado alguns garotos. Mas enquanto os observava caminhando em frente ficou triste por eles, sentiu que precisava se desculpar, alcançá-los e gritar que a culpa era sua e que precisavam deixá-lo sozinho, porque era ele que os homens queriam, só ele. E assim que o pegassem deixariam os outros em paz.

Mas Ethan não aceitaria. Jace sabia disso, apesar da raiva que tinha ouvido na voz dele. Se soubesse a verdade, o instrutor diria várias idiotices para Jace, acreditando em todas elas. Mentalidade de sobrevivente, essas coisas. Falaria sobre planos, planos B, rotas de fuga e situações à prova de falhas, e pensaria que uma dessas coisas funcionaria, de algum modo.

Porque Ethan nunca tinha visto nem ouvido aqueles dois.

Jace parou de secar as lágrimas, levou a mão à testa e desligou a lanterna. Achava que o facho de luz desaparecendo poderia alertá-los, que alguém poderia notar que a escuridão tinha aumentado um pouquinho.

Em vez disso, continuaram pela trilha como se sua luz nunca tivesse feito parte da deles.

Sentou-se na trilha enquanto as luzes se afastavam e esperou o que sairia da escuridão.

O grupo descia pela montanha em silêncio, a não ser pelos sons da respiração ofegante enquanto os garotos se esforçavam para acompanhar o passo de Ethan. O instrutor queria se separar deles e ir correndo. Houvera uma época em que geleiras esculpiram a montanha onde estavam, e agora ele entendia a noção de tempo naquele mundo.

— Tudo bem? — perguntou algumas vezes. — Todo mundo bem?

Eles murmuraram e continuaram a descida árdua pela trilha. Ethan sabia que precisava parar e lhes dar um descanso, mas a ideia de ficar parado era insuportável.

Se conseguissem chegar à trilha do córrego Pilot, havia a possibilidade de trazerem quadriciclos para ajudá-los. A trilha era fechada para veículos motorizados, mas talvez a polícia abrisse uma exceção. Mas talvez não abrisse. Era preciso proteger a natureza. Quem entrava deveria saber dos riscos.

Tinham percorrido pouco mais de um quilômetro e meio quando o GPS tocou de novo. Os garotos pararam sem que ele precisasse mandar. Ficaram olhando para ele, esperando. Viu alguns recuando, provavelmente se lembrando dos gritos que os haviam acordado. Com medo dele. Ethan tirou o GPS do mosquetão que o prendia à mochila e leu a mensagem.

POLÍCIA A CAMINHO DO INÍCIO DA TRILHA DO CÓRREGO PILOT. UMA SOBREVIVENTE ENCONTRADA. ATENDIMENTO MÉDICO ADMINISTRADO NO LOCAL, AMBULÂNCIA A CAMINHO.

Ethan disse duas palavras aos garotos:
— Está viva.

Queria explicar com mais detalhes, mas não podia. Eles pareceram entender. Digitou uma resposta.

TAMBÉM ESTAMOS A CAMINHO. SOBREVIVENTE ESTÁVEL?

Poderia tê-la chamado de esposa. Poderia tê-la chamado pelo nome. Não havia necessidade do protocolo formal, mas parecia mais seguro, como se isso o afastasse da realidade apenas o suficiente para permitir andar em volta das bordas, consciente dela porém jamais a encarando.

A mensagem desapareceu, e ele precisou esperar a resposta. Olhou para os garotos, respirou fundo. Lanternas brilhando na sua direção como um círculo de interrogadores.

— Desculpe, pessoal. Isso... isso é sério. O que estamos fazendo aqui. No meio da noite, andando no escuro, é uma emergência. Um líder que... que está com dificuldades. Vocês estão se saindo muito bem. São sobreviventes, absolutamente todos. Aqui nenhum é do tipo que morre.

Um toque.

SOBREVIVENTE ESTÁVEL. TRANSPORTADA PARA O HOSPITAL DE BILLINGS. SOUBEMOS QUE MAIS POLICIAIS ESTÃO NO LOCAL.

Em Houston ainda estavam confusos, mas pelo menos sabiam de alguma coisa. Talvez mais do que ele. O bastante para entender que não era um incêndio causado por eletricidade ou vazamento de gás. Agora eram eles que se entregavam às conjecturas. Não sabiam direito o que poderiam lhe contar. Então lhe ocorreu, pela primeira vez, que ele era o próximo da fila. Um pensamento óbvio que simplesmente não havia importado até saber que Allison estava viva. Toda aquela violência em sua casa tinha motivo. O motivo viajava com ele.

— Vamos descer e encontrar a polícia — disse.

Estava olhando para todos aqueles fachos em volta. Contando-os. Dois, quatro, seis. Piscou e contou de novo. Dois, quatro, seis. Sete, com o seu.

— Todo mundo acenda as luzes, por favor.

Os fachos se viraram e olharam uns para os outros. Nenhuma luz a mais se acendeu.

— Nomes — disse. — Pessoal? Não consigo enxergar todos vocês no escuro.

Marco, Raymond, Drew, Jeff, Ty, Bryce.

— Cadê o Connor? — perguntou Ethan.

Só o vento noturno respondeu, assobiando entre os pinheiros.

— Quando foi a última vez que alguém viu o Connor?

Um instante de silêncio, então Bryce respondeu:

— Ele arrumou a mochila do meu lado e estava andando no fim da fila. Não ouvi nenhuma palavra dele. Ele estava bem ali. Perto de mim.

Bom, pensou Ethan, *isso explica bastante coisa*.

Os assassinos tinham vindo atrás de Connor, e Connor havia sumido.

16

Naquela noite o sonho tinha sido como sempre, uma dança entre a memória vívida e alguma coisa espectral e mítica. A princípio havia apenas a fumaça em volta de Hannah, e em algum lugar dentro dela o sibilo de mangueiras distantes, como cobras. Depois a fumaça se partiu, e ali estava o cânion que a separava das crianças. Na realidade não tinha sido tão profundo, talvez uns quinze metros abaixo da crista de morro onde ela estivera, mas no sonho a crista do morro sempre dava a sensação de que estava sobre uma trave de equilíbrio e o cânion se esticava eternamente embaixo, um poço de negrume sem fundo. Enquanto ela atravessava a crista, o ruído da água aumentou, as cobras se transformando em criaturas capazes de rugir. E, em seguida, dentro da fumaça havia ondulações de calor vermelho e laranja, e ela continuava andando, atravessando aquele negrume.

Quando via as crianças no sonho, elas estavam em silêncio, e de algum modo isso era pior. Na verdade, elas haviam gritado, haviam *berrado* pedindo sua ajuda, e foi terrível; na ocasião não seria capaz de imaginar nada pior. Depois veio o primeiro sonho, os olhos silenciosos voltados para ela, através da fumaça e das chamas, e essa era uma dor muito mais poderosa, sempre. *Gritem para mim*, queria dizer, *gritem como se acreditassem que eu vou chegar aí.*

Mas no sonho as crianças já sabiam que ela não chegaria.

Então desapareceram, perdidas para a escuridão preenchida por centenas de minúsculos pontos vermelhos, brasas pequeninas até ela num cobertor de calor. Acordou no mesmo ponto de sempre — quando o calor parecia ficar real. Ele crescia no fundo da mente, vinha e vinha, e de súbito o sussurro era um grito e ela sabia que estava quente demais, que ia morrer, que sua carne estava começando a derreter, soltando-se dos ossos em longas tiras carbonizadas.

Deu voz aos gritos que as crianças não podiam soltar e acordou. O calor sumiu, os chamejantes cobertores de chumbo foram arrancados, e ela percebeu como estava frio na cabine da torre. Sua respiração saía como vapor enquanto ela ofegava, histérica, levantando-se de maneira desajeitada. Sempre precisava se mexer, correr. Esse era o primeiro instinto. Se puder correr, *corra*.

Na noite em que aquilo aconteceu ela não pôde correr. Ou não correu. Outros correram. Ela olhou para a encosta da montanha, viu o entulho de pinheiros enormes derrubados por todo o caminho. Lá em cima eram pedras soltas, rochas heterogêneas, com tendência a deslizar. Atrás deles o fogo pegou um vento sudoeste e uivou; ela se lembraria desse som até a morte: ele *uivava*. Dentro das chamas estavam acontecendo coisas perturbadoras, horripilantes — cores em redemoinhos, de um vermelho profundo até um amarelo-claro, enquanto o fogo lutava contra ele próprio, ajustando-se em busca de espaço, buscando combustível e oxigênio, tudo de que precisava para viver, assim que alguém fornecia uma fagulha. A fagulha tinha sido dada, e então o vento forneceu o oxigênio e a floresta seca deu o combustível. E a única coisa capaz de interromper o crescimento do monstro era a equipe de Hannah.

Havia uma opção: esperar ali na ravina, numa área da qual nunca deveriam ter se aproximado — quebrar o protocolo e correr ou manter o protocolo e montar abrigos. Nesse ponto era evidente para todos que o fogo estava ganhando velocidade e não seria detido. Ficaram em silêncio alguns segundos, reconhecendo o que tinham feito, como tinham caído numa armadilha. E ela acreditava que alguns deles também se lembravam de como a coisa tinha acontecido: Nick decidira que eles não desceriam para a ravina e Hannah o havia convencido a descer. Uma família estava lá embaixo, encurralada, e Hannah acreditava que aquelas pessoas poderiam ser salvas. Nick não acreditava. Ela foi mais convincente e eles desceram para a ravina. Então o vento mudou, na frente deles.

A menos de quinhentos metros, do outro lado de um córrego bem raso, a família de campistas olhava para eles e gritava. E Hannah gritava também, dizendo para entrarem na água, ficarem embaixo d'água. Sabendo o tempo todo que não havia água suficiente para salvá-los.

Então sua equipe se espalhou. Era um grupo tão unido que geralmente todos se moviam como se fossem um só, mas o pânico era uma coisa devastadora e tinha se abatido sobre eles. Nick estava gritando para montarem abrigos contra chamas; alguns berravam de volta, dizendo que precisavam fugir; um sujeito estava dizendo para abandonarem tudo, todos os equipamentos, e correrem para o riacho. Outro, Brandon, simplesmente se sentou. Só isso. Simplesmente se sentou para observar o fogo vir na sua direção.

Hannah os viu fazer as escolhas e desaparecer. Alguém a agarrou pelos ombros e tentou puxá-la montanha acima. Ela se sacudiu, desvencilhando-se, ainda olhando para a família que eles tinham ido ajudar, aquela família idiota que tinha acampado na ravina, que tinha montado as barracas na boca aberta do monstro. As crianças que gritavam pareciam se dirigir especificamente a ela. Por quê? Porque era mulher? Porque viam alguma coisa diferente nos seus olhos? Ou porque era a única idiota a ponto de simplesmente ficar parada olhando?

Foi a voz de Nick que finalmente a despertou do transe.

— *Hannah, que merda, use o abrigo, senão vai morrer! Use o abrigo, senão vai morrer!*

As palavras gritadas não passavam de sussurros surreais em meio ao rugido do fogo. O calor se registrou em seguida, uma onda que fazia cambalear, e ela teve a sensação de que o vento havia aumentado de novo, e soube que isso era mau sinal. Olhou encosta acima e viu as costas dos que tinham optado por correr. Em seguida, Nick gritou de novo para ela e finalmente abriu seu próprio abrigo contra incêndio e a empurrou para dentro. O abrigo se inflou como se fosse uma barraca risível, feita de papel-alumínio. O calor estava a toda volta e era opressivo: uma respiração funda não encontrou nada; o oxigênio tinha sido arrancado do ar. Hannah se arrastou para dentro enquanto as primeiras línguas das chamas avançavam pela ravina feito um grupo de batedores. As regras eram simples: você entrava no abrigo, lacrava-se e esperava, esperava, esperava. Quando o rugido do fogo passasse, isso não significava que o incêndio propriamente dito tivesse acabado. Você podia sair achando que estava em segurança e mesmo assim se queimar.

Estava virada para o sudoeste, contra o vento, enquanto baixava a aba do abrigo antichamas. A última coisa que viu, além da parede de fogo viva que marchava em sua direção, foi o menino. Era o único que restava. A menina e os pais tinham entrado na barraca, evidentemente imitando os procedimentos dos bombeiros do outro lado do riacho. Só havia um problema: a barraca deles não era à prova de fogo. A família a havia enfiado embaixo de uma laje de pedra, tentando de algum modo se livrar do fogo, mas o menino lutou contra os pais e ficou do lado de fora, com pavor de esperar as chamas. Ele queria correr, queria entrar na água.

Hannah o viu entrar no riacho, correndo logo à frente da cascata laranja e vermelha de oitocentos graus. Foi a última coisa que viu antes que Nick a lacrasse dentro do abrigo. Ele também chegou ao riacho. Ficou debaixo d'água.

E ferveu nela.

Hannah só soube disso na reunião do comitê de investigação.

Ficou no abrigo durante 45 minutos. Quarenta e cinco minutos do calor mais intenso que já havia sentido, cercada por gritos humanos e rugidos do fogo. O incêndio tentou matá-la, esforçou-se ao máximo, mastigando furos minúsculos no material à prova de fogo. Ela os viu se desenvolver, uma centena de pontos reluzentes, como um céu de estrelas vermelho-sangue.

Eles tinham sido treinados para esperar a liberação dos abrigos pelo chefe da equipe. Por Nick. Nesse ponto, ela não sabia que o chefe da equipe estava morto.

— Meu Deus — disse, agora em sua torre de incêndio, e começou a chorar de novo.

Quanto tempo uma coisa assim a perseguiria? Por quanto tempo lembranças assim permaneceriam com as mãos apertando o pescoço dela? Quando elas decidiriam soltar?

Hannah baixou a cabeça para o Osborne. A moldura de cobre estava fria contra sua pele.

O homem que Jace mais odiava era Ethan Serbin.

Esqueça os dois que vinham atrás dele, e seus pais, que o tinham trazido até ali e prometido que ele ficaria em segurança, e a polícia, que havia concordado com o plano. Quem Jace desprezava completamente assim que suas lágrimas cessaram era Ethan.

Porque a voz de Ethan não ia embora.

Todas aquelas regras, os mantras e as instruções idiotas, caindo nos seus ouvidos dia e noite desde que tinha chegado a Montana, não cessavam, apesar de a fonte não estar mais por perto. As lições permaneciam em sua mente. Jace queria que elas fossem embora. Estava cansado, apavorado e sozinho. Era hora de desistir.

Não existe esse negócio de hora de desistir. Lembrem, garotos. Você descansa, dorme, faz beicinho, chora. Tem direito a ficar furioso, de ficar triste. Mas não tem direito a desistir. Quando sentir vontade, lembre que você tem direito a parar, mas não a desistir. Dê isso a si mesmo. Pare. Simplesmente pare. E depois lembre o que isso significa para um sobrevivente: sentar-se, pensar, observar, planejar. Aí, bem no momento da sua maior frustração, está tudo de que você precisa para começar a salvar sua vida.

Jace não queria fazer nada disso, mas o problema era a espera. Não sabia a que distância seus assassinos estavam, quanto tempo precisaria ficar ali antes que eles o encontrassem.

Poderia ser muito tempo.

Estava fazendo as coisas que precisava fazer sem que ao menos pretendesse — tinha se sentado e, claro, estava pensando, não podia evitar, principalmente quando as lágrimas cessaram. E mesmo sem querer, quando uma luz se acendeu na escuridão, pegou-se observando.

Ela atraiu sua atenção porque não parecia fazer parte do lugar. Havia outra presença humana na montanha. Alguém com energia. Distante, mas não inalcançável. Ficou olhando, confuso, tentando compreender como a luz tinha passado a existir, depois se lembrou da pausa para o almoço e dos marcos do terreno que Ethan havia usado para ajudá-los a se orientar pelo mapa. Era preciso selecionar coisas únicas, características que não se fundissem com o resto da paisagem, e depois triangular sua posição usando o mapa e a bússola. O pico Pilot era um ponto único, e o Amphitheater era outro, mas para o terceiro eles não tinham atribuído uma montanha. Tinham usado uma torre de vigilância contra incêndios.

Jace observou a luz e começou a ver possibilidades que não tinha notado antes, possibilidades que nem desejava. Parecia haver duas opções: descer caminhando com os outros até a morte que o esperava ou ficar sozinho na montanha e esperar que a morte chegasse até ele.

Mas a luz chamava. Dizia que havia outras maneiras de aquilo terminar.

Você precisa observar o mundo em que está para entender que partes dele podem salvá-lo. A princípio tudo pode parecer hostil. Todo o ambiente pode parecer um inimigo. Mas não é. Existem coisas escondidas, esperando para salvá-lo, e o seu trabalho é enxergá-las.

A torre de observação estava ao alcance. Ele não sabia o que ela continha. Talvez alguém com uma arma. Talvez um telefone ou um rádio, um modo de chamar um helicóptero e tirá-lo da montanha antes que alguém chegasse a saber que ele estava desaparecido.

Mesmo contra a vontade, Jace estava começando a planejar.

Mas na mente viu seus algozes de novo, escutou aquelas vozes desconectadas, tão vazias e tão no controle, e soube no fundo do coração que não devia ter tido permissão de escapar ao menos uma vez de homens como aqueles. Eles não deixavam testemunhas. Até mesmo a polícia tinha dito isso à sua mãe, ao seu pai; tinha deixado os dois com tanto medo que eles concordaram em mandar o filho único se esconder num local remoto. Jace escapara uma vez, mas ninguém realizaria essa façanha duas vezes, principalmente um garoto, uma criança.

Mas eu fiz fogo. Agora sou diferente. Eles não sabem, mas eu sei.

Era uma coisa mínima, uma coisa idiota, e ele sabia, mas mesmo assim a lembrança lhe deu um pontada ínfima de força. Pensou nas caminhadas que tinha feito e na torre de observação que o atraía, e sentiu vontade de surpreender todos eles. Não somente a dupla maligna que o perseguia. Surpreender *todos*. A polícia, seus pais, Ethan Serbin, o mundo.

Ninguém escapava daqueles dois. Mas Jace já havia escapado uma vez. Naquela ocasião tivera sorte. Os homens não tinham certeza de que ele estava lá e o relógio corria rápido para eles. Mas ele também não soubera que os dois estavam chegando. Estava despreparado. Era fraco.

Agora estava preparado e era mais forte. Não havia mais necessidade de fingir que era Connor Reynolds. Jace Wilson tinha sido o segredo dentro de Connor Reynolds, mas agora era o inverso. Connor e as coisas que ele tinha aprendido naqueles dias nas montanhas eram o segredo dentro de Jace Wilson.

E os dois homens malignos que vinham atrás dele não estavam preparados para isso. Esperavam encontrar o mesmo garoto que tinham deixado para trás, o garoto que se escondeu, esperou e chorou.

Um garoto com a mesma aparência do que estava na trilha.

— Não temos tempo para desistir — disse Jace em voz alta.

Eram as primeiras palavras que falava desde que tinha sido acordado pelo grito de Ethan. Sua voz saiu fraca no escuro, mas pelo menos estava ali. Lembrava-o de sua própria existência, de um modo estranho. Ainda não estava morto. Seu corpo ainda funcionava. Podia falar.

E andar.

17

Allison sentia o toque de mãos, que no começo machucavam, mas depois machucaram menos, e ela soube que havia alguma droga em ação. A princípio estava no chão, depois eles a moveram com cuidado, levando-a para fora dos destroços do que havia sido sua casa. Ouviu-os elogiando-a pelo esconderijo. Pelo jeito tinha feito um bom trabalho. Era bom senso, pensou. Só queria chegar até a água. No fim não chegou a abrir o chuveiro, não conseguiu, mas o piso do box era um bom lugar onde ficar encolhida. Estava abaixo do nível da fumaça, e o ladrilho do aposento não tinha apelo para as chamas. Elas tinham ido em frente, procurando combustíveis mais do seu agrado, e acabaram interrompidas antes de ter a chance de voltar para pegá-la.

Aquele banheiro perfeito, o cômodo com piso de granito e a banheira de louça com vista para a montanha, o toque final do lar perfeito dos dois, a havia salvado. Allison não tinha conseguido água, mas agora havia muita: uma mangueira lançava jatos através da janela despedaçada, com vapor subindo numa reação violenta.

No quintal, os paramédicos trabalharam mais um pouco, e por enquanto ninguém estava fazendo perguntas, apenas tentando salvá-la. Mas as perguntas viriam. Ela sabia, e sabia que precisava dar as respostas certas.

Quando trouxeram a maca, ficou aterrorizada. Era algo que não tinha a ver com ela, a não ser que estivesse muito ferida ou à beira da morte.

Tentou se afastar e disse que podia ficar de pé, mas eles a mantiveram deitada e disseram que ela não podia se levantar.

— Tango está de pé há três meses — disse a eles.

A lógica parecia boa, mas não alterou a decisão. Foi erguida e posta na maca, depois carregada para fora através de um redemoinho estonteante de luzes coloridas, na direção de uma ambulância. Um dos paramédicos perguntou como estava a dor. Ela começou a dizer que estava forte, mas parou. Chega de drogas. Pelo menos por enquanto.

— Preciso falar com meu marido — disse.

Falar fazia com que longas agulhas de dor penetrassem no rosto através dos lábios e deslizassem para dentro, até o cérebro.

— Vamos encontrar o seu marido. Ele vai chegar logo. Apenas descanse.

A maior parte de Allison queria aceitar isso. Seria bom ver Ethan e ela queria descansar, queria seguir as instruções que eles estavam dando: descansar, relaxar, ficar parada. Tudo isso parecia excelente. Mas era um pouco cedo.

— Ele tem um comunicador por GPS — disse.

Agora estava dentro da ambulância, mas o veículo não se movia, e os paramédicos pareciam estar se esforçando muito para ignorá-la, mas felizmente havia um policial presente, um policial que ela conhecia, com quem Ethan tinha trabalhado em resgates. Allison sabia muito bem o nome dele, embora não conseguisse se lembrar. Aquilo era constrangedor, mas esperava que ele entendesse. Desistiu de procurar seu nome na memória e, em vez disso, decidiu-se pelo contato visual.

— Por favor — disse. — Preciso mandar uma mensagem para ele. Você sabe como. O GPS pode...

— Eu mando a mensagem, Allison. Só diga o que eu devo falar. Eu mando.

Ele continuou desviando o olhar. Allison imaginou o que o policial estaria vendo. Como ela estaria aos olhos dele.

— D...diga que...

Ela gaguejou, mas era fundamental que as palavras fossem as certas. Era imperativo encontrar um modo de fazer Ethan entender sem permitir que o resto do mundo entendesse. Um código secreto. De marido e esposa. Por que os dois não tinham criado um código? Parecia algo que deveriam ter feito. Comprar mantimentos, lavar a roupa, criar código.

— Você precisa ser exato — disse ao policial. — Como eu disser.

Ele pareceu preocupado, mas assentiu. Um dos paramédicos estava pedindo para ele recuar, tentando fechar a porta, mas ele levantou a mão e disse para esperarem.

— Diga que Allison avisou que está bem, mas que os amigos de JB estão vindo vê-lo.

— Vamos dizer que você está bem. Ele vai chegar logo. Você vai vê-lo muito...

— *Não*. — Ela tentou gritar, e a dor que isso provocou era insuportável, mas Allison conseguiu atravessá-la. — Você precisa dizer exatamente isso. Quero que você repita o que escrever.

Agora todos estavam olhando-a, até os paramédicos. O policial cujo nome ela não conseguia lembrar disse:

— Allison está bem, mas os amigos de JB estão vindo vê-lo.

— *Dois*. Diga *dois* amigos de JB.

Era importante o detalhe. Ela sabia. Quanto mais detalhes ele tivesse, mais preparado estaria.

O policial disse que faria isso. Estava se distanciando, mas ela não sentiu a ambulância se mover, e a porta continuava aberta. Era fascinante. Como isso acontecia? Ah, ele estava andando para trás. Engraçado como as drogas agiam rápido. Era muito desorientador. Drogas muito boas. Disse isso aos paramédicos. Achou que eles gostariam de saber como essas coisas eram boas. Mas eles estavam ocupados; sempre pareciam ocupados.

A porta se fechou e a ambulância se mexeu. Em seguida, estavam se movendo de verdade, sacolejando pela entrada de veículos. Ela viu os homens de olhos azul-claros, viu o rosto do marido e desejou ser capaz de mandar a mensagem ela própria. Era melhor que o policial fizesse tudo direito. Eram dois homens, e eram malignos. Talvez ela devesse ter usado essa palavra na mensagem. Talvez devesse ter sido mais clara.

Tinha dito que dois amigos estavam vindo, mas isso era distante demais da verdade.

O mal estava chegando.

Dessa vez o sonho foi diferente, mais suave em suas camadas, porém mais sinistro no conteúdo. Dessa vez o garoto vinha na direção de Hannah. Andava direto para ela, com uma lanterna de cabeça, marchando até sua torre. Ela ficou apavorada com ele e com a mensagem que ele trazia.

Você enlouqueceu, pensou, olhando pela janela enquanto o garoto com a lanterna chegava à base da escada da torre e começava a subir, o aço chacoalhando contra os pés dele.

Ele não podia ser de verdade. Um garoto como o que a assombrava, saindo da floresta noturna, das montanhas, sozinho e vindo até ela, como se estivesse marchando em sua direção durante todo esse tempo?

Mas aquela coisa terrível parou depois de dez degraus. Segurou com força o corrimão, olhou para cima, para sua torre, e depois de novo para baixo. Subiu rápido mais alguns degraus, movendo-se, desajeitado, com o peso de uma mochila grande às costas, depois parou de novo e colocou as duas mãos no degrau à frente. Segurando-se como se buscasse equilíbrio.

Hannah ainda estava desenvolvendo sua teoria de fantasmas e não entendia muito sobre eles, mas de uma coisa tinha certeza: fantasmas não tinham medo de altura.

Levantou-se da cama e foi até a porta, e lá embaixo o garoto começou de novo a subida surreal a partir do negrume, o facho branco da lanterna guiando-o na sua direção. Hannah abriu a porta, saiu para a noite e gritou:

— *Parado aí!*

Ele quase caiu da torre. Tropeçou batendo no corrimão, soltou um gritinho e escorregou de lado; a mochila o reteve, impedindo que escorregasse degraus abaixo.

Fantasmas não tinham medo dos vivos. Pesadelos não tremiam ao som da voz de uma pessoa.

— Você está bem? — gritou ela.

Ele não respondeu, e Hannah começou a descer a escada. Ele a viu se aproximar, a lanterna apontando direto para os olhos dela.

— Por favor, desligue essa luz.

Ele levantou a mão, meio sem jeito, clicou em alguma coisa, e a luz mudou de um branco áspero para um brilho vermelho e fantasmagórico. Um ajuste programado para proteger a visão noturna. Ela desceu até conseguir vê-lo.

Ele não se parecia nem um pouco com o garoto da sua memória. Era mais velho e mais alto, com cabelo escuro, e não louro. O rosto estava coberto de sujeira, arranhões e suor, e ele ofegava. Estivera andando por um bom tempo.

— De onde você veio?

— Eu... eu me perdi. Voltando para o acampamento.

— Você está acampando?

Ele fez que sim. Agora Hannah estava suficientemente perto para ver que havia marcas no rosto do garoto onde as lágrimas tinham lavado a sujeira.

— Você está com os seus pais?

— Não. Quer dizer... não mais. Agora não.

Era uma resposta estranha, e os olhos dele a tornaram mais estranha ainda. Moviam-se rapidamente de um lado para outro, como se houvesse opções a toda volta e ele precisasse encontrar a certa para uma pergunta que exigia resposta do tipo "sim ou não". Hannah o observou, tentando decifrar o que estava errado. Havia alguma coisa. Ele estava vestido para acampar, sim, e tinha a mochila e a lanterna de cabeça, todo o equipamento adequado, mas...

A mochila. Por que ele ainda a usava se tinha se perdido *voltando* para o acampamento?

— Há quanto tempo você se perdeu?

— Não sei. Algumas horas.

Isso significava que ele havia pendurado a mochila às costas depois da meia-noite.

— Qual é o seu nome?

De novo os olhos se moveram rapidamente.

— Connor.

— Seus pais estão por aí mas você não sabe encontrar o caminho de volta?

— É. Preciso fazer contato com eles.

— É melhor mesmo.

— Você tem um telefone aí em cima?

— Um rádio. Vamos pedir ajuda. Suba. Vamos resolver isso.

Ele se levantou devagar, segurando o corrimão como se esperasse que os degraus despencassem, deixando-o pendurado. Hannah se virou e subiu para a cabine. A lua estava baixando, no céu do leste surgiam os primeiros tons perceptíveis do alvorecer. Ela estivera acordada até bem depois da meia-noite, ouvindo os informes da linha de fogo. Eles não tinham conseguido conter as chamas antes do escurecer e haviam chamado uma segunda equipe de bombeiros de elite para ajudar. De manhã, ela achava que haveria uma discussão sobre uma unidade transportada por helicóptero. Durante algum tempo houve uma agitação a mais quando surgiram relatos de um segundo incêndio a alguns quilômetros dali, mas por acaso era uma casa pegando fogo, que foi apagado rapidamente. Agora era apenas um incêndio na noite. O vento que havia aumentado no crepúsculo soprou de forma constante por toda a noite e não mostrava sinal de que recuaria no dia que chegava.

Coitado do garoto, pensou. Independentemente do que ele estava escondendo — e havia alguma coisa —, ele precisava sair daquelas montanhas e voltar para a família. Hannah se perguntou se ele teria fugido dos pais. Isso explicaria a mochila cheia e as respostas hesitantes. Mas aquilo não era da sua conta. Só precisava garantir que ele chegasse a um local seguro. Um papel mais ativo do que tinha esperado exercer naquele verão.

Chegou à cabine, acendeu as luzes e esperou enquanto ele subia. Hannah tinha ido devagar, mas mesmo assim o garoto ficou bem para trás. Mesmo quando as luzes se acenderam na cabine ele continuou de cabeça baixa. Degrau, degrau, pausa. Jamais olhando para cima nem para os lados.

— Cá estamos — disse ela. — Meu pequeno reino. De onde você veio? Sabe o nome da área de acampamento ou algum marco? Preciso das instruções para encontrar sua família.

De novo aquela expressão estranha o dominou. Como se ele não tivesse uma resposta pronta e precisasse de tempo para pensar antes de dizer. Não era um olhar malicioso, apenas inseguro.

— Com quem você pode falar pelo rádio? — perguntou ele.

— Com pessoas que podem ajudar.

— Sim. Mas... quem, exatamente? A polícia?

— Você está preocupado com a polícia?

— Não.

— Você *precisa* da polícia?

— É só que... estou curioso. Preciso saber, só isso.

— O que você precisa saber?

— Quem *exatamente* atende ao chamado pelo rádio?

— O despachante dos bombeiros. Mas de lá eles podem se comunicar com quem você quiser.

Ele franziu a testa.

— Bombeiros.

— É.

— Quem pode ouvir o que eles dizem?

— Como assim?

— É só... é uma comunicação de mão dupla?

— Comunicação de mão dupla? Não sei bem se estou entendendo.

— Outras pessoas podem ouvir o que você diz? Tipo, é só você e outra pessoa, como num telefone? Ou outras pessoas podem ouvir? Por outros rádios?

— Querido — disse ela —, você precisa me dizer com sinceridade qual é o problema. Está bem?

Ele não respondeu.

— De onde você veio?

Ele afastou o olhar. Pousou-o no Osborne. Foi até lá e olhou para o mapa, em silêncio, depois se inclinou, investigando-o.

Talvez seja autista, pensou ela. *Ou... como é mesmo o nome daquele distúrbio? Quando um garoto é inteligente de verdade, mas você faz uma pergunta normal e ele a ignora? O que quer que seja, esse garoto tem isso.*

— Se você não lembra, tudo bem. Só vou ter que explicar o que...

— Eu diria que estávamos bem... aqui. — Ele encostou o indicador no mapa topográfico.

Hannah ficou intrigada demais para simplesmente repetir a pergunta, por isso se aproximou e olhou para onde ele apontava.

— Lá são 2.700 metros — disse ele. — E nós estávamos numa crista de morro mais abaixo, nessa área que vai ficando plana, e a encosta estava atrás da gente. Está vendo? O modo como a linha se curva mostra que existe uma área plana ali. Não é tão íngreme quanto ao redor, está vendo?

Ele levantou os olhos, curioso para saber se ela entendia.

— É, estou vendo — respondeu Hannah.

— Bom, era lá que nós estávamos acampados. Estávamos treinando orientação, eu vi a fumaça e descobri onde nós estávamos... e então... mais tarde, quando você acendeu a luz, vi este lugar aqui. Foi mais ou menos há uma hora. Você ficaria surpresa em ver como a luz chega longe, porque esse negócio é alto demais. Mas assim que eu vi lembrei o que era. Ou o que provavelmente era. Quando você desligou a luz, eu fiquei meio preocupado, achando que podia ter imaginado coisas. Quero dizer, ficou tão escuro e tão depressa que foi como se nunca tivesse existido. Mas eu tinha acertado o ângulo, quer dizer, a direção, por isso só... só continuei andando.

Agora ele estava começando a falar sem parar, e suas mãos começaram a tremer. Pela primeira vez o garoto pareceu perturbado. Mais do que perturbado. Parecia aterrorizado.

— Andando para onde? — perguntou Hannah. — O que provocou tanto medo em você?

— Não sei. Olha, preciso que você me faça um favor.

Lá vamos nós, pensou ela. *É aí que a coisa fica interessante.*

— Pedir socorro — disse ela. — É, concordo.

— Não. Não, por favor, isso não. Se você puder só... me dar um tempinho para pensar...

— Pensar?

— Só preciso... só preciso parar. Só uns minutos, tudo bem? Só preciso deduzir umas coisas. Mas preciso pensar.

— Precisamos tirar você daqui e levar até alguém que possa ajudá-lo. Vamos fazer isso, depois você pode pensar. Você não deveria estar aqui em cima. Não posso deixar que você fique aqui em cima.

— Então vou embora. Desculpe. Eu não deveria ter vindo. Pareceu a coisa certa, mas agora... acho que foi um erro. Vou embora.

— Não.

— Eu preciso. Esqueça tudo isso. Esqueça que eu estive aqui. Não precisa fazer estardalhaço, ligando para a polícia ou sei lá o quê. Acho que não seria bom.

A voz dele estava falhando.

— Connor? Meu trabalho é avisar às pessoas o que está acontecendo aqui em cima. Se eu não informar isso, posso ser demitida.

— Por favor.

Ele parecia à beira das lágrimas, e ela não entendia nada, só sabia que precisava chamar alguém para cuidar dele. Um garoto menor de idade andando por aquela região isolada, sozinho, à noite? Era uma coisa que precisava informar *imediatamente*.

— Vamos todos pensar nisso — disse. — Só vou avisar aos meus chefes que você está aqui. Eles podem ter uma ideia do que fazer, e se seus pais já encontraram outras pessoas, se estiverem procurando você, todo mundo pode ficar mais tranquilo. — Ela foi em direção ao rádio. — Pense em como eles vão ficar apavorados. Isso pode ajudar seus pais a se sentirem melhor.

— Por favor — repetiu ele, mas ela não queria ouvir. Continuou de costas enquanto pegava o microfone.

— Só vou informar sua posição. Não precisa se preocupar. — Ela ligou o microfone, mas só chegou até "Aqui é o posto de vigia Lince" antes que ele acertasse a machadinha na mesa, cortando o fio entre o microfone e o rádio.

Hannah gritou e girou o corpo para longe, tropeçando na cadeira e caindo de quatro. Virou-se de novo e viu quando ele deu golpes mais cuidadosos com a machadinha que ela costumava deixar perto da pilha de lenha. Agora ele estava usando a parte de trás, tentando esmagar a frente do rádio. E tendo sucesso. E soluçando enquanto fazia isso.

— Desculpe — disse ele. — De verdade. Mas não sei se a gente pode fazer isso. Não sei se é boa ideia. Se eles já chegaram até aqui, tem alguém ouvindo. Alguém está dizendo a eles coisas que deveriam ser segredo.

18

A fumaça que Connor tinha localizado corretamente no mapa ainda era visível acima das montanhas quando Ethan chegou à trilha do córrego Pilot com seis garotos exaustos a reboque e um desaparecido lá atrás. Tinha sido um incêndio florestal, como ele havia temido. Parecia estar se alastrando. Ethan o observou com distanciamento, aquela coisa que um dia teria ocupado uma parte tão grande da sua atenção, depois se virou para olhar de novo para os que os estavam esperando.

Três carros da polícia — dois SUV e uma picape do parque. Seis pessoas de uniforme em volta. Uma para cada garoto que Ethan tinha trazido da montanha.

Ele tivera algum tempo para pensar, várias horas caminhando no escuro enquanto, lá atrás, Connor andava na direção oposta. Se é que andava.

Numa situação diferente, Ethan teria se preocupado imensamente com isso. Imaginou o que seria mais egoísta: colocar o garoto anônimo à frente de Allison ou Allison à frente do garoto. Havia a responsabilidade com relação a uma criança que precisava de ajuda e havia a responsabilidade com relação à sua esposa. Escolher um ou outro jamais era algo nobre, pelo que ele percebia. Assim, tentava se importar com todos, mas no fim não podia fazer isso. Escolhia.

Ele tinha feito a escolha errada.

Só você pode cuidar disso, tinha sugerido Jamie, e a resposta dele foi: *Claro, você está certa.*

Os garotos se deixaram cair no chão, ofegando, alguns sem ao menos tirar as mochilas antes. Ao olhar para eles, Ethan sentiu o peso do fracasso, um peso que ele jamais havia experimentado.

Conhecia vários policiais que estavam ali. Enquanto a maioria cuidava dos garotos, entregando garrafas de água e fazendo perguntas, um sargento chamado Roy Futvoye o puxou de lado. Os dois se sentaram embaixo da porta traseira do Suburban, e Roy contou que a casa estava destruída e Allison tinha sido levada para o hospital em Billings.

— Ela disse que foram dois. Ela foi... meio vaga com relação ao que eles queriam.

É, era para ser vaga, mesmo. Guarde segredo, tinha dito Ethan. Não confie em ninguém. Eu o mantenho em segurança.

— O que eles fizeram com ela? — perguntou, com a voz grave, sem conseguir olhar nos olhos de Roy.

— Muito menos do que poderiam. Se ela não tivesse provocado o incêndio, quem sabe?

Ethan levantou os olhos.

— Allison provocou o incêndio?

Roy assentiu.

— Usou uma lata de spray contra ursos virada para o fogão. Isso fez os dois correrem, mas... ela pagou um preço alto. Está com algumas queimaduras. E um dos caras... — Dessa vez foi Roy que não encarou Ethan. — Um deles arrebentou a boca de Allison.

— É mesmo? — perguntou Ethan. Sua garganta ficou seca.

— Ela está bem. Vai ficar bem. Mas preciso conversar com você. Se há um motivo para esses homens estarem aqui...

— Sempre há.

A mente de Ethan já havia se afastado da conversa. Ela estava em sua casa, visualizando um homem *arrebentando a boca de Allison*.

— Serbin? Vou precisar que você se concentre. Se você tiver *alguma* informação sobre esses homens, preciso saber. O xerife está morto, e isso pode ter alguma ligação. O que eu pretendo...

— Claude está morto?

— Está vendo aquela fumaça?

— Estou.

— O incêndio continua, e Claude foi o começo. Encontramos o corpo dele lá. E eu conheço o Claude. Por acaso ele acenderia uma fogueira no meio da tarde enquanto estivesse derrubando árvores?

— É improvável.

Qualquer trabalho que chegue junto com uma nevasca, ele tinha dito a Jamie Bennett naquela noite. E gargalhado em seguida.

Ethan se virou e olhou para os garotos fatigados e confusos, que não sabiam de nada. Marco o observava, preocupado. Marco, que agora voltaria para sua vida de bosta. Todos voltariam.

— Ela está em segurança — disse Ethan a Roy. — Ela está bem. Machucada mas bem.

— Isso mesmo. Você pode ir vê-la. Ela já teve dias melhores, com certeza, mas você não vai perdê-la, Ethan. Não perdeu e não vai perder.

Ele assentiu. Ainda olhando em volta. Observando os rostos, as expressões curiosas, as montanhas soltando fumaça ao longe.

— Vou voltar para encontrar o garoto — disse a Roy.

— O garoto?

E assim Ethan contou o que esperara jamais dizer na vida: tinha perdido uma criança na montanha.

— Vamos achá-lo, Ethan. Não se preocupe.

— Fiz uma promessa. Fiz um monte de promessas. Vou garantir a segurança dele. Quer vocês o encontrem primeiro ou não, não façam nada antes de me contatar, entendido? Absolutamente nada.

Roy inclinou a cabeça e olhou para longe.

— Há alguma coisa que eu deveria saber sobre esse garoto?

— Preciso ir ao hospital agora. Preciso vê-la. Mas vou voltar. — Ele repetiu, mais alto, dessa vez olhando para os garotos: — Eu volto, pessoal.

Todos o olharam e alguns assentiram, enquanto outros já pareciam admitir o que ele não aceitava: nunca mais iria vê-los de novo.

Os irmãos Blackwell observavam através de miras telescópicas enquanto o grupo emergia no início da trilha. Observavam com o dedo no gatilho. Estavam na floresta do outro lado da estrada, numa elevação maior, um ótimo ponto de observação. Não tinha sido difícil encontrar os garotos. A atividade da polícia garantia isso.

— Se você vai dar o tiro — disse Jack Blackwell —, é melhor acertar.

— Tenho consciência dos riscos.

— Precisamos ter isso em mente. Um tiro limpo, e depois tudo será uma questão de velocidade. É melhor nos movermos rápido assim que a coisa estiver feita.

— Vamos fazer isso.

— Eles ainda não sabem quem ele é.

O lado esquerdo do rosto de Jack estava muito queimado. Bolhas vermelhas e altas se formando.

— Você acha?

— Não estão demonstrando muito interesse pelos garotos. Mais pelo Serbin. E são policiais locais. Não vejo nenhum federal. E você?

— Não.

— Então eles não sabem qual é o valor do jovem Jace.

Juntos, deitados em postura de atiradores de elite, separados por seis metros, observavam os garotos tomarem forma. Ajustaram as miras para olhar melhor os rostos. Seis garotos. Seis rostos fatigados.

— Não estou vendo ele.

— Nem eu.

— Parece que são só esses. Ninguém mais está vindo.

— Então eles já levaram o garoto. Estão um passo à frente.

— Não. Muito pouco tempo para isso.

— Então ele não veio para cá, para começo de conversa.

— Você ouviu a mulher do Serbin. Ela sabia por que nós estávamos aqui.

Ficaram olhando por um longo tempo. Dois policiais uniformizados e um homem com colete laranja e roupa camuflada distribuíram rádios, os verificaram e depois se afastaram dos garotos, subindo pela trilha. Desapareceram na floresta.

— Por que eles estão voltando? — perguntou Patrick.

— Estou me perguntando a mesma coisa. — Jack afastou o olhar da mira telescópica e encarou o irmão. — Interessante.

— De fato. Você acha que está faltando um? O jovem Jace é muito esperto. Muito cheio de recursos.

— E talvez esteja muito sozinho na floresta.

— Talvez.

— Se eles o encontrarem antes vai ser uma confusão.

— Vamos encontrá-lo antes, é fácil.

— Isso foi o que nos prometeram desde o início. Até agora nada tem sido fácil.

— É o que acontece em algumas sagas, irmão. Precisamos fazer por merecer a recompensa.

— Como valorizo suas pérolas de sabedoria! Que eu jamais negue isso.

— Agradeço.

— O Serbin está indo embora.

Jack se virou de novo para a mira telescópica. Um dos SUV da polícia estava se afastando. Com Serbin. Os seis garotos e o resto dos policiais permaneceram para trás.

— Ela está viva — disse o irmão dele. — Eu falei.

— Você não sabe.

— Sei. Você viu o sujeito. Acha que aquela foi a reação de um homem cuja esposa morreu? Ele está bem calmo. E agora se apressando bastante. Vai até ela.

— Precisamos do garoto.

— Agora precisamos dos dois.

Jack suspirou e baixou o fuzil.

— Que bom que somos dois.

— Sempre fomos. Quem você quer?

— Se ela estiver viva, está num hospital. Acho que agora consigo passar despercebido numa emergência hospitalar, não acha?

— Então fico com a floresta.

— Você é melhor nisso do que eu.

— É.

— E não vou demorar.

— Veremos. Isso já está demorando mais do que eu gostaria.

— Às vezes o mundo é assim, irmão. Prefiro a velocidade, tanto quanto você. Só entendo a paciência um pouco mais.

— Os homens que foram atrás do garoto sabem mais do que nós sobre a localização dele.

— Imagino que sim.

— Então vou atrás. Se eu o vir, atiro.

— Se você o vir, *acerte* o tiro. Só atirar não adianta muito.

— Você já me viu errar?

— Não.

— Pois é. Como você pretende me tirar das montanhas?

A única resposta de Jack Blackwell foi um sorriso.

19

Ele quis chorar de novo, mas não restavam lágrimas, ou talvez não restasse energia. A mulher estava com medo, e ele se sentiu mal por causa disso, mas não faria mais nada assustador. Nem estava mais com a machadinha; ela estava bem ali, no chão.

— Pode pegar — disse ele.
— O quê?

Ele indicou a machadinha.

— Pode pegar. Use contra mim, se quiser.
— Não vou usar uma machadinha contra você. E você não vai usá-la contra mim. Vai?

Jace balançou a cabeça.

— Então guarde de volta no lugar.

Ele ficou surpreso por ela encorajá-lo a pegar a machadinha outra vez. Mas, quando levantou os olhos, ela pareceu firme com relação a isso. Estava com os braços cruzados, num gesto de autoproteção, mas não tentava fugir.

— Guarde de volta, Connor.

O tom de voz se parecia muito com o da sua mãe. Sua mãe não era do tipo que gritava. Estava acostumada a manter o controle — no trabalho ela precisava permanecer calma e controlada, calma e controlada. Como essa mulher na frente dele. Mas ela não se parecia muito com sua mãe. Era mais baixa, mais nova e mais magra. Magra demais. Como se tivesse algum distúrbio alimentar.

— Connor — repetiu ela, e agora ele prestou atenção.

O garoto pegou a machadinha pelo cabo e guardou de volta na pilha de lenha. Hannah não se mexeu, nem ficou tensa. Após ele ter colocado a machadinha no lugar, a mulher disse:

— Vamos conversar, querido? Precisamos ser honestos um com o outro. Agora somos só nós dois. Você garantiu isso, com certeza.

— Fui obrigado a fazer isso. Sei que você não acredita, mas é verdade.

— Diga por quê.

Ele ficou quieto.

— É o mínimo que você pode fazer. Você chegou aqui e destruiu o meu rádio, e agora estou numa encrenca séria, entende? Tem um incêndio lá fora e as pessoas estão contando comigo para ajudar, e eu não posso ajudar.

— Foi por você. Não só por mim. É para te manter em segurança.

— Me fale por quê — repetiu ela.

Ele estava exausto, física e mentalmente, mas sabia que não podia contar. Tinham martelado isso no seu cérebro muito antes de ele chegar a Montana. *Ninguém pode saber...*

Mas de que adiantava guardar segredo àquela altura? Os homens da pedreira já estavam ali. Contar a verdade a alguém não pioraria em nada a situação.

— Querido — disse ela. — Isso não é justo comigo. Dá para ver que você está com medo e acredito que haja um motivo. *Sei* que deve haver um motivo. Mas se alguém vai machucar você ou alguma outra coisa, e se você está comigo, eu mereço saber. Não entende isso?

— Você não faz ideia — respondeu ele bruscamente.

— Continue.

— *Não posso.*

— Você precisa. Que droga, eu *mereço* saber o que está acontecendo!

Ela balançou a mão para o mundo ao redor, que estava começando a clarear. Provavelmente parecia mais escuro lá embaixo, no chão, mas ali em cima, na torre, perto do céu, a luz chegava cedo.

— Estão vindo me matar.

Ela o encarou. Começou a dizer alguma coisa, mas parou, respirou fundo e disse finalmente:

— Quem?

— Não sei os nomes. Mas são dois. Eles vieram de longe.

Dava para ver que ela estava tentando decidir se acreditaria. Imaginando se ele não seria algum garoto maluco que tinha inventado uma história louca. Por que não pensaria assim? Na verdade, era bem difícil acreditar nele.

— Você acha que eu estou inventando coisas.

— Não — disse ela, e talvez não estivesse mentindo. — Quem está vindo? E por quê? Diga por quê.

— Não posso.

— Se eu corro perigo porque você está aqui, pelo menos preciso entender.

Ela estava certa, e ele se sentia mal recusando-se a dizer a verdade. Se eles estavam perto — e Jace sabia que estavam —, ela também corria perigo. Não era só ele.

— Acho que eles mataram a mulher dele — sussurrou. — Ou machucaram muito. Tacaram fogo na casa dele, tudo por minha causa.

— Espera aí — disse a mulher. — Espera aí. Uma casa pegou fogo? Ouvi falar de um incêndio numa casa essa noite. Você estava lá?

Pela primeira vez ficou claro que ela estava absolutamente disposta a acreditar. Ou pelo menos a ouvir. O incêndio a havia convencido. O fogo tem esse poder.

— Eu não estava lá. Mas… eu não deveria contar nada a ninguém. Não deveria confiar em ninguém. Eles me fizeram prometer isso.

— Connor, você pode confiar em mim. E eu *preciso* saber.

Ele desviou o olhar.

— Eu vi um assassinato. Me trouxeram aqui para me esconder. Acho que não fizeram um serviço muito bom.

Hannah olhou para a porta, e por um minuto Jace pensou que ela iria embora, que simplesmente ia deixá-lo ali, sem olhar para trás. Jace não a culparia. Em vez disso, ela respirou fundo e disse:

— Onde você viu um assassinato?

— Em Indiana. E eu tinha que testemunhar. As pessoas acharam que eu ia ficar em segurança aqui, mas... mas acho que eles me encontraram.

— Quem são eles? Não os nomes, mas...

— Eles são malignos. Totalmente. Estavam vestidos como policiais, mas as pessoas que eles mataram eram da *polícia*. Eles matam pessoas por dinheiro, e isso nem... nem perturba eles. Eu vi quando eles fizeram. Estavam relaxados o tempo todo. Para eles as pessoas não significam nada.

Ele contou tudo. Todas as coisas importantes. O plano com o qual seus pais tinham concordado, que ele precisava fingir que era um garoto rebelde, que deveria se encaixar num grupo e se esconder nas montanhas, e não haveria celulares para rastrear nem câmeras para encontrá-lo; ele estaria *fora do radar*. Esse era o objetivo. Contou sobre Ethan e como ele tinha acordado todo mundo à noite, e que estavam voltando para a trilha do córrego Pilot quando Jace desligou a lanterna de cabeça e deixou que eles se afastassem. Quando terminou, acrescentou:

— Desculpe se teve que ser você.

— O quê?

— Desculpe por você estar aqui. Não quero que ninguém se machuque por minha causa.

— Tudo bem. Ninguém vai se machucar. Vamos dar um jeito.

Parecia que ela estava tentando convencer a si mesma, e não a ele, e tudo bem, porque Jace não acreditava.

— Vai dar para ver, se eles vierem — disse ela. — Se estiverem mesmo por aí e vierem para cá, vamos ver de longe.

Jace olhou pelas janelas e assentiu.

— Acho que vamos saber quando eles chegarem aqui, pelo menos.

— Você tem certeza de que eles vêm?

— Tenho.

— Quanto tempo você demorou para chegar aqui?

— Pouco mais de uma hora.

— Então eles podem chegar a qualquer minuto.

— Não sei. Eles não estavam com a gente. Se estivessem, eu já estaria morto.

— Acho melhor irmos embora. Se conseguirmos voltar para a estrada podemos...

— É uma caminhada longa até a estrada.

— É. Dez quilômetros. Mas nós conseguimos. Vamos ficar bem.

— Você pode ficar aqui. Eu vou fugir. Não precisa tentar chegar lá comigo. Ou eu posso ficar e você pode fugir.

— Vamos ficar juntos — disse ela. — Não importa o que decidirmos, nós dois vamos fazer a mesma coisa.

Ele assentiu. Não queria que ela sofresse por sua causa, mas também não queria ficar sozinho.

— Qual é o seu nome? — perguntou.

— Hannah. Hannah Faber.

— Sinto muito, Hannah. De verdade. Mas eles são muito bons. Me encontraram mesmo eu estando fora do radar. Se você tivesse dito alguma coisa pelo rádio, sei que eles estariam aqui. Eles iam ouvir, de algum modo. Eles ouvem tudo.

— Bom. — Ela se abaixou para pegar um pedaço da frente do rádio. — Parece que isso não é mais problema, não é?

— É.

— Certo. Você cuidou de um problema. Mas agora precisamos descobrir como cuidar dos outros. Alguma ideia?

Ele ficou quieto por um minuto, depois disse:

— Eu tinha uma rota de fuga.

— Como assim?

— Todos nós tínhamos. Ethan faz a gente planejar uma rota, antes de começar. Desta vez seria para Cooke City. Mas sem usar a trilha. Se a gente precisasse fugir, provavelmente não seria bom usar a trilha. Era o caminho que eles pegariam para me encontrar.

— Fantástico — disse Hannah Faber. — Só você, eu e a floresta isolada? Não. Vamos esperar aqui. Ninguém sabe onde você está. Você garantiu isso, graças ao trabalho com o rádio. Mas depois de um tempo eles vão notar que estou fora do ar. E quando isso acontecer vão mandar ajuda.

— Então vamos só esperar?

— Isso. Vamos esperar onde possamos ver pessoas vindo muito antes de chegarem aqui. É a melhor coisa a se fazer neste lugar.

Ela estava andando de um lado para outro e assentindo sozinha, como as pessoas fazem quando tentam se convencer a ter coragem. Jace reconheceu o comportamento. Tinha feito isso nas lajes da pedreira.

— Podemos esperar aqui, como se fosse uma fortaleza — disse ela. — Vai ser igual ao Álamo.

— No Álamo todo mundo morreu.

Hannah ficou de costas para a janela, olhando para ele enquanto as sombras davam lugar à luz do dia.

— Provavelmente porque não tinham nenhuma porcaria de rádio — disse.

20

O rosto de Allison estava praticamente escondido. Bandagens cobriam a pele que Ethan havia tocado com os lábios inúmeras vezes. Só eram visíveis os olhos fechados e a boca, escura, inchada e costurada com pontos pretos. A mão e o antebraço estavam enrolados em gaze grossa. Ethan tocou a mão sem bandagem e disse o nome dela baixinho, como numa oração. Os olhos de Allison se abriram e encontraram os dele.

— Amor — disse ela. A palavra saiu desajeitada da boca ferida.

— Estou aqui.

— Fiz o melhor que pude. Talvez não tenha sido muito bom. Mas foi o melhor que pude.

O que sobrara do cabelo tinha sido cortado pelas enfermeiras em tufos irregulares. O resto estava queimado. Ele costumava passar as mãos por aqueles cabelos antes de ela dormir, ou quando estava doente, ou sempre que um gesto de conforto parecesse necessário. Aquele era o momento para um gesto assim, mas ele sabia que não deveria tocá-la.

— Você foi incrível — disse, e suas palavras também saíram entrecortadas. Isso não era bom. Um deles deveria ser capaz de falar. — Sinto muito. A culpa é minha. Eles vieram por causa…

— Não. Eles vieram por causa dela.

— Cometi um erro. Nunca deveria ter concordado.

Ethan ainda não estava preparado para culpar Jamie Bennett. Também não podia dizer que estava pronto para perdoá-la. *Ela se apressa e comete erros*, tinha dito Allison. A avaliação não estava errada. Nem um pouco. A garantia indiscutível de que os homens não encontrariam a testemunha, a promessa de que, mesmo se eles fossem para Montana, ela saberia... Pois é. Ethan não tinha recebido nenhum aviso. Perguntou-se pela primeira vez se ela ainda estaria viva.

— A polícia sabe dela? — perguntou.

— Ainda não. Eu estava... com dificuldade. Sem conseguir pensar direito. Tudo estava pegando fogo.

— Eu sei.

— E o Tango? Eu fiquei pensando... — Allison começou a chorar, as lágrimas escorrendo e sendo absorvidas imediatamente pelas bandagens. — Eu fiquei pensando que Tango nem conseguiria tentar correr. Pelo modo como a gente o manteve de pé, ele nem poderia tentar...

— O cavalo está bem.

— Tem certeza?

Ele assentiu.

— E a casa?

Ethan não respondeu. Apenas segurou a mão dela e a olhou nos olhos. Ainda não vira a casa, mas tinham contado. O Ritz estava destruído. A terra prometida, que os dois construíram juntos, o pequeno triunfo do casal sobre o mundo, reduzido a cinzas frias e água pingando.

— Por que ela precisava escolher você? — perguntou Allison.

— Não ponha a culpa nela. Ponha em mim. Ela pediu, não ordenou. Eu deveria ter recusado. Deveria ter feito um monte de coisas de modo diferente. Mas vou consertar o que puder, Allison. Vou pegar o garoto e...

— Espera. Espera. Como assim, vou pegar? Onde ele está?

Mulher inteligente, a dele. Podiam bater nela, queimá-la, sedá-la. Depois dar uma escorregada e esperar que ela não captasse. Boa sorte com isso.

— Está desaparecido.

Ethan se obrigou a continuar olhando nos olhos dela ao responder. Não era fácil.

— O quê?

— Fugiu durante a noite. Quando estávamos descendo a montanha.

— Qual era?

— Connor. Acho que posso estar errado. Mas duvido. Os garotos sabiam que… que alguém tinha chegado e que havia encrenca, e foi ele que fugiu.

Ela baixou os olhos para o grosso curativo na mão ferida. *Tudo isso por nada*, devia estar pensando. Tudo que ela havia passado, e mesmo assim o garoto tinha sumido. Ethan prometera proteger os dois e fracassado com ambos.

— Para onde você acha que ele foi?

Esconder-se, pensou Ethan. *Fugir e se esconder, porque estava com medo não somente deles, mas também de mim. Ele não tem mais nenhum amigo neste mundo, ou pelo menos é como se sente agora.* Mas disse:

— Talvez para a rota de fuga. Ele parecia prestar muita atenção a elas. Era o melhor com os mapas. Com a orientação por terra. Talvez fosse o melhor com tudo. Quando se afastou da gente na trilha, pode ter voltado e tentado descer pelo outro lado do Republic.

E para o incêndio, pensou. Não tinha ideia de quanto da montanha havia queimado. Talvez já tivessem controlado o fogo. Mas pelo modo como o vento estava soprando… tinha dúvidas.

— Como eles são? — perguntou. — Os homens que vieram atrás dele?

— Eram dois. — Ela estava falando com esforço, e as palavras se engrolavam, os lábios se repuxando nos pontos. — Brancos. Cabelo claro. Falam de um jeito estranho… não é o sotaque, é só o modo como eles dizem as coisas. Como se estivessem sozinhos no mundo. Como se o mundo tivesse sido criado para os dois e eles fossem os senhores. Você vai saber o que estou dizendo se ouvir os dois conversando. — Ela começou a chorar com mais intensidade. — Espero que você nunca ouça.

— Não vou ouvir.

Ethan estava se obrigando a olhar para os lábios dela, esticados, se movendo. *Alguém arrebentou a boca de Allison.* É, alguém tinha feito isso. Sua mão se abria e fechava ao lado da perna, cada movimento mais tenso e cheio de fúria do que o anterior.

— Eles não gostam de deixar a gente ver os dois ao mesmo tempo. — Agora os olhos dela estavam fechados. — É difícil. São muito perigosos. Cheiram a sangue.

Ethan pensou nos medicamentos, imaginou se ela ao menos sabia o que estava falando. Passou a mão na boca. Olhou para a porta fechada. Quando falou de novo, sua voz saiu baixa. Queria dizer que garantiria que uma equipe competente estivesse cuidando de tudo. Queria dizer que nunca se afastaria dela. Até saírem juntos dali. Deus, como queria dizer aquelas coisas!

— Vou voltar para encontrá-lo.

— Não. *Não*, Ethan.

Allison levantou a mão e o encarou. Tubos finos, de plástico, pendiam de um dos braços.

— Relaxe. Por favor. Fique deitada e...

— Não me deixe.

— Não vou agora. Estou aqui. Mas ele está desaparecido, Allison, e...

— Não me importa!

Ethan ficou em silêncio enquanto ela chorava.

— Você sabe que eu não quis dizer isso — justiticou-se ela.

— Eu sei. Mas, Allison... não podemos deixar que tudo tenha sido em vão. Não podemos deixar esses dois machucarem você e conseguirem o que vieram pegar. Não posso permitir. Não podemos.

— Não. Fique. Agora vou ser egoísta. Agora tenho permissão de ser egoísta, não acha?

— Não é egoísmo. — Não havia escolha a fazer. Allison tinha pedido para ele ficar. — Vou ficar aqui. Prometo.

— Obrigada. Eu te amo.

— Eu te amo demais. E vou ficar bem aqui.

Ethan segurou a mão de Allison até ela adormecer, depois mudou de posição e pousou a cabeça nas mãos. Allison estava certa. Não restava nada para ele fazer. Outra pessoa encontraria o garoto. Alguém que pudesse ajudá-lo. Ethan não era necessário.

Levantou-se, olhando-a para ter certeza de que ela estava dormindo e não ouviria quando ele saísse. Depois saiu do quarto, andou pelo corredor e pediu um telefone. Fez duas ligações. A primeira foi para Roy Futvoye. Perguntou se a polícia já havia encontrado o garoto. Não havia. Desligou e ligou para o número que Jamie Bennett tinha lhe dado para uma situação como aquela. Caiu direto numa secretária eletrônica.

Por um momento ficou sem fala. Como seria possível explicar tudo isso? Por fim disse:

— Eles estão aqui. — Achou que isso bastaria, quase. Que ela deduziria o resto. Mas acrescentou: — O garoto sumiu. Está desaparecido. Estou no hospital em Billings com minha esposa. Tudo virou um inferno.

Ele gaguejou e parou de falar. Pensou em dizer mais alguma coisa, oferecer explicações (desculpas?), mas não fez isso. Desligou.

Foi ao banheiro masculino, depois foi até a pia e se olhou no espelho. Achava que pareceria tão arrasado quanto estava. Mas não era assim. Parecia o velho Ethan de sempre. Firme. Talvez isso fosse impressionante. Talvez fosse triste.

Lavou as mãos, depois mudou para a água fria e molhou o rosto. A porta se abriu ao lado, e ele percebeu botas que entraram mas não foram até os mictórios, os cubículos ou a pia. Quem quer que fosse simplesmente ficou parado. Ethan olhou pelo espelho com a água ainda pingando e viu um homem de jeans, camisa preta, jaqueta preta e seu chapéu Stetson, o presente que ele tinha se recusado a usar. Cabelo louro-claro descendo até a gola da camisa. Os olhos eram de um azul gelado e a face esquerda era uma vastidão vermelha de bolhas que brilhavam com algum tipo de unguento.

Ethan não se mexeu. A água continuou pingando do rosto e o homem continuou olhando. E por um longo tempo ninguém deu um pio.

— Vamos dar uma volta, Ethan? — perguntou finalmente o homem queimado.

Em seguida, enfiou a mão dentro da jaqueta, e Ethan não ficou surpreso ao ver a arma. As de Ethan estavam na sua picape, no estacionamento.

— Ela não fazia parte disso.

O homem queimado soltou um suspiro forçado.

— Claro que não. *Você* não fazia parte. *Eu* não fazia parte. Um dia o mundo existiu sem nenhum de nós e um dia desses vai voltar a existir sem nós. Mas hoje, Ethan? Hoje estamos todos girando juntos. Todos fazemos parte dele.

Como se o mundo tivesse sido criado para os dois e eles fossem os senhores, tinha dito Allison, e Ethan pela primeira vez pensou no segundo homem.

— O que você veio fazer aqui? — perguntou.

— Eu gostaria de requisitar sua ajuda. — O homem lia bem os pensamentos de Ethan, e acrescentou: — Presumo que existam alguns modos mais convincentes do que outros. Não creio, por exemplo, que eu chegaria longe oferecendo dinheiro a você. Mas pensando na sua esposa no terceiro andar, quarto 373? Talvez uma oferta relativa a ela seja mais atraente. O que diz?

— Vou matar vocês pelo que fizeram com ela. Os dois.

O homem queimado sorriu.

— Você conhece todas as falas, Ethan. Muito bem. Mas não tenho tempo nem inclinação para ouvi-lo. Você mencionou "os dois", por isso sabe que somos dois. É importante que você sempre tenha isso em mente. Agora você e eu vamos andar juntos de carro por um tempo. Seremos só nós, entendeu? Então aquele em que você está pensando... onde você acha que ele estará? É isso que você faz, pelo que sei. Um especialista em comportamento de pessoas perdidas, acredito. Portanto vamos considerar a pessoa perdida nessa situação. Onde você espera encontrá-lo?

— Perto da minha esposa. — As palavras sangravam.

O homem queimado levantou a mão e inclinou o chapéu. O chapéu de Ethan. Depois abriu a porta do banheiro e sinalizou com a arma.

— Você primeiro, por gentileza.

Saíram do banheiro, seguiram pelo corredor, que cheirava a desinfetante, depois desceram uma escada e saíram à luz do dia por uma porta lateral. Estava quente. Quente e com vento.

— Vá até a picape preta — disse o homem. Estavam andando juntos, e quando Ethan sentiu um metal frio na mão, pensou que fosse uma arma. Era um conjunto de chaves de carro. Pegou-as e destrancou as portas. Era uma Ford F-150, como a dele. Cor diferente, acabamento diferente, mas o mesmo motor embaixo do capô.

— Você dirige.

Ethan sentou ao volante e ligou o motor. Tudo na picape era parecido com a de Ethan, só que o vidro fumê nas janelas era muito escuro. E tinha um leve cheiro de fumaça e sangue. Pensou nas coisas que poderia fazer. Dirigir era controlar, afinal de contas. Poderia mandar o carro direto pela porta de vidro, para dentro do hospital. Poderia ir até a rodovia e sair da pista, descer sacolejando a montanha até morrerem juntos. O motorista tinha controle total.

— Ela vai ficar bem — disse o homem — exatamente por 24 horas. Depois disso acho que a situação muda por completo. Agora, você acha que pode encontrar o garoto nesse espaço de tempo?

— Acho.

— Então não tem com que se preocupar.

— E se já o encontraram? Nesse caso tenho muito com que me preocupar.

— Eu não disse que você precisaria ser o primeiro a encontrá-lo, Ethan. Só disse que precisa encontrá-lo.

E assim Ethan partiu no carro, junto com o homem. Atrás dele o hospital foi sumindo no retrovisor. E dentro do hospital sua mulher dormia acreditando na promessa de que ele estaria lá quando ela acordasse.

21

Passava do meio-dia quando viram o primeiro grupo de busca. Jace tinha tentado dormir, mas não gostava de ficar de olhos fechados. Era como se achasse que eles poderiam aparecer sem nenhum barulho: ele abriria os olhos e os encontraria parados junto à porta, com Hannah Faber já morta, o resto sendo apenas questão de tempo...

Então Hannah disse:

— Connor, a polícia está vindo.

E ele se levantou da cama estreita para se juntar a ela perto da janela.

Havia quatro homens subindo a colina, como Jace tinha feito algumas horas antes. Dois usavam uniforme.

— Posso olhar? — perguntou ele.

Não acreditaria que eram policiais até ver os rostos. Tinha visto os homens vestidos como policiais.

— Claro — respondeu Hannah, entregando o binóculo.

Por um momento ele só viu céu e picos, e quando baixou o binóculo com um movimento exagerado, tudo que viu foi o capim alto que cercava a encosta abaixo da torre. Por fim encontrou os homens e prendeu a respiração.

Não os reconheceu.

Nenhum.

— Certo — disse a Hannah, ainda olhando pelo binóculo. — Certo, acho que estamos seguros. Pelo menos não conheço nenhum, e isso é bom. Não são os dois que eu vi.

— Bom. Então vamos descer para encontrá-los.

— Está bem.

Jace deu mais uma olhada no grupo, porque estava curioso para ver se Ethan vinha com a equipe de busca. Eles o haviam rastreado pelo terreno difícil com tanta facilidade que Jace pensou que Ethan podia ter sido o guia. Levantou o binóculo para olhar por cima da cabeça deles. E viu que não estavam sozinhos.

Havia outro homem atrás, e não era Ethan, e não estava se movendo com o grupo. Estava seguindo-o.

A boca de Jace ficou seca e ele mexeu no botão que mudava o foco. Hannah ainda estava falando quando a imagem ficou nítida.

Era um deles. O que parecia um soldado. O que tinha cortado a garganta do homem na pedreira. Usava jeans, jaqueta e um boné de beisebol e segurava um fuzil. Tinha parado a uma boa distância atrás do grupo de busca. Eles não faziam ideia de que ele estava lá.

— Venha — disse Hannah, tocando levemente seu braço. — Vamos descer e...

— Ele está vigiando o grupo de busca. — A voz de Jace tremia, mas ele não baixou o binóculo.

— O quê? Quem?

— Só estou vendo um. Talvez eles não tenham vindo juntos. Achei que os dois estariam aqui. Mas é ele. Com certeza é ele.

Então baixou o binóculo, porque suas mãos tinham começado a tremer.

— Não está longe daqui.

Dava para ver que Hannah não acreditava nele. Ou que não queria acreditar. Mas ela disse:

— Me deixe olhar.

Jace entregou o binóculo.

— Olhe atrás deles.

O silêncio de Hannah disse que ela também tinha visto o quinto homem. Ela ficou onde estava por um longo tempo, observando-o, depois disse:

— Você tem certeza de que é ele.

— Tenho.

— Connor, eles vão subir aqui. Esses homens vão subir aqui. — Agora a voz dela demonstrava os primeiros sinais de pânico. Começando a se parecer mais com a dele.

— Eu sei. Eu disse que era assim que aconteceria. Não é possível escapar deles. Ninguém consegue.

Jace deu três passos para longe da janela, o mais distante que podia recuar, no último lugar que tinha para fugir, então se sentou no chão.

— Connor? Vamos dar um jeito. Ele não vai te pegar.

Ele não levantou os olhos quando respondeu:

— Eles vão me pegar. Não vão parar, e são dois. No fim vão me pegar.

— Vamos embora. Vamos, garoto, precisamos ir.

Jace ficou olhando para ela, perplexo, enquanto Hannah passava por ele e pegava a machadinha. Ela olhou a mochila de Jace, foi até lá, abriu-a e começou a remexer no interior.

— Você tem alguma coisa aí? Algum tipo de... arma? Uma faca, ao menos?

— Não deixavam. Eu deveria ser um mau elemento, lembra?

— Escuta, nós sabemos que os homens não estão na trilha para Cooke City. Por isso podemos descer até lá e...

Ele balançou a cabeça.

— É melhor para todo mundo simplesmente deixar que eles me peguem. Pode ir embora. Eu gostaria que você contasse à minha mãe e ao meu pai o que aconteceu. Por favor, descubra um modo de dizer a eles que eu não...

— *Cale a boca!* — gritou ela. — E *levante-se*, anda!

Hannah tentou colocá-lo de pé. Ele resistiu até se soltar e recuou, sentando-se ao lado da cama.

— Você pode ir. Eu não vou.

Então foram interrompidos por uma voz. Fraca e ecoando. Os resquícios de um grito. Hannah deu as costas para ele e pegou o binóculo outra vez.

— Eles estão perto, não é? — perguntou Jace.

— É. — Ela ficou quieta por um momento e depois disse: — Vou descer e falar com eles.

— E vai dizer o quê? Ele vai matar os homens também. Depois vai matar você, vai me matar. Vai matar todos nós.

— Não vai, não. Ele só está seguindo a equipe de busca, Connor. Está seguindo com esperança de eles encontrarem você. E isso não vai acontecer. Porque vou dizer que você já está na trilha para Cooke City.

— O quê?

— Eles vão acreditar. Não tenho motivo para mentir. Acho que eles provavelmente já seguiram rastros, antes. Acho que sabem que você veio nessa direção. De modo que o que eu disser não vai importar. Se eu fingir que não te vi, eles podem suspeitar. Mas se eu disser que vi, posso fazer com que eles andem mais rápido. Vou dizer: *Sabem? Eu vi o garoto, sim, e achei estranho ele estar sozinho.*

Ela estava se convencendo de que era um bom plano, mas Jace já visualizava o fuzil na mão do homem. Visualizava como iria acontecer, imaginando se a pessoa ouvia o tiro ou simplesmente sentia. E será que sentia alguma coisa? Achou que dependia de onde o tiro pegasse.

— Você acha que dói muito? — perguntou.

— O quê?

— Levar um tiro. Será que eu vou ao menos sentir?

Ela se virou para ele.

— Você não vai sentir nada.

— Espero que você esteja certa.

— Não vai sentir porque isso não vai acontecer.

Ele baixou a cabeça de novo. Ela não sabia. Não tinha visto os homens, não tinha fugido deles, não tinha mudado de nome nem ido se esconder nas montanhas só para olhar através de um binóculo e ver um deles depois de todo esse tempo e todos aqueles quilômetros. Ela era como sua mãe: acreditava que existia um modo de ajeitar tudo. Mas o único modo de ajeitar tudo era voltar no tempo.

— Vou descer e trazê-los — disse ela. — Quando eu fizer isso, vá para debaixo da cama, está bem? Deixe os cobertores irem até o chão. O suficiente para ninguém ver.

— Eles vão ver o rádio. Isso vai atrair a atenção deles na hora.

— É mesmo. Droga. — Ela olhou para o rádio, respirou fundo e disse: — Então vou até lá e impedir que eles subam. Connor, fique onde está. Vou lá fora, e é melhor você não me decepcionar. Quando eu voltar, vou estar sozinha e eles terão ido embora.

Então ela saiu e fechou a porta.

Na picape, Ethan saiu do hospital e depois de Billings, pegou a 90 e foi para oeste através da região agrícola plana onde os trilhos de trem corriam paralelos à rodovia. Nenhum dos dois falava. Saiu da 90, pegou a 212 e foi para o sudoeste, para longe dos trilhos que tinham trazido a civilização a esse lugar, em direção às montanhas que haviam lutado contra ela. Estava pensando nos lábios de Allison com aqueles pontos. Tão feridos que os médicos precisaram literalmente costurar a carne de volta, tudo por causa do punho de um homem. Provavelmente o que estava ao seu lado. Ethan sentia o cheiro dele, podia vê-lo, estender a mão e tocar nele, mas mesmo assim não podia impedi-lo. Era a maior sensação de impotência da sua vida. Estava disposto a pagar o preço de matar esse homem. Estava disposto a morrer na picape ao lado dele se isso significasse ter protegido as pessoas certas.

Só que o segundo homem impedia que Ethan fizesse isso. Allison esperava que Ethan jamais ouvisse os dois conversando. Agora ele desejava desesperadamente ser capaz disso.

Passaram por dois carros da polícia quando entraram em Red Lodge, mas nenhum dos dois parou. O homem queimado olhou para eles com tranquilidade. Do outro lado de Red Lodge a estrada começava a subir; o grande motor da picape roncava mais alto. Pegaram a 212 de novo, entraram em Wyoming, atravessaram o passo Beartooth e depois a estrada se retorceu de volta para Montana. As encostas das montanhas caíam ao lado dele, à esquerda, quedas longas e estontantes, e subiam igualmente íngremes à direita.

— Estou curioso com relação a uma coisa — disse o homem queimado. — Não tem importância, então você pode mentir, se quiser, mas espero que não minta.

Ethan continuou dirigindo e esperou. Nas curvas fechadas à frente uma *motor home* descia devagar. Ele levou o carro o mais à direita que a estrada permitia, quase colado à montanha.

— Você deixou o garoto para trás porque sabia quem ele era?

— Não. Não me disseram qual deles era ele.

— Então você sabia que ele estaria presente, mas não ficou sabendo da identidade? Nem mesmo a identidade falsa?

— Isso mesmo.

— Então estava atuando sem preocupação com a identidade dele até ontem à noite, quando recebeu notícia dos acontecimentos na sua casa.

Os acontecimentos na sua casa. Ethan apertou o volante com mais força e assentiu.

— O aviso foi dado pela sua esposa? Pelo sinal que ela transmitiu?

— De início, sim.

— Ela é corajosa e inteligente. Melhor do que eu esperava, sem dúvida. Quer dizer, olhe o meu rosto. — Ele apontou para o rosto queimado cheio de bolhas e fez uma careta. — Ela arruinou meu rosto. E você nem viu a minha cintura. Ainda estou com chumbinho na carne. É, a sua esposa não é de todo o mal.

— Vai se foder.

O homem queimado assentiu.

— Claro. Agora, se você puder continuar me respondendo, estou curioso com relação à situação que nos espera. Você sabe quem é o garoto, mas ontem à noite não sabia. Isso significa que descobriu a realidade quando ele fugiu. Correto?

Ethan apertou as mãos e imaginou que o volante era o pescoço do filho da puta. Achou bom a estrada exigir tanta atenção. Isso forçava seus olhos a ficarem voltados para a frente, obrigava as mãos a permanecerem no volante.

— Correto — disse.

— E quando você notou a ausência dele?

Cada pergunta era cheia de formalidade, como se os dois estivessem num tribunal.

— No meio da noite. Quando estávamos descendo a montanha.

— Então você não pode me mostrar exatamente onde o perdeu?

— Posso te levar ao último lugar onde ele foi visto.

— O último lugar onde ele foi visto?

— É como a gente começa. Quando alguém se perde. Vai ao último lugar onde a pessoa foi vista e pensa. Tenta imaginar como a pessoa pensaria quando estava lá.

— Maravilhoso. Ainda bem que temos um especialista. É uma tremenda sorte. Então vamos ao último lugar onde ele foi visto. Lá veremos até que ponto você é realmente bom.

E continuaram subindo a montanha.

22

Hannah estava de pé sozinha no deque da torre enquanto a equipe de busca se aproximava. Cerca de 24 horas tinham se passado desde o primeiro avistamento de fumaça. Agora havia muito mais, e ela ficou olhando para o local com o binóculo. Tentava agir como se estivesse fazendo seu trabalho. Olhou uma última vez pelo binóculo enquanto a equipe chegava ao platô. O homem seguia atrás deles, como uma sombra. Hannah já estava começando a sentir medo dele. Talvez não como Connor, mas o medo estava ali, e crescendo. Havia quatro homens a caminho, dois deles armados, e só um atrás. O bom senso mandava contar a eles sobre o perseguidor, confiar no sistema. Seguir o protocolo. Na última vez em que tinha quebrado o protocolo, pessoas morreram.

Você tem outra chance.

Talvez ela não pudesse olhar para a situação desse modo. Talvez essa fosse a pior coisa, a mais perigosa para o garoto. Ela deveria fazer seu papel, entregá-lo a eles. O que o perseguidor faria com eles? E se ela levasse aqueles homens para a torre, contasse a verdade e entregasse o garoto? Um homem não se arriscaria a dominar quatro. Nem mesmo um assassino se arriscaria a levar um tiro naquelas circunstâncias. Ele jamais conseguiria sair das montanhas.

O garoto tinha perguntado: *Você acha que dói muito? Levar um tiro?* Ele queria mesmo saber. Provavelmente era a pergunta mais importante que ele já havia feito.

— Ei! Ei, você, aí em cima!

A equipe de busca estava gritando para ela. Havia chegado a hora. Duas escolhas, duas opções, esquerda ou direita, cara ou coroa. Pedir ajuda e esperar que ninguém atirasse. Ou mandá-los embora e acreditar que conseguiria manter o garoto em segurança. Mandá-los embora e deixar a sombra ir atrás, sumir de vista. Para isso acontecer só precisava descer e responder a algumas perguntas. Ficar lá uns cinco minutos.

Segurou os corrimões enquanto descia, os músculos das pernas liquefeitos, como depois dos sonhos, o coração martelando com tanta força que parecia perigoso. Talvez morresse antes de chegar lá. Será que o coração podia explodir de medo? Achou que devia ser possível. Tinha lido que certos médicos teorizavam que algumas pessoas que morriam de ataque cardíaco durante a noite eram literalmente vítimas dos próprios pesadelos. Era algo que ela não conseguira extirpar da mente assim que os sonhos tinham começado.

Mas aquilo não era um sonho. O garoto na torre atrás dela era muito real.

Segunda chance. Do tipo que quase ninguém tem. Você voltou aqui por um motivo, não foi? Fique de pé, então. Fique firme. Você não pode fugir.

Quando chegou à base da escada soube que ia mentir. Ia mentir para alguém. Era necessário, e seria para esses homens ou para o garoto escondido embaixo da sua cama. Tinha prometido a ele que iria mandá-los embora. Podia se imaginar mentindo para esses homens, mas não para ele.

A equipe de busca atravessou rapidamente o terreno e chegou até ela. Estavam num platô aberto cercado por árvores altas e pedras, e em algum lugar dali escondia-se o homem-sombra com um fuzil. Eles certamente estavam ao alcance da arma dele. Separados da morte por um aperto de dedo.

— Não costumo receber muitas visitas — disse. — E vocês parecem nervosos. Está tudo bem?

— Ah, já tivemos dias melhores.

— Ouvi dizer.

— Ah, é?

— Fui eu que dei o alerta.

Eles trocaram olhares perplexos.

— Como assim? — perguntou um segundo policial. Era um sujeito mais novo, com pele e feições que sugeriam sangue nativo americano. — Você alertou o quê?

— O incêndio. — Ela balançou a mão na direção da fumaça. — Soube que houve uma vítima.

Aquilo não estava planejado, mas Hannah sentiu orgulho de sua reação. Estava demonstrando conhecimento e vontade de ajudar.

— Não estamos aqui por causa do incêndio — disse o homem. — Estamos procurando um garoto desaparecido.

— Não ouvi falar disso.

— Eles deveriam ligar para você.

Merda. Claro que deveriam. Como ela podia não ter previsto isso?

— Verdade? Deve ter sido na hora em que eu fui ao banheiro. O toalete fica aqui embaixo, e não na torre. Isso deve ter sido... quando? No meio da manhã?

O grandalhão assentiu.

— O garoto se afastou de um grupo que estava acampando aqui. São... você sabe... garotos problemáticos.

— É? — Hannah deu as costas para eles, olhou para o oeste. O vento soprava forte em seu rosto. — Ele estava com uma mochila?

— Isso mesmo. Você falou com ele?

— Não. Mas vi quando ele passou, e achei estranho. Um garoto daquela idade caminhando sozinho.

— De cima da torre dava para ver a idade dele? — perguntou o policial mais jovem, com um tom cético.

— Meus olhos não são muito bons. Mas este aqui? — Ela bateu no binóculo pendurado no pescoço. — É muito bom. Ele estava usando uma mochila verde e grande.

— É o nosso garoto — disse o grandalhão. — Ele passou por aqui?

Ela assentiu.

— Olhou para a torre, e eu achei que ele fosse subir. Algumas pessoas fazem isso, vocês sabem. Mas ele só virou à direita, pegou a trilha e foi embora.

— Quando você disse que ele pegou a trilha...

— Bem ali. — Ela apontou para o lugar onde a trilha se afastava do platô. — Ela vai na direção de Cooke City. Já faz pelo menos algumas horas — disse, desejando que eles se apressassem. Achando que, se seu coração batesse mais forte, explodiria.

— É?

— Pelo menos — repetiu.

Estava observando o sujeito cético. Ele tinha ido até o ponto em que a trilha encontrava o platô e estava de joelhos, estudando o terreno. Isso não era bom. Um homem que acreditava que o chão poderia lhe dizer mais do que uma testemunha ocular não era bom para o seu plano.

— O que você está vendo, Luke? — perguntou o grandalhão.

— Três pegadas nítidas, e nenhuma é dele.

— Tem certeza? Seco como está hoje?

— Não tão seco a ponto de ele andar no ar. A poeira aqui guarda uma trilha de pegadas nítida, e a dele não é uma dessas.

— Isso é porque ele não passou por aí — explicou Hannah.

— Achei que você tivesse dito que ele pegou a trilha — observou o que se chamava Luke, ainda ajoelhado.

— E pegou. Subiu por ali. — O gesto de apontar era uma pequena salvação, porque obrigava todos a olhar para longe dela. — Depois começou a voltar por onde tinha vindo. Não foi longe, só uns passos. Tipo olhando em volta. Depois atravessou a lateral da montanha ali, passou entre aquelas árvores. Estão vendo aqueles pinheiros? Foi andando pelo meio deles e chegou à trilha. Acho que a trilha foi uma surpresa para ele. Como se ele não soubesse que ela estava ali. Mas assim que a encontrou, foi embora.

Você não mente mal, Hannah, você não é ruim nesse tipo de coisa, é uma mulher maravilhosamente desonesta quando precisa ser. Coloque isso no perfil do Tinder que todos os seus amigos querem criar: Hannah Faber, mulher branca solteira, matou o último namorado, é ótima em mentir, por favor, mande mensagem!

— Diabos, só pode ser o nosso garoto. — Essas eram as primeiras palavras ditas por um sujeito que parecia cansado e impaciente, e que por isso ficou sendo o predileto de Hannah.

— Boa sorte — disse ela. — Preciso ir.

— Tem que estar em algum lugar? — perguntou o cético, Luke, que retornava ao grupo. E era uma ótima pergunta. Ela ficava na torre o dia todo e os estava apressando para irem embora? — Você parece com mais pressa do que a gente.

— Lembra quando eu disse que o banheiro fica aqui embaixo? — perguntou ela, e deu um sorriso insolente para ele. — Ah, agora você sacou! Bom trabalho! Portanto, sim, eu também tenho aonde ir.

— Vá em frente — disse o policial grande. — Desculpe.

— Sem problema. Boa sorte com a busca.

— A vista dessa torre é bem boa. Talvez valha a pena subir e dar uma espiada, para ver se a gente enxerga ele — disse Luke, e Hannah sentiu vontade de matá-lo.

— Não dá para vê-lo. Eu olhei enquanto pude. Ele pegou a trilha e foi na direção de Cooke City.

— Você ficou olhando por tanto tempo assim?

— Essa torre pode parecer empolgante para vocês, mas com o tempo fica bem monótona, acredite ou não. Eu vigio *todo mundo*. — Ela começou a se afastar deles enquanto dizia isso. — Desculpem, mas preciso mesmo ir ao banheiro. Se quiserem esperar, eu volto num minuto.

— Precisamos ir — disse o policial grande. — Mas agradeço pela ajuda.

— Disponha — respondeu ela por cima do ombro. — Boa sorte, pessoal.

Hannah chegou ao banheiro e tentou abrir a porta; o trinco não quis cooperar e ela começou a entrar em pânico. Quando finalmente conseguiu abrir quase caiu, de tão nervosa que estava para entrar. Isso devia ter parecido bem verdadeiro para eles: alguém estava *bem* apertado. Provavelmente estavam rindo dela, mas tudo bem. Desde que acreditassem e fossem embora.

Sentou-se na tampa fechada do vaso sanitário e apoiou a cabeça nas mãos até a respiração se estabilizar e a tonteira passar. Podia escutar as vozes deles, mas não tão altas. Estavam indo embora. Não tinha se saído tão bem, mas havia conseguido.

E agora estava sozinha com um garoto perseguido por assassinos.

Quando abriu a porta, preparou-se para ver o homem do fuzil, mas o platô estava vazio de novo. Foi até a torre, subiu a escada e abriu a porta da cabine.

— Connor? Sou eu, só eu.

As palavras tinham mais peso do que deveriam. *Não menti para você. Fiz uma promessa e cumpri, você ainda está seguro e eu faço parte disso.*

— Eles foram embora? Sério? — Jace botou a cabeça para fora da cama.

— Sério. Fique aí um pouco enquanto espero para ver se o outro também passa. — Ela deu as costas para ele e acrescentou: — Assim que soubermos que ele foi embora, que ainda está atrás dos outros, precisamos ir na direção oposta. Precisamos sair daqui.

— Por quê?

— Porque eu menti para eles e eles engoliram, mas não vão demorar muito até descobrir. Alguém vai voltar. Quando fizerem isso você precisa ter ido embora. Agora me dê um minuto.

Ela abriu a porta e foi outra vez para o deque, apoiando os antebraços no corrimão. Se estivesse sendo vigiada, era importante parecer calma. Parecer que tinha todo o tempo do mundo. Obrigou-se a ficar ali durante um tempo, para não parecer que estava verificando alguma coisa específica. Contou os segundos como uma criança faria: um Mississippi, dois Mississippi, três. Quando chegou a trezentos, empertigou-se, espreguiçou-se e levantou o binóculo. Começou virada para a fumaça, um disfarce caso o homem com o fuzil estivesse observando, mas a fumaça atraiu sua atenção e segurou-a; tinha crescido substancialmente no tempo em que ela estivera ocupada com a equipe de busca. Por lá os bombeiros precisavam de uma folga do vento. *Vento secador de cabelo*, era como Nick chamava. Se você acrescentasse um secador de cabelo a um dia de bandeira vermelha, o problema era sério.

Depois de um tempo deu as costas para a fumaça e logo encontrou os homens, a pouco menos de um quilômetro. Confiaram na sua dica, seguindo a trilha. Luke, o rastreador, ia se ferrar, porque muitos andarilhos passaram por ali, e não era fácil seguir pegadas de botas. Na região isolada ele teria tido mais sorte.

Demorou muito mais tempo para encontrar o sombra. Ele havia saído da trilha e subido até onde uma crista de morro coberta de mato seguia paralela, mas elevada, uns 25 metros acima. Seguir por ali iria obrigá-lo a ir mais devagar, mas permitiria ver tudo mais depressa. Enquanto ela o observava, ele se virou de novo para a torre e girou o fuzil. Por um instante o estômago de Hannah se contraiu, suas entranhas deram um nó, e ela teve certeza de que ele iria atirar.

Não atirou. Estava usando a mira telescópica do mesmo modo que ela usava o binóculo. Verificando o ambiente ao redor, nada mais. Ele fez um círculo inteiro e continuou andando. A equipe de busca desceria pela trilha e ele iria atrás, então ela e Connor não poderiam ir naquela direção. Depois de um tempo ficaria aparente que um erro fora cometido, e o assassino voltaria. E, quando isso acontecesse, ela e Connor também não estariam ali. Ela precisava levá-lo até algum tipo de ajuda, mas tinha acabado de bloquear o caminho para a segurança mandando o perseguidor pela única trilha que levava de volta à cidade. Tinha estudado o mapa e olhado pelo binóculo durante horas todos os dias, e sabia muito bem o que os esperava fora da trilha. Subidas traiçoeiras, cânions intransponíveis, rios rápidos, remanescentes das geleiras. Seria uma caminhada lenta para Hannah e o garoto, e eles deixariam rastros. E seriam apanhados.

A oeste a fumaça encontrava o sol, e ela pensou no que estaria acontecendo por lá. Dezenas de homens e mulheres trabalhando na floresta, com rádios nos cintos, os helicópteros esperando um chamado. O modelo de resposta de emergência estava em funcionamento lá, num lugar onde ninguém tentaria procurar, porque ninguém jamais caminharia em direção a um incêndio florestal.

A não ser que entendesse de incêndios florestais.

Uma fuga em pânico era uma fuga fatal, isso ela sabia bem demais, tinha aprendido com muitíssimos aspectos da sua vida, por isso olhou para a vastidão através do binóculo e tentou pensar num caminho diferente do que via.

Mas seus olhos insistiam em voltar para a fumaça.

Eles poderiam alcançar o fogo ao alvorecer e não encontrariam o homem do fuzil, que estava andando na direção oposta. E assim que chegassem ao incêndio seria fácil encontrar ajuda. Haveria rádios em abundância, picapes seriam trazidas, helicópteros poderiam pousar ou jogar uma corda para eles, se necessário.

Você consegue chegar lá?, perguntou a si mesma, e o fantasma da menina que ela havia sido respondeu: *Claro, não é uma caminhada tão difícil.* Então a voz da mulher que ela era agora disse: *Não estou falando dos quilômetros. Estou falando da volta. Você consegue chegar lá?*

Nenhuma das duas vozes soube responder.

23

Entre Red Lodge e Cooke City, Ethan começou a contar. Isso havia se iniciado como um exercício simples, uma luta contra a adrenalina, a raiva e o medo. Tinha começado com números simples. De um a cem, depois de trás para a frente. Quando enjoou disso, contou os carros que passavam. E então, como esses não eram muitos, contou as curvas. Mais tarde, mais acima na montanha, escolheu outra coisa.

Começou a contar os homens e mulheres que tinha treinado na arte da sobrevivência. Iniciou com os mais recentes, o trabalho particular, e recuou no tempo. Para a Força Aérea, para as selvas, os desertos e tundras onde o haviam largado durante uma semana, dez dias ou um mês. Eram uns trinta em cada grupo e ele treinava quatro grupos por ano, e tinha treinado durante quinze anos. Portanto eram 1.800, somente no serviço militar. E os civis ele acreditava que eram perto de 2.500. Talvez, contando todos, chegasse à beira dos três mil.

Cinco mil pessoas que ele tinha ensinado a serem sobreviventes. Para alguns tinha dado certo. Ele sabia. Um piloto cujo avião caiu no Pacífico; um soldado separado de sua unidade no Afeganistão; um guia de caça que quebrou a perna numa queda. Ethan havia recebido cartas e telefonemas de agradecimento. Para não mencionar os elogios e os prêmios.

Cinco mil conjuntos de instruções.

Nenhum teste para ele próprio.

Pelo menos nenhum real. Tinha treinado, treinado e treinado. Com os melhores do mundo, durante toda a vida tinha treinado, mas nunca havia sido testado. O melhor lutador jamais tinha entrado no ringue.

Só que ele não era lutador. De novo a velha conversa com seu pai: o filho de um fuzileiro que entrou para a Força Aérea. Essa havia sido a primeira ofensa, mas o pai conseguiu descartá-la, admitindo que o mundo tinha entrado numa nova era de combate e que no futuro todas as disputas seriam resolvidas com mísseis e drones, por mais que isso o deixasse triste. Então Ethan se tornou instrutor de sobrevivência, e essa foi uma afronta ainda mais pessoal para o pai, uma decepção maior, de algum modo perversa, já que o pai havia medido o próprio valor baseado em sua capacidade de matar.

Você simplesmente ensina o que fazer se eles estiverem lá, sozinhos?, perguntava. *Daqui? Como vai saber se funciona?*

Ele sofria demais com a ideia de que o filho estaria sempre *aqui*. Na época não havia guerra, mas para Rod Serbin isso não importava: poderia haver, haveria, e quando ela chegasse seu filho estaria na lateral do campo, por opção. Não parecia importar se ele salvava vidas. Ele não tiraria nenhuma vida, e este era o critério de avaliação. Isso o incomodava, mas não incomodava Ethan. Pelo menos até hoje. Agora ele dirigia, planejava e se perguntava.

Seria capaz de fazer? Faria?

Quando voltaram à cidade, a fumaça do incêndio estava alta e clara, e Ethan ficou surpreso ao ver como ela havia crescido desde a manhã. Mas, afinal de contas, não havia muita coisa no mundo que fosse a mesma desde a manhã.

— Onde você acha que o garoto está agora? — perguntou o homem, quebrando o silêncio.

— Não tenho ideia. Faz mais de doze horas que ele fugiu. Se ele continuou em movimento, pode ter percorrido um bocado de terreno. Ou pode já ter sido localizado.

— Precisaremos saber disso. O problema é simples: se já o encontraram, estamos indo para a floresta por nada, e estou desperdiçando horas que não posso me dar ao luxo de perder. Ou melhor, estou desperdiçando horas que *você* não pode se dar ao luxo de perder. Sinto muito, Ethan, por ter esquecido a natureza conjunta do nosso empreendimento. Portanto, você precisa verificar. Seu trabalho é encontrá-lo, não importando se ele está escondido embaixo de uma pedra ou num quarto de hotel com três policiais do lado de fora da porta. Nesse ponto pode ter acontecido uma coisa ou outra.

— Então preciso dar um telefonema.

— Tudo bem.

— Vamos ter que parar. Aqui celular não pega. A gente perde o sinal em Red Lodge.

— Então vamos parar. Você vai verificar. Só deve ser necessário um telefonema. Vou estar perto de você. Se disser uma palavra errada, você escolheu o resultado com mais certeza do que eu. Uma coisa que você precisa lembrar: ela vai primeiro. Eu me certifico disso.

— Você deixou isso claro. Vamos parar na minha casa. E vamos começar a partir de lá.

— Allison pôs fogo nela, provavelmente não é o lugar ideal.

— Não diga o nome dela de novo, seu filho da puta. Não diga.

— Você prefere "sra. Serbin"? Achei que tínhamos deixado para trás as formalidades desnecessárias.

Ethan se concentrou nos picos, ainda cobertos de neve, à distância. Formidáveis faces de rocha que eram amigas. Se conseguisse permanecer calmo, logo estaria cercado por elas.

— Vou parar na cidade e dar um telefonema — disse. — Se quiser ir comigo e atirar em mim se eu disser a coisa errada, fique à vontade. Se quiser ficar na picape, manter essa cara queimada longe de questionamentos, também pode.

— Você é muito gentil, Ethan. Mas tenho plena consciência das minhas opções. Confio em você para ir sozinho. Você terá suas chances de criar problemas para mim, mas vai se lembrar de como sua mulher estava no hospital hoje. Vai se lembrar disso e de quem está ao lado dela. — Ele fez uma pausa, deu de ombros e disse: — Ou vai deixar que ela morra. Já errei com relação ao caráter de um homem. Talvez erre de novo.

Ethan parou na frente do Armazém Geral de Cooke City. O estabelecimento estava ali desde 1886, e ele imaginou que muitas vezes um homem mau teria passado pela frente da loja. Mas duvidou que tivesse existido algum como o que estava ao seu lado.

— Vou andar para a direita — disse. — Para o Miner's Saloon. Lá posso usar um telefone e ninguém vai escutar. Tem um telefone no final do balcão. Do lado direito. Vou entrar e dar um telefonema. Você provavelmente vai poder me olhar pela vitrine. Ninguém vai te ver, com esse vidro fumê.

— Confio em você, Ethan.

— Tenho quanto tempo?

— Leve o tempo que quiser.

O tom dele era leve, de zombaria. Tudo bem. Continue presunçoso, continue sem medo, e Ethan mijaria no cadáver dele.

Ethan andou pela calçada até o Miner's e abriu a porta sem ao menos olhar de volta para a picape.

— Ethan, não esperava te ver aqui! Ouvi falar... do incêndio — disse o barman.

Ethan achou que ele tinha se contido para não mencionar o nome de Allison, porque não sabia o que podia ter acontecido. Ethan levantou os olhos, assentiu e disse:

— Ela está bem. Só preciso fazer uma ligação, me desculpe.

— Claro.

Ligou para Roy Futvoye. Disse que estava de volta à cidade e queria saber se a equipe de busca tinha tido algum sucesso.

— Infelizmente não. Eles falaram com uma pessoa que achou ter visto o garoto, uma vigia de incêndio, mas ainda não o encontraram.

— Onde eles estão?

— Descendo na direção do Soda Butte.

O Soda Butte era o riacho que corria no lado sul da cidade, paralelo à fronteira entre Montana e Wyoming. Isso significava que tinham feito um círculo, esperando que Connor tivesse fugido e depois tentado voltar à civilização. Faria sentido para eles, porque provavelmente achavam que ele ia querer ajuda ou pelo menos voltar para um território conhecido. Ainda não entendiam os temores dele, e isso era bom. Outra vantagem. Ethan não esperava encontrar Connor numa estrada ou mesmo numa trilha. Pelo menos não tão cedo. Ele tinha comida, tinha água e estava apavorado. Procuraria um lugar bom para se esconder.

— Nenhum sinal dele, além da tal dica?

— Nenhum. Mas a dica pareceu válida. A mulher fez uma boa descrição, e a linha de tempo estava certa. Talvez ele tenha largado a mochila e apressado o passo, saído da estrada mais rápido do que nós achávamos.

— Talvez — disse Ethan. — Então sua equipe vai parar durante a noite?

— Vai. Vamos mandar um grupo novo. Luke Bowden ficou para trás.

— O quê?

— Você conhece o Luke. Ele não gosta quando perde uma pista. É um tremendo cão de caça. Acho que ele não ficou satisfeito com o modo como perderam as pegadas do garoto perto do posto de vigilância de incêndios. Decidiu voltar e ver o que poderia encontrar.

— Tire-o de lá — disse Ethan. Seu tom de voz mudou o suficiente para o barman olhar na sua direção.

— Por quê?

Porque Luke pode achar o garoto, pensou, mas disse:

— Porque as pessoas não devem fazer buscas sozinhas, Roy. Você sabe.

— Ele só está voltando pelo mesmo caminho. Não vai acontecer nada com o Luke...

— Coisas podem acontecer com qualquer um. — A frase saiu como um rosnado. Ethan engoliu em seco e continuou: — Tem alguma coisa errada com esse garoto, você sabe. Não deixe ninguém andando por lá sozinho.

Especialmente alguém que pode encontrá-lo antes de mim. Especialmente alguém com um rádio.

— Vou dizer isso a ele — disse Roy, mas sua voz também tinha mudado. — Ethan, você está bem? Precisa me contar alguma coisa?

— Sei que estou abalado, Roy. Foi um dia daqueles. Olha, preciso desligar. Faço contato de novo. Obrigado.

Ethan desligou. Olhou para um homem sentado junto ao balcão comendo um bife e pensou na faca que ele estava usando. Seria bom ter uma faca. Mas o homem no carro com certeza notaria. Ethan agradeceu ao barman e saiu no vento quente, sabendo que precisava se apressar. Seu tempo estava acabando, e o homem ainda nem sabia disso.

Quando abriu a porta, o homem olhou para ele meio desinteressado, com a pistola na mão.

— Mandou chamar a Guarda Nacional?

— Você vai saber logo.

— Tenho paciência para as minhas próprias gracinhas. Para as suas, não. — Sua voz estava sombria, e ele inclinou a cabeça, algumas queimaduras ocultadas pela penumbra, e disse: — Que informações você conseguiu?

— Ainda não tiveram sorte. Se tivermos, vamos pegá-lo vindo para a estrada. Se não tivermos, precisaremos voltar ao lugar onde ele se separou de mim e começar a rastrear.

— Mas você não acha que teremos sorte.

— Não.

— Por quê?

— Porque ele está com medo demais de você para ficar numa trilha.

— Você está pensando como a pessoa perdida. Que bom. E acho que é uma avaliação exata. No passado a abordagem dele foi se esconder e depois fugir.

— E você não conseguiu pegá-lo. Deveria ter ligado para mim.

O homem queimado olhou para ele e sorriu.

— Está começando a apreciar minhas gracinhas? — perguntou Ethan.

— Não. Só estava pensando em sua mulher com o cabelo pegando fogo.

24

A mulher chamada Hannah o havia salvado, pelo menos temporariamente, e isso era ótimo, mas não significava que ele poderia deixar que ela o apressasse. E ela o estava apressando. Dizendo para se levantar e se mexer, deixar a mochila para trás, porque eles iriam mais depressa sem o peso extra, dizendo que, se fossem suficientemente rápidos, no fim da noite estariam saindo da montanha num helicóptero.

— Devagar — disse ele. — Precisamos ir mais devagar.

— Querido, é exatamente isso que não podemos fazer. É hora de ter pressa. Sei que você está cansado, mas...

— Nós temos um objetivo. Mas não temos um plano.

Era engraçado; se um adulto tivesse dito isso a Hannah, faria todo o sentido. Mas, vindas de um garoto, as mesmas palavras aparentemente queriam dizer que algo estava errado com ele. Hannah o encarou como se ele tivesse acabado de dizer que queria sair das montanhas montado num unicórnio.

— É o que Ethan diz.

— Ethan, o seu instrutor de sobrevivência?

— É. Com quem eu estava até ontem à noite.

— Fantástico, Connor. Incrível. Mas tenho certeza de que, se Ethan estivesse aqui agora, diria que precisamos nos apressar.

— Isso é exatamente o oposto do que ele diria. O pânico mata. Se você se apressa, comete erros. Você está tentando me apressar.

Ela riu. Aquele som exasperado, do tipo "estou farta de escutar você", que a mãe dele usava nas discussões.

— Estou tentando te apressar, sim. Você chegou à minha porta com um *assassino* a tiracolo, e agora eu gostaria de sair correndo daqui.

— Dois assassinos. Nós não vimos o outro.

Fazia algum tempo que isso vinha incomodando Jace. Ele sabia muito pouco sobre aqueles homens, mas de algum modo tinha ficado surpreso ao descobrir que eles estavam dispostos a se separar. Tinha pensado que chegariam juntos, um par combinado.

— Connor, nós podemos conversar enquanto caminhamos. Por favor. O único erro agora seria ficar mais tempo aqui.

— Pergunte ao meu pai: ele toma analgésicos todo dia por causa de alguém que se apressou. Você já está cometendo um erro. — Ele bateu no vidro do Osborne e disse: — Não vamos querer um mapa?

Dessa vez a expressão que ela demonstrou era de mais consideração. Até deu um sorrisinho estranho, como se alguém tivesse contado uma piada, e parou de discutir.

— Certo — disse. — Vamos levar um mapa. É uma ideia muito boa. Vou admitir que não ter pensado nisso foi um erro. Você enxerga mais algum?

Ela parecia estar falando sério, e isso deu a Jace uma força que há um bom tempo ele não tinha. Não era o mesmo de quando fizera a fogueira, mas estava próximo disso. Um lembrete de que ele era capaz de fazer mais do que imaginava.

Jace olhou a torre ao redor e tentou observá-la como Ethan Serbin faria. Era difícil; tinha certeza de que estava deixando passar coisas. O mapa havia sido óbvio, mas mesmo querendo levar a mochila com tudo, precisava admitir que Hannah tinha alguma razão ao falar da velocidade de caminhada.

— Mapa, água, algumas barras de proteína. — Falava devagar, pensando no que precisavam ter e no que poderiam deixar. — Vou levar o plástico e a corda de paraquedas para os abrigos. E a pederneira.

— Precisamos andar, e não montar abrigos.

— É o que todo mundo diz algumas horas antes de perceber que precisa de um abrigo.

Ela deu o sorrisinho outra vez, assentiu e disse:

— Certo. Eu tenho água e um pouco de comida. Tenho uma faca e uma ferramenta multiuso. Você tem o mapa, a bússola e o resto do que quer levar?

Ele assentiu.

— Então está pronto? Ou há mais alguma coisa?

Os olhos de Hannah estavam se virando para a janela voltada para o leste, a direção para onde tinha mandado a equipe de busca. Estava preocupada pensando que eles poderiam voltar logo, e Jace se perguntou até que ponto ela teria sido convincente durante a conversa.

— Só me deixe pensar um minuto.

— Essa é a sua abordagem predileta, não é, Connor? Você é um sujeito paciente. Um homem que pensa e é paciente.

A frustração estava clara na voz dela. Mas ele ignorou. Ela o havia ajudado, e agora ele precisava ajudá-la. Pense como Ethan. Pense como um sobrevivente. Simplesmente *pense*.

— Está bem — disse Hannah, depois de ele ficar em silêncio durante uns trinta segundos. — Parece que você pensou em tudo. Vamos indo.

— Deixe a luz acesa.

— O quê?

Ela se virou para ele com expressão confusa, porque a tarde estava muito clara e seria desejável, no mínimo, mais sombras na sala com paredes de vidro. A não ser que estivesse pensando como um sobrevivente.

— A luz é muito forte à noite — disse Jace. — Acredite, dá para ver de longe.

— Nós vamos estar muito longe quando...

— Eles podem não estar — interrompeu ele, e ela ficou quieta. — Se alguém achar que você mentiu, vai ter mais certeza ainda se a torre ficar escura, não é? Você já está sem comunicação pelo rádio, mas pelo menos as pessoas acreditam que você continua aqui. Se tudo estiver escuro à noite, eles podem ficar em dúvida.

Ela assentiu lentamente.

— Está bem, garoto. Continue. Você está indo bem.

Jace se ajoelhou ao lado da mochila e a abriu, tirou o mapa, a bússola e a corda de paraquedas, depois parou e disse:

— Merda.

— O que foi?

— Não estou com o plástico. Nós saímos de lá com os abrigos ainda montados. — Ele olhou para ela e disse: — Você tem alguma coisa que sirva? Uns ponchos, talvez? Alguma coisa que possa ser usada como abrigo de emergência?

Então a expressão dela mudou por motivos que ele não entendeu. Os olhos ficaram tristes.

— Qual é o problema? — perguntou ele.

— Nada. Absolutamente nada. E sim, eu tenho um abrigo. É exatamente o que é. Um abrigo de emergência para incêndios. Acho que provavelmente seria boa ideia levá-lo. Mas quero que você me prometa uma coisa. Você precisa prometer e não questionar, está bem?

Jace assentiu.

— Eu não vou entrar nessa coisa. Vou deixar você entrar, se for preciso, mas eu não entro, e é melhor você não tentar me obrigar. Promete?

— Tudo bem.

Ela esfregou o rosto e perguntou:

— O que mais?

Ele achou que tinham pensado em tudo. Tirou da mochila o que não era essencial e escondeu as coisas embaixo da cama. Em seguida, enfiou o abrigo contra incêndios. Não pesava muito. Parecia uma película de alumínio.

— Isso deveria impedir a pessoa de se *queimar*?

— É — respondeu ela. — E sim, funciona.

Jace olhou para ela, e Hannah virou o rosto imediatamente.

— Você já usou um?

— Connor, só guarde essa porcaria na mochila.

Ele obedeceu, depois se levantou e pendurou a mochila nas costas. Estava muito mais leve do que antes, já que tinha muito menos coisas, mas mesmo assim Jace ficou satisfeito por estar com ela. Sentia-se melhor, mais preparado, e o modo como a pessoa se sentia provocava um impacto direto sobre o que ela fazia. Sua mentalidade de sobrevivente estava retornando. Seria bom estar de novo em movimento, e melhor ainda saber que o homem que tinha vindo matá-lo ia na direção oposta.

— Acho que estou pronto — disse.

— Bom. Então vamos.

Jace saiu e hesitou — a altura daquela coisa o surpreendeu, apesar de ter olhado pela janela por boa parte do tempo. Então começou a se mover, um pé na frente do outro, mantendo o olhar nas botas.

Quando parou, Hannah Faber quase trombou nele.

— O que foi? — perguntou ela.

— Quanto você calça?

— *O quê?*

— Quanto?

— Quarenta, Connor. É, meus pés são grandes. E gosto de estar com eles em movimento.

— Você tem mais algum calçado?

— Connor, isso é um peso inútil. Não vamos precisar de dois pares de sapatos.

Ele se virou, segurando o corrimão com uma das mãos, e olhou para os pés dela. Eram grandes para uma mulher. Colocou seu pé ao lado. Quase do mesmo tamanho.

— Você tem mais algum calçado? — repetiu.

— Connor! Nós não vamos…

— A equipe de busca me rastreou até aqui depressa. Tenho quase certeza de que eles conhecem a pegada das minhas botas. Seria bom se eles não vissem as pegadas se afastando da sua torre.

Hannah lhe lançou um olhar que Jace começava a considerar normal. Então ela se virou e subiu de novo a escada, entrando na cabine sem dizer nenhuma palavra. Ele a acompanhou. Hannah voltou com um par de botas.

— Perfeitas — disse ele. — Me deixe ver se cabem.

Hannah estava olhando para as botas com uma expressão estranha, como se não quisesse que elas fossem usadas. Quando falou de novo, ainda estava olhando para as botas, e não para ele.

— Vou calçar essas — disse, largando-as perto da cama. — E você experimenta as que estão comigo.

— Por quê?

— Não se preocupe com isso.

Ela começou a desamarrar as botas que estava usando. Eram mais parecidas com calçados de caminhada. Já as botas que pegara na cabine eram de trabalho. Jace passou o indicador pelo couro preto e lustroso. Material forte. Os cadarços iam desde a borda do cano até os dedos.

— Esses cadarços são feitos de quê?

— Kevlar.

— Sério? Tipo aquele material à prova de balas?

— É.

— Parecem bem fortes.

— São mesmo, garoto. Agora calce essas aqui.

Ele tirou suas botas e enfiou os pés nas dela. Ficaram um pouquinho apertadas, mas nada muito preocupante.

— Cabem. Você tem pés grandes mesmo.

— Isso me dá algumas vantagens, Connor. Não saio voando nem com vento forte.

Hannah calçou as botas novas devagar, como se houvesse alguma coisa errada com elas. Quando terminou de amarrar os cadarços, estava de olhos fechados.

— Você está bem?

— Estou. Só não coloco essas botas há um bom tempo. — Ela abriu os olhos. — Agora que chegamos a esse extremo, certifique-se de esconder as botas velhas. Nada disso vai ajudar muito se eles entrarem e encontrarem suas botas aí no chão.

Bem pensado. Jace estava frustrado consigo mesmo; esse era um problema óbvio, e ele tinha deixado de perceber. Pegou as botas, olhou o cômodo ao redor e não viu nenhuma opção boa. Olhou de novo, avaliando com calma, depois foi até o fogão a lenha e abriu a porta. Havia cinzas frias ali dentro. Colocou as botas e fechou a porta.

— Muito bem — disse Hannah. — Muito inteligente.

Então saíram da torre, certificando-se de que a luz estivesse acesa para receber a escuridão. Na base viraram para o oeste e atravessaram o platô. E os pés de Jace não deixavam rastro do garoto que pela manhã percorreu aquele mesmo caminho até ali.

25

À tarde, Allison acordou num mar de arrependimentos confusos. Devia ter levado a espingarda para a varanda, devia ter sido mais firme com suas preocupações com relação a Jamie Bennett, devia ter deixado Ethan ir atrás do garoto, devia ter ido com ele para a montanha, devia ter…

E então estava acordada, totalmente acordada.

E sozinha.

O quarto de hospital estava na penumbra, mas não escuro. A cadeira de Ethan, vazia. Ele tinha saído por algum motivo e ia voltar. Allison havia dormido muito tempo.

Os minutos passaram, e Ethan não voltou. Depois de um tempo ela ficou inquieta, sozinha, e apertou o botão de chamada acima da cama. Em segundos chegou uma enfermeira, perguntando se ela sentia dor.

— Um pouco, sim, mas… estou bem. Onde está o meu marido?

— Não faço ideia, sra. Serbin. Faz um tempo que ele saiu.

— Como assim, saiu?

— Não sei bem. Como está a dor? Numa escala de um a dez, se a senhora pudesse avaliar qual…

— Ele não estava aqui?

A enfermeira a encarou com uma expressão desconfortável.

— Realmente não sei. Ele não falou comigo quando saiu. Mas eu não o vi. A senhora gostaria de telefonar para ele?

— Gostaria. Mas não vou conseguir. Poderia me trazer o telefone? Quero ligar para a polícia.

Allison olhou para a cadeira de Ethan. *Você prometeu. Você segurou minha mão, me olhou nos olhos e prometeu.* Então a enfermeira voltou com o telefone. Ela digitou o número para Allison, depois entregou o aparelho e saiu do quarto. Muito educada, essa enfermeira.

Allison pediu para falar com Roy Futvoye. A pessoa que atendeu não parecia disposta a completar a ligação, por isso ela insistiu:

— Diga a ele que é Allison Serbin ligando do hospital e que eu gostaria de falar sobre o incêndio e os homens que me atacaram.

Era engraçado como alguns jargões podiam ser eficazes. Depois disso não demorou muito para conectarem Allison a Futvoye.

— Allison, como você está?

— Já estive bem melhor.

Era a coisa errada a dizer: o "b" e o "m" repuxavam seus lábios feridos de um modo doloroso. Ela odiou o som da própria voz.

— Eu sei. Escute, nós vamos pegá-los. Prometo — disse Roy.

Se ela ouvisse a palavra "prometo" mais uma vez ia gritar.

— Roy, cadê o meu marido? — perguntou ela.

Pausa.

— Ele não contou a você?

— O que ele não me contou?

— Ah... bom, não sei direito o que está acontecendo com ele, mas a última informação que eu tive...

— Onde ele está? — Essas palavras saíram mais firmes, mais nítidas.

— Nas montanhas. Acabei de falar com ele. Ethan foi encontrar o garoto que fugiu.

— Você *acabou* de falar com ele?

— Há menos de uma hora. Há alguma mensagem que você quer que eu passe para ele?

— Não. Não, tudo bem.

— Você está disposta a falar mais um pouco, Allison? Eu gostaria de fazer umas perguntas sobre o que aconteceu ontem à noite. Sobre aqueles dois. Você sabe que sua memória iria nos ajudar bastante. Seria realmente fundamental.

— Eu sei. Nesse momento estou meio tonta. Me deixe pensar.

Ela desligou sem dar tempo para ele responder. Ficou sentada olhando para a cadeira de Ethan.

Você me deu a sua palavra, Ethan. Por que escolheu o garoto de novo?

Allison fechou os olhos, respirou fundo e depois de alguns minutos percebeu que tinha começado a chorar. Abriu os olhos e os secou com a mão boa. Quando estavam secos e ela se sentiu firme, apertou de novo o botão de chamada. A mesma enfermeira apareceu, tão rápida quanto da primeira vez.

— Sim? Tudo bem?

— Gostaria de me ver num espelho.

A hesitação no rosto da enfermeira dizia tanto quanto o espelho diria, mas Allison não recuou, e a mulher acabou assentindo e voltando com um espelho redondo, de maquiagem.

— Eles vão ajeitar tudo, e depressa — disse ela. — A senhora nem imagina o que são capazes de fazer hoje em dia com as queimaduras.

Allison pegou o espelho, olhou-o e fechou os olhos quase imediatamente. Depois de alguns segundos olhou de novo, e dessa vez não desviou o olhar.

De qualquer modo, a maior parte dos estragos mais severos se encontrava escondida. Coberta por bandagens. O verdadeiro choque era o cabelo: não restava muito, e o que sobrava tinha sido cortado de qualquer jeito, provavelmente pelos paramédicos. Os lábios estavam cheios de pontos e havia algum tipo de película sobre um corte no queixo, parecendo supercola seca. As sobrancelhas tinham sumido, mas havia uma linha de bolhas no lugar de cada uma. Ela se examinou por um longo tempo e disse:

— Sabe que eu quase fui a Miss Montana?

— A senhora vai ficar melhor quando eles terminarem — respondeu a enfermeira.

Allison fez que sim.

— Claro. Mas meu marido costumava brincar por causa disso. Me chamava assim, às vezes. — Ela inclinou o espelho, viu a área quase careca no lado esquerdo da cabeça. — Ele provavelmente não vai mais fazer essa piada. E agora vou sentir falta disso, não é engraçado?

A enfermeira olhou para ela.

— Está se sentindo bem, sra. Serbin? Talvez menos analgésicos? Ou talvez mais? Numa escala de um a dez, a senhora poderia dizer…

— Nove — respondeu ela. — Eu era nota nove.

A enfermeira assentiu, satisfeita por estar de novo nos trilhos.

— Era. E agora?

— Bom, existem degraus. Aos vinte anos eu era nove. Aos trinta, provavelmente um oito. Quer dizer, o tempo não é nosso amigo. Então bati nos quarenta, depois bati na noite de ontem, ou melhor, a noite de ontem bateu em mim, e agora… bom, vamos ter que esperar essas bandagens saírem. Mas no momento digamos que minha nota é dois.

— Sra. Serbin, a senhora precisa parar de se preocupar com isso. Cirurgiões que a senhora ainda nem conheceu vão fazer procedimentos incríveis.

Allison se olhou no espelho, sorriu, viu a cola se esticar e os pontos repuxarem. As bandagens que escondiam o resto dela eram brancas como geleiras sob um sol de inverno. Pensou que as geleiras poderiam ser descritas como lindas, se você apreciasse uma geleira sob um sol de inverno.

— Quando a gente tem beleza, finge que ela não existe — disse. — Me pergunto se a gente tem o direito de sentir falta quando ela vai embora. *Eu já fui linda.*

A enfermeira ficou em silêncio. Simplesmente olhou para Allison e esperou. Allison entregou o espelho para a mulher, que o pegou e saiu, mas as imagens que ele havia refletido permaneceram. Allison tentou afastá-las, depois olhou a cadeira vazia de Ethan e soube por que ele tinha ido embora. Talvez a atitude não tivesse a ver com o garoto. Talvez tivesse a ver com ela.

Ele achava que podia pegá-los.

Mas não sabia quem eles eram. O que eles eram. Ela conseguia vê-los de novo e, pior, ouvi-los, aquelas vozes calmas numa noite linda e silenciosa. Podia sentir o cheiro de fumaça e sangue velhos. E então as versões novas que vieram em seguida.

Então rezou pelo marido, rezou para ele não encontrá-los, não ouvi-los, não sentir o cheiro deles. Mas parecia tarde demais. Tinha dormido tempo demais, e ele havia escolhido cedo demais.

26

Enquanto levava a picape até o início da trilha do córrego Pilot, Ethan sentiu alívio. Estavam chegando em casa. Saindo da picape terrível do assassino e entrando nas maravilhosas montanhas de Ethan, que também podiam ser hediondas, especialmente para quem não as respeitava.

— Vamos começar aqui — disse. — E precisamos andar depressa.

O homem queimado olhou sem interesse pela janela. Estavam cercados por picos altos e encostas íngremes, mas Ethan teve certeza de que o homem não via ameaça porque não tinha intenção de entrar numa situação em que pudesse cair de um pico. Mas Ethan acreditava que ele se permitiria entrar numa situação em que estaria subindo até um.

Ethan precisava de uma encosta que surgisse abruptamente, e por uma distância curta. Uma encosta pela qual pudessem caminhar até que de repente tivessem que escalar por um curto trecho até o topo. O suficiente para forçar o sujeito a pôr a arma no coldre e exigir a atenção completa das mãos.

O pico Republic oferecia essa oportunidade. Era uma caminhada longa, de queimar as pernas, mas mesmo assim era uma caminhada; dava para deixar as mãos livres. Até chegar a três mil metros. Ali a trilha se nivelava num platô amplo voltado para uma geleira a oeste e a ravina do córrego Republic ao norte. A região ao sul era bloqueada pelo pico propriamente dito, mas não era uma subida tão íngreme até o topo, e por esse motivo Ethan geralmente o usava como o ponto mais alto para os amadores que ele levava às montanhas. Não eram necessárias cordas, nenhuma experiência nem equipamento técnico. Qualquer pessoa em condições físicas decentes podia chegar ao topo do pico Republic — mas não dava para simplesmente andar até ele. Exigia um pequeno trabalho com as mãos e os joelhos; era preciso procurar o caminho no meio das pedras. No cume, a vista da região ao redor era extraordinária. Além disso, como era comum nessas montanhas, havia uma pilha de pedras marcando o cume, uma pequena pirâmide deixada por andarilhos triunfantes que queriam marcar sua jornada até o topo do mundo, ou o mais perto disso que já haviam estado. Os garotos e Ethan tinham aumentado a pirâmide no correr dos anos. Pedras pesadas, redondas, e lascas chatas, serrilhadas. Pedras matadoras, nas mãos certas.

Mas será que posso ser mais rápido do que Luke? Com que rapidez os ponteiros do meu relógio estão correndo?

Estava suando apesar de nem terem começado a subida. A oportunidade esperava por ele. Poderia cuidar do sujeito facilmente se ficasse sozinho, mas talvez tivesse companhia. Não tinha contado com um detalhe imprevisível: Luke. Esperava que Roy tivesse falado com o bombeiro pelo rádio e dito para ele sair da montanha.

Então você vai encontrá-lo descendo. E então...

— Ethan? Qual é o seu plano? Você parece distraído. Está pensando em quê? Em Allison? Ah, que fofo, um amor tão puro. Mas não vamos deixar que isso atrapalhe a nossa concentração.

— Vamos ter que subir muito, e depressa — disse Ethan ao homem queimado enquanto saíam da picape. — O garoto vai acender uma luz assim que escurecer. Se ele estiver em movimento, vai ser a lanterna de cabeça ou uma de mão. Se estiver parado, vai ser uma fogueira.

— Se ele estiver se escondendo, como você acredita, por que acenderia uma luz?

— Porque passei os últimos dias pondo medo nele. Para fazer os garotos levarem as coisas a sério, eu conto histórias de guerra. Acredite, nenhum deles fica confortável aqui em cima à noite. Pelo menos a princípio. E se ele estiver em movimento, o que é provável, a luz é simplesmente necessária. Ele vai precisar enxergar para onde está indo. Já vi esse garoto acender uma fogueira. Ele é bom nisso, e gosta. Tenho certeza de que ele vai querer uma. O fogo vai dar uma sensação de força, de segurança. Você ficaria surpreso com o poder de acender uma fogueira.

— Ah, estou bastante familiarizado com isso, Ethan.

Ethan não olhou para ele, não reagiu. Disse a si mesmo para não pensar em Claude Kitna. Para não pensar na fonte da fumaça pela qual tinham passado. Em vez disso, pensou no fogo provocado por Allison. Era um fogo de sobrevivente. Essa era a coragem que ele precisava imitar.

— Então vamos andar rápido e subir bem alto — disse. — Estou dizendo isso para você não questionar para onde vamos ou o que estamos fazendo.

— Na verdade vou questionar tudo. Mas continue.

O vento ficou mais forte e soprou contra eles, quente e poeirento depois da viagem pelo terreno seco. Havia nele uma densidade, uma umidade que parecia deslocada nas montanhas altas. Ethan sabia que uma tempestade vinha atrás do vento. No início do verão, os dias tinham sido quentes e secos demais durante tempo demais. Isso havia alimentado os incêndios, e agora viria a chuva, que talvez ajudasse, talvez prejudicasse. Uma boa chuvarada seria uma bênção para os bombeiros; uma tempestade de raios poderia ser um desastre. Aquele vento não parecia ser do tipo que os ajudaria.

— Sentiu isso? — perguntou Ethan.

— A brisa. Sim, Ethan. Senti.

— Não é uma brisa. É um alerta.

— É mesmo?

O homem queimado conseguia manter a voz arrastada e desinteressada mesmo quando deveria estar sem fôlego. Estava machucado, e os dois andavam depressa, e provavelmente fazia algum tempo que ele não dormia, mas o sujeito não demonstrava nada disso. Ethan ficou preocupado. Tinha a impressão de que ele também era um sobrevivente, e isso era um problema.

— Ele está vindo na frente de uma tempestade. E nós estamos a uns três quilômetros de altitude. Não demora muito para os raios se conectarem com a terra quando a gente sobe tão alto para encontrá-los.

— Já passei por um incêndio hoje, Ethan. Eu gostaria da tempestade.

Continuaram andando pela trilha, com as lanternas acesas, porque a escuridão havia baixado. Quando se movia, o homem queimado fazia barulho, barulho demais, e Ethan sorriu. Não, aquele não era o mundo dele. Ethan tinha feito a escolha certa. Os dois chegariam ao pico Republic e lá o homem ia morrer. Era uma questão de horas, só isso. Duas horas, talvez três. Era só isso que restava ao homem, e ele não sabia. Ethan tinha feito a escolha certa e provaria isso com sangue.

— Você disse que a equipe de busca não o avistou, mas que a vigia de incêndio, sim — observou o homem. — No entanto, você não está indo para o posto de vigilância. Está ignorando isso. Não parece sensato.

— Não estou ignorando. Uma pessoa o viu. Como? Tendo um ponto de vista elevado. Se chegarmos ao pico Republic, vamos estar mais altos do que ele, sem dúvida. Não sei como você está se sentindo, quanta energia você tem. Se quiser ficar sentado e deixar que eu suba, podemos fazer assim. Fugir não vai me ajudar, por isso você sabe que eu vou descer de volta para te encontrar.

— Sua preocupação é tocante. Mas eu tenho energia suficiente, Ethan. Não se preocupe com minha capacidade. Só estabeleça o ritmo e eu acompanho.

Essa era a resposta que Ethan esperava, e era boa. Tinha desejado instigá-lo um pouco. Quando estivessem mais perto, tentaria de novo desencorajá-lo de subir ao cume, e o homem queimado ouviria isso e se comprometeria a chegar ao topo, porque não desejaria que Ethan achasse que ele estava cansando.

— Você acredita que ele se escondeu da equipe de busca, não é, Ethan?

— É. Porque ele acha que você vai estar com ela, ou perto dela. Um garoto comum tentaria sair da montanha o mais depressa possível. Procuraria ajuda. Connor, pelo menos é por esse nome que eu o conheço, não está interessado em encontrar ajuda, porque não confia em ajuda nenhuma. De ninguém. Enquanto souber que você está aqui, e ele sabe, não vai se entregar voluntariamente. Ele deixou isso claro quando fugiu ontem à noite.

— Você consegue encontrá-lo?

— Eu vou encontrá-lo.

— E o que acha que vai acontecer com ele?

Ethan hesitou.

— Não sei bem.

— Sabe sim, Ethan. Sabe. Portanto admita. Se você o encontrar, o que vai acontecer com ele?

Ethan ficou em silêncio, e o homem queimado insistiu:

— Você está desperdiçando tempo. Responda.

— Provavelmente você vai matá-lo.

— Com certeza vou matá-lo. Não é uma questão de probabilidade. É uma questão de certeza. E você sabe, mas mesmo assim vai encontrá-lo para mim. Portanto, está aceitando a morte dele.

Ethan se virou e olhou para ele. O homem queimado sorria, o rosto pálido na claridade da lanterna.

— Não desejo isso — disse Ethan. — Mas também não o conheço. Não amo aquele garoto. Amo minha esposa. Se o sacrifício dele permitir que eu salve minha mulher...

— Um marido nobre.

Ethan deu as costas para ele, para longe daquele sorriso. Olhou de novo a sombra do pico Republic e pensou que queria chegar o mais rápido possível.

— Vamos — disse. — Temos muito terreno para percorrer.

A voz que saiu flutuando da escuridão naquele momento era tão calma que nem espantou Ethan, ainda que de fato devesse. Simplesmente entrou na conversa como se ali fosse o seu lugar.

— Você preferiria que eu me juntasse ao seu grupo neste momento ou devo ficar com os outros?

Ethan olhou na direção do som, mas o homem queimado não fez o mesmo. Seu olhar permaneceu em Ethan.

— Se eles ainda não o encontraram — respondeu o homem queimado —, suspeito que seja improvável que encontrem. E tenho confiança absoluta no meu amigo Ethan aqui. Então por que não se junta a nós?

— O prazer é meu.

O modo como eles dizem as coisas. Como se estivessem sozinhos no mundo. Como se o mundo tivesse sido criado para os dois e eles fossem os senhores, era o que Allison tinha dito. E depois tinha começado a chorar.

O segundo homem saiu da floresta sem fazer barulho algum. Estava armado com um fuzil. Ethan o observou caminhar e percebeu que não tinha ouvido nada até o sujeito querer ser ouvido, e então entendeu com uma clareza imediata, terrível, que aqueles homens eram iguais de maneiras medonhas e também eram diferentes de maneiras medonhas. O homem queimado não tinha familiaridade com lugares ermos. O companheiro tinha. Por mais que fosse ruim existirem dois deles, era pior ainda conhecer a natureza do segundo homem. Todas as vantagens que Ethan acreditara ter haviam sumido.

O segundo homem chegou a uns três metros dos dois e parou. Era mais baixo, mais musculoso e tinha o cabelo cortado curto, mas era bastante parecido com o outro assassino. Irmãos, pensou Ethan. Eram irmãos.

— É um prazer conhecê-lo, sr. Serbin — disse ele. — Tive o prazer de conhecer sua esposa ontem à noite. O senhor não estava em casa.

Ethan não falou. À frente, o pico Republic se destacava do céu noturno. Lugar perfeito para matar um homem.

Dois, não.

27

Um quarto de hospital nunca ficava totalmente escuro. Sempre havia o brilho de algum monitor, uma luz noturna no banheiro, uma faixa de claridade embaixo da porta. Allison olhava para as sombras e esperava o sono, mas sem sorte. E então as sombras antigas desapareceram e novas emergiram quando a porta se abriu alguns centímetros.

Por um momento ficou assim, entreaberta, e a pessoa do outro lado permaneceu em silêncio. Então Allison soube que eram eles, soube que eles tinham acabado com Ethan e tinham voltado para pegá-la, e se perguntou por que isso era surpresa, já que, claro, eles não eram homens que deixavam a pessoa livre; não bastava estar queimada e espancada. Pretendiam deixá-la embaixo da terra, e ela ainda não estava lá.

Havia um grito em sua garganta quando a porta se abriu mais e parou de novo, e existia algo tão hesitante nesse movimento que ela teve certeza de que não era Jack ou Patrick, seus últimos visitantes noturnos. Eles se moviam de maneira incomum, mas sem qualquer hesitação.

A porta se abriu mais, deixando um largo facho de luz entrar no quarto, e Allison piscou quando uma mulher alta e loura entrou.

— Sua vaca — disse Allison.

— Eu sei — concordou Jamie Bennett, e fechou a porta.

O quarto ficou em silêncio por alguns segundos, escuro de novo. Allison pensou: *Não diga que sente muito, não quero ouvir isso, não ouse dizer.*

— Posso acender a luz? — perguntou Jamie Bennet.

Um estalo do interruptor, e ali estava ela. Alta, loura e linda. Nem um pouco espancada ou queimada.

— Você sabe onde meu marido está? — perguntou Allison.

— Eu esperava que você soubesse.

— Não sei.

Jamie assentiu. Allison observou o rosto dela, viu os olhos vermelhos e a fadiga profunda e ficou satisfeita. Pelo menos isso estava custando alguma coisa a ela. Não o suficiente, mas alguma coisa.

— Eles vieram por sua causa — disse Allison. — Porque você fez besteira.

— Eu sei.

— Sabe?

— Sei, sra. Serbin. Sei mais sobre minha culpa do que a senhora.

— Não. Você não sabe mais do que eu. Já ouviu os dois conversando um com o outro?

Jamie Bennett permaneceu em silêncio.

— Imaginei que não. Até ouvir os dois, você não sabe.

Allison ficou surpresa e decepcionada porque a outra tinha começado a chorar.

— Ele era problema seu — disse Allison, ainda que seu coração tivesse amolecido. E odiou isso, porque, maldição, tinha direito de sentir raiva. — Era o *seu* trabalho manter o garoto em segurança. De ninguém mais. Você deveria fazer o trabalho como uma profissional. Olhe no que deu o seu jogo.

— Não pude fazer como uma profissional.

— Isso é óbvio.

— Eu queria. Você não acredita, mas eu queria. Não existia nada que eu mais quisesse no mundo do que manter a coisa num nível profissional. Mas é absolutamente impossível fazer isso com o próprio filho.

Allison abriu a boca, sentiu a ardência na linha dos pontos, fechou-a e tentou de novo, falando mais baixo:

— Seu filho?

Jamie Bennett assentiu. Uma lágrima escorreu pelo seu rosto.

— O garoto desaparecido, o que eles vieram pegar, é seu filho?

— É meu filho.

Durante um longo tempo Allison não disse nada. Fora do quarto, um carrinho passou guinchando e alguém gargalhou bem alto, o paciente no quarto ao lado soltou uma tosse úmida, enquanto as duas mulheres se encaravam em silêncio.

— Por quê? — perguntou Allison finalmente.

— Por que o quê? Por que estou aqui? Estou tentando encontrá-lo. É a única coisa que eu...

— Por que estão atrás dele?

Jamie Bennett atravessou o quarto e se sentou na cadeira onde Ethan estivera antes.

— Ele viu os dois matarem um homem. Primeiro encontrou um corpo no lago, depois viu aqueles sujeitos aparecerem com um homem. Eles mataram esse sujeito e Jace viu tudo.

— Jace.

— É o nome dele, sim. Quando você o conheceu, ele era Connor Reynolds.

— É. Ethan foi atrás dele. Me deixou aqui e voltou para encontrá-lo.

— Tentei fazer contato com Ethan. Não consegui.

— Na montanha não tem sinal de celular, Jamie.

— E eles não encontraram os homens que... que fizeram isso com você.

— Não. — Allison levou um dedo até o rosto, tocou as bandagens e disse: — Quem são eles?

— Não faço ideia. Tenho as descrições físicas e os nomes pelos quais eles chamam um ao outro. Fora isso... nada.

— Eles são irmãos.

— Pelo que sei, são parecidos.

— Mais do que parecidos. São irmãos. Os nomes podem ser mentira, mas essa parte não é. Eles combinam. É sangue compartilhado.

— Eu gostaria de prometer que vamos encontrá-los — disse Jamie Bennett. — Mas não faço mais promessas.

— Quem eles mataram? Quem... Jace viu eles matarem?

— Testemunhas. Minhas testemunhas. Para um julgamento federal que deveria colocar sete pessoas na prisão, inclusive três policiais. Fui contratada para fazer parte da equipe de proteção. Fracassei. — Ela respirou fundo e afastou o cabelo do rosto. — Minhas testemunhas... não foram simplesmente mortas. Foram levadas para Indiana, para o lugar onde meu filho mora com meu ex-marido, e assassinadas lá. Me mandaram um bilhete indicando a localização. Eu deveria descobrir os corpos ou fazer com que fossem descobertos. Em vez disso meu filho viu. E agora... agora eles precisam dar um jeito nisso.

— Por que eles agiram assim? Matando os homens e deixando os corpos perto da sua família?

— Para provar que não podem ser atingidos, e que eu posso. Tenho certeza de que a mensagem era uma ameaça, uma ameaça que eles acharam divertida. É o padrão deles, ou pelo menos o que conhecemos do padrão. Eles são muito bons no que fazem, mas têm... mentes mais criativas do que os assassinos de aluguel típicos. Francamente, são mais sociopatas do que profissionais. Gostam de se divertir enquanto trabalham. Matar as testemunhas que eu tinha prometido proteger e deixá-las tão perto do meu filho... Acho que isso os satisfazia.

— Eles sabem que seu filho viu os dois.

— Sabem.

— Mas não o mataram. Por quê?

— Não o encontraram. Naquele dia ele se escondeu bem, e eles estavam sem tempo. Então eu o tirei de lá. Levei para um esconderijo. O tipo de coisa em que, como eu disse a você, a mãe dele não iria confiar. Lembra? Na noite em que conheci você, na noite da neve? Não era mentira. A mãe dele não confiava no esconderijo. A mãe dele tinha acabado de perder duas testemunhas que estavam num esconderijo. Você se lembra de quando eu disse que protegeria o garoto de graça, se achasse que poderia?

A voz de Jamie Bennett embargou, e ela deu as costas para Allison. Foi o único movimento que ela fez, mas de algum modo pareceu que continuava se afastando.

— A mãe dele nunca foi uma boa mãe — disse. — Por isso ele morava com o pai. Mas a mãe ainda o ama. Ela o ama mais do que... — Jamie parou de falar e soltou um riso soluçante, depois disse: — Gosta disso? De como ainda preciso falar de mim como se não fosse a mãe?

— Entendo, pelo menos.

Jamie se virou de volta para Allison.

— Sinto muito, sra. Serbin. Sinto demais. Não deveria ter envolvido o seu marido. Ou a senhora. Foi uma ideia que tive numa hora de desespero. Eu me lembrei do seu marido, me lembrei do treinamento e de como ele era bom, como este lugar era remoto, e pensei... pensei que poderia dar certo. Pelo menos por um tempo. Só até eles serem apanhados. Sinto muito que a senhora tenha pagado pelo meu erro.

Allison olhou para além da mulher, pela janela, para onde as luzes da cidade brilhavam. Do outro lado das luzes, as montanhas viviam no negrume, e em algum lugar delas estavam o filho de Jamie Bennett e o marido de Allison. E os dois homens que cheiravam a fumaça e sangue.

— Você pode ter cometido um monte de erros — disse Allison. — Mas procurar o Ethan não foi um deles. Posso garantir. Não posso prometer que ele vá trazer o seu filho de volta em segurança. Mas é certo que ninguém tem mais chance de conseguir isso.

— Eu vou atrás dele.

— Não vai, não.

— É por isso que estou aqui. É o meu *filho*. A senhora me ouviu: a senhora é a única que sabe. Vou ajudar a encontrá-lo.

— Não vai, não — repetiu Allison. — Você não sabe como. Se estivesse com o Ethan, talvez. Sem ele... você simplesmente seria impedida.

— Então me ajude. Diga aonde Ethan iria.

— *Não sei!* Se soubesse, eu mesma estaria lá! Pedindo para ele desistir.

— Como Ethan começaria? Até agora só sei que ele foi procurar o Jace. A senhora *tem* que saber mais. É isso que ele faz. O que Ethan contou sobre os métodos que usa?

Ele iria ao último lugar onde viu o garoto. Subiria de novo a trilha do pico Pilot e encontraria o acampamento, e de lá começaria a rastrear.

— Ele teria prestado atenção? — perguntou Allison.

— O quê?

— O seu filho. Ele é do tipo que prestaria atenção ao que Ethan tivesse a dizer? Teria ouvido e absorvido ou ficaria com medo demais? Estaria se concentrando somente em permanecer com a identidade falsa e esperando que ninguém fosse atrás dele?

— Ele prestaria atenção. É um dos motivos pelos quais nós... um dos motivos pelos quais *eu* escolhi essa abordagem. Queria que ele ficasse fora do radar, sim. Mas também pensei que seu marido iria ajudá-lo. Mentalmente, emocionalmente. Que ele não estaria sozinho, como ficaria em outras situações.

Allison olhou de novo para as montanhas escuras e disse:

— Provavelmente é tarde demais.

— Preciso tentar. Sra. Serbin. Se tiver alguma ideia, precisa deixar que eu tente. Só diga aonde ir ou com quem falar, e eu deixo a senhora em paz. Eu vou...

— Nós vamos juntas.

Jamie Bennett não disse nada, apenas olhou Allison de cima a baixo. Avaliando os danos.

— Estou queimada e com dores. Mas não quebrei nada. Consigo me mexer.

— Não precisa...

— Besteira. Seu filho está lá fora, o meu marido também. E eu odeio hospitais.

— Mas tem motivos para estar em um.

Allison se sentou ereta. Não era agradável — uma dor latejante surgiu em lugares que ela não sabia que estavam feridos —, mas conseguiria se mexer. Girou as pernas e pôs os pés no chão. Agora só precisava ficar de pé. Só isso. Tango tinha ficado de pé durante três meses. A quantas pessoas ela precisava explicar isso? Só a uma. Ela própria.

— Pare — disse Jamie Bennett, mas não havia muita energia em sua voz.

— Ethan deu rotas de fuga para eles neste verão — disse. — Toda noite, em todos os acampamentos. Disse que Connor... Desculpe, Jace... ficou para trás quando eles estavam caminhando ontem à noite. Se ele ainda não foi encontrado, não está numa trilha. Se estivesse, teria sido encontrado. Se entrou no mato, e se ele é do tipo que presta atenção, pode ter tentado sair usando a rota de fuga. Seria a única opção conhecida.

— Então onde ele estaria?

— Tentando caminhar para Silver Gate, descendo pela parte de trás de uma montanha.

— Silver Gate — disse Jamie Bennett. — É... é onde está acontecendo o incêndio.

— É.

— Será que o fogo está perto dele?

— Não faço ideia do que está acontecendo nas montanhas. Mas sei que você dirige rápido. Já demonstrou isso. Portanto dirija rápido de novo, mas desta vez permaneça na porcaria da estrada, está bem?

TERCEIRA PARTE

DO TIPO QUE MORRE

28

O fogo ficou visível pela primeira vez no platô que corria abaixo do pico Republic, aonde Hannah e Connor chegaram ofegando e suando. Não tinha sido uma subida fácil. Ao longe, dava para ver o Amphitheater, o pico seguinte, e abaixo deles, muito lá embaixo, havia cintilações de laranja e carmim. Pareciam as sombras agonizantes da maior fogueira do mundo, mas Hannah sabia que elas não estavam morrendo. O que pareciam pequenos lampejos vistos dali de cima eram provavelmente chamas subindo por pinheiros de 12 a 15 metros. As equipes lá embaixo tinham perdido o incêndio para o vento e provavelmente haviam se retirado para passar a noite longe. Ela não ouvira nenhum helicóptero, o que não surpreendia, considerando que estava escuro e havia tempestades a caminho. Durante o dia também não houvera helicópteros, por isso ela supôs que eles tinham pensado que poderiam conter o incêndio sem as unidades aéreas. Agora estavam recuando, dando um tempo para descansar e contando com a chuva, esperando para ver o que a tempestade faria com o fogo.

— É ele? — perguntou Connor, olhando os brilhos coloridos. Havia espanto em sua voz.

— É ele.

— Eu não sabia que daria para ver as chamas de verdade. Achei que seria só fumaça. Sei que não é certo dizer, mas visto daqui de cima até que é bonito.

— Sim. — Ela concordava com as duas afirmações: não era certo dizer e era bonito. Na verdade, era absolutamente estupendo. — Você deveria ver do chão. Quando as chamas se transformam em nuvens. Quando o fogo sobe perto da gente como uma coisa pré-histórica, e dá para ver, sentir e ouvir. Os sons que ele faz... é um som faminto. Essa é a melhor palavra que posso usar para descrever. Faminto.

— Como você sabe tanto sobre incêndios?

— Passei um tempo com eles, Connor. Lutando contra eles.

— Sério? — Ele se virou para ela. — Deixam mulheres fazerem isso?

— Deixam.

— E você esteve lá embaixo? — Ele apontou. — Quer dizer, você já esteve *lá embaixo mesmo?*

— Já. Em geral nesse ponto a gente teria feito um aceiro, observado o vento e recuado. Esperando o sol nascer. Mas nem sempre. Depende do clima, depende das circunstâncias, da janela temporal. Às vezes a gente trabalhava o dia inteiro e à noite. Mas com essa tempestade chegando, seria preciso esperar. A gente ficaria a uma distância segura esperando para ver o que ela faria com o fogo.

— Era divertido?

Ela o estimou pelo caráter genuíno da pergunta. Era uma coisa que os adultos jamais perguntavam; procuravam uma palavra diferente, indagando se era *recompensador* ou *empolgante*, ou algo dessa natureza, mas no fundo queriam saber o mesmo que o garoto: era divertido? Hannah ficou em silêncio por um longo tempo, olhando as luzes se agitando nas trevas, formas que se moviam como sombras escarlates, uma troca de papéis entre luz e escuridão.

— Trabalhei com pessoas incríveis — disse. — E vi algumas coisas... especiais. Majestosas. Havia dias em que... É, era divertido. Havia dias em que era inspirador. Fazia pensar em quem a gente era no mundo.

— Por que você parou?

— Porque acabei provando dos outros tipos de dias.

— Como assim?

— Às vezes a gente perde para ele.

— Para o fogo?

— É.

— Alguém se machucou?

— Muita gente se machucou.

Relâmpagos espocavam por todo lado, e agora mais perto do que antes. O vento quente oscilava entre calmo e uivante. Estrelas desapareciam no oeste à medida que as nuvens ficavam mais densas e se aproximavam. A umidade era pesada no ar. Todos os alertas eram dados, as montanhas sussurrando uma instrução imperativa: *abaixe-se, abaixe-se, abaixe-se.* Ela olhou de volta para o fogo. Ainda estava a quilômetros. Nenhuma chance de subir até eles rápido o suficiente. Nenhuma chance. E se aquelas tempestades de raios chegassem e eles estivessem expostos no topo...

— Vamos continuar por mais uns quinhentos metros — disse ela. — Talvez uns oitocentos, não mais. E depois vamos parar por hoje. Vai ventar forte e pode chover. Mas vamos ficar no alto, onde possamos ver o que está acontecendo. De manhã vamos pensar num modo de pedir socorro.

— Ethan disse que as pessoas sempre devem ficar longe dos picos quando houver tempestade. Disse que nessa altitude a gente já está em cima do telhado de alumínio, e a última coisa que deveria fazer é começar a subir numa escada de alumínio.

— Ethan parece um cara muito esperto — disse ela, levando a mão até a mochila. — Mas não sei se ele já se queimou, Connor. Eu já. Vamos ficar no topo.

Jace não questionou, só continuou andando, mas Hannah sabia que ele não estava totalmente errado. A tempestade ia chegar, sem dúvida. O vento continuava soprando com a mesma força, mas agora estava quente e pegajoso; tinha girado para sudoeste, e os sopros chegavam uivando. Olhando para trás, na direção da torre, dava para ver um céu cravejado de estrelas — a Via Láctea nunca era tão espantosa do que em Montana à noite. Mas a oeste as estrelas sumiam, e isso era um problema. A frente que havia empurrado todo aquele ar quente e causado tumulto com os incêndios se revelaria como o monstro que era, e Hannah achava que seria uma tempestade infernal. Viera se acumulando por tempo demais para ser de outro modo.

A questão era: quanto tempo até ela chegar? Hannah não queria estar nos picos quando a tempestade viesse, mas descer pelas encostas íngremes e cheias de pedras soltas à noite era pedir para quebrar um tornozelo. Se um deles se machucasse, os dois provavelmente morreriam de manhã.

Além disso, não queria descer para as ravinas de drenagem ladeadas por árvores. O fogo ainda estava longe, mas não o suficiente para ela se sentir tranquila. E com um vento daqueles atrás das chamas? Não. Não arriscaria. Os dois permaneceriam no alto pelo maior tempo possível, e acampariam se fosse necessário. E se a chuva chegasse, talvez diminuísse a disseminação das chamas.

Ou talvez você seja morta por um raio.

Era um risco maior do que o fogo, ela sabia. Mas, mesmo assim...

Use o abrigo, senão vai morrer, Hannah! Use o abrigo, senão vai morrer!

Por enquanto ela não iria com ele para as ravinas. Pelo menos até saber o que o vento faria. Ali em cima, nas rochas do alto, não existia nada para o fogo comer. Abaixo deles estava a área em que o fogo tinha se esgotado, onde árvores chamuscadas brilhavam como um campo de velas, tributos aos mortos, descendo até onde o incêndio principal continuava furioso, alguns milhares de metros abaixo. O vento e o terreno manteriam o fogo lá embaixo.

— Qual o tamanho das suas pernas?

Hannah parou de andar e olhou para Connor. Ele tinha caminhado na frente desde que haviam saído — depois de informá-la sobre a importância de intercalar quem determinava o ritmo, para que um não cansasse o outro — e não falara muito enquanto os primeiros quilômetros ficavam para trás e a escuridão chegava.

— O quê?

— Elas são do mesmo tamanho?

— Aonde você quer chegar, Connor?

— Algumas pessoas têm uma perna um pouquinho maior do que a outra. Não sei como as minhas são. Elas parecem iguais, mas provavelmente não é uma diferença óbvia. Você sabe como as suas são?

— Tenho quase certeza de que são iguais.
— Bom, se não fossem, a gente deveria saber.
— É?
— A gente ia acabar desviando do caminho e seguindo numa direção. Se suas pernas não forem iguais. Você desvia sem pensar. É um dos modos de a pessoa se perder.
— Connor, ainda podemos ver para onde estamos indo. Não vamos ficar perdidos.
— É só uma coisa para a gente ter em mente.

Havia um tom defensivo na voz dele. O garoto era cheio desses fatos aleatórios. E, ainda que muitos fossem inúteis — como o tamanho das pernas das pessoas —, ela precisava admitir que as botas tinham sido uma ideia boa, e deixar a luz acesa era uma ideia ótima, e trazer o mapa era tão óbvio que ela ficou sem graça. Além disso, dava para ver que ele se reconfortava com aquela estranha coletânea de curiosidades sobre a vida selvagem. Era o que ele tinha usado para se convencer de que valia a pena se levantar do chão e tentar fugir. O que ele usava para manter o medo afastado.

— O que mais? — perguntou ela.
— Nada.

Agora ele estava chateado e ela não podia admitir isso.

— Não, estou falando sério. O que mais a gente deveria estar falando?

Ele ficou quieto por um momento e depois disse:

— Nós estamos subindo.
— Sim.
— Bom, acho que é uma coisa boa, a não ser pela tempestade.
— Por quê?
— A maioria das pessoas desce o morro quando se perde. Esqueci qual é exatamente a porcentagem, mas é alta. Não estamos perdidos, mas estamos tentando sair daqui, então é mais ou menos a mesma coisa. E na maioria das vezes as pessoas que querem sair da floresta descem o morro.
— Faz sentido.
— Não necessariamente. Se estiverem te procurando, é muito mais fácil enxergarem se você estiver no alto do que num vale. Você pode sinalizar

melhor estando no alto. E sempre pode ver muito mais. Que nem na sua torre, não é? Foi mais fácil deduzir o caminho na sua torre do que seria no chão, só olhando o mapa.

— Bem pensado.

Ela gostou disso, queria mantê-lo falando. Quanto mais perto chegavam do fogo, mais afiados eram os dentes de suas memórias. A distração era uma coisa valiosa.

— Os esquiadores perdidos sempre querem descer a montanha — disse ele. — Em termos percentuais, claro. E os alpinistas perdidos querem subir. É bem óbvio, quando a gente pensa. É tipo o hábito deles, entende? Assim, apesar das coisas terem ficado ruins, os hábitos não sumiram. Eles permanecem.

— Certo.

— É um perfil. Igual quando a polícia tenta descobrir quem é um assassino em série. Se alguém se perde, eles fazem um perfil da pessoa. Então é isso que vão fazer para encontrar a gente. Vão tentar pensar como a gente. Fico imaginando o que eles vão deduzir. Quer dizer, quem nós somos, certo? Nós não temos um perfil. Talvez eu tenha, e talvez você tenha, mas e quando eles juntarem nós dois? Acho que vai ser bem confuso.

— Espero que sim.

O passo dos dois estava insuportavelmente lento, mas precisava ser desse jeito. Era difícil caminhar. E, ao contrário de Connor, Hannah não tinha uma lanterna de cabeça, por isso estava usando uma de mão. O chão era traiçoeiro, e se você ousasse olhar mais do que alguns passos à frente, a mudança súbita de iluminação desorientava. Por isso continuavam devagar, de cabeça baixa, duas luzes num mundo escuro e cheio de vento. Fazia exatamente treze meses que ela não caminhava pelas montanhas à noite — pelo menos sem uma equipe de bombeiros. No início da última temporada, ela e Nick tinham feito uma viagem noturna até um lago alimentado pelo derretimento de uma geleira e acamparam ao lado da água gelada.

Aquela noite foi a única vez que ouviu uma puma rugir. Eles estavam montando a barraca, e o lago tinha um brilho do crepúsculo que parecia vir de dentro d'água. Tudo estava calmo, lindo e silencioso, até aquele rugido infernal.

Nick encontrou o animal: estava sentado numa saliência de pedra do outro lado do lago, na borda, uma sombra contra a rocha. Parecia preto à luz que se esvaía. Quando Nick viu a puma, Hannah perguntou se eles deveriam ir embora. Nick disse que não, mas que não deveriam chegar muito perto. Se fosse uma fêmea com filhotes, iria protegê-los.

— Ela não precisava nos avisar de que está lá — dissera ele.

O felino ficou olhando os dois por um bom tempo sem se mexer, e aos poucos sua sombra se fundiu às outras, a noite reivindicou a laje de pedra e depois a montanha. Hannah não dormiu bem, sabendo que o bicho estava lá fora, no escuro, mas tudo bem. Os dois não passavam muito tempo dormindo, de qualquer modo.

— Quer que eu ande mais devagar?

Hannah levantou a cabeça bruscamente, afastando o olhar do passado para a claridade da lanterna de cabeça de Connor. Ele tinha se adiantado bastante.

— Estou bem.

— Podemos descansar. Você está ofegando um bocado.

Na verdade, ela estava à beira das lágrimas.

— Certo. Vamos descansar. — Hannah soltou o cantil do cinto, tomou um pouco de água e disse: — Já estive mais em forma.

— Você não parece muito velha.

Ela teve que rir disso.

— Obrigada.

— Não, só quis dizer... você falou como uma pessoa velha. Quantos anos você tem?

— Vinte e oito, Connor. Tenho 28 anos.

— Está vendo, ainda é nova.

Sem dúvida. Tinha toda a vida pela frente, pelo menos já haviam dito isso.

No seu aniversário de 27 anos, Nick lhe deu um relógio, junto com um cartão onde escreveu um verso de uma velha canção de John Hiatt: *O tempo é nosso amigo, porque para nós não existe fim.*

Nove dias depois ele morreu.

Porque para nós não existe fim.

Naquele dia esse foi um sentimento lindo. Ela lhe deu um beijo e disse que era verdade. Ficou provado que era, de um modo terrível. Para ele não havia fuga — para eles o tempo não acabou e não acabaria.

— Não quis chatear você — disse Connor.

— Não chateou.

— Então por que você está chorando?

Ela não tinha percebido. Secou o rosto e disse:

— Desculpe. Foi um dia longo.

— É.

Então ela lembrou que Connor tinha chegado à torre no escuro, com aquela lanterna de cabeça oscilando pelo negrume. Tinha estado em movimento por muitas horas até encontrá-la, e desde então não havia dormido. Ela estava ali chorando pelos mortos, mas à sua frente um vivo precisava de ajuda.

— Vamos continuar só mais um pouquinho — disse. — Quero que a gente fique um pouco longe da torre. Depois vamos descansar um tempo.

— Você acha seguro? — perguntou Connor.

Ela apontou para a frente, para a escuridão.

— Em algum ponto vamos ter que escalar de verdade. Para cima ou para baixo, não importa, vai ser difícil. Descer é mais perigoso, provavelmente, ainda mais no escuro. Por isso vamos continuar só mais um pouco. Depois descansar.

— Certo. Tem certeza de que você está bem?

Ela prendeu o cantil no cinto outra vez.

— Estou, Connor. Estou bem. Vamos continuar andando.

29

Eles falavam exatamente como Allison tinha descrito: Ethan era o foco, mas não fazia parte da conversa; ela girava ao redor dele. Uma coisa que descobriu foi o nome dos dois, ou pelo menos o nome pelo qual eles chamavam um ao outro. Outra coisa foi que eles eram os homens mais sinistros que ele já havia conhecido. A princípio acreditou que isso se dava porque os dois não sentiam medo. Mais tarde concluiu que eles não sentiam nada, ponto final.

— Ethan me disse que a equipe de busca não encontrou sinal do garoto. Bom, até agora Ethan tem uma propensão a dizer a verdade. Você diria que captei direito desta vez, Patrick?

— Diria, Jack. Diria. Estive com eles na maior parte do dia. Não houve nenhum avistamento. Eles passaram algum tempo perto de uma torre de vigilância de incêndio, falaram com uma vigia, depois seguiram em frente com objetivo renovado. Como se ela tivesse dito alguma coisa que os encorajou.

— Isso bate perfeitamente com o relato de Ethan. Como eu disse, acredito que ele seja um homem honesto.

— Qualidade digna de honra.

— É mesmo, não é? E nobre. Ele optou por se juntar a nós simplesmente para proteger a esposa. O sujeito teve diversas oportunidades de causar problemas a mim, talvez até de escapar, no entanto está aqui, caminhando ao nosso lado, até mesmo nos guiando. Por que um homem faria algo assim por pessoas como nós?

— Para manter a esposa viva, eu diria.

— Correto de novo. E o Ethan, vou dizer, é um marido leal. Está trabalhando duro, contra o relógio. Tudo por causa dela.

— Protegendo-a.

— Exato. O sujeito parece ser uma espécie de lenda local. E sabe de uma coisa? Acredito que ele mereça a reputação. É uma daquelas criaturas raríssimas.

— Ele parece nobre, como você diz. Certamente é leal. Mas aqui vai a minha pergunta, Jack, e tenha em mente que não desejo impugnar o caráter de um homem bom.

— Claro que não.

— Concordamos que Ethan é um homem nobre, corajoso, inteligente e leal. Acredito que ele faria qualquer coisa para salvar esposa? Certamente. Mas devo confessar, Jack, que tenho dúvidas quanto a ele estar disposto a abrir mão do garoto com tanta facilidade.

— Interessante.

— Ele ganhou uma reputação de protetor, não? De salvador. No entanto, devemos acreditar que ele está nos guiando até um garoto, sabendo o tempo todo que pretendemos matar o tal garoto?

— Você está desconsiderando a força dos votos nupciais dele?

— Também diria que ele me encara com ódio. Nojo. Desprezo. Por quê? Porque eu matei. No entanto, como eu disse, ele está nos guiando até o garoto. Está representando um papel na morte de uma criança, e consegue racionalizar esse fato porque acredita que está salvando a esposa. Talvez eu possa aceitar isso. Talvez.

— Então o que o perturba?

— Ele sabe por que viemos atrás do garoto. Sabe que o garoto representa uma ameaça. E, sendo o homem inteligente que é, Ethan já deveria entender outra coisa. Você consegue adivinhar o que seja, Jack?

— Usando um raciocínio bastante básico, pareceria que Ethan e a esposa também representam uma ameaça para nós.

— Então você percebe a falha no raciocínio?

— Percebo.

Ethan escutou um trovão. Um ribombo prolongado a oeste. Em algum lugar à frente deles um galho se soltou de uma árvore com um estalo e caiu, fazendo barulho entre outros galhos. O vento vinha soprando firme desde que tinham chegado à trilha, mas agora aumentava. O cheiro da fumaça vinha junto, mais forte do que antes. Ele estava com uma lanterna, que pegara no carro do homem queimado e emitia uma luz bem fraca. Atrás, os irmãos caminhavam no escuro.

Seu plano já era, o pico Republic não oferecia mais a oportunidade imaginada. Ele estava tentando se adaptar, mas era difícil. Com as armas e os números a favor dos assassinos, era muito difícil.

Onde está Luke Bowden?, pensou. Antes tinha exigido que Roy tirasse Luke das montanhas. Não queria nenhuma ajuda porque tinha um plano. Agora não tinha nada e queria ajuda.

Talvez Luke não tenha dado ouvidos. É possível. Até mesmo provável. Ele não gosta de perder um rastro, tanto quanto você. Vai voltar para encontrar o rastro, vai te ouvir chegando e vai saber que você deveria estar sozinho.

Luke estaria armado. Luke estaria armado e iria se mover como a brisa noturna. Podia estar vigiando os três agora. Não importava mais se ele encontraria o garoto ou não. Só importava que visse os perseguidores do garoto a tempo.

Ele terá que vir por aqui. Ainda está seguindo os rastros, e neste caso o alcançaremos, ou vai passar por aqui quando estiver saindo das montanhas. Vai nos ver e saberá o que fazer.

Melhor ainda, Ethan poderia *dizer* a ele o que fazer. Ethan percebeu que estava pensando como um homem passivo, o que era fatal e desnecessário. Não estava de mãos atadas. Sabia da existência de um aliado em algum lugar, e os irmãos Blackwell não sabiam. Poderia sinalizar para Luke; poderia fazer coisas que só alguém que conhecesse Ethan e as montanhas notaria. Barulho seria bom, para começo de conversa. Sinais de luz também. Ele tinha apenas uma luz, mas o facho poderia contar uma história.

Quando o homem queimado falou de novo, havia um traço de prazer em sua voz.

— Ele deve ter decidido que, pela nossa perspectiva, não existe diferença entre ele, a esposa e o garoto. Por isso certamente adivinhou qual será o fim do jogo. Acho que ele está pensando nisso há muitas horas. Praticamente desde que nós nos encontramos. Como mencionei, ele teve oportunidades de mudar nosso caminho. Em vez disso, optou por ir em frente, sabendo que cada hora traz a mulher mais para perto da morte. No entanto cada passo na direção do garoto faz o mesmo. É fascinante observar. É fascinante considerar. Porque ele enxergou tudo com clareza, pesou as opções e tomou a decisão. Ele perseguirá o garoto porque, se não fizer isso, simplesmente nos acelera em direção ao inevitável. Vamos matá-lo se ele mentir e desperdiçar nosso tempo, e que bem isso faria para a esposa?

— O que você acha disso, então? Sabendo dessas coisas, o que você diria que Ethan está pensando neste momento?

— Bom, ele não tem intenção de encontrar o garoto nem de permitir que a esposa morra.

Ethan os ignorou, deixou que falassem e continuou a andar. Enquanto andava, passou a palma da mão sobre o facho da lanterna. Movimentos rápidos, a mão parecendo um crupiê de Las Vegas. Fazia isso em conjuntos de três. Conjuntos de três significavam uma coisa para um especialista em buscas: perigo. Luke Bowden era especialista em buscas.

— Essa também é a minha conclusão — disse Patrick Blackwell. — O que significa...

— Que ele pretendia me matar.

— Acredito que sim. Então ele não estava contando comigo. Eu o atrapalhei. Este é o motivo para a aparente antipatia por mim.

— É, parece que ele não gostou de você.

— Ser um estorvo. Essa costuma ser a minha maldição.

— Mas não sinto que ele ainda se considere derrotado. Infeliz, sim, bastante descontente por você se juntar à nossa busca, mas não derrotado. Por isso ele ainda pode tentar, Patrick. Estou dizendo: eu não ficaria nem um pouco surpreso se ele tentasse matar nós dois.

Ethan parou e olhou para ele. O irmão queimado sorria, e, quando viu o rosto de Ethan, o sorriso virou uma gargalhada. Alta, genuína e satisfeita.

— Você vai tentar — disse ele. — Bom para você, Ethan. Você vai tentar.

Ethan balançou a cabeça.

— Não — disse ele. — Eu vou conseguir.

Era importante manter a atenção dos dois, para que eles nem ao menos considerassem a ideia de haver um observador na floresta.

O homem queimado se virou para o outro e disse:

— Ouviu? Ele vai conseguir.

— Vai ser divertido ver, não vai?

— Sem dúvida. Vamos continuar e ver se a confiança dele continua.

Por mais meio quilômetro Ethan não entendeu todo o peso daquela observação. Foi então que encontraram o corpo de Luke Bowden nas pedras.

30

Estava na lateral da trilha, deitado de costas, com sangue empoçado ao redor, os olhos voltados para as estrelas. Ethan parou de andar quando o corpo surgiu. E, apesar de tê-lo reconhecido no mesmo instante, sua mente tentou rejeitar a informação. Não o Luke. Não, não podia ser o Luke, porque Luke era bom demais, e além disso era o curinga que poderia inclinar a balança a favor de Ethan. A última esperança.

Sua primeira reação foi idiota: tentar ajudar. Foi até o corpo e se ajoelhou ao lado, pegou a mão de Luke, achando que poderia encontrar uma pulsação. Se encontrasse, não seria tarde demais. Estava segurando a mão fria de Luke quando finalmente se concentrou na fonte do sangue. Havia uma linha diagonal na garganta dele, e à luz da lanterna Ethan viu a cartilagem da laringe exposta, o sangue em volta já secando e juntando poeira daquele interminável vento oeste.

— É meio tarde para atendimento médico — disse Patrick Blackwell. — Não vamos nos demorar muito, porque garanto que é inútil. Você não vai conseguir trazê-lo de volta à vida.

— Desgraçados — disse Ethan. As palavras saíram baixas e sufocadas. — Isso não era necessário. Vocês só vieram para...

— Eu conheço meus objetivos, obrigado. E com relação ao que era necessário, divirjo enfaticamente. Ele era um homem curioso, tinha um rádio, e infelizmente essa não era uma combinação agradável para mim.

Ethan não falou. Não adiantava. Suas palavras não serviriam para nada, além de provocar mais palavras dos irmãos, e acreditava que aquelas palavras iriam enlouquecê-lo em pouco tempo. Olhou para o corpo do velho amigo. Luke tinha morrido; poderia ter desistido e ido embora com os outros, mas não fez isso porque era um salvador. A busca não teve sucesso, por isso ele voltou depois de um dia longo e difícil e continuou no escuro, procurando o garoto perdido.

O garoto perdido de Ethan.

— Vocês não precisavam — repetiu.

Não conseguiu evitar, olhando o ferimento na garganta, pensando em todo aquele desperdício. Pensando na esposa de Luke, que tinha dançado com o marido no Miner's Saloon apenas algumas semanas antes, em meio a risadas. Ela vivia rindo, parecia jamais parar.

Isso faria com que ela parasse.

— Você tirou alguma coisa útil dele? — perguntou Jack Blackwell. Tinha se juntado a Ethan nas pedras empoeiradas e olhava o corpo como se fosse uma guimba de cigarro descartada. — Ou as circunstâncias não foram favoráveis à conversa?

— Infelizmente era ele que queria falar o tempo todo. Só fiquei sabendo que ele estava procurando o garoto. Como eu disse, ele ficou curioso com relação a mim. Em particular com o meu fuzil. Eu esperava aliviar as preocupações dele, como você pode imaginar...

— Claro.

— ... por isso ofereci o fuzil a ele, para que ele se tranquilizasse. Nesse ponto ficou claro que ele desejava falar com alguém pelo rádio, e eu achei que isso não era o ideal.

— Compreensível.

— A partir daí tivemos pouca chance de conversar. Mas como ele voltou nessa direção, só posso imaginar que tenha feito isso porque acreditava que a equipe de busca pegou algum caminho errado antes.

— Essa também é a teoria do Ethan.

— Tive algum tempo para pensar nisso. Preciso perguntar: como um garoto de catorze anos, com conhecimento limitado das montanhas, consegue despistar uma boa equipe de busca familiarizada com o terreno?

— Sua sugestão seria que Ethan sabe mais do que está dizendo?

— Pensei nisso, pelo menos. Parece que o garoto tinha algum plano de contingência, não é? E, para esse plano funcionar, provavelmente exigiria os conhecimentos de Ethan.

— Ethan, o que acha?

Aquilo foi dito pelo homem queimado, o que se chamava Jack, e Ethan estava tão entorpecido que quase não respondeu. Demorou um tempo para perceber que a pergunta era dirigida a ele. Ainda estava segurando a mão de Luke.

— Querem saber o que eu acho? — perguntou.

— De fato.

— Acho que vocês deveriam morrer lentamente. Com todas as dores do mundo.

Jack deu um sorriso triste e suspirou.

— Ethan. Não temos tempo para isso.

— Concordo — disse Patrick. — Acho que devemos continuar andando.

Jack se levantou, pôs uma das mãos no ombro de Ethan e usou a outra para encostar a arma em sua nuca. Puxou Ethan pela camisa, e ele não resistiu, apenas soltou a mão de Luke Bowden e se afastou. Queria que os olhos de Luke estivessem fechados. Mas os mortos sempre pareciam preferir olhar. Tinha notado isso com cadáveres no decorrer dos anos. No fim estavam procurando alguma coisa. Quase sempre.

— Não sei onde o garoto está — disse. — Luke também não sabia. Ele poderia ter encontrado para vocês, tanto quanto eu, não veem? Vocês deveriam tê-lo usado, me matado; seria a mesma coisa. Nenhum de nós sabe onde ele está.

— Você vai me perdoar, tenho certeza, se eu tiver dificuldade para acreditar nisso — reagiu Patrick Blackwell. — Passei o dia inteiro nessas montanhas, Ethan. Percorri boa parte do território e fiquei bastante tempo com o olho na mira telescópica. Ou o garoto tem uma velocidade e uma resistência extraordinárias ou conseguiu se esconder sem revelar nenhum rastro depois de deixar uma trilha durante as primeiras horas.

Com o olho na mira telescópica. Ethan olhou para o fuzil, aquele mecanismo que proporcionava poder ao outro homem. Ethan não era muito ligado em armas. Já tinha usado, claro, tinha treinado com elas na Força Aérea, possuía algumas, mas nunca fora especialista em armas. Era um fuzil pesado, isso estava claro, com ação de ferrolho, talvez um Magnum .300. De longo alcance e preciso, e com aquela mira até um amador teria chance de matar. Esse homem não era amador.

Começaram a andar de novo, e Ethan caminhava entorpecido, à frente. Todos os planos tinham desmoronado; sua capacidade de *planejar* parecia ter sumido. Foram andando e deixaram Luke em seu próprio sangue.

Caminhavam numa formação bem espaçada, com Jack na cola de Ethan e Patrick seguindo uns cinco metros atrás. Os homens não tinham discutido esse arranjo, simplesmente o assumiram, e era bom. Pelo volume da voz de Patrick, Ethan percebeu que ele mudava de ritmo de vez em quando, às vezes parando totalmente, e Ethan imaginou que seria porque ele estava examinando a escuridão e reagindo ao que ouvia, sentia ou via. Patrick sabia alguma coisa sobre rastrear, sem dúvida.

No entanto, não tinha conseguido encontrar o garoto. Esse não era um ponto irrelevante, pensou Ethan. Nem um pouco. Ethan tinha passado um tempo com Connor. O garoto tinha um bom preparo físico e devia estar cheio de adrenalina, mas não era um mateiro habilidoso. Então como havia sumido?

— Uma informação que pude obter antes que as coisas sofressem uma reviravolta desagradável — disse Patrick — foi que o cavalheiro tinha decidido voltar ao posto de vigilância de incêndios.

— E por quê?

— Ele não teve chance de esclarecer, infelizmente. Mas posso dizer, por experiência própria, que a trilha do garoto estava bem clara até a equipe de busca ser redirecionada pela vigia.

— Então eu diria que talvez a vigia tenha mentido.

— Neste caso, eu sugeriria pararmos no posto de observação. Ver qual é a situação lá e se podemos obter uma versão dos acontecimentos diferente da que a equipe de busca recebeu.

— Me parece uma boa ideia — disse Jack. — Ethan? Sua opinião?

Por um momento ele não ia falar, tinha decidido que estava farto de responder a eles, mas então pensou na mulher da torre de observação e na possibilidade de eles estarem certos, de ela ter mentido. Só haveria um motivo para ela ter mentido: Connor a convencera. Se ela tivesse mentido para ajudá-lo, faria sentido.

— Não precisamos parar na torre — respondeu. — Seria bobagem. Só precisamos considerar que ela mentiu.

— E que modo melhor de saber se ela mentiu do que indagando? — perguntou Patrick. — Com o devido respeito por suas habilidades consideráveis, claro, duvido que você vá cheirar a casca de uma árvore de cicuta no ângulo exato e saber mais sobre a mentira do que ela, Ethan.

— É besteira — repetiu ele. — Um risco desnecessário. Ela mentiu por um motivo, como vocês disseram. Isso significa que está preparada em algum nível. Ninguém mente a um grupo de busca sobre uma criança desaparecida sem ter motivo. Qual vocês acham que é o *motivo*?

Jack falou num de sussurro fingido:

— Suspeito que Ethan está sugerindo que o garoto alertou a dama sobre nossa chegada iminente, Patrick.

— É um homem tremendamente arguto. Seus talentos são desperdiçados na profissão atual, devo dizer. Deveria ser detetive. Pense nas vidas que poderiam ter sido salvas.

— Bom, ele está tentando salvar uma esta noite. Dê uma chance ao rapaz.

— Eu adoraria. Mas, mesmo assim... simplesmente sinto que deveríamos falar diretamente com ela. Entende?

— Entendo. Permita-me retransmitir ao nosso guia. — Jack pigarreou e falou, numa voz lamentosa: — Imagino que encontraremos alguma divergência aqui, Ethan. Ainda que sua perspectiva seja certamente apreciada, você deve conceder certa margem de manobra ao meu irmão e a mim. Gostamos de métodos de rastreamento um tanto diferentes daqueles aos quais você está acostumado. Sem dúvida, com o tempo todos descobriremos um modo de trabalhar juntos. Mas por enquanto deve haver uma concessão mútua, não vê? Um pouco de paciência.

— Não há necessidade — repetiu Ethan.

— Paciência — sussurrou Jack, e o cutucou com a arma.

31

Só foi necessária a assinatura de Allison para as duas saírem do hospital. Ela ouviu as palavras "risco" e "responsabilidade" repetidamente, enquanto assentia, afirmava que entendia e assinava o nome de novo e de novo, uma assinatura desajeitada, estranha, feita com a mão esquerda.

Tinham lhe dado analgésicos, mas ela não tomou. Pelo menos de início. Não sabia como a dor ficaria, e sempre ouvira que era sensato poupar os cartuchos.

— Por que ele não deixou um meio de você fazer contato? — perguntou Jamie Bennett enquanto saíam do hospital. — Não parece do feitio do Ethan.

Allison não gostou do modo como ela disse aquilo — Jamie não conhecia absolutamente nada sobre Ethan —, mas não podia questionar. Aquilo *não* parecia do feitio de Ethan.

— Acho que ele pensou que seria rápido — respondeu.

— Mas não foi.

— Pois é.

Dessa vez Jamie tinha alugado um Toyota 4Runner, e não um Chevy Tahoe, mas não ficou claro se tinha menos inclinação para jogar um carro estrangeiro para fora da estrada do que um nacional. Allison suportou três curvas fechadas, de apertar o estômago e forçar os pneus, antes de dizer:

— Imagine como Jace vai se sentir quando for salvo, chegar em casa e encontrar a mãe morta.

— O quê?

— Vai mais devagar, Jamie. Mais devagar, droga.

— Desculpe. — À luz fraca do painel, Allison viu o maxilar da loura trincar. — É que não sei o que está acontecendo. Ele está lá fora, sozinho e... talvez não esteja sozinho. Talvez não mais.

Pelo modo como falou, sua esperança de que o filho fosse resgatado começava a ruir.

— Ethan vai encontrá-lo.

Mas as palavras de Allison saíam vazias. Sabia tanto sobre a situação do seu marido quanto essa mulher sabia sobre a do filho.

— Certo.

— Vamos levar você de volta a ele.

— Ele não vai ficar feliz em me ver.

— O quê?

Ela fez outra curva fechada, dessa vez com mais suavidade, consciente do pedal de freio, e era difícil decifrar seus olhos no escuro.

— Acredite. Ele não vai ficar feliz. Onde quer que ele esteja agora, o que quer que esteja acontecendo, ele está me culpando. E está certo. A ideia foi minha. Ideia idiota. Achar que ele estaria mais seguro aqui em cima? Mandei Jace para longe e o deixei sozinho, e disse que ele estaria em segurança.

— O importante é que ele veja você. Agora vamos nos preocupar com isso.

— Está bem.

Allison não fazia mais ideia do que dizer. O que dizer a uma mulher cujo filho estava em algum lugar daquelas montanhas com assassinos na cola, e tudo isso graças a ela? Tudo que vinha à mente de Allison parecia um consolo inútil. Imaginou se seria diferente se ela também fosse mãe. Será que nesse caso você conhecia o código, tinha as chaves certas para as fechaduras certas? Houvera alguns dias, em geral quando estava se despedindo de um grupo de garotos no fim do verão, em que desejara ter tido a experiência. Mas também acreditava no que ela e Ethan tinham decidido anos antes: os dois não precisavam de filhos para que sua vida tivesse importância. Allison notava isso todo ano.

Então os garotos iam para casa. E eram só os dois de novo, por muitos meses. Allison não sabia o que essa mulher estava sentindo, não podia saber, jamais saberia. E alguma parte sua, sombria, ficou aliviada.

— Onde está o pai dele? — perguntou.

Jamie não respondeu imediatamente. Depois molhou os lábios, pôs o cabelo por trás da orelha e manteve os olhos à frente.

— Em Indiana, junto ao telefone com os advogados e a polícia, tentando garantir que se... que *quando* Jace for encontrado, eu não tenha nenhuma influência sobre o que acontecerá em seguida.

— Ele pode fazer isso?

— Não vou lutar contra. Quando eu encontrá-lo ele vai para casa. E não é a minha casa.

— Por quê?

— Porque eu nunca quis ser mãe, sra. Serbin. Contei essa história inúmeras vezes a incontáveis pessoas, mas nunca disse isso. Fui vaga, racionalizei, inventei desculpas e menti. Não contei a ninguém, a não ser ao meu ex-marido, que nunca quis engravidar e que passei os meses seguintes tentando me convencer de que queria ser mãe, sem sucesso. Achei que a coisa simplesmente aconteceria. Que o corpo convenceria a mente à medida que a situação prosseguisse. Isso não aconteceu. Tive um filho, mas nunca quis ser mãe. Não é horrível?

Foram serpenteando para a frente e para cima, e nenhuma das duas falou de novo até verem as luzes traseiras de outro carro e Jamie ser forçada a diminuir a velocidade. A mudança pareceu interferir na atmosfera dentro do carro.

— Seu ex-marido sabe que você está aqui? — perguntou Allison. — Alguém sabe que você está aqui?

— Você sabe.

— Só eu?

— É.

— Então você está ignorando os telefonemas dele. Ou ele não vai...

— Eu vim para buscar Jace e levá-lo para casa. De um modo ou de outro vou levar Jace para casa.

— Talvez você devesse ligar para o pai dele. Pelo menos para dizer que...

— Chega, por favor.

— O quê?

— Só quero encontrar Jace. Será que podemos falar só sobre como fazer isso?

— Tudo bem.

Allison estava pensando em Jace e Ethan, e nos dois homens que provavelmente já estavam nas montanhas, os homens que falavam como se o tempo parasse enquanto eles matavam e depois se moviam com tranquilidade. E de repente teve certeza de que não queria estar perto quando Jamie Bennett encontrasse o filho. *De um jeito ou de outro*, ela havia dito. Palavras de uma mulher se esforçando para ser corajosa, mas Jamie não tinha conhecido aqueles homens e não soubesse como seria o *outro* jeito.

A chuva de granizo começou logo depois de chegarem a três mil metros. Jace ofegava sem demonstrar qualquer constrangimento, nem mesmo tentando esconder a falta de fôlego, e Hannah parava para descansar a cada cinquenta ou sessenta passos. O vento quente tinha continuado a soprar no rosto deles, acompanhado por trovões e raios ocasionais. Era um aguaceiro, e as bolotas de gelo não eram pequenas. Bombardeavam o platô e quicavam nas pedras. O vento cresceu até um uivo feroz.

— Precisamos parar — disse Jace.

— Onde? — Hannah precisou gritar, apesar de ele estar a poucos metros.

Jace queria ter uma resposta. Sentia que deveria ter. O que Ethan tinha dito sobre isso? Nada. Esse era o problema.

— Eu posso montar um abrigo — respondeu.

Mas não podia. Não tinha o plástico e não existiam árvores próximas para um abrigo primitivo. Mesmo se houvesse, o que ele conseguiria montar naquele vento? Os galhos seriam arrancados das suas mãos. Ethan, mas não estava ali.

— Vamos permanecer no alto — disse Hannah. — Tempestades assim acabam rápido.

O granizo os golpeava com força, e Hannah tinha levantado a mão para proteger o rosto, mas Jace via que ela não estava confiante. Ela também não sabia o que fazer naquela tempestade. Esse deveria ser o trabalho dele, mas Jace só sabia que o lugar dos dois não era nos picos em uma tempestade. Fantástico. Só que não era muito fácil *sair* dos picos.

— Vou montar aquele abrigo que você me deu. Podemos entrar nele...

— *Não* vamos entrar naquilo. E, de qualquer modo, ele é para fogo. E não raios. Precisamos continuar, Connor.

Ele se virou e tentou olhar contra o vento, mas precisou baixar a cabeça por causa do gelo que machucava. Não gostava da escolha de Hannah, de permanecerem numa altitude elevada. Os raios tinham sido um dos primeiros assuntos de Ethan quando subiram para os picos. Mas lá embaixo estava o brilho ofuscante da encosta pegando fogo, e o cheiro de fumaça era tão forte que fazia os olhos arderem. Ele não sabia qual escolha era pior. Desejava ter outra pessoa a quem perguntar. Queria ceder a alguém, evitar uma decisão. Os pais serviam para isso. Você podia não gostar das decisões deles, mas precisava viver com elas. Porém, ali em cima, com a tempestade pela frente e os homens que desejavam sua morte atrás, Jace não tinha certeza nem mesmo se seus pais seriam capazes de tomar as decisões certas.

— Imagino se meu pai sabe onde estou — disse.

Isso captou a atenção de Hannah. Ela se virou para trás.

— Achei que eles tivessem mandado você para cá, para se esconder.

— Quero dizer agora. Será que meus pais foram avisados? Será que Ethan ao menos conseguiu descer para contar? Porque, se eles ficaram sabendo... — Sua voz embargou e ele pigarreou. — Se eles ficaram sabendo, por que ninguém veio me buscar?

— Pessoas vieram te buscar. Mas optamos por mandá-las embora.

Ela estava certa, claro. Mas Jace não estava se referindo àquelas pessoas. Estava se referindo aos próprios pais, com policiais armados, como havia acontecido na noite em que ele testemunhou os assassinatos. Na ocasião, ele ficou com medo, mas estava no lugar certo. Com as pessoas certas. Tudo tinha acontecido como deveria, a princípio. Mas então a polícia não conseguiu encontrar os homens que ele tinha visto, e agora...

— Ninguém nunca vai saber como foi — disse.

Um relâmpago espocou, mostrando o rosto de Hannah sob uma luz branca e forte, os olhos escuros contra a pele, como órbitas numa caveira.

— Eu vou saber. Connor, os seus pais mandaram você para cá porque acharam que era a coisa certa, entende?

— E olha no que deu. Essa é a coisa certa?

Ele queria desistir de novo, como ocorrera na noite anterior, como havia acontecido quando enxergou pelo binóculo o homem com o fuzil. Tinha se saído bem por um tempo. Quando estavam na floresta, caminhando, tentara manter a mentalidade de sobrevivente. Mas ela o estava abandonando mais uma vez, esvaindo-se. Ele parecia uma bateria descarregada, e enquanto apertava os olhos por causa da fumaça e deixava o gelo tamborilar na pele, não sabia se era capaz de recarregá-la outra vez.

— Às vezes a escolha certa pode dar muito errado — disse Hannah. — Você não faz ideia.

Jace se sentou e soltou o cantil. Estava com sede, e a pessoa não deveria sentir sede. Significava que tinha passado muito tempo sem água. *Bebam de pouquinho em pouquinho*, dizia Ethan. *Não engulam tudo de uma vez, só bebam aos poucos.*

Agora ele engoliu a água, o máximo que pôde. Até a água tinha gosto de fumaça. O vento estava cheio dela, e Jace gostou da ardência, porque talvez isso significasse que Hannah não sabia que ele estava tentando não chorar. Ele olhou para a escuridão por onde tinham vindo, imaginando se os homens da pedreira estariam lá.

— Você teria feito isso? — perguntou.

— Mandar você para cá?

Ele assentiu.

— Se eu achasse que era o lugar mais seguro.

— Você me mandaria sozinho. É mesmo?

Ela não respondeu.

— Foi ideia da minha mãe. E ela foi embora quando eu tinha três anos. Eu me encontro com ela nos feriados e nas férias de verão. E só. E ainda assim meu pai deixou que ela me mandasse para cá.

— Pare de reclamar.

— *O quê?*

— Você está aqui. Não está feliz com o motivo para estar aqui, nem eu, mas isso não vai mudar a realidade. A sua realidade é a seguinte: não vou deixar você ficar com o rabo sentado numa montanha esperando para morrer. Agora levante-se.

O relâmpago seguinte mostrou como a expressão era intensa. Quase de raiva.

— Você não tem direito de desistir — disse ela. — Juro, vou tirar você em segurança destas montanhas, mas você não pode desistir. Você vai para casa e dizer a eles o que pensa, e espero que eles tenham a mínima ideia, um sentimento levíssimo, do que você suportou. Mas neste momento? De *pé*!

Ele se levantou devagar, e ela continuou:

— Diga qual é o erro que você está cometendo. Você é cheio de observações sobre os meus erros. Agora preste atenção em você mesmo. Que erro você acabou de cometer?

— Desistir.

— Você não ia desistir de verdade. Eu sei, ainda que você não saiba. Diga qual foi o erro verdadeiro.

Jace não tinha ideia do que ela estava falando.

— Você ia ficar sem água. E assim que a gente chegar perto do fogo, vai fazer um calor medonho e você vai querer não ter desperdiçado toda a água aqui em cima. Portanto, encha o cantil quando a gente chegar ao riacho e depois racione. Porque, apesar do que você pode pensar, nós vamos descer até aquele incêndio.

32

Uma luz ficou visível na torre quando ainda estavam a um quilômetro e meio. Ethan viu a claridade e parou de andar, mas foi cutucado de novo pela pistola.

— Parece que ela está em casa — disse Jack. — Maravilhoso, não acha? Eu odiaria descobrir que viemos até aqui para nada.

Ethan olhou para a luz, pensou na mulher que esperava junto dela e tentou imaginar uma situação em que poderia protegê-la.

Não conseguiu.

Agora o caminho estava claro. Os dois saberiam ir, mesmo sem ele, por isso Ethan era dispensável. Estavam mantendo-o à mão para o caso de precisarem mais tarde, mas essa necessidade não era grande a ponto de salvarem sua vida caso ele fizesse alguma coisa perigosa. E todas as opções que restavam eram perigosas. Lutar ou fugir, era o que restava, por mais primitivo que fosse, e Ethan havia dispensado oportunidades melhores de fazer as duas escolhas. Tinha esperado chegar ao Republic, mas acabou sendo lembrado daquela coisa que todo sobrevivente sempre precisa considerar: o desastre jamais era um destino, era sempre um desvio.

— O melhor a fazer é deixar que eu fale com ela — disse. — Sou eu que entendo aquele garoto, e ela já deve saber a meu respeito.

— Opção interessante, não acha, Patrick?

— Fascinante. Mas devo dizer que não me agrada.

— Você sente a necessidade de se envolver na discussão, não é?

— Bom, já percorri todo esse caminho.

— Verdade. Seria uma pena suportar tanta coisa e ficar observando das sombras enquanto o Ethan colhe a recompensa.

— De fato.

— Então acho que vamos fazer uma votação. Quem é a favor de permanecermos juntos?

Os dois disseram:

— Eu.

— Quem se opõe?

Ethan não falou. Continuou andando na direção da luz.

— Dois votos a favor e uma abstenção. O resultado talvez não tenha sido unânime, mas é o mais próximo possível disso.

Quando finalmente saíram da floresta e atravessaram o trecho final, subindo o morro até a torre de observação, só restou a Ethan torcer para que a mulher estivesse olhando. Se a luz estava acesa, ela provavelmente se encontrava acordada. Se tivesse mentido sobre o garoto, sabia que havia uma ameaça, e talvez… talvez Connor estivesse lá em cima. Era possível que ela o estivesse escondendo, tentando pensar no que fazer. Ou esperando alguma ajuda. Alguma coisa. Ela podia não estar sozinha.

Jack ia logo atrás de Ethan, com Patrick seguindo uns cinco metros atrás e à direita. Chegaram à base da escada e olharam para cima, estudando a cabine. Nenhuma sombra se movia dentro dela. Começaram a subir, viraram no primeiro patamar, subiram de novo, viraram, subiram de novo, viraram.

Me perdoe, pensava Ethan, um sussurro silencioso para a mulher acima deles. *Eu tinha planejado ir em outra direção.*

Chegaram ao topo, e ali o vento soprava com força suficiente para que precisassem agarrar o corrimão. Pela primeira vez podia ver com clareza através das janelas. Havia uma mesa, um fogão, uma cama vazia. Ninguém se mexia lá dentro.

— Abra a porta e saia do caminho — disse Jack.

O tom musical e bem-humorado tinha sumido da voz. Agora era totalmente profissional.

Ethan abriu a porta. Ficou de lado e depois olhou para trás, esperando ver Jack com a pistola sacada em postura de atirador. Em vez disso, ele permanecia de pé, de um jeito casual, uma das mãos no parapeito. Era Patrick, no patamar abaixo, que tinha o fuzil apoiado no ombro.

— Entre e diga olá — ordenou Jack.

Ethan se virou, passou pela porta e gritou olá. E, apesar de ter esperado o silêncio em resposta, não esperava ver o que viu.

O rádio da cabine de vigilância estava destruído.

— Alguma coisa deu errado aqui — disse, genuinamente perplexo.

Tinha previsto algumas possibilidades. A presença de Connor, por exemplo. Mas não aquilo. Ethan pegou um pedaço de plástico quebrado e depois um fio cortado. Por que ela destruiria o próprio rádio? Sua única chance de pedir socorro.

— Tem certeza de que vocês são os únicos que estão procurando o garoto? — perguntou. — Quer dizer, além das pessoas certas.

Além de Luke Bowden, com o sangue ainda secando sob a brisa da montanha. Além de Ethan.

— Ora, isso é interessante — disse Jack. — Ela foi embora, irmão. E destruiu o rádio antes de sair. Aparentemente não queria que nós informássemos sobre seu desempenho ruim como vigia.

Ethan se afastou do rádio, examinando o cômodo. Viu o localizador de incêndio Osborne e o copo vazio ao lado. O mapa havia sumido.

— Eles estão em movimento — disse. — Não foi *ela* que destruiu o rádio. Foi ele.

Agora entendia. O rádio quebrado, a mentira para a equipe de busca. Connor não confiava na ajuda. Connor não confiava em ninguém.

— Como você tem tanta certeza? — perguntou Jack.

— A vida dela gira em torno desse rádio. É o trabalho e a boia salva-vidas dela. Mas, para ele? Seria a coisa mais assustadora aqui. Ele chegou aqui porque era fácil se orientar. Se ela acendeu as luzes, como dessa vez... Dá para ver de longe. Ele viu e veio até aqui, e quando ele chegou ela foi até o rádio para avisar. Seria a reação natural. — Ethan apontou para os restos do rádio. — E ali está a reação que não é natural. Deve ser de Connor. Ele não iria querer que divulgassem onde ele estava.

— Mas por que mentir para a equipe de busca? — perguntou Patrick.

— Não tenho certeza. — Ethan foi até a janela, olhou para a vastidão de montanhas. Havia fracas tiras vermelhas lá embaixo, onde o incêndio se retorcia e ardia. — Mas ela acreditou nele. Ele contou do que estava fugindo e ela acreditou.

— As luzes se acenderam há menos de uma hora — disse Jack. — Eles não estão longe.

Ethan via o próprio rosto refletido no vidro, parecendo fazer parte do labirinto de montanhas escuras e tiras de fogo. Viu a própria boca começando a sorrir, como se fosse algo fora do seu controle.

— Eu posso encontrá-los — falou.

— Espero que sim. Caso contrário, você não tem valor para nós.

— Posso encontrá-los — repetiu, mas de novo estava sussurrando mentalmente para aquela mulher anônima do posto de vigia, e dessa vez não era um pedido de desculpas. *Obrigado. Agora não vou falhar com você.*

Jack levantou a cabeça. Suas queimaduras brilhavam sob a luz. Ethan tinha se acostumado a vê-lo no escuro, tinha esquecido a força daqueles olhos azuis e duros.

— Bom, o trabalho é seu, se você quiser. Se não...

— Não podemos encontrá-los se ficarmos parados aqui — disse Ethan.

— É, acho que não. Mas, antes de sairmos, eu gostaria de ouvir suas ideias, Ethan. Eles deixaram a segurança da torre, o que sugere que temiam a nossa chegada. Para onde você acha que eles estão indo?

— Para o pico Republic.

Jack o encarou por um longo tempo. Não falou. Quando o silêncio foi rompido, quem o fez foi Patrick, parado junto à porta com o fuzil levantado.

— Eles vão subir?

Ethan confirmou.

— É o ponto mais alto que eles podem alcançar. Lá, de manhã, poderão fazer duas coisas: ver se alguém os está perseguindo e chegar ao local mais limpo possível para sinalizar pedindo socorro.

Jack balançou a mão na direção do rádio.

— Parece que sinalizar não é bem o objetivo.

— Ela pode fazer com que ele mude de ideia. Outra noite sozinho na floresta também pode fazer isso. Mas, de qualquer modo, ele vai querer ficar no alto, e não num lugar baixo. Ele já provou isso, tendo vindo aqui. Ele quer ser capaz de ver onde está a ameaça.

O pico Republic não tinha o apelo de antes, como local de matança. Mas ir para lá ainda servia a alguns propósitos. Certamente iria afastá-lo do garoto. Connor queria sair das montanhas. A mulher do posto de vigilância queria sair das montanhas. Não era possível sair delas subindo mais alto. Por isso eles iriam para baixo, e se Ethan conseguisse manter esses filhos da mãe no alto, as chances de interseção seriam inexistentes. Depois disso não era questão de matar alguém, ainda que ele certamente gostasse da ideia. Era questão de matar o tempo. O homem queimado tinha usado o conhecimento de Ethan sobre o irmão dele para convencê-lo a trazê-lo até o garoto, vendendo a história de que o outro homem esperava no hospital, um assassino preparado à porta de Allison. Agora todos estavam juntos, o que significava que ninguém esperava perto de sua esposa. O relógio marcando o tempo era um ardil, uma mentira. Eram apenas dois irmãos, e agora ambos estavam com Ethan. Ele não precisava matá-los, apenas durar mais do que eles. Em Billings as coisas tinham que estar acontecendo. Novas equipes de busca se reunindo, novas informações sendo coletadas. Fatos substituiriam a ficção. O ponteiro do relógio corria para aqueles homens, não para Ethan.

— Qual é a distância até o Republic? — perguntou Jack.

— Uns três quilômetros. Mas não vai ser uma caminhada fácil.

— Até agora não tem sido.

— É para lá que eles vão — insistiu Ethan. — E não só porque faz sentido. Porque foi isso que ele aprendeu. Por que vocês acham que ele veio para cá hoje, buscando um lugar alto, verificando o caminho atrás e depois se ajustando aos perseguidores? Ele ouviu os meus conselhos. E sabe como descer do Republic sem usar uma trilha.

— Como?

— Do modo que planejamos. Era a nossa rota de fuga. Chegar ao Republic por um lado e descer pelo outro. Ele sabia o que deveria fazer.

Agora que vocês o deixaram escapar uma vez e deram a chance, ele vai aproveitar.

Havia mais verdade naquela afirmação do que Ethan desejava contar, mas iria colocá-lo exatamente onde ele queria estar quando o sol nascesse. Comportamento de Pessoa Perdida, Lição 1: Quem precisa de resgate nas montanhas costuma descer, mesmo quando deveria subir. Por que deveria subir? Porque você fica muito mais visível para as equipes de busca.

Os dois homens tinham estado invisíveis por tempo demais.

Jack Blackwell virou-se para olhar o irmão. O lado queimado do seu rosto ficou exposto para Ethan, que sentiu uma satisfação estranha com a cor mais profunda da carne cheia de bolhas.

— E então, Patrick?

— Dois deles andando no escuro certamente vão deixar uma trilha. Eu poderia encontrar. Mas vejamos se Ethan consegue, e mais rápido. Se ele estiver certo, não deve ter dificuldade para isso. Caso contrário...

— Ele teria pouca utilidade.

— Seria substancialmente menos valioso, sim.

— É agora ou nunca, então.

— É agora ou nunca.

Patrick se afastou da porta e sinalizou para Ethan, que voltou para o vento noturno e para uma segunda chance. Era o velho teste, seu exercício de treinamento predileto e seu papel mais familiar: ele era de novo o desnorteador.

Não era mais o jogo do matador. Era o jogo do sobrevivente.

33

Ethan demorou nove minutos para encontrar a trilha seguida por Connor e a vigia.

Soube disso porque os irmãos Blackwell marcavam o tempo. Patrick tinha sugerido que Ethan seria capaz de encontrá-la em cinco, Jack havia contraposto com quinze, e os dois concordaram em dez. Tudo isso durante uma daquelas conversas padrão, passando por cima de Ethan. Na verdade, ele acreditava que tinha localizado a trilha naqueles cinco minutos, mas não queria parecer bom demais, depressa demais.

Não era uma trilha difícil de encontrar, mas logo seria difícil de seguir. O platô era cercado por capim alto que descia até uma linha de árvores e depois até uma área de pedras, e cada estágio aumentaria a dificuldade. O terreno com capim era um dos prediletos de Ethan para rastrear. Você podia não encontrar as pegadas nítidas que a lama ou mesmo o solo seco ofereciam, mas podia se mover depressa, porque o capim guardava por mais tempo a prova da perturbação. Ele se curvava, se quebrava e se achatava. As histórias que ele podia contar eram contadas rapidamente. Quanto mais alto o capim, mais rápida a leitura.

No capim havia dois caminhos que partiam do posto de vigia, e Ethan usou a lanterna para determinar qual era o certo. Ao fazer isso ficou sabendo um bocado sobre Patrick Blackwell. O sujeito tinha algum nível de treinamento, sem dúvida; era melhor do que o irmão, mas não era de elite. Não tinha recebido instruções de rastreamento de primeiro nível ou tinha esquecido depressa, como se não tivesse praticado a arte.

Na primeira das duas marcas que se afastavam do posto de vigia penetrando no capim alto, a trilha parecia mais clara do que a vegetação ao redor, incólume, um facho claro indo para o oeste. A segunda era o contrário: o capim era mais claro do lado de fora e o centro do caminho um pouco mais escuro. Mudanças sutis, do tipo que passaria despercebido a um olhar não treinado, mas que um rastreador precisava parar para ver.

Patrick Blackwell estudou os dois, fez o mesmo escrutínio em ambos.

Era só isso que Ethan precisava saber. Qualquer um que fizesse algum tipo de inspeção naquele caminho mais escuro era incapaz de enxergar um rastro. Talvez pudesse encontrá-lo. Entender, não. O caminho escuro fora deixado por alguém andando na direção do posto de vigia. Essa era uma regra fundamental e o truque mais simples, que Ethan tinha aprendido com um inglês do Serviço Aéreo Especial do Exército britânico. Era uma questão de reflexo da luz, compreendida facilmente por alguém que observasse as linhas deixadas por um cortador de grama a partir de diferentes ângulos. Além disso, era o tipo de regra fundamental que as pessoas esqueciam quando estavam sob pressão, a não ser que tivessem treinado sob pressão.

— Eles foram por aqui — disse Ethan quando o relógio estava em nove minutos, e indicou o caminho mais claro. — Tenho certeza.

— Ele tem certeza. Ah, a confiança. É algo encorajador, não é, Patrick?

— Imensamente.

Patrick, no entanto, estava olhando a trilha com desagrado, e Ethan entendeu o motivo: ele não tinha se convencido de que era a certa.

— Ela leva para o sudoeste — explicou Ethan. — Leva para o Republic. Como eu disse. A outra é mais antiga, provavelmente deixada por mochileiros há alguns dias. Você consegue ver isso, não é?

Patrick assentiu.

Excelente, seu babaca, pensou Ethan. *Você não tem ideia do que deixou de perceber. Talvez seja capaz de ver que é uma trilha mais velha, mas precisou examinar por tempo demais para descobrir, se é que descobriu.*

— Em frente, então — disse Jack.

Atravessaram o capim e continuaram andando na direção dos relâmpagos, que iam ficando mais frequentes. O vento que viera soprando com firmeza durante o dia agora chegava apenas em espasmos, em rajadas irregulares, como um motor ficando sem combustível. Isso era bom para rastrear, já que os ventos fortes e constantes podiam levar rapidamente o capim de volta à posição natural, mas era ruim para o destino deles. Havia uma tempestade se aproximando. Do tipo rápido e forte. Com pouca probabilidade de fazer muita coisa para aliviar as condições de seca do início do verão e com a garantia de ser traiçoeira nos picos. Em qualquer outro dia, Ethan estaria tomando precauções, tentando ir para um local mais baixo e construir um abrigo. Hoje caminhava para o alto.

Assim que saíram do platô e atravessaram o capim, encontraram um agrupamento de pinheiros com cerca de dez metros de profundidade. Era ali que um rastreador sem experiência se perderia quase imediatamente, e Ethan parou de novo e moveu o facho da lanterna pela área. De novo observou Patrick Blackwell pela visão periférica, querendo ver o que ele faria. Dessa vez ele agiu certo: ignorou totalmente o chão e olhou para as árvores.

Isso era fundamental, porque era a primeira coisa que Connor e a mulher fariam. Ao chegar a uma mudança no terreno, sem uma trilha que as orientasse, as pessoas perdidas paravam para avaliar os obstáculos. E então, em nove de dez casos, escolhiam o caminho de menor resistência. Ou pelo menos o caminho que *parecia* oferecer menos resistência.

Um dos pinheiros tinha caído, provavelmente golpeado por um raio numa tempestade semelhante àquela da qual se aproximavam, e estava na horizontal. Ninguém passava por cima de uma árvore, a não ser que precisasse. Assim, Ethan olhou à esquerda e à direita da árvore e encontrou o terreno sem qualquer alteração. E a encosta não era mais íngreme num lado do que no outro. Depois de determinar isso, desviou-se para a direita. A maioria da população do mundo era destra, e ele sabia que Connor também era. Virar-se na direção da mão dominante não era o primeiro instinto de uma pessoa perdida — pegar o caminho mais fácil, sim —, mas era comum. Combine isso com o fato de que, quando você dirige um carro nos Estados Unidos, as curvas para a esquerda têm mais probabilidade de forçá-lo a cruzar com outros carros, e por isso eram muito mais perigosas, e Ethan acreditava que a maioria das pessoas ia automaticamente para a direita se não tivesse um motivo claro para ir para a esquerda.

Então foi para o lado direito do pinheiro caído que Ethan se dirigiu. Ali encontrou o chão coberto de líquen e viu as primeiras pegadas. Ficou de lado, tomando cuidado para não interferir na cena, ajoelhou-se e as examinou com a lanterna.

Dois caminhantes, dois conjuntos de pegadas. Pôs o pé ao lado de cada uma, mesmo não precisando — fez isso porque era um bom modo de desperdiçar tempo, e seu trabalho era desperdiçar tempo e sobreviver até o nascer do sol —, e demonstrou aos irmãos Blackwell que as duas pegadas eram nitidamente menores do que a dele.

— Mulher e garoto — disse Jack Blackwell num tom musical, quase alegre. — Essa é a ideia, acredito.

— Creio que sim — concordou o irmão.

Continuaram andando mais alguns metros; o líquen deu lugar à terra, indo na direção das pedras, e agora as pegadas ficaram nítidas. Ethan se ajoelhou de novo, e pela primeira vez desde que tinham saído da torre ficou genuinamente surpreso.

Não eram as pegadas de Connor Reynolds.

O tamanho estava mais ou menos certo e a profundidade indicava alguém mais ou menos com o peso certo, mas nenhuma das pegadas tinha a ver com as botas de Connor. Ethan havia prestado atenção nelas. Eram um equipamento exigido, mas apesar disso os garotos costumavam aparecer com tênis de corrida ou basquete, e ele precisava arranjar botas para eles, porque era fácil quebrar um tornozelo nas montanhas. Nesse ano todos os garotos usavam botas, e as de Connor não tinham sido uma boa escolha. Não eram para caminhada; eram imitações baratas de botas militares, pretas, reluzentes e com certeza capazes de provocar acidentes, porque eram novas. Ethan tinha posto palmilhas extras em sua mochila, pensando em Connor. Na verdade, achando que o garoto ficaria rapidamente com bolhas nos pés.

Nenhuma das pegadas que ele identificara batia com as de Connor. Uma parecia ser de uma bota de caminhada. A outra era mais rara. Uma bota boa, porém mais pesada.

— Talvez, se dermos tempo suficiente, ele detecte o odor dos dois — disse Jack. — O nosso Ethan é um verdadeiro cão de caça.

— Infelizmente não temos tanto tempo — reagiu Patrick. — Melhor irmos andando, não acha?

— Acho. Há alguma chance de estarmos no caminho errado?

— Nenhuma. São do tamanho exato. Porém, mais importante, são pegadas muito recentes. Duvido que duas pessoas de tamanho semelhante tenham decidido sair da torre de vigia à noite para caminhar na montanha.

— Concordo. No entanto, nosso especialista em rastreamento parece perplexo.

— Tenho uma teoria sobre isso. Estou começando a questionar o ritmo dele.

— Você acha que ele nos faria desperdiçar tempo? O *Ethan*?

— Estou meramente dizendo que me sinto curioso.

— Certamente não poderíamos admitir isso. O tempo é valioso para nós. Mais ainda para o Ethan.

Ethan deixou que eles falassem. Por fim se levantou e se virou para os dois. Agora Patrick estava mais perto e Jack bem afastado. Uma troca de posições, porque Patrick tinha mais condições de avaliar o trabalho de Ethan, ou pelo menos era o que pensavam.

— São eles — disse Ethan, mesmo sabendo que não eram, e tentou disfarçar a gratidão por aquela descoberta providencial. Outros andarilhos tinham passado por ali, o que era raro na região isolada, e iam para onde ele desejava ir. Seu trabalho tinha se tornado imediatamente mais fácil. Não precisava mais convencê-los de que estava seguindo uma trilha inexistente. Apenas precisava seguir a trilha errada.

Poderia até apressar o passo.

34

Havia uma fita de isolamento da polícia atravessando o caminho de cascalho que levava à casa de Allison. Do outro lado tudo estava escuro, sem qualquer sinal de que houvera uma casa ali. No capim havia marcas recentes dos caminhões dos bombeiros e dos veículos de emergência que tinham vindo salvá-la, menos de 24 horas antes.

Pela primeira vez desde que tinha saído do hospital, Allison pensou na possibilidade de encontrar os homens que haviam entrado tão calmamente na sua casa à noite e esquentado a pinça no fogão para queimar sua carne. Antes tinham sido espectros, plausíveis mas não próximos. Agora, vendo a fita de isolamento, podia enxergá-los de novo, podia ouvi-los. Sentir o cheiro.

Jamie Bennett não parou diante da fita. Simplesmente a atravessou com o carro, curvando-a para dentro até ela se retesar, partir-se e em seguida flutuar ao vento forte. À frente, os restos da casa de Allison tomaram forma. Paredes queimadas, buracos enormes onde antes existia vidro, um teto afundado.

— Bem-vinda de volta ao Ritz — disse Allison.

— Sinto muito.

A voz de Jamie era quase inaudível, e ela espiava os danos com o canto do olho, como se não conseguisse encará-los.

Allison não respondeu. Estava olhando para a casa e se lembrando da ocasião em que tinha passado as telhas de madeira para Ethan em cima do telhado, enquanto caía uma neve de início do outono. Naquela noite dormiram numa barraca, como fizeram em todas as noites até que o telhado ficasse pronto; tinham pactuado não dormir dentro da casa até que ela estivesse terminada, mas o pacto fora feito quando o tempo estava quente e os corpos ainda não doíam do trabalho. Nas últimas semanas os dois se arrependeram. Então o telhado ficou pronto, e de repente tudo fez sentido de novo.

— Aonde você quer que eu vá? — perguntou Jamie. — Não sei bem por que estamos aqui.

Allison baixou a janela. O ar que encheu o carro estava pesado de fumaça. Uma parte era fumaça antiga, traços das chamas que tinham sido apagadas em sua casa, porém a maior parte era nova. As montanhas estavam pegando fogo e o vento trazia a notícia.

— Devem ter fechado a estrada — respondeu Allison.

— Vamos passar por eles.

— Por uns quinhentos metros, sim. E aí você vai sair da estrada, Jamie.

— Então qual é o seu plano?

— Já andou a cavalo?

Jamie Bennett se virou para ela.

— Está falando sério?

— Estou.

— Não, nunca andei a cavalo.

— Mas vai andar.

Jamie pôs o pé no freio, mas não puxou o freio de mão. A luz dos faróis estava apontando para a casa queimada. Atrás dela, no escuro, ficava o estábulo. E dentro dele, a não ser que alguém o tivesse tirado dali — e Allison não conseguia imaginar que tivessem feito isso —, estava Tango.

— Isso é loucura — disse Jamie. — Não precisamos...

— Eles estão nas montanhas. Não num acampamento. Não é um parque, entende? É uma região isolada. A gente pode ir de carro pela estrada. Mas na estrada não tem ninguém.

Jamie desligou o motor. Os faróis continuaram acesos.

— Precisamos subir a montanha — continuou Allison. — E eu não tenho como andar rápido. Pensei num quadriciclo, mas é a mesma história:

a gente precisaria pelo menos de uma trilha razoável. Só poderíamos subir até certa altitude. Não vamos chegar por trás do fogo nem num carro, nem num quadriciclo. Podemos chegar a cavalo.

Será que podiam mesmo? Fazia meses que Tango não carregava um cavaleiro. Agora ela pediria que ele levasse duas pessoas, subindo uma montanha e entrando na fumaça?

— Está bem — disse Jamie Bennett, abrindo a porta e saindo.

Allison fez o mesmo e as duas caminharam pelas cinzas do jardim até o estábulo. Quando os faróis se apagaram, o quintal ficou escuro, mas os relâmpagos contínuos no oeste mostravam o suficiente do caminho. Ela ouviu Tango antes de vê-lo, um bufo suave.

— Me dê um minuto — pediu.

Jamie ficou sozinha no quintal enquanto Allison entrava no estábulo; ela passou a mão boa pela prateleira perto da porta e encontrou a lanterna que ficava ali. Acendeu-a e apontou o facho para o piso, protegendo-o com a mão para que a luz não ofuscasse o cavalo. Ele a espiava, do escuro, os olhos com um brilho refletido, a respiração saindo num vapor leve.

— Oi, baby — disse ela. — Estou em casa.

Ele bufou suavemente, em seguida levantou e baixou a cabeça no característico estilo Tango, sempre inclinando-a um pouco de lado. Allison desconfiara de que ele não enxergava bem com um dos olhos, porque ele sempre parecia querer olhar para as pessoas num certo ângulo, mas os veterinários fizeram exames e constataram que a visão era boa. Pelo jeito era só um cavalo que queria uma perspectiva diferente.

— Você consegue? — perguntou Allison. — Você aguenta uma última cavalgada, garoto?

Isso parecia ruim, uma coisa medonha, e ela corrigiu como se ele pudesse se ofender:

— *Mais uma* cavalgada. Outra cavalgada, baby, foi o que eu quis dizer.

Bufo, bufo. Ele se mexeu o máximo que as amarras permitiam, ansioso, querendo que ela chegasse mais perto, que o tocasse. Allison foi até a baia e pousou a mão no focinho dele.

— Por favor, seja forte. — Ela estava olhando para a pata do animal — Por favor, seja forte de novo.

Fora do estábulo, Jamie Bennett andava de um lado para outro no escuro. Allison olhou para a sombra dela e sentiu um arrepio, lembranças das sombras que tinham aparecido no seu quintal na noite anterior.

Tirou o freio da boca do cavalo e depois soltou as amarras que prendiam Tango e o impediam de se abaixar havia três meses. Ele balançou a cabeça como se estivesse aliviado com a liberdade. Depois ela foi até a pata, falando baixo, consciente de que ele podia ficar inquieto ao ser tocado na pata dianteira prejudicada, quer isso causasse dor ou não. Tirou o pano macio que tinha substituído o gesso, e logo ele estava livre e desprotegido. Ele a olhou com calma, sem qualquer traço de dor.

— Vamos ver você andar.

Em teoria era uma coisa simples. Mas fazia muito tempo.

Allison trocou o freio protetor por uma versão padrão, abriu a porta da baia e o deixou sair. Ele andou com facilidade, sem mancar, mas o passo era hesitante.

— Você está se saindo bem. Está se saindo muito bem.

— O que está acontecendo? — gritou Jamie Bennett lá de fora, e Allison sentiu uma raiva irracional pela perturbação de seu momento particular com Tango.

— Tudo bem — respondeu. — Só me dê um minuto.

Ela levou o cavalo de uma extremidade do estábulo até a outra e observou o passo atentamente. Não havia qualquer sinal de fraqueza. Tinham lhe dito que não haveria nenhum, tinham prometido que o osso havia se curado bem, mas mesmo assim era maravilhoso ver aquela cena.

Mas será que ele conseguiria carregar uma pessoa? Duas? Ele não deveria carregar nenhum peso durante várias semanas. O processo de reabilitação era vagaroso. Se fosse apressado, poria o cavalo em risco. E se a pata dianteira sofresse outra fratura...

— Preciso que você tente — sussurrou Allison.

Em seguida, encostou o rosto no pescoço do cavalo, sentindo o coração, lembrando como ele a havia alertado sobre a chegada dos irmãos

Blackwell durante a noite. E se ele não tivesse feito isso, e se ela não houvesse tido a chance de ao menos pegar o spray contra ursos? Tango já a havia salvado uma vez, percebeu, e ela estava pedindo mais ainda. Tinha medo de que fosse mais do que ele poderia dar.

— Também estou machucada — disse ao cavalo.

Era a mais pura verdade. A dor vinha aumentando desde a saída do hospital, e agora a intensidade causava distrações. Simplesmente ficar de pé enchia o corpo de dores entrecortadas. Pensou nos movimentos bruscos ao cavalgar e não teve certeza de que suportaria.

Mas se ele conseguisse... se Tango conseguisse, ela também conseguiria. Quando sua própria fonte de força estava esvaziada, era preciso retirar de outras.

— Vamos tentar — disse. — E, baby, se você não consegue, mostre agora. Por favor, mostre.

Sua voz embargou. Ela se afastou e encontrou uma sela. Tango pareceu satisfeito em receber a sela de novo nas costas, e isso tornou mais difícil ver como ele estava entusiasmado. Allison tinha cavalgado Tango com uma criança na garupa, por isso sabia que ele não reagiria necessariamente mal a um segundo cavaleiro — alguns cavalos reagiam. Mas levar dois adultos poderia ser diferente.

Ela saiu com o animal do estábulo para a escuridão onde Jamie Bennett esperava.

— Vou montar primeiro — disse. Tentava manter a voz firme. — Veja como eu faço.

— Está bem.

Allison entregou a lanterna a Jamie e pôs o pé esquerdo no estribo. Parou, esperando para ver se Tango reagiria de modo negativo. Ele não teve nenhuma reação. Ela passou a perna direita por cima da sela enquanto um carrilhão de dor ressoava pelo seu corpo, o bastante para fazê-la ofegar.

— Você está bem? — perguntou Jamie. — Se você não consegue, não precisa...

— Estou bem. Vamos ver se o cavalo aguenta. — Ela deslizou para a frente na sela, dando algum espaço. — Tudo pronto?

— Acho que sim.

— Você vai ficar bem.

— Não estou com medo dele.

Na verdade, Allison estava falando com Tango. Quando Jamie Bennett pôs seu peso na garupa do cavalo, Allison fechou os olhos, com a certeza de que ouviria o estalo da pata dianteira se partindo feito lenha seca.

Ele não fez nenhum som. Remexeu-se um pouco, porém menos do que Jamie, que estava tentando se posicionar na sela projetada para uma pessoa e quase escorregando do cavalo.

— Como vou ficar aqui em cima?

— Segure-se em mim.

Jamie estendeu as mãos, hesitante, e segurou frouxamente a cintura de Allison, o toque de um garoto tímido no primeiro baile.

— Eu não estava brincando quando falei para se *segurar* em mim. Desse jeito você vai cair.

— Eu sinto que...

— Sente o quê?

— Bom, você está cheia de curativos.

— Estou mesmo. E não, não vai ser bom. Nada disso vai ser bom. Mas precisamos ir.

Ela fez uma leve pressão com os calcanhares em Tango e ele começou a andar. Mesmo naquele ritmo lento, Jamie foi sacudida e finalmente percebeu que cairia do cavalo se não se agarrasse. Deslizou mais para perto de Allison, envolveu-a com os braços e apertou. E Allison sentiu o carrilhão de dor voltar, dessa vez com violência. Allison soltou o ar lentamente, tentando não demonstrar o quanto doía. Estava observando Tango andar no escuro. Até agora ele se movia com solidez. Mas mesmo assim sua única atividade durante meses tinham sido exercícios para impedir a atrofia muscular, e ela se perguntou se ele conseguiria carregar as duas por muito tempo. Não sabia quanto tempo seria. Nem ao menos tinha certeza de que havia alguma chance de aquilo funcionar. E se Ethan estivesse errado e o garoto não houvesse tentado usar a rota de fuga?

Ela instigou Tango a aumentar o ritmo, um trote que a fazia se encolher a cada passo, tanto pela própria dor quanto por imaginar a dele. À medida que o cavalo acelerava e relâmpagos espocavam no oeste, Jamie Bennett se agarrou com mais força em Allison, que sentiu um objeto duro pressionando sua coluna.

— Você está com uma arma? — perguntou ela.

— Claro.

— Você sabe atirar? Quero dizer, você atira *bem*? Qualquer um pode puxar um gatilho.

— Eu atiro bem, sra. Serbin.

— Talvez seja necessário. Se nós os virmos... eles não são do tipo do qual a gente foge. São do tipo que a gente precisa matar.

— Seria um prazer — disse Jamie Bennett. — Você os encontra para mim e eu mato os dois. Você está certa: fugir e se esconder não funciona. Estou farta dessa abordagem.

As palavras pareciam certas, ousadas e corajosas, e talvez Jamie acreditasse nelas. Allison também queria acreditar, mas não podia. Se os visse de novo, sabia que não iria escapar. Não duas vezes.

Exigência para a mentalidade de sobrevivência: gratidão.

Era preciso encontrar pequenas coisas para agradecer mesmo nas piores circunstâncias, porque o importante — a declaração simples, óbvia, de *estou vivo* — nem sempre garantia a vitória; havia ocasiões em que você não *queria* estar vivo. Enquanto os três subiam pela base do pico Republic, Ethan fez questão de agradecer a quem havia passado por ali, pela trilha que tinham deixado. A trilha subia a encosta como um caminho divino. Não era difícil segui-la, mesmo à noite: quando as pessoas passavam sobre seixos deslocavam as pedras praticamente a cada passo, expondo a parte de baixo, escura e úmida. Havia riscos longos onde os pés tinham escorregado, e a terra entre as pedras guardava pegadas nítidas. Um dos andarilhos estava com bastões de caminhada, que faziam buracos no chão aqui e ali, acima das marcas dos pés.

Como isso era bastante convincente para os Blackwell, e como eles não conheciam as botas de Connor, os dois ficaram contentes em seguir a trilha. Ethan pôde ir mais depressa, já que matar o tempo não era mais problema, porque estava engolindo tempo suficiente ao seguir uma pista falsa.

Agora a lua estava totalmente escondida, assim como a maioria das estrelas. O famoso Grande Céu ia se desvanecendo em um negrume enquanto a frente de tempestade avançava. Estavam a dois terços da encosta quando Ethan viu um relâmpago acertar as proximidades do Amphitheater, o pico seguinte a oeste, luz branca como uma língua de cobra saltando. Em algum ponto à frente deles houve um som que parecia vir de uma chuva forte, e ele acreditou que um pouco acima estaria caindo granizo.

— Sei que a velocidade é importante para vocês — disse. — Mas vamos correr risco lá em cima, agora. *Muito* risco. Vinte minutos de parada devem bastar. Vamos deixar aqueles relâmpagos passarem, e depois continuamos. Mas se continuarmos subindo...

— Vamos continuar subindo — ordenou Jack Blackwell.

Agora sua respiração estava pesada, até mesmo ofegante.

Ethan saboreou o som, adorando cada sinal de dor, e disse:

— O negócio é o seguinte: eles não vão se mover. Vão fazer o que é sensato e procurar abrigo. Imagino que já tenham feito isso. Não iríamos perder tempo.

Na verdade, ele estava ficando extremamente curioso com relação a quem seriam os dois andarilhos e onde diabos eles *teriam* acampado. Sabia o que as pegadas indicavam: duas mulheres, provavelmente, ou uma mulher e um garoto ou um homem muito pequeno, mas não Connor Reynolds. Ethan não conseguia entender aquela rota, não conseguia ver o que um mochileiro comum poderia esperar seguindo por ela. Se o objetivo era o pico Republic ou o Amphitheater, havia maneiras melhores. Era uma trilha curiosa.

— Quais são as chances de Ethan ser acertado por um relâmpago? — perguntou Jack Blackwell.

— Pequenas. É uma possibilidade no nosso ambiente atual, certamente, mas muito remota.

— E quais são as chances dele morrer se decidir nos retardar desnecessariamente?

— Ah, eu diria que são substanciais. Também observaria que a alta pressão está se afastando daqueles picos. Suspeito que Ethan saiba disso, de modo que a tempestade pode ser uma desculpa.

Ethan parou. Era uma observação fascinante por dois motivos. Primeiro, porque Patrick tinha acertado, e não havia muitos homens que pudessem fazer uma declaração dessas sobre um sistema de alta pressão enquanto percorria uma região remota, e segundo, porque ele estava errado.

Chamava-se Lei de Buys Ballot. No hemisfério Norte, se você ficar de costas para o vento prevalecente, a área de baixa pressão estará à sua esquerda e a de alta pressão à direita, porque o vento viaja no sentido anti-horário para dentro, em direção ao centro da baixa pressão. No hemisfério Sul a direção é oposta. Patrick tinha feito a observação certa, mas chegado à conclusão errada.

É um erro, Ethan se perguntou, *ou você não é deste lugar?*

Então ele pensou nas vozes, naquela fala cuidadosa demais. Era um inglês impecável, mas desprovido demais de qualquer sotaque. Eles pareciam vir de lugar nenhum.

Hemisfério Sul, pensou. *Vocês estão longe de casa, rapazes.*

Ali o mundo de Patrick estava ao contrário. Sua observação sobre a tempestade poderia não custar caro a eles — ou poderia custar muito —, mas era bom saber disso. Se Ethan estivesse certo, era muito bom saber.

— Foi exatamente o que pensei — estava dizendo Jack. — Vamos votar, então, ou deixamos por conta do Ethan? Sou um defensor fervoroso do processo democrático.

— Sei disso.

— Mas em algumas situações uma liderança nítida deve ser assumida. Em nome do bem maior. De modo que talvez…

Ethan começou a andar antes que eles chegassem a uma decisão. Adiante, o barulho da chuva nas pedras ficou mais alto, e ele sentiu as primeiras ardências na pele. Sem dúvida era granizo. Viu o gelo se juntar e derreter no facho da lanterna.

Os homens o seguiram, e enquanto subiam pelas pedras soltas todos permaneceram em silêncio; as respirações ofegantes preenchiam a noite em meio ao som do granizo nas pedras, o vento assobiando e gemendo ao redor e os trovões se aproximando. O mundo era iluminado repetidamente por clarões intensos. No topo da encosta coberta de pedras soltas, no platô da base do pico Republic, o granizo havia parado, e tudo que restava eram os relâmpagos e o que vinha atrás deles.

Mas a mente de Ethan não estava mais na tempestade. Estava nos andarilhos à frente. A trilha falsa, as iscas. O comportamento deles fazia cada vez menos sentido à medida que subiam. As pegadas ali eram frescas. Não apenas recentes, não apenas com menos de um dia. Deviam ter sido deixadas menos de uma hora antes.

O capim tinha depressões onde duas pessoas haviam tirado mochilas das costas e posto no chão. Essas depressões estavam mais secas do que o resto do platô. Isso significava que os corpos haviam funcionado como abrigos contra o granizo. Isso significava que não estavam muito à frente.

Quem estaria disposto a caminhar na direção de um pico de montanha no escuro durante uma tempestade de granizo? Quem estaria disposto a subir a escada e ir ao encontro dos relâmpagos?

Não é ele, insistiu Ethan. *Conheço as botas do garoto, e essas pegadas não lhe pertencem.*

Exigência da mentalidade de sobrevivência: mente aberta. A rigidez era a porta para a morte.

Olhou de novo para as depressões enquanto o platô era iluminado por uma série de quatro relâmpagos rápidos como luz estroboscópica. E viu seu erro. Tinha subestimado os dois.

Ele está usando calçados novos. Está usando um par de calçados dela.

Era uma precaução sensata e um belo truque. E teria funcionado, ou pelo menos garantido um pouco de tempo, se os dois estivessem sendo perseguidos por outra pessoa. Um bom rastreador teria visto aquelas pegadas e desconsiderado, sabendo que não eram as do garoto.

O único problema é que tanto Ethan quanto o garoto estavam tentando ser espertos. O garoto estava tentando se proteger mudando a trilha e Ethan estava tentando protegê-lo seguindo uma trilha que sabia que não era a do garoto. Agora não somente tinha achado a trilha do garoto para os assassinos: também havia diminuído a distância entre eles.

35

Foi o zumbido que finalmente arrancou Hannah do entorpecimento, um zumbido alto e elétrico, como um despertador, um chamado relutante para a realidade.

— O que é isso? — gritou Connor. — Que barulho é esse?

O som caía ao redor das montanhas como um antigo canto aprisionado, algo com o qual eles se deparavam bruscamente num lugar do qual os humanos não faziam parte. Tinham acionado algum interruptor invisível, e aquela era uma forma de a natureza reagir aos intrusos. O zumbido alto era uma sirene anunciando a presença deles nos picos.

— É o efeito corona — respondeu Hannah devagar, e mesmo sabendo que deveria estar com pressa, até mesmo em pânico, isso parecia ter ficado para trás. Tinha consciência de que as escolhas tinham sido feitas e que as rotas de fuga já haviam sido ignoradas.

— O que é? O que significa? — Connor estava quase gritando.

— É eletricidade. Tem muita eletricidade no ar.

Porém significava mais do que isso. Significava que já existia uma carga no solo. Significava que um daqueles raios tinha encontrado a montanha. Agora a terra e o céu estavam conectados, com Hannah e Connor no meio. Estavam quase na borda da geleira que ficava entre os picos. Muito abaixo, as fitas vermelhas do incêndio ainda reluziam, mas no momento não era aquela a luz que a preocupava. De repente havia uma luminescência azul nas pedras ao redor. O branco da geleira parecia vidro sobre um mar do Taiti.

Fogo de santelmo. A luz fantasmagórica que tinha assombrado marinheiros durante séculos, escalando pelos mastros dos navios em oceanos vazios. Agora, no meio do continente, ele estalava nas pedras elevadas à esquerda, saltava para cima numa luz cobalto que era sugada pela escuridão, ansioso na tentativa de reivindicar o céu.

E, ao seu redor, um zumbido. Não era um som estático, e sim dinâmico, com o tom subindo e descendo, ainda que o ar estivesse chapado e imóvel. Relâmpagos espocavam, desapareciam e espocavam de novo, e a montanha estremecia com os trovões. Então Hannah sentiu um arrepio, não do tipo provocado pelo pânico, mas do tipo que deveria criar pânico. Quando olhou para Connor, reparou que os fios de cabelo na nuca do garoto estavam eriçados, como a pelagem arqueada de um gato se defendendo.

— Corre — disse ela.

Mas ele não podia correr. Os dois estavam em uma altitude elevada demais, o lugar era muito íngreme, e ele só conseguiu dar três passos inseguros antes que seus pés tropeçassem, fazendo-o cair de joelhos. O mundo azul ribombou com um trovão e depois floresceu num clarão agressivo e branco antes de voltar ao azul. Hannah não tinha se mexido, não dera um único passo, e abaixo dela Connor continuava tentando, de quatro, descer de novo a montanha.

Ela pensou no garoto que tinha fervido no rio tentando alcançá-la.

Connor tentou se levantar. Firmou o peso nos bastões de caminhada, e Hannah fixou o olhar neles: uma vara de alumínio em cada mão. Um para-raios em cada mão.

— Connor! — gritou, e agora estava se movendo, finalmente livre do atordoamento, tropeçando e escorregando atrás dele. — Largue os bastões! Largue os bastões!

Ele se virou para trás e olhou para ela, depois registrou a instrução e soltou os objetos. Os bastões desceram quicando pela montanha. Hannah passou de uma pedra para outra, indo na direção dele.

E então estava caída de costas.

Olhou para o céu noturno e percebeu que suas botas apontavam para cima. Por que estava olhando para as botas? Por que estava de cabeça para baixo? Estava de cabeça para baixo na montanha e, de algum modo, Connor se encontrava acima dela. Antes tinha estado abaixo. Ele também tinha caído. O zumbido alto tinha voltado — será que havia chegado a sumir? —, e seu corpo doía.

Você foi acertada, pensou com espanto. *Você foi acertada.*

Tentou se mexer, achando que não conseguiria, mas o corpo reagiu, e ela viu que Connor também estava se mexendo. Não tinham sido atingidos. A montanha havia sido golpeada de novo e absorvido o golpe para eles, mais uma vez. Talvez não continuasse fazendo isso.

Ela se arrastou na direção de Connor e estendeu a mão.

— Venha.

Quando a mão dele encontrou a sua, o toque transmitiu um choque estático. Ela o puxou, e os dois começaram a descer a encosta juntos. Depois a descida difícil se transformou em queda, e eles escorregaram para baixo, com dores intensas e solavancos enquanto cediam à gravidade contra a qual tinham lutado durante toda a subida. Ela sabia que não cairiam por uma distância muito grande — uma das ravinas de drenagem os esperava, e ela estava preparada para o impacto quando chegaram.

O pouso foi menos doloroso do que a viagem. Ele bateram com força numa fenda de pedra, e Connor recebeu o impacto maior. Agora estavam enfiados entre as pedras, uns 12 metros abaixo dos picos. Connor tentou se levantar, mas ela o deteve.

— Fique abaixado. Pare de se mexer e fique abaixado.

Ficaram encolhidos juntos, nas pedras, e acima deles o mundo ribombava e ribombava, ribombava e ribombava.

Nenhuma chuva caía.

Não era uma tempestade de salvação. Era uma tempestade de pederneira e aço. Lá embaixo, as equipes de bombeiros observavam e esperavam a chuva, mas nesse momento provavelmente percebiam que ela não viria. Tudo que o vento carregava eram relâmpagos secos, o pior tipo para um dia de bandeira vermelha. Provavelmente surgiriam novos focos, com todos aqueles raios ao redor. Era isso que podia acontecer quando se depositava a fé numa nuvem.

Hannah se segurou em Connor e pressionou os dois contra as pedras, olhando a tempestade elétrica passar, e sentiu um ódio verdadeiro. Tinha confiado na tempestade, que se virou contra ela, transformando-se em inimiga. Tinha encontrado inimigos suficientes no caminho. Eles os perseguiam e espreitavam à frente, e ela não precisava que caíssem do céu, também.

— O raio acertou a gente — disse Connor.

Ele estivera em silêncio durante um tempo, observando. Parecia que o pior da tempestade estava passando, mas Hannah sabia que não era possível contar com isso, principalmente quando os céus podiam lançar contra você uma coisa que tinha dois centímetros de largura e oito quilômetros de comprimento.

— Não acertou, não. A montanha é que foi acertada.

— Mas eu senti.

— Eu sei. Também senti. Você está bem?

— Estou conseguindo me mexer. E você?

— Eu também.

No escuro, Hannah olhou para ele e depois para as cobras de fogo lá embaixo. Havia uma equipe de bombeiros por lá. Os dois poderiam tê-los alcançado antes do amanhecer se ela tivesse se comprometido com isso. Mas tinha permanecido no alto para evitar o incêndio e quase acabou matando os dois.

— Se nós dois conseguimos nos mexer — disse —, então é o que deveríamos fazer. É hora de tirar você daqui, Connor.

— Vamos descer aqui?

— Vamos.

— É difícil andar pelas ravinas.

Pela primeira vez ele não continuou argumentando, mesmo sendo verdade.

— Sei que é. Mas nós fizemos uma caminhada difícil para chegar aqui. Sei que você consegue. Você também sabe, não é? — Na falta de uma resposta, ela disse: — Connor?

— Eu consigo continuar. Mas vamos descer direto para o fogo.

— Sim.

— Para encontrar os bombeiros?

— Para encontrar os bombeiros. Eles vão tirar a gente daqui depressa.

Ela se levantou apoiando-se nas mãos e avaliou a ravina longa e sinuosa à frente. Era o pior tipo de local para andar: íngreme e cheio de entulho. Mas levava direto para baixo. Era o tipo de caminho que podia ser percorrido mesmo no escuro.

— Vamos ter que chegar perto do fogo.

— Sim.

— Sinto o cheiro muito forte aqui em cima. É seguro? É seguro chegar tão perto assim?

Uma árvore carmim floresceu no escuro e em seguida foi se apagando. Pontos de fogo saltavam na área queimada, acompanhando o incêndio principal, como se fossem separados do rebanho e morressem de fome rapidamente porque não podiam compartilhar o alimento.

— Tudo é arriscado neste momento — disse Hannah. — Eu sei alguma coisa sobre o que há naquela direção. Mas sobre os homens que estão atrás de você, não sei nada.

— Eu sei.

— Pois é. E você acha que eles vão nos matar.

— Eles vão me matar. Quanto a você, não sei.

— Não existe mais você e eu, Connor. Agora só existe nós. Parece que a nossa única chance é ir na direção daquele incêndio.

Talvez ele tivesse assentido. No escuro ela não tinha certeza. Mas ele não falou.

— Vamos conseguir, Connor. Olha, eu prometo, nós vamos conseguir chegar lá embaixo, você vai sair deste lugar e nunca mais vai ver isso aqui de novo. A não ser que queira. Está pronto para sair destas montanhas?

— Estou.

— Eu também.

Tinham deixado a torre de vigia poucas horas antes, caminhando com um plano. Dessa vez, quando partiram, estavam se arrastando. À medida que a tempestade ia embora e o alvorecer vinha substituí-la, os dois saíram de seu mundo antigo para um novo, como se os relâmpagos tivessem marcado a divisão e os levado para outro território. Esse mundo era totalmente cinza, tanto por causa da luz oferecida por um sol ainda preso atrás das montanhas quanto pela fumaça que subia para encontrá-lo. Assim que saíram da ravina, encontraram um trecho plano, e foi Connor que percebeu primeiro o significado.

— Isso é a trilha — disse ele. — É a trilha do desfiladeiro Republic.

E era mesmo. Faltavam seis quilômetros. Mais ou menos a mesma distância percorrida desde que tinham deixado a torre. No entanto, pareceria — ou deveria parecer — um décimo disso. Eles estariam andando morro abaixo, numa trilha aberta, e não lutando por cima dos picos e entrando numa tempestade.

— Estamos quase em casa — ofegou Hannah. — E por enquanto não tem ninguém atrás da gente.

36

Quando os relâmpagos começaram a golpear os picos, até mesmo os irmãos Blackwell souberam que era hora de parar.

— Só um pouco, agora — disse Jack, numa voz cantarolada e tranquilizadora, como se insistisse para uma criança doente descansar. — Bastam alguns minutos.

Ajoelharam-se embaixo de uma prateleira de rocha esculpida por um oceano alguns milhares de anos antes, e pela primeira vez todos estavam ao alcance dos braços uns dos outros.

Mentalidade de sobrevivente: aprecie as oportunidades que o ambiente oferece.

Mas quais eram essas grandes oportunidades? Ethan poderia agarrar um dos irmãos no escuro e esperar que o outro o matasse.

A montanha tremia com os trovões, e a região erma era iluminada repetidamente num estroboscópio de luz. A algumas centenas de metros, um dos raios acertou um pinheiro; a árvore se acendeu, brilhante, e em seguida parte dela caiu no chão e continuou a queimar lentamente, metade permanecendo de pé e metade descendo pela montanha. Temporada de incêndio florestal. Era assim que a maioria começava. Com frentes de tempestade secas e raivosas como aquela. Relâmpagos isolados em terras isoladas.

— Parece que está passando — disse Patrick.

— Pelo menos o pior já passou — concordou o irmão. — Há um pouco mais atrás.

— O suficiente para desperdiçarmos nosso tempo?

— Em algum ponto é necessário correr certo risco. Você acha que chegamos a esse ponto?

— Estamos perto dele. Ainda está escuro. Eu odiaria desperdiçar isso. Muita coisa está acontecendo desde hoje cedo. Quando vierem atrás dele, amanhã, virão com tudo.

— Então vamos terminar com isso.

Ethan os observou saindo de baixo da prateleira de rocha e depois se separando, como era o estilo deles, e qualquer chance que ele pudesse ter tido foi embora. Não se mexeu imediatamente. Permaneceu agachado embaixo da rocha, observou os raios, sentiu o cheiro de fumaça e pensou em como eles estavam perto do garoto.

— Ethan? — gritou Jack Blackwell, afável. — Odeio pressionar, mas estamos com o prazo meio apertado.

Ethan saiu de baixo da pedra. Um trovão ribombou de novo, mas não tinha a mesma ameaça grave de antes, enquanto a tempestade se desviava para o leste. Os relâmpagos continuavam lá, esporádicos, mas continuavam, e nenhuma gota de chuva havia caído.

— Aquele é o pico que você queria. — Patrick Blackwell indicou o Republic, iluminado por outro clarão. — Correto?

— É. Mas agora não adianta subir até lá.

— Achei que você tivesse certeza de que aquele era o destino deles. Os rastros parecem indicar isso.

— Eles devem ter saído dos picos quando os relâmpagos começaram.

— Se é que posso interrompê-lo — disse Jack —, creio que me lembro da noção de Ethan sobre a visibilidade proporcionada lá em cima. A ideia de que poderíamos enxergar qualquer pessoa nas proximidades.

— Ele realmente teve essa noção. Você está certo, Jack.

— Então imagino que valha a pena subir.

Ethan não sabia onde Connor e a mulher do posto de vigia estavam, mas tinha certeza de que estariam no alcance de visão de um observador no topo do pico Republic. Cairiam nas linhas cruzadas da mira telescópica do fuzil de Patrick.

Pensou de novo em seu pai e pela primeira vez teve uma resposta para a pergunta dele: *Como vou saber se funciona? Connor Reynolds pode dizer a eles. Quando ele sair vivo dessas montanhas vai poder dizer que funciona.*

— Você sobe primeiro — disse a Patrick, assentindo para a parede de rocha íngreme que agora estava nas sombras, sabendo qual seria a resposta.

— Não, não. Confiamos a liderança a você. Vá e suba. Não se preocupe, Ethan. Estaremos logo atrás.

No ponto em que o pico Republic se transformava de uma caminhada íngreme em uma escalada verdadeira, Patrick Blackwell pendurou o fuzil no ombro e ficou perto de Ethan. Jack permaneceu mais atrás. Fizeram isso sem discutir, mas Ethan entendeu. E, claro, era a atitude certa. Eles nunca pareciam fazer algo que não fosse a atitude certa. Nas pedras, um tiro de fuzil seria algo precário e difícil, ao passo que a pistola, exigindo apenas uma das mãos livre, era muito mais funcional.

Ethan viu isso acontecer e entendeu o que era: sua última chance se extinguindo. Qualquer esperança de matar os dois, sempre minúscula, agora era inexistente. Mas poderia pegar um. Quando morresse, não morreria sozinho.

Pela primeira vez os irmãos ficaram em silêncio, concentrados na escalada, procurando nas sombras pontos de apoio para as mãos e os pés. Mão e pé, de pedra em pedra, em direção ao céu.

A leste, havia uma fina tira cor-de-rosa, e o céu preto da tempestade tinha clareado até um cinza-claro que permitia enxergar bastante bem; as pedras continuavam escuras, mas suas formas eram nítidas. As colinas cobertas de vegetação ficaram para trás, e eles subiam ao encontro do céu cor de chumbo, agora a mais de três quilômetros na vertical. Era uma escalada que Ethan tinha feito muitas vezes e da qual sempre gostava. E desejou que fosse mais lenta, porque era sua última escalada, e parecia que ele deveria ter tempo de pensar. Havia orações, desejos e sussurros necessários, mas tudo isso transcorria depressa demais e ele não conseguia separá-los, nem mesmo conseguia conjurar uma imagem da esposa; tudo era simplesmente mais uma pedra em volta da qual sua mão se fechava, o cume chegando mais perto e, com ele, o fim.

Tudo bem, então. Tudo terminaria com uma mão numa pedra. Então se concentre nisso, decidiu, sem pensar em mais nada: mão na pedra, pedra no crânio — era tudo que lhe restava alcançar. Esperava que sua própria pedra ainda estivesse no topo da pilha no cume, a última que ele havia segurado, a que ele vinha imaginando por tanto tempo naquela caminhada, quando Patrick Blackwell se desviou para a esquerda e passou rapidamente por ele.

A velocidade súbita veio sem nenhuma palavra e nenhum alerta. O tempo todo Patrick estivera satisfeito em permanecer logo abaixo, perto dos pés de Ethan, seguindo seu caminho. E então, quando o cume se aproximou, tinha se deslocado para longe, por um caminho mais difícil, porém com mais rapidez. Agora ele estava na frente e Ethan entre os dois. Patrick não olhava para trás, movia-se mais depressa ainda, como se estivesse numa corrida, como tantos garotos que Ethan tinha visto, cada qual decidido a ser o primeiro a chegar ao cume.

Não, pensou Ethan. *Não, seu desgraçado, eu precisava chegar primeiro. Você estava fazendo o que deveria, estava permanecendo no lugar certo...*

Então tentou acompanhar o ritmo dele, tentou alcançá-lo e passar por ele. Embaixo, Jack Blackwell percebeu e gritou:

— Patrick!

Só isso, só o nome dele.

Patrick Blackwell olhou para trás, para Ethan.

— Por que a pressa? — perguntou, ficando de pé numa laje de pedra abaixo do cume e soltando o fuzil do ombro.

Ethan parou com o cano a trinta centímetros do rosto, a mão de Patrick numa posição casual sobre o gatilho, as costas apoiadas na pedra, onde ele não teria problema para atirar. Abaixo dos dois, Jack tinha parado de se mexer.

— Tudo certo, Ethan? — gritou ele. — Por um momento pareceu que isso era uma corrida. Por que não deixamos meu irmão chegar primeiro ao cume? Ele sempre foi competitivo. Isso é importante para ele.

Patrick Blackwell sorria para Ethan. Compreendendo alguma coisa, ainda que não os detalhes.

— Será que você pode relaxar um minuto? — perguntou Patrick. — Relaxe.

Ele deslizou de lado sobre a laje, cerca de um metro, o suficiente para afastar o fuzil do alcance de Ethan, depois se virou, segurou a pedra acima e tomou impulso: um movimento rápido, saltando, arrastando o fuzil por cima da pedra. Em seguida, estava no cume e de pé outra vez, e às suas costas estava a pilha de pedras em que Ethan tinha depositado suas esperanças.

— Agora suba o resto do caminho — disse.

Ethan observou a pedra na sua mão. Era útil como apoio, para que ele se segurasse, mas inútil como arma. Suas armas esperavam lá em cima, e ele estava embaixo. E sentiu como se sempre tivesse estado assim.

Subiu, ajeitou as costas e se levantou. E ali estavam, no topo do mundo. Patrick Blackwell manteve o fuzil apontado para ele até que o irmão também tivesse chegado ao cume, depois se afastou alguns passos, baixou o olho para a mira telescópica da arma e começou a examinar as encostas. Jack estava com a pistola na mão e olhava Ethan com uma diversão curiosa.

— Você parece agitado — disse. — Nós o perturbamos?

Ethan foi até a pilha de pedras, a pirâmide que marcava 3.196 metros de altitude. Agora estava virado para Yellowstone, de costas para os Beartooths e para sua casa. Olhou as pedras e disse a si mesmo que seria impossível fazer o serviço, mesmo se tivesse chegado ao topo antes deles, mesmo se alguma coisa, qualquer coisa, tivesse acontecido de acordo com o plano.

Haverá outra chance, disse a si mesmo. *Descendo, talvez, haverá outra chance, outro modo, um jeito melhor.*

— Jace, Jace, meu velho amigo — disse Patrick Blackwell, olhando pela mira. — Que bom ver você. Que bom!

Jack deu as costas para Ethan e olhou para o irmão, e o ar de diversão sumiu do seu rosto.

— Conseguiu ver?

— Consegui. Ele está com uma mulher. Imagino que seja a amiga do posto de vigia.

— Tem certeza de que é ele?

— Se existisse outra dupla como eles indo em direção a um incêndio florestal eu ficaria bem surpreso, mas venha dar uma olhada. É a primeira vez que nós o vemos vivo, no fim das contas. Você tem esse direito, irmão.

Jack se afastou de Ethan e foi até o irmão. Patrick estava ajoelhado com o fuzil apoiado nas pedras, virado para a encosta norte.

Por que eles subiram?, pensou Ethan. *Por que diabos ela o levou tão alto? Eu deveria estar ganhando tempo para eles. Deveria estar vencendo isso.*

Jack foi para perto do irmão, ajoelhou-se ao lado dele e pegou o fuzil enquanto entregava a pistola a Patrick, mantendo ambos armados. Era a atitude certa. Eles jamais tomavam uma atitude arriscada.

A não ser pelos olhos. Pela primeira vez, desde o hospital, os olhos de Jack Blackwell não estavam voltados para Ethan. Estavam na mira do fuzil, e os de Patrick o acompanhavam, ambos voltados para o norte, para longe de Ethan. Ele olhou para a pilha de pedras e viu que a sua não estava mais no topo. Desde então alguém estivera ali e tinha coberto a sua pedra com outra maior, de bordas irregulares. Baixou a mão e a pegou. Fez isso devagar e suavemente, para não provocar nenhum barulho. Nenhum dos irmãos Blackwell se virou.

— Parece que é ele — dizia Jack. — Pegaram uma rota interessante. Por que subir para depois descer? Mas não importa.

— Posso acertar os dois.

— Dessa distância?

— Sim.

Ainda estavam virados para a encosta, e Ethan tinha avançado quatro passos quase sem fazer som, mas não sabia se o barulho teria feito diferença; àquela altura eles tinham parado de considerá-lo uma ameaça e estavam concentrados na presa. Finalmente estavam perto um do outro.

— Odeio ver a coisa terminar aqui de cima — disse Jack Blackwell. — Mas acho que não importa se o garoto não souber. A mãe dele saberá.

— É.

— Um tiro errado seria ruim, se der tempo para eles procurarem cobertura. Prolongaria as coisas e nos levaria mais na direção errada.

— Não vou errar.

— Odeio ver você fazendo um trabalho tão bom de graça. Pago um dólar pela vida de cada um.

— Agradeço profundamente.

Eles precisariam trocar de armas de novo. Estava claro que Jack cedia ao irmão com relação à arma longa. Haveria um momento de troca, um momento em que os dois estariam segurando as armas mas não estariam preparados para dispará-las, e era só isso que Ethan buscava. Estava a um metro e meio dos dois. A pedra em sua mão era pesada, mas não o suficiente para diminuir sua velocidade caso corresse até eles. Poderia golpeá-la girando o braço, poderia golpear com força.

Pegue a pistola, disse a si mesmo, porque a pistola poderia ser disparada rapidamente no caos. Sua respiração tinha diminuído ao mesmo tempo que o coração acelerava, e ele se concentrou na nuca de Patrick Blackwell, porque era ali que a coisa precisaria começar. Tudo começaria e terminaria a partir do ponto em que Ethan pudesse acertar os ossos com a pedra.

— Faça por merecer os seus dólares, então — disse Jack.

Em seguida, empertigou as costas, com os dois joelhos firmes nas pedras, e passou o fuzil para Patrick, que baixou a pistola para fazer a transferência. E ali estava o momento, os dois despreparados, vulneráveis e finalmente, finalmente, próximos o bastante para que ambos corressem risco ao mesmo tempo. Quando começou a se mover, Ethan ficou perplexo por uma oportunidade daquelas ter surgido, porque nunca tinha imaginado que poderia pegar mais do que um. No entanto, eles estavam ali, vulneráveis.

Naquele último metro e meio trocou o silêncio pela velocidade, recuando o punho com a pedra e depois mandando-a para a frente, concentrado naquele crânio, pronto para vê-lo despedaçar.

O crânio não estava ali quando ele chegou.

Eram homens rápidos. Como eram rápidos.

Ethan os havia surpreendido, e mesmo assim eles sabiam o que fazer; o instinto, o instinto daqueles dois que formavam uma força una, era sempre de se separar. Patrick rolou para a esquerda e Jack para a direita. Então havia distância entre eles, e as armas estavam em algum lugar no meio. A pedra de Ethan errou Patrick totalmente e encontrou o ar no ponto em que ele deveria estar. Uma mão saltou e encontrou seu pescoço no que sem dúvida seria um soco mortal, ou pelo menos debilitante, mas Ethan se beneficiou do próprio tropeção, e a mão bateu na lateral do pescoço, e não no meio da garganta.

Uma escolha precisava ser feita. Numa fração de segundo. Ethan precisava olhar para a esquerda ou para a direita, porque não dava para fazer as duas coisas ao mesmo tempo, e permaneceu com o alvo que tinha ido buscar. Brandiu a pedra de novo, e dessa vez teve sucesso, acertou Patrick Blackwell no rosto e sentiu o malar despedaçando em contato com a pedra, rasgou a carne da própria mão nos dentes quebrados de Patrick enquanto o golpe atravessava a boca. A pedra se soltou e Patrick ficou em silêncio, afundando no escuro. E em algum lugar mais atrás, Ethan ouviu Jack se mexendo, atabalhoado.

Armas, pensou, nervoso, *existem armas e você precisa de uma*.

Mas não conseguiu encontrar, e tudo estava acontecendo depressa demais. Sabia que Jack era rápido e mortal, por isso fez a única coisa em que pôde pensar. Passou um braço em volta de Patrick Blackwell, rolou com ele e o levantou, achando que, se tivesse um irmão entre ele e as balas do outro, ficaria bem. Sentiu o cano de metal do fuzil embaixo do braço, apertado contra o corpo frouxo de Patrick, e pensou que se conseguisse um pouquinho de espaço e de tempo, só um pouquinho, poderia não somente equalizar a situação, mas também controlá-la.

Estava na metade do caminho para ficar de pé quando o primeiro tiro soou e alguma coisa queimou a lateral da sua cintura, derrubando-o de novo. Patrick caiu junto com ele, em cima dele, e houve uma pausa antes do segundo tiro, porque agora, sem querer, Ethan tinha alcançado seu objetivo: tinha um escudo, e Jack via duas cabeças lado a lado na escuridão. Uma delas era do irmão, e ele não daria o tiro mortal se não tivesse certeza de que estava mirando a certa. Tinha visto o corpo de Ethan com clareza suficiente para um tiro e havia disparado, mas agora não podia atirar de novo, não com Ethan caído e embolado com seu irmão no escuro. E assim a coisa mais preciosa, o tempo, tinha sido oferecida a Ethan de novo: era um tempo fugaz, mas estava ali.

De pé, exigiu Ethan, enquanto o sangue escorria pela cintura. *Levante-se e volte*.

Agora estava ligado no outro instinto mais básico: a fuga. A luta tinha chegado e ido embora; Ethan sabia onde estava a ameaça e que precisava se afastar dela. E sabia que, se ao menos mantivesse Patrick com ele, teria uma chance.

Só havia um problema: Ethan tinha ficado sem montanha.

Só quando tentou se levantar pela segunda vez percebeu como estava perto da borda e que recuar significava despencar numa longa queda. Abaixou a cabeça para mantê-la junto à de Patrick. Precisava dançar em direção à morte, de rosto colado; não havia outro modo de manter as balas à distância.

— Ethan.

A voz de Jack Blackwell veio das pedras escuras, firme e impossivelmente estável. Inabalável.

— Solte-o, e nós poderemos seguir com nossos negócios. Eu posso fazer com que seja muito rápido ou muito lento. Você está escolhendo por mim, agora. Está escolhendo ir devagar, e isso é tolice.

Ethan estava lutando para manter a cabeça comprimida contra a de Patrick, e isso limitava sua visão, mas permitia que visse a silhueta de Jack Blackwell. Ele tinha se levantado e se destacava das sombras, uma interrupção solitária contra aquela faixa de alvorecer cor-de-rosa. Estava com a arma apontada para Ethan, mas não demonstrava pressa enquanto avançava. Para Jack estava ótimo, porque não precisava se apressar, tinha a arma, o tempo e o espaço. E Ethan não tinha nada disso, apenas a queda esperando atrás dele.

Por isso a escolheu, e levou Patrick Blackwell junto.

QUARTA PARTE

ENTERRE-OS NUM LUGAR ALTO

37

Quando chegaram à área queimada, Tango estava indo mais devagar, embora ainda firme. Allison e Jamie tinham entrado nas montanhas, e dois lados do mundo eram iluminados por duas luzes diferentes e mortais. Acima delas os relâmpagos trabalhavam no topo das montanhas. Abaixo, à direita, o incêndio florestal reluzia logo ao sul de Silver Gate. O vento o alimentava e lançava a fumaça irritante na direção delas. Além disso, Allison viu as luzes de um grande acampamento — devia ser a base dos bombeiros. Ali deviam estar as equipes de terra, os caminhões-tanque e todas as pessoas preparadas para defender Silver Gate e Cooke City de uma ameaça que havia chegado por causa dos dois homens que agora percorriam as montanhas, silenciosos como fantasmas.

— Deve haver policiais lá embaixo — sugeriu Allison. — Acho. Talvez não. Talvez só os bombeiros. Mas mesmo assim talvez eles possam ajudar.

— Não — disse Jamie Bennett.

Allison puxou as rédeas e fez Tango parar. Ele pareceu agradecido por isso. Ela olhou a pata dianteira e esperou para ver se o cavalo tentaria tirar o peso de cima. Ele permaneceu equilibrado. Jamie continuou:

— Sinto muito, mas eu expliquei o motivo. Achei que você tivesse entendido.

— E entendo.

É, ela entendia. Se você sussurrasse a palavra errada no ouvido errado — diabos, talvez até no ouvido certo —, dois lobos chegariam à sua porta à noite. Vidas se perdiam, homens bons eram carbonizados em montanhas, garotos desapareciam. Havia muitos motivos para não restar confiança no mundo de Jamie Bennett. Afinal, ela fazia parte do sistema que deveria manter as pessoas em segurança. E não pudera fazer isso pelo próprio filho. Não contra aqueles dois.

Então como vamos conseguir, pensou Allison, *se o melhor que ela podia fazer tinha levado a isso?*

— Você não precisa ir — disse Jamie, como se Allison tivesse verbalizado as dúvidas em voz alta. — Pode descer até eles. Só estou pedindo que me deixe continuar.

Ficaram em silêncio, Allison pensando, deixando o cavalo descansar e observando o incêndio embaixo e os relâmpagos em cima. Instigou Tango a se mexer de novo. Ele começou devagar.

— Com que velocidade o fogo pode se alastrar?

Jamie Bennett estava virada na sela, olhando as chamas. Não precisava mais ser orientada a se segurar com força; assim que o incêndio havia surgido, seu aperto na cintura de Allison tinha ficado doloroso. Cada passo de Tango também doía em Allison, sacudindo-a. Allison tentava se distrair olhando a pata dianteira, estudando-a em busca de qualquer sinal de fraqueza. Tango não estava indo depressa, mas cada passo era firme e confiante.

— Não sei bem. Mas parece que passou por aqui bem depressa.

— Então estamos seguras aqui. Ele não vai voltar, nem se o vento mudar?

— Aqui não tem combustível. Para onde vamos, tem — respondeu ela, apontando para a linha das árvores intocadas acima do ponto onde as chamas ardiam.

— Jace vai estar lá em cima?

— Não faço ideia, Jamie. A trilha que ele foi orientado a pegar para sair das montanhas em caso de emergência fica lá em cima. Não sei se ele... — Ela se conteve antes de dizer *Não sei se ele conseguiu*, e em vez disso falou: — Não sei se ele decidiu pegá-la.

Diante disso, Jamie não disse nada, então elas continuaram cavalgando em silêncio, e Allison tentou imaginar onde Ethan estaria. Se tivesse começado no córrego Pilot, já devia ter penetrado bastante nas montanhas, subindo até onde os relâmpagos caçavam idiotas.

Seu olhar se afastou dos picos quando Tango hesitou. Era a primeira alteração que ela sentia na andadura, e teve certeza de que era a pata. Mas quando olhou para baixo viu as quatro patas plantadas firmemente no chão. Ele estava tentando recuar. Então ela pensou em cobras, imaginando se ele teria visto uma cascavel no escuro, ainda que elas jamais aparecessem nessa altitude, mas então viu a nuvem fraca que os cascos levantavam.

O fogo tinha passado por ali, e não fazia muito tempo. A ponto de as cinzas ainda estarem quentes.

Ela observou se o chão estaria quente demais, se o calor causava dor ou medo. Não viu sinal disso, ainda que houvesse brilhos vermelhos no meio do cinza.

— Aqui foi onde ele estava ontem — disse. — Vamos subir para as pedras lá em cima e seguir pela crista do morro.

Encolheu-se de dor quando Tango saiu da trilha para as pedras. Ali o chão era muito mais traiçoeiro.

Mas ele não interrompeu o passo, apenas continuou subindo. Abaixo, árvores queimadas cobriam as encostas como soldados caídos, e as que estavam feridas gritavam em estalos quando as chamas abafadas encontravam bolsões dos quais se alimentar. Cada passo levantava cinzas que eram rapidamente conduzidas pelo vento.

— E se Jace estava aqui? — perguntou Jamie. — Quando o fogo passou. Ele poderia estar aqui?

Talvez, pensou Allison. *E, se estava, vamos passar por cima dos seus ossos.* Porém disse:

— Ele não pode ter chegado longe assim tão depressa. Nem se simplesmente largasse a mochila e corresse. Se ele pegou esta trilha, deveria estar descendo por ela agora. — Ela parou e depois acrescentou: — Fique com a mão perto da arma, está bem?

— Não precisa ir comigo — disse Jamie. — Não precisa subir mais. Vou ficar bem, com o cavalo.

— Você mal sabe que direção seguir.

— Então me diga. Me diga para onde ir. Não vou obrigar você a ficar comigo.

— Quero estar perto quando você encontrar seu filho.

E, ah, como queria! Como queria proporcionar aquele encontro! Enquanto subiam a montanha e passavam pela fumaça, com Tango começando a se esforçar mais, Allison teve certeza de que proporcionaria *um* encontro. Talvez fosse entre Jamie e Jace, mãe e filho.

Talvez entre ela e os irmãos de sangue e fumaça.

Jace ficou de quatro quando ouviu o tiro. Por um instante esperou o impacto, como se a bala estivesse demorando para alcançá-lo, mas não houve nenhum. Então esperou o próximo disparo.

— Connor! — disse Hannah. — Connor, está tudo bem.

— Eles estão aqui! Estão atirando!

— São os tocos. — A voz de Hannah estava suave mas confiante. — Querido, são só os tocos.

— Como assim?

— Escute.

Alguns segundos se passaram, e houve um estalo abafado. Uma nuvem de fumaça subiu de um toco de árvore queimado na encosta abaixo.

— Eles prendem o calor — disse ela. — O fogo se esconde por dentro, muito depois do resto das chamas ter ido embora. Então estalam. É só isso que você está ouvindo.

Jace não acreditou nela. O que tinha ouvido parecia um tiro. Mas então outro toco espocou com um estalo surdo, e ele se levantou devagar.

— Tem certeza?

— Também achei que parecia um tiro. Mas, se alguém atirou, por que não atirou de novo?

Jace não tinha resposta para isso. Virou-se e olhou na direção de onde tinham vindo, não viu nada além de sombras e fumaça à luz pálida do alvorecer. A silhueta do pico Republic se erguia acima deles, mas nenhuma sombra se movia. Se mais alguém estava com eles na montanha, não havia nenhum sinal.

— Vamos depressa.

De repente ele teve um mau pressentimento. Tentou se lembrar de que havia sido só um barulho inesperado, não muito diferente de um estouro de escapamento de carro, e que precisava manter a calma. Mas mesmo assim seu coração martelava no peito.

— Vamos indo.

— Vamos. Já estamos quase chegando.

Hannah tinha parado para tomar um gole de água, e seu rosto estava virado para o outro lado, observando a ravina onde o fogo ardia feroz. Jace não gostou de como ela olhava para o fogo.

— Estamos muito perto?

— Você pode ver tanto quanto eu.

— Quer dizer, estamos perto dos bombeiros?

Ela segurou a bainha da camisa e a levantou até o rosto para enxugar o suor, deixando parte da barriga à mostra por um momento, e Connor se surpreendeu ao ver como Hannah era magra. A calça estava presa com um cinto no último furo, como se ela nem sempre tivesse sido daquele tamanho.

— Mais uns oitocentos metros e nós chegamos à borda externa — disse ela. — Depois vamos passar em volta do lado queimado e continuar descendo para o riacho. É onde eles devem estar acampados. Devem estar usando o riacho como fronteira natural, e é lá que vão lutar contra o fogo. Até onde eles irão depende do que o vento fizer antes de chegarmos lá. Eu diria que temos uns 45 minutos. Uma hora, no máximo. Estamos quase fora, meu chapa.

— Certo.

Começaram a andar de novo, e Jace sentiu um cheiro estranho. Fez com que ele se lembrasse do verão em que alguns garotos tinham jogado lixo na pedreira e tentado queimá-lo, mas o fogo não pegou totalmente, e depois o pai de Jace foi resolver a situação. Na base do lixo havia uma pilha de pneus que soltavam fumaça preta e que as chamas não quiseram abandonar. Agora o cheiro o acompanhava, e depois de um tempo ele olhou para baixo e parou de novo.

— Olha os meus sapatos — disse.

Hannah se virou.

— O que é que tem?

— Chega mais perto.

Ela se ajoelhou perto dos pés dele e dessa vez viu: havia fiapos de fumaça subindo dos sapatos. As solas de borracha estavam derretendo. Hannah estendeu a mão.

— Cuidado! — disse ele, temendo que aquilo queimasse a mão dela.

Hannah tocou os pés dele, um de cada vez, depois se levantou.

— Estão derretendo, mas não muito rápido.

Ela não parecia muito preocupada ao falar que seus pés estavam pegando fogo.

— O que eu faço?!

— Você ainda não está sentindo, não é?

— Não. Só vi agora. Mas... eles estão derretendo.

No entanto, as botas dela estavam ótimas. Jace quis fazer uma troca, e o pensamento foi tão infantil que o deixou sem graça.

— Eu não fiz nada de errado.

— Claro que não. É exatamente isso que acontece, mas elas não vão pegar fogo, elas...

— Não. Não foi isso que eu quis dizer. Eu *não fiz nada de errado*.

Ela o encarou. Sem entender. Jace tentou engolir em seco, tossiu e sentiu mais gosto de fumaça. Estava com sede, cansado, seus sapatos estavam literalmente derretendo, e aquela mulher não entendia.

— Eu só estava... brincando. — Ele secou os olhos e tossiu de novo, cuspindo nas cinzas. — Cheguei da escola e fui *brincar*. Só isso. Só fiz isso. E agora... — Ele afastou o olhar das cinzas para encará-la. — Eles querem me matar.

Hannah o segurou pelos ombros. Para uma pessoa tão magra, suas mãos eram mais fortes do que Jace esperava.

— Connor, nós estamos quase saindo. Não, droga. Não olhe para o outro lado. Olhe para mim.

Ele a encarou. Os olhos dela estavam marejados.

— Onde você quer estar? Diga. Diga.

— Em casa.

Jace estava a ponto de chorar, e não queria isso. Deveria ser tão forte quanto ela. Então lembrou que Hannah havia chorado antes, ele tinha visto, embora ela tivesse tentado disfarçar.

— Quero ver meu pai. Quero ver minha mãe. Quero estar em *casa*.

Ele não tinha dito isso em voz alta. Nenhuma vez.

— Certo.

Hannah apertou o ombro dele, e foi a coisa mais próxima de um abraço que Jace recebera desde que os pais o tinham trazido para Montana. Ele então a abraçou, mesmo com vergonha, porque não queria que ela pensasse que ele era fraco.

— Você chegou até aqui. — A voz dela era suave, os lábios próximos ao ouvido de Jace, a cabeça pousada na dele. — Você está quase lá, eu *garanto*, você está quase lá. Vamos andar até aquele riacho e atravessá-lo, e então… então você vai para casa.

— Desculpe. Só estou cansado e não sei…

— Connor? Pare de pedir desculpas.

— Jace — disse ele.

— O quê?

— Meu nome é Jace. Jace Wilson. Connor Reynolds era meu nome falso.

— Jace. — Ela falou devagar, depois sorriu para ele e balançou a cabeça. — Desculpe, garoto, mas acho que agora é tarde demais. Para mim você é Connor. Vamos voltar para onde as pessoas conhecem você como Jace.

Ele assentiu.

— Quarenta e cinco minutos?

— No máximo.

— Não vamos parar de novo. Não vou fazer a gente parar.

— Então não vamos parar. Foi uma caminhada longa, mas falta pouco. Prometo. E não se preocupe com os sapatos. É uma informação boa.

— Como é uma informação boa?

Ela se virou de volta para a fumaça e indicou o fogo, abaixo.

— Quanto mais quente ficar, mais perto estamos.

38

Jack Blackwell encontrou o irmão na metade da encosta oeste do pico Republic. Ele tinha ficado preso em um pedregulho, e Ethan Serbin não estava mais junto, porém uma trilha nítida de terra solta, pedras mexidas e riscas de sangue indicava o caminho dele montanha abaixo, rolando mais para longe, mais depressa. Jack forçou a vista para encontrá-lo, mas não conseguiu. A encosta era muito íngreme. Tinha sido difícil chegar até o irmão e seria mais difícil ainda perseguir Serbin.

— Patrick? Está ouvindo? Patrick.

Os olhos de Patrick Blackwell se abriram. Sem foco, mas vivos.

— É — disse ele, e tentou cuspir, mas só conseguiu pôr para fora uma bolha de sangue. — Estou uma beleza, não é?

Jack se balançou para trás, sentando-se nos calcanhares, e o examinou. Isso lhe tomou algum tempo. O rosto de Patrick falava por si: maxilar quebrado, dentes despedaçados, num dos lados não restava muito do malar. A carne já estava distorcida pelo inchaço. Também havia um osso aparecendo na mão esquerda; em algum momento, tentando interromper a queda, ele devia ter dobrado a mão, e os ossos se quebraram antes que isso acontecesse.

— "Beleza" é a palavra errada — respondeu Jack. — Mas talvez não esteja muito ruim. Talvez não esteja ruim demais.

Patrick tossiu e mais sangue brotou, e isso é que era realmente ruim. Jack se firmou na encosta e se inclinou para perto, pôs a pistola de lado e tocou o irmão com todo o cuidado. Rolou-o só um pouquinho e fechou os olhos quando Patrick tentou gritar e seus esforços só renderam um uivo estrangulado. Jack tateou as costelas e encontrou o problema. Havia muitos danos internos. O lado de fora parecia ruim, mas Patrick conseguiria suportar. Jack sabia que sim. Porém, as costelas quebradas podiam ter causado muitas lesões. Ele não tinha certeza nem mesmo de que pessoas como Patrick poderiam suportar o que estava errado do lado de dentro.

Só quando afastou a mão e se inclinou para trás, Jack viu a parte de baixo da perna. Ali não havia osso visível, mas o pé esquerdo do irmão estava dobrado numa posição que indicara que o dano fora sério, e o inchaço já era pronunciado e grotesco.

Jack se sentou no chão, encarou os olhos azuis do irmão e disse:

— Uma beleza.

Patrick assentiu.

— O pé não está bom. E no peito...

Ele parou quando um fio de sangue pingou da boca e o fez engasgar. O maxilar estava causando dificuldade, mas ele conseguia pôr as palavras para fora, ainda que com muito sangue. Ele o lambeu um pouco dos lábios, e nenhum dos dois falou até Patrick limpar os pulmões do melhor modo possível.

— A encrenca de verdade está no peito. Estou certo?

— Seria difícil continuarmos — admitiu Jack.

— Seria impossível.

— Posso remendar você um pouquinho. Posso carregar você. Vai doer e vai ser vagaroso, mas nós continuaríamos.

— Para onde? — perguntou Patrick, e dessa vez conseguiu cuspir um pouco do sangue. — Subindo aquela montanha? Descendo pelas outras?

Jack não respondeu.

— Estamos muito longe de casa — disse Patrick.

— Pois é.

— Quantos mortos até chegarmos aqui? O que você acha? E por quanto dinheiro?

— Não sei.

— Diga o que sabe, então. Diga o que eu quero ouvir.

— O quê?

— Quantas lutas perdidas?

— Nenhuma, Patty. Nenhuma.

Patrick assentiu.

— Que vida estranha — disse ele.

— Tiramos dela o que pudemos.

— Sempre. Houve um tempo em que pensei que ninguém poderia pegar de volta.

Jack afastou o olhar do irmão e examinou as pedras de novo, procurando Serbin.

— Está vendo ele? — perguntou Patrick, compreendendo.

— Não. Você caiu pelo lado errado da montanha.

Ali, na encosta oeste, o sol nascente não tinha ultrapassado o pico. Em volta deles só havia penumbra e sombras. Mais uma hora, talvez trinta minutos, e tudo estaria iluminado. Mas por enquanto a escuridão se demorava.

— Vou encontrá-lo — disse Jack. — Trazê-lo de volta, para você ver pessoalmente.

— Não temos tempo para isso. — Patrick soltou mais uma respiração sangrenta e disse: — Você sabe como eu quero ver aquele garoto morto agora?

— Estou pensando mais em ver o Serbin morto. E a mulher dele.

— Tudo começou com o garoto. Acabe com o garoto. Primeiro com ele, pelo menos. — Patrick baixou a cabeça e encontrou um pouco de ar depois de uma busca demorada. — Que se dane. Mate todos, Jack. Absolutamente todos.

— Vou matar.

— Você sabe que é hora de ir.

— Já passou da hora.

Então o silêncio chegou e segurou os dois. E Jack Blackwell continuou sentado com o irmão.

— Você é que responde — disse Jack finalmente.
— É.
— Então diga.
— Pela sua mão.

Jack desviou o olhar. Seu maxilar se moveu, mas nenhuma palavra saiu.

— Não pela deles — disse Patrick. — E não sozinho. Meu fim provavelmente chegaria antes de eles chegarem, mas eu estaria sozinho.

Jack continuou sem falar.

— Por favor — pediu Patrick. — Não me deixe ir sozinho. Não depois de todos esses anos. Desta vida.

Jack pegou a pistola e se levantou. Espanou a terra da calça, virou-se para o incêndio florestal que eles tinham provocado, cuja fumaça começava a aparecer na alvorada. Ficou com o lado queimado do rosto virado para o irmão e disse:

— Vou começar com o garoto, mas vou terminar com todos. Você sabe. Você acredita, não é?

— Acredito.

— Mas nunca gostei de viajar sozinho. Nem um pouco.

— Você nunca precisou. Mas vai ficar bem. Vai ficar muito bem.

Jack assentiu.

— Você também.

— Claro.

— Você tem certeza disso.

— Tenho.

— Então é aqui que os caminhos se separam. Por um tempo.

— Amo você, irmão — disse Patrick Blackwell.

— Amo você também.

A voz de Jack Blackwell saiu rouca. Ele tossiu e cuspiu nas pedras sombreadas e respirou algumas vezes. A montanha estava silenciosa, a não ser pelo vento. Quando se virou de novo, os olhos de Patrick estavam fechados. E permaneceram fechados quando Jack disparou uma bala no meio da testa dele, depois mais duas no coração.

Jack tirou o chapéu Stetson preto que usava desde que tinha chegado à casa de Ethan Serbin e cobriu com ele o rosto do irmão, para que, quando o sol subisse acima do cume, não iluminasse o sangue nem os olhos mortos. Abriu o tambor do revólver e tirou as três cápsulas, ainda quentes. Encostou-as nos lábios, uma de cada vez, e as guardou no bolso do peito.

Depois recarregou a pistola com balas novas e começou a descer entre as pedras, na direção do incêndio e das mortes futuras.

39

Agora Ethan era do tipo que morria, e sabia disso. Tinha passado a vida instruindo os outros sobre como evitar fazer parte desse grupo. No entanto, estava ali, sangrando nas pedras escuras.

Mentalidade de sobrevivente: vazia.

Atitude mental positiva: pelo menos tinha matado um.

Ou esperava ter matado. Ali, na sombra ampla da montanha, não conseguia ver onde Patrick Blackwell havia caído. Durante um tempo tinha tentado captar algum movimento, mas a escuridão chegou e ele se rendeu a ela. Quando abriu os olhos, não teve certeza nem mesmo se estava olhando na direção certa, quanto mais para o lugar certo.

Mas peguei o sujeito direitinho, pensou. *Peguei direitinho.*

Havia algo para se orgulhar nisso, não havia? Descontando todos os seus erros, tinha acertado quando foi necessário.

Imaginou para onde o fuzil teria ido. Aquela era a ferramenta de matar, era o que mais ameaçava o garoto, e se eles pegassem o garoto, tudo isso... Nem conseguia pensar. Agora, não. Simplesmente deixaria o tempo passar e o fim chegar, sabendo que tinha feito o máximo possível e perdido, e que ainda havia honra nisso.

Desejou sangrar mais rápido. Toda vez que fechava os olhos, não esperava abri-los de novo, mas isso tornava a acontecer mesmo contra sua vontade. E então tinha mais consciência da dor, das dificuldades, e queria se afastar de tudo. Tinha chegado suficientemente longe para merecer a paz.

Mas seus olhos continuavam abrindo. Não conseguia controlar os desgraçados, um acompanhava o outro, e então ele estava acordado e quase alerta, vendo o sol se esgueirar para o cume da montanha de onde tinha caído, e por fim a claridade era suficiente para avaliar os danos.

Muito sangue. Viu logo e encontrou alguma esperança nisso. Não era possível sangrar desse jeito por muito tempo antes do fim, de modo que o fim estava próximo; agora só precisava ter paciência.

Afora o sangue, não estava muito mal. Arranhões, sim. Coisas quebradas, provavelmente. O pulso esquerdo tinha se transformado numa almofada de alfinetes e sua mão permanecia em algum lugar abaixo, mas ele não se importava muito com isso, porque não via necessidade de usar a mão até seus olhos se fecharem de vez. O ombro direito doía, provavelmente algo quebrado, mas ele não se mexeu o suficiente para ter certeza, porque não via necessidade do ombro, também.

Maldito sol. Continuava subindo. Batia com violência nos olhos, mesmo quando ele os fechava. Tinha piscado, voltando à consciência, e visto a faixa cada vez mais larga de escarlate no leste e os picos ganhando forma diante dela.

Santo Deus, que lugar lindo!

Sentia o cheiro dos abetos, dos pinheiros e das próprias pedras, do frescor da manhã. Sentia a brisa no rosto, já mais quente do que o bolsão de ar onde ele estivera, prometendo outro dia quente e úmido, e sentia o cheiro da geleira também. Algo mais frio do que qualquer coisa que a era moderna conhecia, algo que havia resistido ao homem por gerações e gerações, mas então o homem descobriu o fogo, e agora a geleira certamente não podia resistir muito mais, ia derreter até que tudo que restasse fossem pedras e os rumores do que as havia coberto um dia. Ethan estava morrendo numa terra esculpida por oceanos que ele nunca tinha visto e renascida pelos incêndios.

Fechou os olhos de novo, mas o sol estava mais alto e mais quente, e ele desistiu de uma saída pacífica e escura. Não era assim que ela acontecia para todo mundo, e ele não merecia mais do que qualquer outra pessoa. Que o sol nascesse, então, que a fumaça viesse nessa direção, que ela limpasse aqueles aromas limpos e frescos, aqueles sabores. Abriu os olhos. Ainda ia morrer em suas montanhas, e tudo bem.

A não ser por Allison, estava tudo bem.

Desejou não ter pensado nela, fechou os olhos com força e tentou expulsá-la de sua cabeça. Não precisava dela agora, no fim, porque sabia o que a aguardava, e isso provocou uma culpa e uma tristeza mais poderosas do que conseguia suportar. Allison tinha sobrevivido. E agora ali estava ele, pronto para morrer e nem um pouco insatisfeito com a ideia, pelo menos até ela ter entrado na sua mente.

Abriu os olhos e pela primeira vez olhou para si mesmo, e não para os picos e o sol nascente. Era importante ver, porque era assim que as equipes de busca iriam encontrá-lo. Era isso que eles diriam que tinham visto; era só isso que ela teria para levar na memória pelo resto dos dias.

Estava de cabeça para baixo, a cabeça encostada num pinheiro caído e os pés apontando para o topo da encosta e para o céu. Sangrava no lado esquerdo da cintura e um dos pulsos estava quebrado, talvez o ombro também. Era o que diriam a ela. Porque ela perguntaria. Sem dúvida Allison perguntaria.

Isso o incomodava. Piscou de novo, umedeceu os lábios, tentou se arrastar até a árvore mais próxima e sentiu dor em uma centena de lugares diferentes. Isso bastou para fazê-lo parar. Respirou fundo algumas vezes e depois mandou tudo para o inferno. No devido tempo ela ficaria sabendo de toda a história, saberia como o haviam encontrado. Luke Bowden ou alguém contaria a ela. Não: Luke estava morto. Meu Deus, Luke estava morto. Ethan tinha achado o corpo; como havia esquecido isso? Agora outras pessoas encontrariam o dele e contariam a história a ela. De chapéu na mão e cabeça baixa, explicariam como ele havia morrido na montanha, e Allison, a mulher mais forte que ele já conhecera, faria perguntas. Mesmo por entre as lágrimas, mesmo em meio à agonia, faria algumas perguntas.

Ele estava morto quando caiu?

Não.

Quanto tempo demorou para morrer?
Um bocado.
Ele sofreu? Estava consciente?
Provavelmente contariam a verdade. Ethan sempre havia contado. E Allison, que pusera fogo em si mesma para sobreviver àqueles mesmos homens, saberia exatamente que tipo de homem Ethan tinha sido.

Do tipo que morre.

Não. Pior.

Do tipo que desiste.

Os sobreviventes não desistem, Ethan tinha dito a esse último grupo de garotos enquanto sua mulher escutava no estábulo. *Nunca. Eles PARAM. Sentam-se, pensam, observam e planejam. Isso, garotos, é parar. Qualquer outra coisa é desistir, e desistir é morrer. Vocês são do tipo que sobrevive ou do tipo que morre? Vamos descobrir.*

Malditos, todos.

Dane-se ela, então. Dane-se por ter ficado viva depois de tudo isso, por ser melhor do que ele, por ser mais forte e por tirar dele a única coisa que desejava no momento: simplesmente morrer em paz e sem vergonha.

Mas ela merecia alguma coisa. Por mais que fosse inútil, Ethan queria lhe dar alguma coisa, de modo que quando Luke Bowden e os outros — não, Luke não, por que não conseguia se lembrar disso, por que não conseguia acreditar? — se aproximassem da cama dela, poderiam contar que Ethan tinha morrido tentando. Porque, a não ser que ele deixasse alguma prova, como alguém saberia que ele tinha feito algo além de cair de uma montanha?

Ele tinha uma bandagem homeostática no bolso da calça. Sempre andava com uma, porque a coisa que mais temia, estando ali com os garotos, era um sangramento arterial. Bastava uma queda, um deslize da faca, um urso acuado, todas essas coisas levavam ao mesmo lugar — à perda de sangue —, por isso sempre caminhava preparado.

Ia dar isso a Allison, então. Ia lhe dar a bandagem, e eles diriam: "Bom, Allison, ele morreu tentando. Não desistiu nem quando tudo acabou."

Demorou um tempo para encontrar o bolso certo, mas abriu o zíper e pegou desajeitadamente a embalagem plástica da bandagem. Tinha duas, havia se esquecido disso, mas achou que uma bastaria. Simplesmente abrir a embalagem diria que ele não tinha desistido.

Usou a mão direita para levar a embalagem à boca, rasgou-a com os dentes e tirou a bandagem com dificuldade. Era um pacote de gaze cheio de coagulante; o sangue já continha coagulantes, mas não o suficiente para interromper rapidamente um sangramento traumático. Ethan havia usado aquilo uma ou duas vezes, mas nunca em si mesmo. Girou o corpo, encolhendo-se e sibilando por causa da dor, soltou dois botões da camisa e apertou com força o pacote de gaze no ferimento à bala na cintura.

Seus olhos se fecharam de novo, mas dessa vez foi um movimento involuntário. Mesmo assim continuou segurando a bandagem com firmeza, e depois de um tempo o mundo se estabilizou e ele conseguiu olhar o ferimento. Era feio, mas aquela pulsação constante de sangue já estava diminuindo.

Talvez mais uma, pensou, *não porque fará diferença, mas porque vai mostrar a ela como eu tentei.*

Pegou a segunda embalagem, abriu com os dentes e pressionou contra a parte ainda exposta do ferimento. Depois lembrou que usava um cinto. Afrouxou-o e o tirou com esforço. Em seguida, movendo-se devagar, porque o pulso esquerdo e o ombro direito não cooperavam, conseguiu enrolar o cinto em volta das bandagens e apertou com força.

A pulsação de sangue havia parado.

Por um momento ficou tremendamente satisfeito consigo mesmo. Quando o encontrassem poderiam dizer a ela que ele não tinha somente sobrevivido à queda, mas conseguira interromper o próprio sangramento, ali onde estava caído. Sua esposa tinha agido quando o fim estava chegando para ela e continuou em movimento, e o movimento a salvou. Ethan não tinha onde se esconder da morte, mas talvez pudesse tentar se mexer. Ficar de pé.

Pelo menos levante-se por ela, pensou, então se encostou na árvore e usou as mãos para se levantar.

E caiu de bunda outra vez.

Tudo bem. De novo, e agora mais devagar, e use as pernas, porque as pernas pareciam mais firmes do que os braços. Os braços não estavam muito bons.

Conseguiu na quarta tentativa, e a sensação foi extraordinária. O simples ato de ficar de pé era como algo quase esquecido, uma habilidade antiquíssima.

Ficou parado, respirou, em seguida olhou para a cintura e viu que a bandagem ainda não tinha desistido. As bandagens estavam impedindo o sangue de sair. Olhou a poça secando na terra ao lado do pinheiro caído, onde poderia ter sido encontrado, e ficou imensamente satisfeito por ter se separado dela.

Deu o primeiro passo, depois o segundo, e o movimento não era uma coisa ruim. Doía, mas era uma sensação doce lembrando que seu corpo ainda se movia e que a dor só aflige os vivos.

Não estava se movendo depressa, mas conseguia se mexer, e de novo teve consciência do terreno ao redor. O pico Republic se erguia acima e havia uma águia circulando entre ele e o cume. Abaixo as montanhas se espalhavam em florestas e ao redor o mundo se iluminava com tons rosados. Era um dia lindo para uma caminhada, pensou, mesmo que fosse a última. Talvez ainda melhor se fosse a última. A fumaça estava no ar, e era uma pena, mas ele sabia que a partir da destruição a terra renasceria e que essas montanhas tinham visto mais incêndios do que o número de dias que ele vira na Terra, e elas podiam suportá-los de novo.

Então se sentiu feliz simplesmente por estar andando, por não ter desistido, e ficou tão satisfeito com isso que quase deixou de notar o fuzil.

Estava acima dele, nas pedras, talvez uns dez metros acima. A subida parecia portentosa e a recompensa, desprezível, porque em quem ele atiraria?

Mesmo assim ele estava lá.

Pensou que um homem feliz por morrer andando deveria ficar mais feliz ainda por morrer escalando. Ficar em pé tinha significado alguma coisa, e aqueles primeiros passos eram outra, mas escalar? A história que ele queria deixar para trás era a de um homem que escalava. Um escalador caído, sim, essa parte já era inegável, mas que tinha subido o máximo que podia.

Parou por tempo suficiente para encher os pulmões e verificar as bandagens. As duas estavam um pouco mais escuras, mas não pingando. Então fixou o olhar no fuzil e começou a subir na direção dele, um passo inseguro de cada vez.

40

O vento mudou depois do nascer do sol. Começou a soprar do noroeste e a recuperar o ímpeto que havia sacrificado em troca da tempestade de raios.

O fogo mudou junto, e então Hannah soube que ele estaria muito mais perto do que ela quisera acreditar. Em sua mente, sempre tinha se mantido no mínimo a oitocentos metros, fazendo uma curva ampla por cima do topo do terreno em chamas e descendo para o riacho, permanecendo bem longe do calor perigoso e dos fantasmas que a esperavam dentro das labaredas.

Se aquele vento continuasse soprando, não teriam nem oitocentos metros. Talvez uns quinhentos. Talvez menos.

Não demonstre, disse a si mesma. *Não mostre a ele que você está apavorada.*

Tinham demorado demais para descer a montanha. Estavam a cerca de oitocentos metros do riacho, e ela não conseguia ver a equipe de bombeiros que deveria estar lá, e isso significava mais problema, porque implicava que eles tinham feito o acampamento mais ao norte do que ela havia previsto. E essa era uma notícia ainda pior, graças ao vento. Ele empurraria o fogo subindo pela ravina, algo que considerariam bom, porque era exatamente a direção pela qual queriam que o incêndio se movesse, para longe da floresta e do combustível novo e na direção das pedras. As pedras sempre faziam um serviço melhor na luta contra o fogo do que os seres humanos. No fim das contas, as montanhas cuidavam de si mesmas; tudo que os humanos faziam era ajudar.

Aquela manhã estava ficando ótima para os bombeiros, porque o vento os ajudava e eles se manteriam afastados, agradecendo à sorte, já que na ravina não existia nada pelo qual valesse a pena lutar. Talvez um hectare de abetos e uma encosta de capim, depois as pedras.

E Hannah e Jace.

— Está alto — disse Jace.

Ela entendeu que ele se referia ao fogo. No momento os dois estavam suficientemente perto para ver as chamas com clareza, como elas subiam pelos pinheiros e ainda não estavam satisfeitas, tremulando mais alto, sentindo o gosto do ar para ver se havia alguma coisa comestível lá em cima. Hannah se lembrou de ter tido a mesma ideia em sua primeira temporada de incêndios, lembrou-se de estar brandindo uma machadinha, tentando permanecer calma e fingir que as chamas tão altas não a afligiam.

E agora o som também era poderoso. Com o reforço do vento, o fogo produzia um som parecido com um trovão fraco, porém mais constante, como o eco de trens distantes.

— Vai ser um problema — disse ela.

— O quê?

— Essa merda desse vento — respondeu Hannah, e em seguida olhou para ele e disse: — Desculpe.

— Pode falar como quiser.

Ela assentiu, enxugou o suor do rosto e viu que a palma da mão ficou suja de cinzas. Seus olhos estavam ardendo por causa da fumaça e lacrimejando constantemente.

Quanto mais quente o fogo, mais fria a cabeça; quanto mais quente o fogo, mais fria a cabeça, disse a si mesma. Era um dos mantras que Nick entoava enquanto eles trabalhavam e significava duas coisas: manter-se hidratada e o mais fria possível diante do calor do fogo e, mais importante, manter os pensamentos em ordem. Manter a mente funcionando e permanecer calma.

— O fogo quer fazer o seguinte — disse a Connor. — Pular aquele riacho e encontrar a floresta. Por quê? Porque ele está numa busca, como nós. Nós queremos encontrar ajuda; ele quer continuar se alimentando. Mas o vento o está instruindo a subir pela ravina. O problema do fogo é que ele não sabe o que nós sabemos, não vai perceber que subir pela ravina é um erro. Só vai saber disso quando encontrar as prateleiras de rochas.

Jace a encarava.

— Por que você está falando assim? Como se ele tivesse pensamentos?

— Porque ele tem. — Ela passou a língua no céu da boca, tentando produzir um pouco de saliva, querendo água. Agora os dois estavam sem nenhuma. — Ele tem necessidades, pelo menos, e sabe como satisfazê-las e o que fazer se alguma coisa ficar no caminho. E nesse momento... estamos muito perto de fazer exatamente isso.

— Ele ainda está bem longe.

Pelo menos parecia. Parecia que o fogo se demorava mastigando a madeira. Hannah e Jace estavam numa altitude mais elevada, a alguma distância. O riacho era visível, tremeluzindo ao nascer do sol.

— Você disse que só precisamos atravessar o riacho, certo?

— Certo.

— O riacho não está muito longe. Nós conseguimos. Podemos correr.

Deus, ele ainda achava que podia correr. Por quanto tempo estava de pé? Fazia quanto tempo que estava acordado?

— Hannah? Nós conseguimos, se corrermos.

— Tem um problema. Ele também pode correr, meu chapa. Você ainda não viu isso, mas acredite: ele pode correr.

A temperatura do incêndio principal devia ser de seiscentos graus, talvez oitocentos. Ele estava encontrando bastante combustível, e o vento empurrava oxigênio, fazendo a temperatura subir. Quando ficasse mais quente, ele iria se empolgar e estaria pronto para correr.

Quanto mais quente o fogo, mais fria a cabeça.

Ela havia posto os dois sob um risco enorme ao ficarem em terreno elevado. Era bom reconhecer isso, mas era imperativo saber que continuar a subir não seria mais um erro. O riacho era tentador, mas ela não tinha certeza de que conseguiriam chegar lá, nem mesmo correndo, e se subir de novo podia salvá-los, era isso que precisavam fazer. A simples ideia de subir a deixava com um sentimento de derrota.

— Vamos recuar um pouco — disse. — Sinto muito. Mas é a coisa certa a fazer. Precisamos subir pela ravina e chegar àquela crista, está vendo?

Jace assentiu.

— Podemos andar por ela. Não é íngreme demais. E dá espaço suficiente se o fogo escapar e decidir correr. Ele não vai gostar das pedras, e haverá pedras suficientes entre nós e as últimas árvores. É mais lento, porém mais seguro. Vamos seguir por aquela crista e depois dar um jeito de chegar ao riacho.

Jace não falou nada, mas seu rosto dizia que não concordava. E Hannah conhecia bem aquela expressão, ela própria a havia usado no dia em que convenceu Nick de que tinham tempo suficiente para descer, salvar a família e subir de volta.

— Talvez ele não chegue tão alto — disse ela. — Mas nós chegamos longe demais para correr esse risco. Então é só um pouquinho mais de tempo, porque...

O resto da explicação se esvaiu em silêncio, quando um cavalo com duas pessoas montadas saiu da fumaça à frente deles.

O sol havia subido acima do fogo numa guerra de calor em tons de vermelho, mas a luz não revelara nada, e Allison não estava querendo pressionar Tango ainda mais. A encosta era muito inclinada, e elas estavam perto demais do fogo. Se o filho de Jamie tivesse descido pela parte de trás do pico Republic, elas já deveriam tê-lo visto. Estava preparada para anunciar tudo isso nos últimos 15 minutos, mas não conseguira pôr as palavras para fora. Como seria possível dizer a uma mãe que era hora de abandonar a busca pelo filho? Por isso continuou um pouco mais, diminuindo o ritmo de Tango até uma caminhada lenta. Ele estava inquieto com o fogo, tentando afastá-las do incêndio, porém adiante o terreno era mais íngreme e mais traiçoeiro, por isso ela o fez permanecer na crista. Quando ele parou totalmente, o primeiro instinto de Allison foi olhar de novo para a pata. O primeiro instinto de Jamie foi olhar para a frente, por isso Allison estava de cabeça baixa quando a outra disse:

— Quem são eles?

Allison levantou os olhos e os viu, duas figuras, e como eram duas e estavam a alguma distância, sua reação imediata foi um arrepio gelado de medo: tinha cavalgado direto para os braços deles.

Mas as alturas não batiam. Não eram os irmãos — ela seria capaz de reconhecê-los mesmo como silhuetas distantes, sem dúvida. As duas figuras estavam do outro lado de uma ravina íngreme cheia de árvores mortas caídas e não estavam se movendo, apenas olhando para a frente.

— Quem são eles? — repetiu Jamie.

Sua voz estava contida, como se lutasse para manter a calma, por isso Allison tentou agir da mesma forma.

— Vamos descobrir – disse.

Instigou Tango — *só um pouquinho mais, por favor, amigão, só dê um pouquinho mais para a gente* — e viu as silhuetas assumirem formas mais nítidas. O medo estava se transformando em triunfo, porque pareciam ser uma mulher e um garoto.

— É ele? — perguntou ela.

— Não sei. Vamos até lá e ver.

— Não posso fazer o cavalo passar ali.

A borda da ravina era íngreme, um barranco de pelo menos dois metros e meio, e os galhos e árvores caídos criavam uma base cheia de vãos e buracos, esperando para quebrar pernas.

— Então me deixe descer. Por favor, pare e me deixe descer.

Allison fez Tango parar, e Jamie tentou apear desajeitadamente, quase caindo. Allison segurou seu braço e disse:

— Calma.

Então Jamie encontrou o estribo, desceu e quase caiu de novo tentado tirar a arma do coldre antes mesmo de estar com os pés no chão.

— Relaxe — disse Allison. — Não são eles. Não é com esses aí que você precisa se preocupar.

— Então quem são?

Era uma boa pergunta. Um era uma mulher, Allison podia ver, mas quem? Jamie manteve a arma na mão e começou a ir na direção deles, a pé, sem esperar Allison.

— Espere aí! — gritou Allison

Mas de que adiantava retardá-la? Um dos dois era o filho de Jamie, tinha que ser. Allison desceu também e não pensou em amarrar Tango, porque seu animal não fugiria dela, nunca tinha fugido. Pôs a palma da mão no focinho dele, agradecida, e a mão voltou pegajosa de suor.

— Já volto, amigão. Então vamos dar o fora daqui.

Entretanto, já estava incomodada com a logística: não tinha certeza de quanto tempo a mais ele conseguiria carregar um cavaleiro, quanto mais dois, e quatro seria simplesmente impossível.

Não era o resgate que Hannah havia imaginado. Tinham atravessado as montanhas e descido de volta para o fogo com a expectativa de alcançar homens e mulheres com mangueiras e machados, caminhões-tanque e quadriciclos, e talvez um helicóptero.

Em vez disso eram duas mulheres a cavalo.

— Você conhece elas? — perguntou. — Connor? Você sabe quem são essas pessoas?

— Não tenho certeza.

Ele hesitou, depois avançou alguns passos mais para perto da ravina, e Hannah o acompanhou, sentindo uma necessidade enorme de ficar entre o garoto e qualquer estranho, mesmo se não pretendessem fazer mal a ele.

— Ei! — gritou Connor. — Ei!

As mulheres tinham apeado e estavam se aproximando, uma cheia de bandagens e a outra bem à frente, e Hannah percebeu que a que se aproximava estava com uma arma. Segurou o braço de Connor e o puxou para trás.

— Pare. Nós não sabemos…

— É a Allison! — disse ele.

— Quem?

— A esposa do Ethan! É a esposa do Ethan!
— Seu instrutor?
— É, é a esposa dele. — Connor balançou um braço e gritou: — Allison! Allison! Sou eu.
— Quem está com ela? — perguntou Hannah.
— Não faço ideia. Mas pelo menos ela está armada.

Allison estava se esforçando para acompanhar Jamie Bennet — cavalgar tinha sido doloroso, mas correr era pior —, quando o garoto começou a gritar para elas. A princípio não conseguiu identificar as palavras, porque o vento levava o som do fogo para o alto, pela ravina, mas então escutou seu nome.

Era ele. Era Connor, o filho de Jamie. Tinham encontrado!

— Achamos — disse a Jamie. — Ele está em segurança, fez o que deveria e pegou a rota de fuga, mesmo que ela levasse na direção do incêndio.

Allison não fazia ideia de quem era a pessoa com quem ele estava, mas Connor não parecia ameaçado, parecia saudável e ileso, estava gritando por ela, e Allison, quando finalmente percebeu o que se tornara óbvio, se inundou de alívio e triunfo:

— Encontramos o seu filho.

Allison! Allison!

Ele estava gritando para ela. Por que não estava gritando para a mãe?

— Ele não está vendo você? — perguntou, mas já sabia a resposta, e aos poucos sua mente captou o que isso significava, quando Jamie Bennett se virou para ela.

— Ele não sabe quem você é — disse Allison. — Por que não me contou isso? Ele não sabe que você é a mãe dele.

— Eu agradeceria se você fosse na frente agora. Você vai ter que ficar na minha frente.

A arma estava na mão de Jamie e apontando para Allison, que parecia não entender o propósito daquilo.

— O que você está fazendo?

— Fique na minha frente. Por favor.

Allison desviou o olhar dela, virou-se para Jace e disse:

— Ele não é seu filho.

— Infelizmente não. Agora vá até ele. Ele percorreu um longo caminho e merece ver você, não acha? A partir daqui vamos pensar no que fazer.

Allison a encarou sem se mexer. Mas o garoto e a mulher estavam em movimento; vinham se aproximando depressa, estavam ao alcance da pistola. *Eu sei atirar bem*, tinha dito Jamie Bennett.

— O que está acontecendo? — perguntou Allison. — Que diabo está acontecendo aqui?

Jamie lhe lançou uma expressão dolorida, encolheu os ombros ligeiramente e disse:

— Nem tudo que eu contei era mentira. Realmente vim tirar pessoas das montanhas, sra. Serbin. Mas não o meu filho. Vim pelos meus irmãos.

41

Pela primeira vez desde que Ethan o havia acordado à noite, Jace estava convencido de que ia sair da floresta. Não somente que isso era possível. Estava *acontecendo*. Ethan havia mandado Allison buscá-lo, de algum modo, e ela tinha vindo com alguém que ia protegê-lo.

— Podemos pegar o cavalo — disse ele enquanto passava com dificuldade por um pinheiro caído, sentindo o tornozelo se prender nos galhos.

Era uma árvore seca, morta, e quando o fogo chegasse ela queimaria rapidamente. Mas isso não importava mais, nada importava, porque eles teriam ido embora quando o fogo chegasse. A jornada havia terminado.

Atrás dele, Hannah disse:

— Connor, mais devagar.

Mas ele continuou indo; não precisava ir devagar, não mais, porque aquilo tinha *acabado*; eles iam sair daquele lugar. Hannah não havia mentido: ele veria os pais de novo. Isso ia acontecer.

— Connor. Jace! *Jace!*

Quando ela finalmente usou seu nome verdadeiro, pela primeira vez, ele se virou para olhá-la. Hannah estava de pé na base da ravina, e sua expressão não parecia apropriada ao momento. A alegria que deveria ter existido não estava ali. Era uma expressão sombria. Como se ela soubesse de alguma coisa da qual não estivesse gostando.

— Volte para cá — disse.

— O quê?

Ele estava na metade do barranco, de quatro, segurando-se numa raiz. Só precisava se puxar para cima e chegaria ao outro lado, junto com as pessoas que iam resgatá-lo.

— Volte aqui para baixo — repetiu Hannah, e nesse momento Allison Serbin também falou. Não falou, simplesmente. Gritou.

— *Jace, fuja! Vá para longe dela!*

Ir para longe de Hannah? Por que Allison não confiava em Hannah? Se Hannah quisesse lhe fazer algum mal, já teria feito. Havia algo que Allison não entendia, e Hannah também não, e Jace sabia que poderia esclarecer tudo: todo mundo estava confuso, só isso. Ele tomou impulso por cima da raiz da árvore, subiu na borda da vala e se levantou do outro lado. A mulher que ele não conhecia estava a apenas poucos metros e olhava para ele com calma. Era a única, além dele, que não demonstrava nenhum medo.

Além disso, estava apontando a arma para ele. E sabia segurá-la. Com as duas mãos, como um atirador profissional. Mas por que a arma estava apontada para *ele*?

— Quem é você? — perguntou Jace.

Ela o ignorou, dando dois passos para trás, numa posição em que pudesse ver Hannah e Allison claramente.

— Allison — disse ela. — Não diga para ele correr. Não é um bom conselho. O que Jace precisa é se sentar.

Jace olhou de volta para Hannah. Ela ainda estava no fundo da ravina, parecia derrotada, e não afastou o olhar da mulher com a arma enquanto dizia:

— Jace, sente-se. Por favor. Faça o que ela está mandando.

Ele se sentou.

— Obrigada — disse a mulher. — E se as senhoras se juntarem a ele poderemos relaxar um pouquinho. — Ela fez uma pausa e continuou: — Saibam que não somos obrigados a relaxar. Façam o possível.

Allison se sentou. Estava a uns três metros de Jace, e agora ele podia ver como ela estava machucada, com curativos em todo o corpo e pontos escuros em volta dos lábios. Atrás dela o cavalo se remexia inquieto e observava todos eles. Jace percebia que o animal estava com medo.

— Dois de três — disse a mulher estranha. — Todo mundo aqui em cima.

Ela estava falando com Hannah, que subiu lentamente da ravina, como Jace havia feito. Quando ela se sentou, foi bem perto dele.

— Não fique entre nós — disse a mulher. — Isso é muito corajoso, mas acho que você entende que eu preciso ver todo mundo claramente.

Hannah se afastou, mas não muito, e disse:

— Você também vai morrer, se mantiver a gente aqui. Não percebe que não podemos simplesmente ficar sentados esperando neste lugar?

A mulher a ignorou. Estava olhando direto para Jace.

— Onde eles estão? — perguntou.

— Quem?

— Os homens que vieram matar você. Você os viu?

Jace percebeu que a mulher era parceira deles. Não estava ali para ajudá-lo; estava ali para ajudar *os assassinos*. Olhou para Hannah, depois para Allison Serbin, procurando uma explicação, alguma coisa, mas a mulher falou rispidamente com ele outra vez:

— Jace, você precisa contar a verdade, e agora. Onde eles estão?

— Atrás de nós. Nós os despistamos.

— Duvido. Eles estão com Ethan?

— Não sei.

O olhar de Jamie se desviou para Hannah.

— O que aconteceu? Quem é você, afinal?

Hannah não respondeu. Tinha se virado para outro lado, como se a arma não a incomodasse. Estava olhando para o fogo quando disse:

— Você não tem tempo para encontrá-los. Não percebe?

— Eles são seus *irmãos*? — perguntou Allison. — Você mandou o garoto aqui para morrer?

— Não foi a primeira opção de ninguém, sra. Serbin. Os pais do garoto são muito desconfiados. Mesmo quando concordaram com o meu plano não quiseram entregá-lo a mim. Insistiram em mandá-lo pessoalmente para Montana, e eu dou crédito a eles: fizeram um belo trabalho trazendo-o sob disfarce. Ele poderia ter sido morto no aeroporto em Billings? Certamente. Mas a um risco muito grande. Mas nas montanhas? É muito mais fácil. Se o seu marido não tivesse decidido ser tão eficiente, a coisa terminaria para o garoto com uma bala de fuzil que ninguém veria. Essa era a ideia. Poderia ser difícil para vocês dois, claro, e ninguém mais seria prejudicado. Porém, o que temos aqui é uma situação que escapou um pouco do controle. Um número grande demais de pessoas se esforçou demais para ajudar nosso amigo Jace.

Irmãos dela. Jace olhou para a mulher e conseguiu ver as semelhanças. Era alta, magra, loura e com a mesma calma. Mas ainda não estava atirando. Eles não teriam esperado, tinha certeza. Essa era a diferença.

— Você o mandou para cá para que eles pudessem encontrá-lo? — perguntou Allison, e fazia muito tempo que Jace não ouvia tanta raiva numa voz. Achou que ela seria capaz de desconsiderar completamente a arma e tentar matar aquela mulher com as próprias mãos. — Você pediu para Ethan mantê-lo em segurança, mas só queria saber onde ele estava? Sua desgraçada. Você mandou o garoto para...

— Para ser justa, sra. Serbin, boa parte disso foi culpa do seu marido. Ele se esforçou demais. A tarefa não deveria dar tanto trabalho. Eu me sinto mal pelo resto de vocês, porque nada disso precisaria acontecer. Jace era o único... necessário. — Ela se mexeu e piscou algumas vezes. Só ela estava voltada para a fumaça, que agora soprava com intensidade. E o fogo estava mais ruidoso do que antes. — Jace, você gostaria que eu deixasse essas mulheres irem embora?

Ele assentiu. As lágrimas estavam ameaçando brotar. Mas Jace não queria chorar na frente daquela mulher, na frente daquela desgraçada. Allison a havia chamado exatamente do que ela era. Jace não queria lhe dar a satisfação de morrer chorando. Era o que ela esperava.

— Por favor — disse. Sua voz saiu num sussurro. — Sim, por favor, deixe elas irem.

Então Hannah estendeu a mão para ele, tentando abraçá-lo. A mulher disparou a arma. Jace se inclinou para trás e levantou um braço, como se pudesse se proteger da bala. Mas a mulher havia atirado para o alto, e a bala sumiu na fumaça.

— O próximo tiro não vai ser de aviso — disse ela. — Agora, Jace, essas mulheres podem ir. Se você me contar a verdade e trabalhar comigo, elas poderão ir. A escolha é sua.

— Sim.

— Está bem. A que distância eles estão? Onde foi o último lugar em que você os viu? Ou não viu?

— Eles estão atrás da gente. Só sei disso.

Jace indicou a montanha, e foi então que viu o homem de preto descendo na direção deles. Seu rosto devia ter mostrado alguma coisa, porque a mulher se virou. Ela o viu também e aparentemente o reconheceu, mesmo à distância. Pareceu satisfeita.

— Bom, olhem só. Não precisamos ir a lugar algum, Jace. Podemos todos ficar sentados aqui e esperar.

— Você disse que elas podiam ir embora. — A voz dele subiu até um grito. — *Você disse que elas podiam ir!*

Baixinho, Hannah disse:

— Então vamos todos morrer. Não só quem você quer. Você também vai.

A mulher se virou e olhou de novo para baixo da encosta, para onde as árvores estavam queimando.

— Acho que temos tempo suficiente.

Jace nem se virou para o fogo. Ainda estava olhando para o homem. Era um homem sozinho descendo a montanha, seguindo seu rastro. Era um deles, sem dúvida.

— Eu falei: eles não desistem — disse ele a Hannah.

Allison estivera pensando em correr para cima de Jamie Bennett, tão furiosa com a traição que nem sentia medo da arma. Achou que poderia receber as balas e ainda assim matar aquela desgraçada, mas agora havia outro, e ela sabia o que aconteceria em seguida.

— Não esperava ver você tão cedo! — gritou o homem de preto enquanto se aproximava, e Allison ficou se perguntando a quem ele se dirigia, até que Jamie respondeu:

— Eu não esperava ser necessária. Parece que vocês perderam o controle da situação.

— A coisa não aconteceu conforme o planejado.

Agora ele estava suficientemente perto para ser ouvido sem gritar. Encarou um deles de cada vez e se demorou em Allison.

— Sra. Serbin. Viajei tendo a senhora em mente durante um dia inteiro e uma noite. Está vendo o que fez comigo? — Ele balançou a mão livre diante do rosto, que era uma confusão de bolhas. — É, a senhora também não parece em bom estado, mas pelo menos recebeu um tratamento médico decente. Eu sofri. Isso não me deixou numa condição mental muito boa.

Então ele se virou para o garoto e falou com uma suavidade que pareceu quase doce, como o espanto de um pai se dirigindo ao filho caçula:

— Jace, Jace, garoto lindo. Puxa, como você me causou problemas! Você fugiu bastante, não acha? Se isso o faz se sentir melhor, você me cobrou um preço alto, filho. Cobrou um preço bem alto.

Jamie Bennett perguntou:

— Cadê o Patrick?

Allison estava pensando a mesma coisa. Um deles já era horror suficiente, mas deveriam ser dois.

Por um momento Jack Blackwell não respondeu. Estava de costas para Jamie, encarando Jace Wilson, quando disse:

— Nosso irmão morreu.

Jamie pareceu não acreditar. Não respondeu, apenas balançou a cabeça ligeiramente.

— O marido da sra. Serbin não foi a ajuda que eu esperava. — Jack olhou de volta para Allison e disse: — Ele também morreu, mas a senhora entende que para mim essa não foi uma troca justa.

Ethan estava morto. Ele estava nas montanhas e não parecia possível que morreria nelas.

Jack Blackwell afastou o olhar delas e virou-se para o fogo que se refestelava lá embaixo. Durante um tempo ficou simplesmente parado, como se estivesse sozinho no mundo, sem problemas pesando na mente.

— Veja como ele se espalha — disse, quase para si mesmo. — Foi coisa do Patty, sabe? Foi ideia dele. E ainda pode ser eficaz, ainda que ele não saiba. Existem corpos para esconder e histórias para silenciar, e talvez esse fogo faça o serviço.

O homem se virou abruptamente e encarou a mulher que tinha guiado Jace Wilson até tão longe.

— Quem é você? — perguntou.

Ela não respondeu.

— Eu sei qual é o seu *papel*. Você deveria vigiar. Deveria impedir que uma coisa daquelas — apontou para o incêndio — tivesse permissão de se alastrar. Mas eu gostaria de saber seu nome. Poderia revelar isso, por favor, antes de prosseguirmos?

Ela hesitou um momento e disse:

— Hannah Faber.

Jack Blackwell assentiu e murmurou o nome uma vez, sem som. Uma ação lenta, pensativa, como se estivesse se esforçando para guardar Hannah na memória.

Então levantou a pistola e atirou nela.

Allison nunca tinha ouvido um som parecido com o que brotou de Jace Wilson naquele momento. Algo entre um grito e um uivo, e ele engatinhou desesperado até a mulher que caía. Um sangue brilhante cascateou entre os dedos dela enquanto pressionava o ferimento no joelho direito. Jack Blackwell baixou a pistola e disse:

— Tenha um minuto com ela, Jace. Pode ter um minuto. Estamos com pouco tempo, mas não vou apressar você. Não depois de uma jornada tão longa.

— Depressa — disse Jamie Bennett. — Depressa, ou nunca mais vamos sair daqui.

— Você gostaria de terminar com isso?

— Se quiser...

— Não. — Ele balançou a cabeça, olhando Hannah Faber, cujos pés ainda se moviam nas pedras, como se ela pretendesse encontrar um modo de ficar de pé. — Não, isso aqui é obra minha. Mas no fim o Patty é que vai pegá-los. Ele acendeu o fósforo, sabia? Agora vou deixá-los esperar o trabalho dele.

Jack inclinou a cabeça, examinando o rosto de Hannah. Então disse, olhando com grande interesse:

— Jace, por favor, se afaste.

Jace Wilson não se mexeu, Jack Blackwell mirou, levantou a pistola e disparou de novo, e dessa vez foi Allison que gritou.

Ele mirara um ponto a centímetros do garoto, e acertou outra bala em Hannah Faber, dessa vez no pé esquerdo. O sangue escorreu da bota, a cabeça dela se inclinou para trás, mas nenhum grito saiu. Ela simplesmente se retorceu em silêncio.

— Acredito que agora ela esteja em condições de esperar o trabalho do nosso irmão — disse Jack. — Acho que é um bom modo de encerrar tudo.

— Depressa — repetiu Jamie Bennett.

Estava olhando o fogo se aproximar e tinha o rosto molhado de suor. Jack Blackwell a ignorou, virou-se para Allison e levantou a pistola, depois a baixou e balançou a cabeça.

— Para você e para mim as coisas deveriam ser um pouco mais íntimas, não acha? — perguntou, depois virou a arma com habilidade, segurando-a pelo cano, como um porrete, e avançou.

— Fico feliz por ele ter matado seu irmão — disse Allison, com a voz trêmula.

— Fica, é? Isso é agradável para você? — O tom suave, musical, havia sumido. — Espero...

O restante das palavras e a maior parte do seu rosto o abandonaram. A cabeça explodiu numa nuvem vermelha. Ele tombou de lado e mal rolou quando bateu nas pedras.

Durante alguns segundos Ethan não teve ideia do que tinha dado errado. Seu crânio estava zumbindo, o sangue escorria do rosto, encharcando as bochechas e cobrindo os lábios num calor acobreado, pingando nas pedras onde o fuzil estava.

Eu estava mirando ao contrário nesse filho da puta?, pensou. Então levou a mão à testa, viu a palma cheia de sangue e pensou: *Você é um sacana idiota.*

Tinha mantido o olho pressionado contra a mira telescópica, encostado na borda de metal de uma luneta com distância ocular grande, que permitiria ao atirador manter o rosto afastado. Porque, adivinhe só, o coice era sério quando você disparava uma bala do tamanho do seu indicador a mil metros de distância.

Mas ele havia atirado. E para onde a bala tinha ido?

As bandagens estavam escuras de sangue, e Ethan sabia como isso era ruim, mas, naquele momento, sentado no topo do mundo, com Montana e Wyoming se espalhando por quilômetros em todas as direções, não conseguia se obrigar a se importar. Só precisava saber o que seu disparo havia feito.

Sentou-se encostado nas pedras onde tudo havia começado, onde a queda havia começado, e recuperou o fôlego enquanto o suor penetrava nos olhos, na boca ofegante. Depois se virou e olhou para o lugar de onde tinha vindo, e começou a rir.

Não era muito longe. Visto dali de cima, não parecia muito longe. Um homem com um braço forte provavelmente acreditaria ser capaz de acertá-lo com uma bola de beisebol, e talvez não estivesse errado.

Mas esse homem não teria subido de lá até aqui, sangrando e fraturado. Você não sabia qual era a distância enquanto não a tivesse percorrido.

Ele rolou de barriga para baixo, encontrou o fuzil onde ele havia caído e o levantou de novo. Encostou o olho na mira — o mesmo erro idiota, mas dessa vez não ia atirar — e percebeu que não conseguia focalizar. Precisou recuar e secar o sangue. O olho estava lavado de sangue. Agora a floresta queimava, o vento carregava o fogo para o alto, na sua direção, mas jamais ia alcançá-lo por cima de todas aquelas pedras. Então moveu a mira um pouquinho, e estava olhando de novo para sua mulher.

Na primeira vez em que a vira pela mira, não acreditou. Ouvira histórias suficientes sobre as coisas que as pessoas pensavam ver quando a morte estava próxima, e aquela se encaixava. Uma miragem da sua mulher. Mas então o resto deles ganhou forma: sua esposa, Connor Reynolds, Jamie Bennett e outra mulher, que ele não conhecia. A vigia de incêndios, supôs. Todos vivos. Todos com Jack Blackwell.

Não teve tempo de pensar nisso, em como todos tinham se encontrado, nos caminhos que tinham tomado, quando Jack Blackwell começou a atirar. Ethan quis disparar rápido, mas soube que não podia, porque, como Jack havia alertado ao seu irmão agora morto, um erro naquela distância custaria caro. Aquele não era um AR-15; ele não poderia disparar uma rajada e ir ajustando a mira. Atire uma vez e acerte. Obrigou-se a mirar e pensar, tentando lembrar o básico sobre disparar contra um alvo tão distante, morro abaixo. Tinha estudado essas coisas, e tudo que se destacava era algo que parecia contraintuitivo, mas era a realidade: quer você estivesse atirando morro acima ou morro abaixo, as balas sempre se desviavam para cima. Ligeiramente mais para cima num disparo morro abaixo, pelo simples motivo de que a gravidade era menos inimiga do caminho de uma bala que já estivesse indo para baixo.

Tinha mirado primeiro na cintura de Jack Blackwell, depois decidiu que não era baixo o bastante. A encosta era muito íngreme e a bala subiria acima do ponto em que ele estava mirando, e seria melhor acertá-lo no quadril do que não acertar. Baixou a mira para os joelhos, levou o dedo ao gatilho e soltou a respiração devagar, aos poucos. Tentou fazer com que tudo dentro dele ficasse relaxado. Um tiro tenso era um tiro perdido. Seu pai tinha ensinado isso. Os músculos tensos apertavam o gatilho num espasmo. Espasmos em gatilhos produziam balas desgovernadas.

Então Jack avançou para Allison. Ethan manteve aqueles joelhos no centro da mira, deixou o indicador roçar no gatilho e puxá-lo, e o mundo explodiu contra ele.

Agora, de novo com a mira no olho, tinha o mundo de volta, ainda que numa névoa de sangue. Podia ver sua mulher, o garoto e... e podia ver Jack Blackwell.

Jack Blackwell estava caído.

Começou a rir, depois percebeu que o som mais parecia um soluço. Tentou parar, mas não conseguiu.

Peguei, peguei, peguei. Peguei os dois.

Mas atrás dos sobreviventes havia uma nuvem escarlate subindo. O fogo avançava intenso e rápido. Eles precisavam se mexer.

Durante alguns segundos, ninguém se moveu ou falou. Então Jamie Bennett soltou um gemido grave, caiu de joelhos e estendeu as mãos para o irmão, como se pudesse juntar os pedaços de novo. Largou a arma quando tentou alcançá-lo, e Allison teve um pensamento vagaroso, idiota: *Alguém deveria pegar aquilo*, mas não se mexeu. Jace continuava sentado no chão, e apesar de ter percebido que Jack Blackwell estava morto, parecia catatônico. Seu foco na mulher em que Jack havia atirado era total. A mulher estava com os olhos fechados e respirava entre os dentes.

— Quem atirou nele? — perguntou Jamie Bennett. — Quem deu aquele tiro?

Não havia ninguém à vista. A montanha estava vazia.

Jack Blackwell tinha morrido, mas o fogo não, e agora seu som era mais alto, um rugido por trás da fumaça preta que borbulhava saindo da encosta coberta de árvores, abaixo deles. O calor se intensificava a cada minuto. Jamie Bennett se levantou, olhou para Allison e depois para a outra mulher.

— Não deveria ter acontecido assim — disse. — Deveria ter sido fácil.

Ninguém respondeu. Ela começou a se afastar cambaleando, com passo inseguro. Quase caiu uma vez, segurou-se numa árvore, continuou de pé. Ninguém se mexeu, falou ou tentou impedi-la. O tiro mortal vindo de lugar nenhum tinha atordoado todo mundo. Jamie se firmou e continuou andando na direção de Tango. O cavalo se virou para ela.

Finalmente Allison se mexeu, arrastou-se pelo chão até as duas armas que estavam caídas no sangue, pegou a pistola e olhou de novo para Jamie quando Tango soltou um relincho. Jamie estava tentando montar nele. Precisou tentar três vezes, mas conseguiu subir na sela. Depois começou a bater nele com os calcanhares. Tentando guiá-lo morro abaixo.

Tango já estava inquieto com o fogo; o único motivo para continuar ali era Allison, e ele não queria levar outro cavaleiro. Agora estava tentando se livrar de Jamie Bennett; era como se entendesse o que Allison não conseguira. Jamie permaneceu montada por uns cinquenta metros antes que ele conseguisse derrubá-la. Ela caiu nas pedras e quebrou a perna. Quando tentou se levantar, soltou um grito. O cavalo hesitou, como se sentisse culpa, mesmo contra a vontade — Tango era acima de tudo um cavalo bom —, mas então começou a galopar, entrando nas árvores e sumindo de vista.

Jamie Bennett tentou se levantar de novo, e dessa vez seu grito foi mais alto e ela caiu mais rapidamente. Depois ficou em silêncio, e os outros não conseguiam mais vê-la. Agora restavam os três, enquanto o sangue de Jack Blackwell escorria pela encosta e pingava na direção do fogo.

Allison olhou para o que restava do crânio dele e depois para o alto da montanha, e disse:

— Ethan está vivo.

42

Agora havia fantasmas na montanha.

Hannah podia ver sua antiga equipe, todos eles, mas dessa vez era melhor, melhor do que tinha sido. Não havia gritos e ninguém corria, e até Brandon estava de pé outra vez — não tinha desistido, mantinha-se ereto e forte.

E vigiando-a.

Todos estavam.

Nick chegou perto, olhou-a com paciência e disse:

— Hannah? Use o abrigo senão vai morrer.

Na última vez em que ela ouvira a ordem, ele tinha gritado, mas nessa manhã estava calmo. Todos estavam. Isso a tranquilizou. Afinal, eles eram incríveis. Se não estavam entrando em pânico, ela também não deveria entrar. Eram incríveis.

Nick repetiu, os olhos azuis sérios, implorando:

— Hannah? Hannah?

Então ele a deixou, e o nome pronunciado permaneceu, mas a voz era diferente e o rosto era diferente. O garoto. Hannah olhou para ele e pensou: *Obrigada, Deus, ele atravessou o riacho. Achei que ele não conseguiria. Achei que não tivesse chance.*

— Hannah?

Garoto errado. Montanha errada, dia errado. Hannah piscou, olhou para um rosto riscado de lágrimas e disse:

— Sim.

A voz saiu como um grasnido. Ela molhou os lábios e tentou de novo. Dessa vez foi mais fácil.

— Sim, Connor, estou bem.

— Diga o que devo fazer. Estou com o kit de primeiros socorros, mas isso está muito ruim, não sei o que usar, não sei o que fazer, você precisa dizer o que...

— Para! — disse Hannah.

Ele parou de falar, esperou. Hannah piscou, respirou e viu a mulher atrás dele, e por um instante sentiu medo, porque a mulher estava segurando uma arma. Mas o olhar dela não era mau. O rosto da mulher estava enrolado com bandagens. Ela olhou para Hannah e disse:

— Vamos dar um jeito. Isso aí não vai matar você.

— Claro que não — disse Hannah.

Mas não olhou para onde os outros estavam olhando, para os lugares onde parecia que suas pernas estavam pegando fogo. Era algo básico em situações de trauma: deixar outra pessoa olhar. Você mesma não precisava ver.

Então estava tudo bem. Estava tudo bem.

Não.

A voz de Nick, talvez. A de Brandon? Não sabia. Eram fracas demais.

Olhe.

Quem estava falando? E quem estivesse falando estava errado, ela não deveria olhar, isso não ajudaria em nada. Queria ser capaz de ouvir melhor, a voz era muito fraca e agora o som do fogo era um rugido, avançando pela madeira, e...

Ah. Era isso. É, era isso.

— Preciso olhar o fogo — pediu. — Me ajude.

— Não — disse a mulher. — Fique parada. Me deixe ver o que eu posso...

— *Me deixe ver o fogo.*

Eles a ajudaram enquanto ela se virava. A dor se virou junto: não deixaria que ela se esgueirasse para longe. Teve o primeiro vislumbre dos ferimentos sem querer, conseguiu manter o olhar afastado do joelho, onde a dor era pior e o sangramento mais intenso, mas viu o pé esquerdo, a linda bota White's contra incêndio, agora com um buraco irregular no couro preto, com sangue borbulhando para fora. Uma onda de náusea subiu, mas ela afastou os olhos e encarou as chamas. E ainda que a dor não se afastasse, o enjoo sumiu.

O fogo estava perto da borda das árvores, em seguida vinha a área de capim aberto, e depois eram eles. A rota que Hannah quisera pegar originalmente, voltando para as pedras do alto, não era mais uma opção. Eles tinham sido retardados por tempo suficiente para que o fogo encontrasse as ravinas de drenagem, e agora se movia rapidamente por elas.

Nick tinha dito mais de uma vez a Hannah: se você morresse num incêndio, morria em duas velocidades. Uma era medida com relógio e a outra com cronômetro. Sua morte começava nas decisões ruins que você tinha feito e levavam ao lugar que não era seu, e a morte terminava nas decisões ruins que você tomava tentando escapar dali. Agora eles estavam no cronômetro, e Hannah sabia que ele corria rápido.

O tempo é nosso amigo, porque para nós não existe fim...

— Hannah?

Então ela percebeu que Connor estava repetindo o seu nome. Piscou com força, focou a vista de novo e disse:

— Estou bem. Só estou pensando.

— Vamos voltar, certo? — perguntou Connor. — Não foi o que você disse que a gente deveria fazer? Eu consigo carregar você. Nós podemos carregar...

— Não vamos chegar num lugar suficientemente alto a tempo.

— Vamos correr — insistiu ele.

— O fogo vai correr mais rápido.

A velocidade do fogo aumentava ao subir um morro, esse era um dos grandes truques malignos de um incêndio florestal. Eles estavam numa encosta de cerca de trinta graus, talvez quarenta. A trinta graus a velocidade do fogo dobraria. Além disso, ele teria mais oxigênio, porque nesse momento as árvores que ele queimava bloqueavam parte do vento. Quando chegasse ao capim seco, sem árvores e subindo a encosta, passaria de maratonista a velocista, e o grupo estaria tentando atravessar direto na frente dele.

Sem chance.

Em algum lugar atrás dela, fora da vista mas tão perto que dava para sentir o hálito dele no ouvido, Nick disse:

— Hannah? Use o abrigo, senão vai morrer.

— Eu tinha um abrigo contra incêndio — disse ela.

Mas estava perdendo o foco, perdendo o tempo e o lugar, estava falando com eles sobre outro dia e outro incêndio, por isso ficou chateada quando Connor começou a abrir a mochila, sem prestar atenção nela. Demorou um momento para perceber que ele estava tirando o abrigo contra incêndio. O que ele havia trazido da torre. Aquele em que ela tinha dito que jamais entraria.

— Isso funciona? — perguntou a mulher chamada Allison.

Ela parecia mais do que cética. Hannah entendeu. Todo mundo que olhava um abrigo contra incêndio ficava cético.

— Funciona.

Mas nem sempre. Era errado mentir para eles; no fim você nunca deveria mentir. O abrigo funcionar ou não era uma questão de calor e velocidade. Se o fogo passasse rapidamente por cima deles, o abrigo poderia salvá-los. Mas se demorasse... era o pior tipo de desfecho. Seria melhor ficar sentado esperando, como Brandon tinha feito.

Hannah se apoiou nas mãos e fechou os olhos quando a dor chegou. Quando os abriu de novo sua mente estava mais clara, mas a dor era mais aguda.

— Connor? Escute agora. Faça o que eu digo. Você precisa montar esse abrigo. Pode fazer isso para mim?

Ele assentiu. Suas mãos estavam tremendo, mas ele assentiu.

Hannah explicou como fazer, e ele só precisou de duas tentativas, mesmo com as mãos tremendo. O garoto era bom, mas além disso os abrigos contra incêndio eram projetados para serem abertos por mãos trêmulas. Era o único modo de eles serem montados.

Hannah estava fazendo as contas e o resultado era ruim. Deveria haver um abrigo para cada pessoa, e eram três pessoas para um abrigo. Tinha ouvido falar de uma vez, uma única vez, em que três pessoas sobreviveram no mesmo abrigo. Foi no incêndio de Thirtymile. Mas em South Canyon, onde 13 vidas tinham se perdido, a tentativa de compartilhar abrigos havia falhado tragicamente.

Na mente de Hannah isso ainda deixava alguém sobrando nas encostas acima de Silver Gate.

— Isso vai funcionar? — perguntou Allison Serbin. — Está falando sério?

A barraca frágil, em forma de tubo, não inspirava muita confiança. Especialmente contra o espantoso pano de fundo feito de terror escarlate atrás deles.

— Funciona. Vocês vão entrar aí dentro e ficar.

Allison Serbin pareceu entender o problema, porque disse:

— Jace, ouça o que ela está falando e entre.

Não sugeriu que mais alguém entrasse com ele.

— Você vai entrar com ele — disse Hannah.

— O quê?

— Vai ficar apertado. Mas já funcionou antes.

— E você?

— Vou ficar bem.

— Vai ficar *bem*?

Hannah desviou o olhar.

— Por favor, entrem — disse. — Você não entende como chegamos longe. Não posso perdê-lo aqui. — Sua voz embargou, e ela desistiu de tentar encontrar mais palavras.

Allison a encarou por um momento.

— Está bem, vou entrar.

Hannah assentiu. Havia lágrimas em seu rosto, mas ela não se importava.

— Obrigada — disse. — Connor… quer dizer, Jace… por favor, entre.

— E você?

E ela?

— Você se lembra da promessa que fiz? — perguntou Hannah. — Eu disse que você ia para casa. Prometi isso. Mas o que você me prometeu?

— Que eu não ia obrigar você a entrar nisso aqui.

— Cumpra com sua palavra.

— Não é justo — disse ele.

— Eu não disse que era. Mas fizemos um acordo. Cumpra com a palavra.

— Não. Vamos carregar você. Eu consigo carregar você.

Hannah olhou para Allison e pediu:

— Me ajude. Por favor.

Allison pegou o braço dele com firmeza, e finalmente o garoto prestou atenção; ficou de quatro e entrou pelo tecido prateado que ondulava com o vento e o calor. Allison se ajoelhou para ir atrás.

— Fechem e esperem — disse Hannah. — Bom, pessoal, vai ser ruim. — Ela não fez mais questão de esconder as lágrimas. — Vai ser pior do que vocês acham, mas vai funcionar. Só prometam que não vão sair antes da hora.

Ela estava tão tonta que era difícil organizar as palavras. Não tinha certeza de quantas saíam de sua boca.

O fogo lançou uma espiral reluzente para a borda do capim a uns cem metros deles, algum galho ou pinha que explodiu de uma árvore como um batedor avançado, e o capim a leste dela, em direção ao riacho, começou a queimar e em seguida se apagou. Era assim que começaria, com os focos isolados, e era assim que o incêndio fazia o trabalho mais ardiloso, pulando por cima de aceiros, valas e até mesmo riachos. Ela olhou para o foco isolado se apagando; esse não tinha sido quente o suficiente, nem forte, mas não demoraria até que algum fosse.

— Você fez isso de novo — sussurrou ela.

O garoto ia morrer; depois de tudo isso, ia morrer carbonizado. Uma segunda chance havia saído da floresta e caído nos braços dela, e ela mataria esse também. O abrigo contra incêndios ia garantir algum tempo para eles, mas não o suficiente. Havia combustível demais ao redor. Para eles terem uma chance, o fogo precisaria passar depressa, um caçador desesperado em busca de combustível. Mas ela havia posto o abrigo num capim que ia até a altura do joelho, e estava mortalmente seco. Eles derreteriam dentro do abrigo, e seria uma morte lenta.

As palavras dos mortos a encontraram então, mais memória do que fantasma, mas era difícil separar. A última coisa que Nick dissera e que não era um grito. A última coisa que ele quisera — que tinha berrado — era para ela montar seu abrigo contra incêndio. Mas a penúltima, a última que tinha dito em voz calma, era que desejava que houvesse capim ao redor.

Na base da montanha Shepherd não havia nenhum. Eram só galhos e árvores caídos, pinheiros e algumas moitas de festucas, mas não trechos abertos de capim, e Nick tinha desejado que houvesse. E Hannah era a única pessoa do grupo que tinha entendido por que diabos ele quisera estar no meio de um combustível que queimasse mais rápido.

Você precisa que ele passe depressa.

Ali em cima isso não aconteceria. Ali em cima queimaria devagar e eles morreriam dentro daquele abrigo.

Eles ainda não tinham começado a correr. Qual era o problema, afinal? Ethan os havia salvado, maldição, tinha chegado tão longe, lutado tanto e vencido, tinha derrubado o filho da puta, e eles nem queriam lhe dar o simples presente de correr? O fogo abaixo era um rolo constante de trovão. Ele sentia a força na pedra embaixo de si e pensou, com grande tristeza, que lá embaixo devia estar muito pior, poderoso demais para imaginar, por isso matar Jack não tinha bastado para ajudá-los, porque ele não podia matar o fogo. Eles tinham desistido, e agora Ethan não podia fazer nada além de assistir.

Não queria assistir. Não podia. E assim os colocou no centro da mira telescópica e se preparou para se despedir, porque se recusava a ver a coisa terminando desse modo. Mas em vez de desviar os olhos ficou espiando, fascinado.

Eles haviam pegado algum tipo de estranha barraca prateada. Parecia o material dos cobertores de emergência que Ethan distribuía a cada grupo. Então percebeu o que era: um abrigo contra incêndios, do tipo que era despachado para as equipes na linha de fogo. Não conseguia imaginar onde teriam conseguido — não parecia material padrão para uma torre de vigilância —, mas ali estava.

Enquanto Ethan observava, Hannah e Connor discutiram, depois o garoto entrou no abrigo e sua esposa entrou atrás. A outra mulher ficou sentada no próprio sangue ao lado de um morto, esperando para se juntar a ele.

Você precisa atirar, pensou Ethan. *Será melhor para ela. Mais rápido.*

Mas não tinha coragem.

O sangue embaçou a mira de novo, afastando a mulher, e foi a última coisa que ele viu.

43

Era o jeito errado de morrer. Jace sabia disso antes de entrar no abrigo, e assim que estava dentro e não podia mais ver Hannah, teve certeza. Teria sido melhor todos ficarem sentados lá fora, esperando, e então ela não estaria sozinha, nenhum deles estaria sozinho. Nesse momento era a mesma situação da pedreira: escondido e esperando. E se ia morrer assim, deveria ter deixado que isso acontecesse muito tempo antes.

— Vou sair — disse.

— Não vai, não.

Allison Serbin tinha envolvido o corpo dele com força, e Jace começou a lutar contra ela, chutando e se retorcendo. Ela lutou com ele, até que escutaram a voz de Hannah.

— Connor! *Connor!* Saia daí. *Depressa.*

— Escuta o que ela está falando! — disse ele. — Me deixa escutar!

Allison Serbin desistiu e o soltou, ou ele finalmente se livrou dela; Jace não tinha certeza e isso não importava. Estava de novo fora daquele abrigo medonho, de volta ao mundo. E ainda que fosse um mundo terrível, carregado com os cheiros de fumaça, calor e sangue, era melhor do que na barraca. Tinha saído virado para o que restava da cabeça de Jack Blackwell; não era muita coisa, e ele sentiu uma felicidade estranha, selvagem, ainda que antigamente uma coisa dessas pudesse deixá-lo nauseado.

Pelo menos ele não me pegou. Nenhum deles me pegou.

Mas o incêndio havia sido obra do irmão. Ele mesmo tinha dito.

— Você falou que sabia fazer fogo. — disse Hannah. — Disse que era bom nisso.

Jace não fazia ideia do que Hannah estava falando. Simplesmente se virou para ela e assentiu.

— Você disse a verdade? — A voz dela estava ansiosa, os olhos límpidos pela primeira vez desde que as balas tinham encontrado suas pernas. — *Não minta para mim agora.* Você consegue acender fogo depressa?

— Consigo.

— Você vai precisar acender.

— *O quê?*

— Você tem uma chance. Pode se salvar e salvá-la. Mas, meu chapa, você vai ter de ser capaz de fazer isso. E depressa.

Ele assentiu de novo, zonzo, satisfeito por estar de quatro, ancorado no chão.

— Escute — disse ela. — Você é o cara que não comete erros, não é? Não pode cometer agora. Você precisa ouvir e fazer exatamente o que eu disser. Se fizer isso, vai para casa. Prometo.

— Estou ouvindo.

— Certo. Está vendo aquele capim ali? Aquele platô pequeno?

Ele acompanhou o dedo apontado. Hannah estava indicando a última coisa entre eles e o fogo nas árvores. Um círculo de capim que terminava nas pedras onde eles estavam sentados. A uns cem metros deles e apenas uns cinquenta à frente do fogo.

— Estou.

— Você vai acender um fogo lá. E vai deixar que ele se espalhe.

Jace olhou para Hannah. Será que ela estava em choque? Era isso que acontecia quando a pessoa entrava em choque?

— Vai dar certo. O motivo é o seguinte: você vai roubar o que o fogo quer. Entendeu? Ele vai precisar...

— De combustível e oxigênio — completou Jace, pensando no graveto de suporte, em como você o levantava para fornecer ar fresco, impedir que a chama se apagasse. Em como o fogo ficava abafado por pedaços de madeira maiores. Mas isso não era uma fogueira de acampamento. Era um monstro.

— Isso. Você vai roubar o combustível dele.

— Não vai funcionar. Nisso aí, não. É grande demais! Nunca vai terminar de queimar.

— Não. — Ela secou o rosto com a mão e deixou uma risca de sangue na testa. — Não vai terminar de queimar. O fogo vai se mover mais depressa. É disso que a gente precisa. Ele tem de passar *depressa* por cima do abrigo, está vendo?

Jace não tinha certeza, mas, antes que pudesse responder, ela disse:

— Vá lá e acenda o fogo, Connor. Você consegue?

— Consigo. — Ele não achava que suas pernas iriam sustentá-lo quando ficasse de pé, mas sustentaram. A pederneira estava em seu bolso. Pegou-a com a mão suada e trêmula, e disse: — Vou acender o fogo.

Allison tentou ir com ele. Na verdade, tentou *impedi-lo*, mas quando Hannah Faber gritou, ela parou, virou-se de novo, olhou nos olhos da mulher e enxergou a verdade.

— É a única chance de vocês — disse Hannah, muito baixinho. — Se ele conseguir, leve o abrigo para baixo e coloque nas cinzas.

— Ele não vai derreter?

— Ali embaixo, não. Não com aquele calor. Coloque como ele está e garanta que fique o mais perto possível do centro. Assim que o fogo chegar lá, vai acelerar. Não vai ter outra opção.

Allison olhou de novo para onde o garoto tinha ido sozinho. Ele parecia menor do que nunca, a silhueta emoldurada contra o céu laranja.

— Você acredita nisso — disse.

— É a única chance. E, escute: quando você voltar lá para dentro, com ele, segure-o com força, entendeu? É melhor segurá-lo com força.

Allison olhou para a perna direita de Hannah, encharcada de sangue, e para o pé destroçado, depois de volta para os olhos intensos, e assentiu.

— Não vou soltar por nada.

No caminho até o seu alvo, Jace pegou um pedaço de graveto para servir de suporte, um tamanho perfeito, e percebeu que não tinha tempo para arranjar acendalha. De jeito nenhum teria tempo, mas então se lembrou de que isso não importava. Só precisava fazer o capim pegar fogo. Não estava tentando montar uma fogueira. Só queimar o capim.

A cada passo o mundo ficava mais quente e mais barulhento. Sua boca estava seca demais, a língua parecia inchada contra os lábios.

Eu consigo salvá-las.

Ele continuou andando, chegando mais perto, mais perto, e só parou no meio do círculo de capim. Então se ajoelhou e largou o graveto — não precisava dele, só da fagulha. Arrancou punhados de capim seco e fez uma pilha solta no chão. Segurou o aço da pederneira e se preparou para golpeá-lo, sabendo que conseguiria fazer, que conseguiria produzir a chuva de fagulhas.

Na primeira tentativa deixou a ferramenta cair. Suas mãos estavam tremendo demais.

Você vai matá-las.

Pegou de novo a haste de aço, e foi então que ouviu o grito. Era alto, mas não durou muito. Vinha da mulher que tinha sido jogada do cavalo.

O fogo a havia encontrado.

É isso que vai acontecer. É assim que vai ser, Jace, é assim que você vai morrer.

Pare de ser Jace. Seja Connor Reynolds, o nome pelo qual Hannah ainda o chamava. Connor Reynolds era capaz de acender aquele fogo. Tinha feito isso antes.

Agarrou o aço com a mão esquerda e a pederneira com a direita, e dessa vez não o deixou cair quando fez contato. Fagulhas choveram no capim.

E morreram imediatamente.

Jace estava começando a entrar em pânico, mas então se lembrou do primeiro dia, de Ethan dizendo para ir mais devagar, mais devagar, e tentou de novo, e de novo, e na quarta vez um pouco do capim se acendeu.

Baixou o rosto para o chão, soprou nele e viu a fumaça subir branca. Depois soprou mais um pouco e viu o capim reluzir em tons vermelhos. Acrescentou mais capim, tentando ir devagar, tentando não abafá-lo.

Mas o fogo já estava se espalhando. Já ia se afastando dele. O capim ressecado pelo sol queimava rápido, espalhando-se num círculo cada vez maior. Jace ficou de pé, olhou para as pedras acima e viu Hannah Faber levantando uma das mãos e fazendo sinal de positivo. Então ele correu, para fora do seu fogo e indo até ela, nas pedras.

— Eu falei que conseguia — disse ele, quando a alcançou. Estava sem fôlego.

— Nunca duvidei de você, meu chapa. Mas você acabou de salvar algumas vidas. Agora vocês dois desçam lá e coloquem o abrigo bem onde você acendeu o fogo.

— Ele não vai chegar até aqui. Não tem nada para queimar agora. É como você disse.

— Certo — concordou ela. — Mas é o protocolo, Connor. A gente entra no abrigo para garantir.

— Então por que nós vamos levar o...

— Porque é a escolha certa. Eu estou bem. Olhe para isso! Aqui não tem nada para ele queimar. Pode esquentar um pouco, mas eu vou ficar bem.

— Certo. Então todos podemos ficar.

— Connor? — disse Hannah. — Preciso que você a ajude. *Preciso*.

Ele olhou para Allison, depois para Hannah, em seguida de volta para o seu fogo, que tinha captado toda a força do vento e encontrado a encosta. O fogo ganhou velocidade, em seguida correu ao encontro das pedras e parou. Atrás dele o incêndio principal estava muito perto.

— Termine o serviço — disse Hannah. — Você não pode desistir na metade. Agora ajude Allison a montar o abrigo.

Jace não disse nada. Não conseguiu encontrar palavras, quanto mais colocá-las para fora. Sabia que ela estava mentindo. Pelo menos um pouco.

— Volte para dentro — disse ela. — Connor, volte para dentro, e dessa vez *fique lá*. Eu estou bem. É verdade, estou bem, não vou a lugar nenhum. E obrigada. Você salvou vidas. Você ainda não entende, mas garanto que vai entender.

— Então não precisamos descer para...

— Você é o motivo para eu estar aqui, não percebe? — disse ela. — Estou aqui para garantir que você entre naquele abrigo e *fique* lá dentro. Vocês dois. Agora escute. *Não* saia daquele abrigo até escutar minha voz. Você precisa me prometer isso. Vai parecer que o fogo acabou, que tudo já passou, mas você não vai ter certeza, lá dentro. Não vai saber no que confiar. Por isso espere a autorização do chefe da equipe, certo? E nesse momento, meu chapa, eu sou a chefe da equipe. Espere a minha voz.

44

Os dois depositaram o abrigo em cima das cinzas antes que o incêndio rompesse a linha das árvores. Hannah olhou o fogo chegar e soube que agora ele estava por conta do vento.

Tinha falado com Nick apenas uma vez sobre a possibilidade de morrer num incêndio. Foi no dia em que ele confessou que jamais usaria um abrigo contra incêndio, que não gostava da ideia. Ela discutiu, disse que era idiotice, que tentar fugir de um incêndio florestal era como correr da mão de Deus: você sabia que não tinha chance, então por que tentar? Ele só ia se tornar mais uma cruz na montanha. E a resposta de Nick, com o sorriso maroto que desarmava a discussão antes que se transformasse numa briga, foi que só queria garantir que a sua cruz fosse a mais alta.

Quero ganhar a corrida pelo menos em algum ponto, disse ele. *Me enterre num lugar alto.* Mas, como ele tinha ficado para colocá-la no abrigo, sua cruz acabou sendo a mais baixa na montanha Shepherd.

Agora ela não poderia correr nem se quisesse, mas não queria. Precisava olhar. Devia isso a eles.

Era estupendo. Uma parede de dançarinas laranja e vermelhas com dez metros de altura. Hannah se perguntou vagamente se algum deles, na montanha Shepherd, teria apreciado aquela beleza no final. Achou que Nick talvez tivesse. Parecia possível.

Ele sabia que o fogo ia acelerar assim que rompesse a linha das árvores, mas tinha esquecido como seria rápido. O espantoso era o modo como ele corria morro acima. A gravidade era dona de muita coisa no mundo, mas não do fogo. As chamas romperam a linha das árvores numa corrida e encontraram o que deveria ser uma área de capim.

Tudo que restava eram cinzas.

Isso pareceu enfurecer o fogo.

A um quarto do caminho encosta acima o fogo dobrou a velocidade, avançando como se disparasse por um estopim, correndo na direção do ponto de detonação. Chegou ao abrigo contra incêndio nessa velocidade, e então ela não conseguiu mais ver o abrigo. Mas conseguia sentir o vento, e o vento era bom, estava soprando forte, era disso que eles precisavam, de um vento rápido e constante. Lá não havia mais nada para o fogo comer, por isso ele não permaneceria. A fumaça era densa, mas ela via o brilho prateado do abrigo, e sabia que o garoto estava vivo lá dentro.

— Ele vai conseguir — disse. — Ele vai voltar para casa.

Ninguém questionou. Os fantasmas circulavam atrás dela de um modo silencioso, respeitoso, olhando as chamas se moverem mais rápido do que seria possível no capim que restava, correndo por cima do abrigo contra incêndio, cavalgando aquele vento lindo montanha acima, ao encontro dela.

Nick veio se sentar ao seu lado, tão perto que estavam praticamente se tocando, aquele roçar que lhe provocou arrepios na primeira vez e jamais parou. Ela se encostou nele e sentiu seu calor, e nenhum dos dois disse nada. Não precisavam. Agora podiam olhar em paz.

O serviço tinha sido feito e o garoto estava em segurança.

45

Jace insistiu que tinha escutado a voz dela. Sua história nunca mudou. A princípio ninguém viu sentido em tentar fazê-lo mudar de ideia — o que importava? Mais tarde Allison se perguntou se seria possível. Se Hannah teria gritado para ele no fim.

Tudo que Allison ouviu foi o fogo. Que trovejou por cima deles, com um som e uma sensação diferentes de tudo que ela já havia experimentado na vida. Era como estar deitada nos trilhos enquanto um longo trem de carga passava por cima e de algum modo nenhuma roda encostasse neles.

Jace tentou sair do abrigo e ela lutou para impedi-lo. Não era fácil segurá-lo com tanta força; doía terrivelmente, mas tinha dito a Hannah que iria fazer isso, e depois de um tempo ele parou de lutar e a abraçou também, enquanto o fogo continuava trovejando e o abrigo começava a parecer um caixão em chamas.

O som diminuiu, mas não parou. Allison estava soluçando, aterrorizada com a hipótese de terem ficado sem ar; não parecia haver oxigênio suficiente.

— Ar — disse ela. — Ar. Precisamos abrir essa coisa.

Então Jace lutou de novo com ela, mas era diferente: ele a estava segurando ali dentro, e não o contrário. Allison quis abrir caminho de qualquer jeito, mesmo que as chamas ainda estivessem ali. Qualquer coisa para respirar um pouco.

— Só quando a gente escutar a voz dela! Só quando a gente escutar a voz dela! — gritava ele.

Allison queria gritar que nunca escutariam, porque Hannah estava morta, e eles também estariam se ela não abrisse a tenda. Jace continuou lutando. E então, justo quando ela teve certeza de que não suportaria mais, ele disse:

— É ela. É a Hannah. Anda, abre.

Allison não tinha ouvido nada além do fogo e do vento, mas não discutiria. *Precisava* escapar daquele abrigo, por isso o abriu desajeitadamente, e os dois caíram num mundo de fumaça.

O fogo tinha ido embora. A paisagem queimada mostrava onde ele havia passado pelos dois, e chamas laranja ardiam nas ravinas. Mas ali, na encosta, só restavam brasas.

Estavam vivos.

Foi ali que os bombeiros os encontraram uma hora mais tarde, depois de serem vistos por um helicóptero. Dois dos três sobreviventes na montanha, disseram a ela.

— Três?

— Vocês dois e um homem no topo. Ele sinalizou para o helicóptero, caso contrário iríamos demorar muito para encontrar vocês no meio dessa fumaça.

— Ethan — disse ela.

— Não sei o nome dele.

Mas ela sabia.

— Vocês tiveram sorte — explicou ele. — Tiveram uma sorte tremenda. Três sobreviventes, mas além disso encontramos quatro corpos.

— Não — disse Jace. — São quatro sobreviventes. Se Ethan está lá em cima, nós somos quatro.

O bombeiro não quis responder, e Jace começou a gritar com ele, dizendo que eram quatro, que sabia que eram quatro porque tinha ouvido quando ela gritou, porque ela tinha gritado dizendo que ele podia sair. Então Allison o abraçou de novo e não o soltou, até estarem fora da montanha.

***

Os corpos contaram as histórias que as testemunhas jamais poderiam narrar, embora os três irmãos Blackwell tivessem ido às montanhas para eliminar testemunhas. No hospital, numa névoa de dor, perda de sangue e medicamentos, Ethan contou a quem quisesse ouvir que os irmãos não eram americanos, que sabia disso porque um deles tinha lido os ventos de modo errado. Ninguém prestou muita atenção. Àquela altura, Ethan estava falando um monte de coisas.

O DNA conectou os irmãos a nomes desconhecidos havia muito tempo e descartados até mesmo por eles. Thomas e Michael Burgess.

Eram australianos. Conheciam céus diferentes, verdade, mas fazia muito tempo que não atuavam sob o céu no qual tinham nascido.

Thomas era Jack, o irmão mais velho, uma figura conhecida no meio criminoso de Sydney até viajar para os Estados Unidos no início dos anos 2000 para matar um homem, e gostou tanto do lugar que permaneceu no país após a morte da vítima. O irmão, expulso do Exército australiano por conduta desonrosa, juntou-se a ele, primeiro em Boston, depois em Nova York e em seguida em Chicago. Usaram muitos nomes nesses anos, mas se decidiram por Blackwell por motivos desconhecidos. Jack e Patrick eram nomes que tinham dado um ao outro enquanto passavam por vários lares adotivos depois do assassinato do pai. Este levou um tiro pelo para-brisa do carro com um fuzil semiautomático quando Jack tinha nove anos e Patrick seis. Os dois viram tudo, dos degraus da varanda de casa.

A irmã havia se juntado a eles no país dez anos antes. Tinha tentado — sem sucesso — ser policial federal, cargo que os dois valorizavam muito, dada a sua linha de trabalho. Na época, os irmãos tinham um contato nos federais, um homem chamado Temple, mas ele tinha ido embora e eles precisavam de um substituto. A coisa não deu certo, mas ela entrou para o ramo da proteção executiva como consultora particular, trabalho que a levou a alguns lugares interessantes e uma vez a Montana, para aprender sobrevivência com Ethan Serbin enquanto discretamente protegia uma testemunha que mais tarde desapareceu, segundo boatos, num atentado que custou milhares de dólares.

Em Chicago, os irmãos tinham conhecido um sargento da polícia chamado Ian O'Neil, que também precisava desaparecer com algumas testemunhas. Recentemente o próprio Ian O'Neil estava listado como vítima de um homicídio não solucionado.

Os irmãos Burgess morreram nas encostas abaixo do pico Republic como os irmãos Blackwell, Jack e Patrick. A tarefa de conectar seu DNA a vários homicídios não solucionados começou lentamente e rendeu muitos frutos a partir daquele verão, entrando pelo outono e o inverno e continuando no ano seguinte.

O Ritz ainda não estava pronto, mas poderia estar. Ethan e Allison moravam no dormitório enquanto terminavam a casa principal. No início, Ethan teve medo de que o local se transformasse apenas no lar de lembranças horríveis, e chegou a cogitar ir para outro lugar. Allison o convenceu a não fazer isso.

No fim do verão, seus corpos já estavam curados, e no outono — enquanto os turistas iam embora, as primeiras neves se amontoavam nas encostas e cadeados eram postos nas portas das torres de vigilância contra incêndios —, eles trabalharam juntos, medindo e cortando tábuas e pregando as estruturas. Eles passaram a sentir dores e fraquezas novas, e agora o trabalho era mais duro do que tinha sido. Mas em alguns dias talvez também fosse mais suave. Chegaram até onde puderam antes que o inverno os trancasse, e na primavera retomaram. Nesse ponto entendiam melhor aquilo que a princípio não tinham conseguido verbalizar. A casa precisava ser reconstruída, e eles precisavam fazer isso, porque era nesse processo que residia a cura. E era isso ou ir embora. Os dois estavam reconstruindo tudo. As consultas médicas eram constantes — especialistas em queimaduras e cirurgiões plásticos para Allison; fisioterapeutas para Ethan —, e até nas palavras, nos toques, não era uma questão de reivindicar, e sim de reconstruir. As coisas estavam quebradas, mas não eram irreparáveis. Assim começaram a reparar, e a casa se tornou parte disso, depois se tornou a parte central, à medida que as consultas médicas eram menos frequentes e as palavras entre os dois ficavam mais fáceis, com menos peso, e os toques eram familiares de novo, e não desesperados.

Ethan percebeu o que jamais havia entendido sobre sobrevivência em todos esses anos estudando e ensinando.

A sobrevivência não terminava quando você era encontrado. A chegada das equipes de busca e resgate não era uma conclusão. Resgatar, alegrar-se, reconstruir.

Ele jamais conhecera este último passo.

Era verão de novo, e o sol estava quente no dia em que Jace Wilson chegou com os pais. Ethan estava sem camisa, trabalhando no telhado. Allison lixava as fitas de acabamento de *drywall* no teto abaixo dele.

O garoto estava mais alto, daquele modo espantoso que pode acontecer com jovens de certa idade. A voz mais rouca. Ele parecia bem, mas reservado, e Ethan sabia por quê. Para ele também a temporada era de reconstrução.

O pai se chamava Chuck. A mãe, Abby, trabalhava num banco em Chicago, onde no ano anterior tinha sido abordada por uma guarda-costas particular, uma mulher de olhos gentis e azuis que disse ter ouvido falar da situação do seu filho, através de alguns contatos na polícia, e achava que podia ajudar com o problema. Os pais de Jace tinham se divorciado quando ele era pequeno, mas nesse dia de verão todos fizeram a viagem juntos, e qualquer tensão que pudesse existir estava em último plano, no lugar que lhe cabia.

Todos tiveram uma tarde boa e um início de noite agradável e calmo. Depois de o sol descer atrás da montanha e Jace ir para o dormitório, os adultos tomaram taças de vinho tinto na varanda da casa inacabada. Allison perguntou aos pais de Jace se eles queriam saber o que havia resultado da identificação dos corpos das pessoas que tinham perseguido seu filho de modo tão implacável. E assim eles ouviram e ficaram sabendo dos feitos dos irmãos Burgess e da irmã. Pelo que Ethan sabia, as únicas perguntas que tinham sido respondidas eram quais homens haviam recebido quantos dólares para matar que outros homens. Mas isso era essencial para os pais de Jace, fazia parte de sua temporada de reconstrução, por isso Ethan ficou ouvindo enquanto Allison contava o que sabia sobre a história — ainda que Ethan soubesse, e que tivesse certeza de que ela sabia, que todos tinham se despedido da história no pico Republic, num dia quente de junho em que o vento forte soprava fogo pelas montanhas.

Na manhã seguinte, cavalgaram até o lugar onde Jace e Allison tinham sobrevivido ao incêndio. Pegaram cavalos emprestados com um amigo, mas Allison montava Tango. A mulher queimada cavalgando o cavalo queimado. Disse a Ethan que estava curiosa para ver se Tango se lembraria do lugar. Ethan não perguntou como ela saberia, mas confiou na esposa.

Partiram logo depois do alvorecer, indo até as encostas devastadas abaixo do pico Republic, e por todo lado permanecia o cinza austero da queimada. Ethan estava preocupado com o efeito visual, tentando pensar num modo de equilibrar a tristeza, quando Jace disse:

— O capim dela já está voltando.

Estava certo. Na terra de árvores queimadas, havia um círculo de verde, meio hectare de capim. O capim tinha sido vítima das chamas mais rapidamente do que as árvores, embora também tenha voltado mais depressa. Jace ficou olhando por um longo tempo, depois sua mãe perguntou, baixinho, se era ali que ele queria fincar a cruz. Era a primeira vez que alguém falava nisso, mas ele estivera carregando a cruz durante toda a cavalgada.

— Ninguém morreu aqui — disse ele. — Ela estava mais no alto.

E assim subiram mais alto, passando pelos restos brancos e mirrados das árvores, por sobre uma crista de rocha, até chegarem a um platô curto. Apearam, e Ethan soube que o garoto tinha estudado os mapas liberados depois da investigação sobre o incêndio, porque sabia exatamente onde ela havia caído. Ethan também sabia, porque tinha ido até ali no outono, uma caminhada longa e vagarosa, e depois se sentado sozinho no meio das pedras pretas, agradecendo em voz alta a Hannah Faber por ter salvado sua esposa.

Isso foi logo antes da primeira neve.

Jace Wilson limpou um lugar na terra, pegou um martelo e começou a cravar a cruz no chão. O solo era duro, e ele teve alguma dificuldade, mas quando o pai e Ethan se ofereceram para ajudar ele disse que faria aquilo sozinho. Depois de um tempo conseguiu, mas então decidiu que a cruz não estava suficientemente reta, e os outros esperaram em silêncio até que ele a alinhasse de um modo satisfatório. Passou as mãos pela superfície da madeira, depois se virou, olhou para baixo da encosta e disse:

— Ela foi incrível. Ela foi incrível de verdade.

Todos reconheceram que sim, com certeza.

Durante um bom tempo ele ficou sentado, olhando a montanha queimada abaixo, sem falar. Por fim se levantou e montou de novo no cavalo.

— É um lugar bom para a cruz dela — disse. — Desse ponto dá para ver o capim. Dá para ver onde nós estávamos. Sei que ela viu. Ela estava numa altura boa para ver. — Ele olhou para Allison e perguntou: — Você realmente não escutou a voz dela?

Allison olhou bem nos olhos dele e disse:

— Você escutou mesmo?

Jace confirmou.

— Pois é só isso que importa — disse Allison.

Então desceram de perto da cruz e foram até o círculo de capim verde e saudável. E até mesmo por baixo do negrume dava para ver o renascimento começando, se olhassem com atenção. A terra manteria as cicatrizes por bastante tempo, mas já estava trabalhando na cura e continuaria pacientemente a fazer isso.

Era assim que a terra fazia.

AGRADECIMENTOS

Este livro não teria sido escrito se não fosse por Michael e Rita Hefron, que me apresentaram às montanhas, primeiro em histórias e imagens quando eu era criança e mais tarde me recebendo em Montana e nas maravilhosas comunidades de Cooke City e Silver Gate. Sua amizade e seu apoio me ajudaram de muitas maneiras durante muitos anos, e sou eternamente grato. Ao grupo que fez a primeira caminhada "Bounce over the Beartooths" — Mike Hefron, Ryan Easton e Bob Bley —, eu gostaria de agradecer de modo especial.

Por tudo relacionado à sobrevivência em lugares remotos, dedico a gratidão mais profunda a Reggie Bennett e sua esposa, Dina Bennett, que suportaram e responderam a um número exagerado de perguntas idiotas. Se isso faz você se sentir um pouco melhor, Reggie, ainda sei fazer fogo na chuva! Muito obrigado.

Foi um privilégio enorme trabalhar com dois editores incríveis neste livro, Michael Pietsch e Joshua Kendall. Obrigado aos dois pelo trabalho maravilhoso.

Uma lista nem de longe exaustiva de pessoas que fizeram o livro acontecer assim que eu concluí a parte fácil: Reagan Arthur, Heather Fain, Marlena Bittner, Sabrina Callahan, Miriam Parker, Wes Miller, Nicole Dewey, Tracy Williams, Nancy Wiese, Tracy Roe, Pamela Marshall, e todos da Little, Brown and Company. Vocês são os melhores do ramo, e é um prazer trabalhar com eles.

Richard Pine, David Hale Smith e o restante da equipe da InkWell Management merecem os elogios de sempre, assim como Angela Cheng Caplan.

Por fim, meu agradecimento mais importante vai para minha esposa, Christine. Ela tolerou várias viagens de pesquisa a lugares longínquos, participou de outras (em retrospecto, talvez não devêssemos ter atravessado o rio com água pela cintura e passado pelos relâmpagos no topo da montanha em seu primeiro dia), e leu mais páginas do que qualquer editor.

Este livro foi inspirado e enriquecido por incontáveis obras de não ficção, e uma lista das melhores está disponível no meu site, michaelkoryta.com.

DIREÇÃO EDITORIAL
Daniele Cajueiro

EDITOR RESPONSÁVEL
André Marinho

PRODUÇÃO EDITORIAL
Adriana Torres
Mariana Bard
Pedro Staite

REVISÃO DE TRADUÇÃO
Huendel Viana

REVISÃO
Rachel Rimas

PROJETO GRÁFICO DE MIOLO
Larissa Fernandez Carvalho

DIAGRAMAÇÃO
Filigrana

Este livro foi impresso em 2021
para a Trama.